KB170924

범우비평판 한국문학 41-❶

김달진 편

씬냉이꽃(외)

책임편집 최동호

종합출판 범우

국립중앙도서관 출판시도서목록(CIP)

씬냉이꽃(외) / 지은이:김달진; 책임편집:최동호. -- 파주 : 범우
, 2007
p.; cm. -- (범우비평판 한국문학 ; 41-1 - 김달진 편)

ISBN 978-89-91167-31-5 04810 : ₩22000
ISBN 978-89-954861-0-8(세트)

811.6-KDC4
895.714-DDC21 CIP2007001632

발간사

한민족 정신사의 복원

—범우비평판 한국문학을 펴내며

한국 근현대 문학은 100여 년에 걸쳐 시간의 지층을 두껍게 쌓아왔다. 이 퇴적층은 '역사' 라는 이름으로 과거화되면서도, '현재' 라는 이름으로 끊임없이 재해석되고 있다. 세기가 바뀌면서 우리는 이제 과거에 대한 성찰을 통해 현재를 보다 냉철하게 평가하며 미래의 전망을 수립해야 될 전환기를 맞고 있다. 20세기 한국 근현대 문학을 총체적으로 정리하는 작업은 바로 21세기의 문학적 진로 모색을 위한 텃밭 고르기일 뿐 결코 과거로의 문학적 회귀를 위함은 아니다.

20세기 한국 근현대 문학은 '근대성의 충격' 에 대응했던 '민족정신의 힘' 을 증언하고 있다. 한민족 반만 년의 역사에서 20세기는 광학적인 속도감으로 전통사회가 해체되었던 시기였다. 이러한 문화적 격변과 전통적 가치체계의 변동양상을 20세기 한국 근현대 문학은 고스란히 증언하고 있다.

'범우비평판 한국문학' 은 '민족 정신사의 복원' 이라는 측면에서 망각된 것들을 애써 소환하는 힘겨운 작업을 자청하면서 출발했다. 따라서 '범우비평판 한국문학' 은 그간 서구적 가치의 잣대로 외면 당한 채 매몰된 문인들과 작품들을 광범위하게 다시 복원시켰다. 이를 통해 언어 예술로서 문학이 민족 정신의 응결체이며, '정신의 위기'로 일컬어지는 민족사의 왜곡상을 성찰할 수 있는 전망대임을 확인하고자 한다.

'범우비평판 한국문학'은 이러한 취지를 잘 살릴 수 있도록 다음과 같은 편집 방향으로 기획되었다.

첫째, 문학의 개념을 민족 정신사의 총체적 반영으로 확대하였다. 지난 1세기 동안 한국 근현대 문학은 서구 기교주의와 출판상업주의의 영향으로 그 개념이 점점 왜소화되어 왔다. '범우비평판 한국문학'은 기존의 협의의 문학 개념에 따른 접근법을 과감히 탈피하여 정치·경제·사상까지 포괄함으로써 '20세기 문학·사상선집'의 형태로 기획되었다. 이를 위해 시·소설·희곡·평론뿐만 아니라, 수필·사상·기행문·실록 수기, 역사·담론·정치평론·아동문학·시나리오·가요·유행가까지 포함시켰다.

둘째, 소설·시 등 특정 장르 중심으로 편찬해 왔던 기존의 '문학전집' 편찬 관성을 과감히 탈피하여 작가 중심의 편집형태를 취했다. 작가별 고유 번호를 부여하여 해당 작가가 쓴 모든 장르의 글을 게재하며, 한 권 분량의 출판에 그치는 것이 아니라 작가별 시리즈 출판이 가능케 하였다. 특히 자료적 가치를 살려 그간 문학사에서 누락된 작품 및 최신 발굴작 등을 대폭 포함시킬 수 있도록 고려했다. 기획 과정에서 그간 한번도 다뤄지지 않은 문인들을 다수 포함시켰으며, 지금까지 배제되어 왔던 문인들에 대해서는 전집발간을 계속 추진할 것이다. 이를 통해 20세기 모든 문학을 포괄하는 총자료집이 될 수 있도록 기획했다.

셋째, 학계의 대표적인 문학 연구자들을 책임 편집자로 위촉하여 이들 책임편집자가 작가·작품론을 집필함으로써 비평판 문학선집의 신뢰성을 확보했다. 전문 문학연구자의 작가·작품론에는 개별 작가의 정신세계를 더욱 구체적으로 살펴볼 수 있는 한국 문학연구의 성과가 집약돼 있다. 세심하게 집필된 비평문은 작가의 생애·작품세계·문학사적 의의를 포함하고 있으며, 부록으로 검증된 작가연보·작품연구·기존 연구 목록까지 포함하고 있다.

넷째, 한국 문학연구에 혼선을 초래했던 판본 미확정 문제를 해결하기 위해 최선의 노력을 기울였다. 특히 일제 강점기 작품의 경우 현대어로 출판되는 과정에서 작품의 원형이 훼손된 경우가 너무나 많았다. 이번 기획은 작품의 원본에 입각한 판본 확정에 특별한 노력을 기울여 근현대 문학 정본으로서의 역할을 다했다.

신뢰성 있는 선집 출간을 위해 작품 선정 및 판본 확정은 해당 작가에 대한 연구 실적이 풍부한 권위 있는 책임편집자가 맡고, 원본 입력 및 교열은 박사 과정급 이상의 전문연구자가 맡아 전문성과 책임성을 강화하였다. 또한 원문의 맛을 최대한 살리기 위해 엄밀한 대조 교열작업에서 맞춤법 이외에는 고치지 않는 것을 원칙으로 했다. 이번 한국문학 출판으로 일반 독자들과 연구자들은 정확한 판본에 입각한 텍스트를 읽을 수 있게 되리라고 확신한다.

'범우비평판 한국문학'은 근대 개화기부터 현대까지 전체를 망라하는 명실상부한 한국의 대표문학 전집 출간을 목표로 한다. 따라서 권수의 제한 없이 장기적이면서도 지속적으로 출간될 것이며, 이러한 출판 취지에 걸맞는 문인들이 새롭게 발굴되면 계속적으로 출판에 반영할 것이다. 작고 문인들의 유족과 문학 연구자들의 도움과 제보가 지속되기를 희망한다.

2004년 4월

범우비평판 한국문학 편집위원회 임헌영·오창은

알려두기

1. 이 책은 가장 최근에 간행된 《김달진 전집》(문학동네, 1997)을 토대로 하여 이전의 전집들에 수록되어 있던 작품들을 싣고, 거기에 제외되어 있던 작품들을 추가로 발굴하여 새로이 수록하였다. 이 책은 크게 시 부분과 산문 부분으로 나누어져 있으며 시간의 흐름에 맞추어 배치하였다. 책 뒤에는 김달진 시의 해설과 작가 및 작품 연보, 그리고 연구 논문들을 정리하여 함께 수록하였다.

2. 기왕에 출간된 두 권의 전집을 꼼꼼히 대조하여 본 결과 다소의 차이가 있었으므로 전집들간의 비교작업을 통해 시의 원형을 바로잡아 결정본으로 삼았다. 서로 다른 판본의 경우는 시인이 의도적으로 바꾸었을 것이라고 생각되지 않는 한 비교적 앞 시기의 판본을 결정본으로 삼았음을 밝혀둔다. 시인의 지금까지의 시 판본은 다음과 같다. 첫 시집인 《청시靑柹》(청색지사靑色紙社, 1940), 《큰 연蓮꽃 한 송이 피기까지》(동국역경원東國譯經院, 1974), 그리고 시인의 최초 전집인 《올빼미의 노래》(시인사, 1983), 《큰 연꽃 한 송이 피기까지》(시인사, 1984)가 있으며, 이 시집들을 망라하여 1997년에 문학동네에서 《김달진 전집》이 출간되었다.

3. 새로 발굴된 작품들은 김달진 시인이 동인으로 활동하였던 《시원詩苑》, 《죽순竹筍》의 지면과 《동아일보》에 발표된 것들이다. 발굴된 작품들 중 세 편을 제외한 대부분은 주로 시인의 첫 시집인 《청시》가 발간되기 이전의 것들이기 때문에 따로 묶어 《청시》 수록 시 앞에 배치하여 시의식의 변화를 살필 수 있도록 하였다. 발굴된 산문들은 시인이 《문예공론文藝公論》에 작품을 발표하며 문단활동을 시작한 1929년 이전에 이미 《동아일보》에 발표된 글들과 금강산 유점사에 들어가는 1934년 전후의 저작들로 보인다. 《산거일기》의 집필시기를 고려하여 입산 이전과 이후로 묶어 배치하였다.

4. 이번 전집에 수록된 발굴 작품은 다음과 같다. 시—〈화과원시〉, 〈춘일지지〉, 〈나의 뜰〉, 〈유점사 추억〉, 〈어느 밤의 노래〉, 〈가을은 간다 하노니〉, 〈그대들 마음 있으면〉, 〈비바람은 저리도 사나운데〉, 〈바다의 침실寢室〉, 〈나의 청춘은〉, 〈오로지 당신의〉, 〈촌 접장의 편지〉 등 총 12편. 산문—〈독경의 틈틈이〉(《동아일보》, 1935년 3월 23일부터 1935년 7월까지), 〈산암山庵의 하루〉(《동아일보》, 1937년 10월 24, 26, 27일), 〈속산거기續山居記〉(《동아일보》, 1940년 3월 7일부터 9일까지), 〈정경情景—구름을 바라보는 사람들〉(《동아일보》, 1946년 11월 12일) 등 총 4편.

5. 표기의 원칙으로 다음의 몇 가지 사항을 지키기 위해 노력하였다. 산문은 현대어 표기에 맞추어 교정을 보았고, 시는 가능한 한 원문을 훼손하지 않도록 하였다. 특히 시의 경우에는 다양한 판본과 오랜 저술기간으로 인하여 표기의 원칙을 명확하게 세우기 어려운 경우가 많았다. 현대어 교정으로 훼손되는 표현과 의미를 피하기 위해서는 발표 당시의 표기법을 따를 수밖에 없다. 그러므로 발표 당시의 표기법을 살려 시의 섬세한 결과 느낌을 거스르지 않도록 하였으며, 현대어 표기와 충돌하거나 아예 생경한 경우는 현대의 표기에 맞추어 바꾸거나 주석을 추가하여 내용의 이해를 돕고자 하였다. 사이시옷(ㅅ)과 히읗(ㅎ)과 같은 옛날 식 표현은 살리지 않았다.

6. 각주에는 독자들에게 낯설어 이해하기 어렵다고 생각되는 몇몇 방언, 옛날 식 표기, 그리고 익숙지 않은 개념어 등을 현대어로 제시해 독자의 이해를 돕도록 하였다. 한자는 괄호 없이 한글 뒤에 병기하였으며, 원문의 중복된 것은 생략하였다.

김달진 편 | 차례

발굴 시

화과원시華果院詩

춘일지지春日遲遲

나의 뜰

유점사 추억楡岾寺追憶

어느 밤의 노래

가을은 간다 하노니

비바람은 저리도 사나운데

바다의 침실寢室

나의 청춘은

오로지 당신의

그대들 마음 있으면

촌 접장의 편지

화과원시

1

밤중에 홀로 잠이 깨이었노니

눈물에 비처 창이 히고

바삭거리는 저 소리는

어린 밤나무 빈 가지에 달린

마른 닢이다.

2

오늘 이른 새벽에

남쪽 하늘에 떠오른 큰 노인성老人星을

다들 보았다는데

나 혼자 못 보았다.

3

한낮에 찾아온 옛 절터를

탁목조啄木鳥 마른 가지를 쪼고

흩어진 쫑대닢 우에 햇별이 흘러

애끈한 그리움이 넘어나 만타.

4

혼자 거닐어보는 호젓한 길이

산山모랑*을 한 구비 도라넘어

어둑한 소나무 그늘진 곳 녹다 남은 눈 우에
엷은 해그림자가 고히 노히다.

5(제야)
앞뜰에 나서
궂은 빗발에 싸힌 아득한 밤안개를 바라보다가
호젓이 들어왔노니

홀로 눈을 감아보며 떠보며
상床머리의 빨간 등불
지금 저 등불은 애끈히 조라드는 호롱의 기쁨을 모른다

하나하나 먼 하늘 끝으로 떠러저 사라지는
무거운 별을 바라보내는 애급埃及*
오천년五千年의 스핑스**의 찬 마음
창밖에는 빗소리 들리고
벽상의 시계時計도 없는 여기는 깊은 산山이다.

—《동아일보》(1935. 1. 20)

---

* 산모퉁이.
* 이집트.
** 스핑크스.

춘일지지

미다지 앞에

수채 물소리 게으러듯 미끄럽고
산비탈 쫑대잎이 유달리 빛나는 날

가끔 훈훈한 바람이 얼굴을 스치어
당판 唐板 선서禪書는 책상冊床 우에 펼친 채 고아古雅하다.

산山 둘레 둘레에 기름발 퉁기듯 아지랑이 깨어흐르고
빈 들 우에 조으는 더디인 햇 그림자

뇌곤한* 마음 미다지 앞에 그만 조을리노니
가끔 골 건너 저편으로 들려오는 작은 웃음소리는
아까 전지剪枝(과수원果樹園)하러 나간 소년少年들이다.

산山까재

다정한 얼굴을 던져보며
뒷개울에서 물따라 나와 노는

---

* 피곤한.

산까재와 작난한다.

봄을 찾지 않아도 좋을 때다

이슬에 젖어 터질 듯 빛나는 살진 철죽꽃 봉아리
이 아침에 내 마음 저 잔 풀닢같이 신선하고나
홈대* 끝에 뿜는 물방울 작은 무지개 세우며 세우며

새 소리는 지난 밤 보금자리
꿈속에서 별에게 새로 얻은 노래다

어젯밤은 혼자 밟든 풀 우의 내 그림자도
기름도는 하늘 같이 부드러웠거니

이슬에 젖어 터질 듯 빛나는 살진 철죽꽃 봉아리……

나도 이제 '겨울의 우울' 을 풀기 위하야
가람가의 버들개지의 봄을 찾지 않아도 좋을 때다.

산협山峽에서

먼 산山에 보하대기 끼인

---

* 홈통.

삼월적三月的인 너무나 삼월적三月的인 바람에 흔들리며
햇볕을 받으며
나른한 산협 좁은 산山길 우에
나는 봄을 기다리든 삼동三冬의 내 마음의 정당한 위치位置를 몰라해 한다.

안의읍安義邑

이곳은 언제나 이리 쓸쓸하더라.
—정류 오분간停留五分間(자동차自動車)
나는 나리어 쉬고 싶지도 안타
저기 집 앞에 싸움하는 개 두 마리
나와서 한 마리를 돌로 치고 한 마리를 더리고 드러가는 ××사람—
아리욕我利慾의 본능本能을 충분充分히 발휘發揮했다
오늘 갑작이 쌀쌀해지는 바람 담천曇天*—
조그만 과자점菓子店 안 벽에 붙은 삐루 회사會社**의 미인美人의 포스타***가 너무 애교愛嬌스럽다.

함양읍咸陽邑에서

뒷짐 짓고
뜰 우를 거닐며 터질 듯

---

* 구름이 끼어서 흐린 하늘.
** 맥주 회사.
*** 포스터.

살진 벚꽃 봉우리를 드려다보는
빛나는 노인老人 이마에 봄날이 길다
별이 원광圓光을 그리고 있다.

자동차상自動車上에서

석양夕陽에 종용히[*] 노인 작은 도시都市가 건너 바라보이는
산山구비 돌아나가는 길가에 외로히 노인 술집
헐어진 문 앞에 때묻은 안악네의 고무신 하나 있다

오늘 깊은 산山에서 나오는 내게
그리도 넓은 세계世界가
갑작이 좁아지노니

가끔 사람들을 웃기는 등뒤의
두 촌노인村老人의 술 취한 혀 꼬부라진 소리 듣는 것도 잊고
서西쪽 하늘을 곱게 물드리든 저녁 붉살의 사라저가는 곳을 나는 딸코[**] 있었다

사월四月을 생각한다

문득 생각한 가까워온 사월四月 — 어느 때

---

* 조용히.
** 따르고.

낙화落花 지는 벚꽃 사이로 멀리 바라본 물빛 치마자락 밑에
고히 옮기든 발길을
나는 아직 잊지 않았다

들길〔栢田〕

조을리듯 걸어가는 나른한 한낮
아지랑이 깨여흐르는 이 뜰에는
사람 하나도 없다……

—《동아일보》(1935. 4. 12~13)

나의 뜰

진달래 지고
높은 산山이라 배꽃은 인제서야 한창 피었다
사독蛇毒에 시들기에 유황硫黃으로 싸매주었던 산영山櫻은 끝끝내 죽었다

볕이 너무 따시어 순한란초잎은 제 한 몸도 걷우지 못해 한다
작약芍藥이 세 치 국화菊花가 세 치 그리고
지난 겨울에 얼어죽었다고 왼 집안이 야단이던 월계화月桂花도 새순이 두어 치

은은한 벗나무* 그림자
그늘은 아직 엷다

가을 달빛같이 여윈 그 처녀處女의 정원庭園에서 본 햇볕에 터질 듯 영롱玲瓏한
고 빨간 남천南天 열매
그리도 우아優雅하고 시원한 파초
이 뜰에는 아직 그들이 비치備置되지 못했노니

이름 모를 작은 산새 한 마리가
단풍丹楓 가지에 날라와 앉아 머리를 도런도런거리다
날라갔다
하얗게 빛나는 뜰 우에는

---

* 벚나무.

햇볕, 햇볕……

(1935. 5. 화과원花果院서)

—《동아일보》(1935. 5. 18)

유점사 추억

쉬흔셋 부처님의 얼굴에 비치인
봄 여름 또 가을

철 따를 줄 모르는 완고頑固한 늙은 백양목白楊木 그늘에 빛나는
긴 양말 모양 한 연못—
송사리떼는 때때로 쓸쓸한 인정人情을 하소해 보는
나의 남 모르는 어린 동무가 되었었더니라

별빛에 조으는 광명등光明燈 그늘에 비겨 머언 향수鄕愁를 깊이고
금빛 향내 그윽한 불 앞에 둘러앉아
소박素朴한 신화神話에 자즐리는 곳

스물 ××해 삼개월三個月을 가는 봄에 부치고
애끈한 나의 전신轉身의 송頌이 생겨났거니
첫 겨울 싸늘한 아침 서리 바람에
그이들은 단풍교丹楓橋까지 나와 보내주더라

—《동아일보》(1935. 5. 28)

어느 밤의 노래

이제 막 벽상壁上의 시계時計가 열두 시를 울었습니다

나는 아직 잠들지 못합니다
창밖에는 바람도 없이 궂은비가 나리고 밤은 죽엄같이 어둡고 고요합니다
이상한 고적과 동경과 그리고 기대에 나의 마음은 헤매고 있습니다
이런 밤에 나의 창문을 두드리는 알 수 없는 그 누구는 없습니까……?
나는 아래우로 새까만 옷을 입고 새까만 방수防水 만또*를 두른 비에 조록이 젖은 어떤 사람의 얼굴을 생각해봅니다
그러고 그이가 나의 창밖에서 어름거리는 것을 생각해봅니다
나는 그이를 위하야 불을 밝히고 문을 열어 그이를 맞이하겠습니다

만일 그이가 깨끗이 닦아노흔 따뜻한 나의 방안으로 들어와서 자리를 잡는다면 나는 그이를 위하야 왼갖 아름다운 이야기를 들려주겠습니다
이제껏 밝은 빛과 따뜻한 자리를 얼마나 그려해 울었으며 굳게 닫친 폐허의 문을 얼마나 뚜다리다가 그만 실망失望의 눈물로 발길을 돌렸는가를 뜻깊은 미소로 들어주겠습니다
그리하야 나는 나의 손이 아니고 부드런 나의 마음으로 그의 괴로운 가슴을 어루만저 그로 하여금 이러케 비오고 어두운 밤에 외로운 나그네가 된 것이 도리어 행복幸福되다는 것을 느끼게 하겠습니다
창밖에는 아직도 비가 나리고 밤은 칠같이 어둡습니다

---

* 방수 망토.

나의 한 간* 좁은 방은 끝없는 검은 바다로 흘러가는 '노아'의 쪼각배가 됩니다

그러나 그와 내게는 아무런 공포恐怖나 전율戰慄이나 그리고 절망絕望도 없습니다

다만 경건한 기도와 고행苦行이 있어 비 개인 맑은 하늘의 새벽을 바라보며 노를 젓겠습니다

시계時計는 다시 한 시를 웁니다

나는 이제 내 자신自身이 그 외로운 나그네임을 잘 압니다

그리하야 차데찬 나의 마음은 어두운 창문을 박차고 나가 궂은 빗발 속으로 헤매기 시작합니다

—《동아일보》(1935. 10. 26)

---

* 칸.

가을은 간다 하노니

목동牧童의 우묵불이 산山에서 들로 나리고
잔수밭에 다람쥐새끼 눈동자 더 한층 지혜로워지면
가지 끝에서 끝으로 옮아 다니는 회색정열灰色情熱의 숨길을 걷우어
가을은 밤에 혼자 길 걷는 나그네처럼 초라히 간다 하노니

한여름 잡초 속에 숨어 있던 화단花壇의 돌도 옹긋종긋 올려솟고
장독간에 빛나던 맨드래미는 까—만 씨가 소록소록 쏟아져
쓸쓸한 숲 속에는 애처런 새소리도 하마 드므러 가리
고웁게 익은 석류石榴를 따다 벽장에 간직한지도 벌서 몇 날이 지났거니

이런 때 당신은 저 고적古跡한 석양夕陽의 들끝으로 나아가지 안흐렵니까?
발끝에서 바쁘게 흘러가는 구름의 그림자를 밟으며
머언 지평선地平線에서 불어오는 바람과 함께 놀아보지 안흐렵니까?
바람은 자유自由로운 풍경風景속으로 노래하며 떠 다니는 무심한 산책자散策者이어니……

(을해乙亥 만추晩秋)

—《동아일보》(1935. 11. 10)

비바람은 저리도 사나운데

밤새껏 비바람 저리도 사나우어
뒷산의 사슴이도 버꾸기도 울음을 걷우었나니
울 밑에 그 고흔 꽃들 다 떨어졌겠다.

—《시원詩苑》 4호(1935. 8)

바다의 침실

푸른 달빛이 조금(만조시滿潮時)의 조수潮水처럼
가득 실려든 한 간 침실—

무한한 기류氣流의 가늘은 정적 속
깊은 바다 밑에 나는 누어 있노니……

나는 이제 한 자(尺) 심장의 흐린 물병 속에서
그 천진天眞한 공상의 새끼들을 모조리 놓아주어도 좋을 때다.

발광어發光魚처럼 헤음질처 다니는
그들의 은빛 지느래미, 나래미질의 황홀.

대낮의 수평선水平線을 넘나드는
검은 독수리의 음흉陰凶한 그림자도 여기는 없다.

그들은 나의 자랑스런 어린 자유自由의 천사天使
나는 하늘에서 나려온 별들과 깊은 비밀의 회화會話를 바꿀 수도 있거니.

이윽고 내가 그윽한 해초海草의 향기香氣에 안기어
이 밤 동안을 잠의 유혹에 취해 있더라도 상관없겠지……

그들은 또 유쾌愉快한 내일來日의 살림을 위하야 나의 푸른 바다의 침실을 직

혀주리라
고은 조개 속의 진주眞珠를 캐어 나의 꿈을 장식하면서…….

—《시원詩苑》 5호(1935. 12)

나의 청춘은

아 나의 청춘靑春은 갔습니다 나의 청춘은 덧없이 흘러갔습니다 그러나 임이여 덧없는 나의 청춘을 당신의 사랑의 손에 거두어 하염없는 시간時間이 되지 말게 하십시오 어디서 꽃향기가 눅눅한 바람에 실려옵니다 한나절 나리던 궂은 비가 멎었습니다 나는 늙은 백송白松 앞 탑塔 그늘에 앉았습니다

서西쪽 하늘에 장밋빛 구름이 사라지더니 황혼黃昏은 한층 더 무거운 침묵에 잠깁니다

나는 여윈 가슴을 어루만지며 한숨 지읍니다 내 눈앞에는 무수한 시간의 은銀실이 그 강江물처럼 흘러갑니다 그것은 처음도 없고 끝도 보이지 않습니다

풀숲에 벌레 소리가 애절哀切합니다 하늘에는 별빛이 아직 영롱하지 못합니다

아 내 주위周圍를 싸고 도는 어둠! 나는 눈을 감습니다 그리하여 꿈속에서 어머니의 젖가슴을 찾는 아기처럼 공허空虛한 그의 가슴을 어루만져 봅니다

어디서 한 줄기 바람이 한숨 쉬며 나의 귓가에 와서 속삭입니다 '모든 아름다운 것 꿈처럼 사라진다' 고. 아 나의 청춘은 갔습니다 나의 청춘은 덧없이 흘러갔습니다

그러나 임이여 덧없는 나의 청춘을 당신의 사랑의 손에 거두어 하염없는 시간이 되지 말게 하십시오

—《죽순竹筍》 제8집(1948. 3)

오로지 당신의

임이여 나의 동경憧憬과 경이驚異와 기도祈禱로 하여금 오로지 당신의 발 앞에 무릎을 꿇게 하십시오

나의 사색思索과 흔구欣求와 열정熱情으로 하여금 과녁을 향向하는 화살처럼 오직 한길 당신의 가슴으로 달리게 하십시오

나의 눈은 당신의 모습을 응시凝視하기에 고달프게 하시고 나의 머리는 당신의 생각으로 오뇌懊惱롭게 하십시오 그리하여 나의 피로疲勞와 오뇌는 오직 당신의 애무愛撫와 환희歡喜밖에 풀릴 길이 없음을 깨닫게 하십시오

—《죽순竹筍》 제8집(1948. 3)

그대들 마음 있으면

그대들 맘 있으면 마음 있으면
가슴 위에 두 손길 얹고 귀 기울여
엄숙한 임의 소리 듣지 않으려는가

'내 사랑하는 아들 딸들이여
진정한 용사勇士여 불퇴전不退轉의 전사戰士여'

그대들은 저 달콤한 오욕락五慾樂의 유혹을 극복克服해야 할 전사戰士
저 무서운 삼독三毒의 맹습猛襲을 처부숴야 할 전사戰士
이 수많은 팔만 사천 마군八萬 四千 魔軍을 항복받아야 할 전사戰士
그리하여 저 무상無上의 열반을 증득證得하여
정법륜定法輪을 굴려야 할 전사戰士인 것을……

사四층 벽돌 집을 종횡자재縱橫自在로 휘몰아칠 때
그것은 불법佛法의 호지護持나 승풍僧風의 선양宣揚이 아니라 그것의 파멸破滅이요 타락墮落이었고 나아가 국법國法의 모독이요 유린이었으며 법의法衣 속에 깊이 간직한 푸른 칼날이 그대들 배꼽 밑에 한 번 빛날 때 그것은 호소가 아니라 위험이었고 순교殉教가 아니라 광패狂悖이었으니……
'일신중유팔만호一身中有八萬毫 일일호중구억충一一毫中九億蟲'을
또 이렇듯 한 살생殺生은 어찌 하리 하였던가

한결같은 보시 석가모니布施釋迦牟尼의 전생담前生談은 그만두자

적敵을 사랑하매 ‘예수’는 십자가十字架에 못박혔었다
국법國法을 준수遵守하매 ‘쏘크라테스’는 독배毒杯를 마셨었다
살신성인殺身成仁을 위爲해 공자孔子는 진陳, 채에서 곤욕困辱을 당했으니……

보라, 이 수동受動의 능동能動, 비폭력非暴力의 위력偉力, 그러매 그것은
전인류全人類를 위爲한 사랑의 율법律法이었고 영원永遠한 세계世界의 광명光明이었나니

내 진실로 그대들을 위하여 안타까이 여기노니
그대들 진정 머리 둘 곳 없을 때에 길가 티끌 속에 옮겨놓고 빈 문짝 그늘 밑에서 돌베게 베는—
그리고 진심으로
‘쿠오바디스’를 부르는
관세음보살觀世音菩薩을 외우는
그 용기, 그 기백氣魄, 그 신앙信仰을 가졌으면 싶어라
참 불법佛法, 참 승풍僧風, 거기서 빛나리니……

불단佛壇에 고요히라는 대대의 록향綠香은 증오憎惡의 살기殺氣에 떠는 독연毒煙이 아니다 염주念珠알 따라 구르는 마디마디 진언眞言은 복수復讐의 일념一念을 품은 주문呪文이 아니다 삼보三寶를 위爲한 산山, 들, 집들의 정재淨財는 법려法侶의 상잔相殘을 위해 탕진되는 흉재凶財가 아니다
나라와 겨레 위한 기도祈禱나 축원祝願은 상일인上一人의 정권政權에 승세구용乘勢苟容하는 아첨이 아니다

우리들 돌아가자, 임의 품으로, 두 손길 마주 잡고
임은 목마르게 우리를 부르시나니

대사일번大死一番, 인아人我 버리고 한 생각 들릴 때에
바로 거기는 진리眞理와 평화平和의 임의 품이시오니—

그대들 마음 있으면
가슴 위에 두 손길 얹고 귀 기울여
고요히 임의 소리 듣지 않으려는가

'내 사랑하는 아들 딸들아 진정
한 용사, 진정한 전사戰士 되라'

—《평화신문》(1960. 12. 16)

촌 접장의 편지

서울은 가면 무엇 하나?
무슨 별 뾰족수 있나?

아무 멋갈은 없으나
눈에 펀듯 뜨일 건 없으나
고이 제를 지켜 청자靑磁처럼 살겠네.
못났으면 못난 그대로 살겠네.

아이들 모아 ㄱㄴ 가르치고
가끔 이웃과 술잔도 기우리고
노고지리 울면 밭갈아 씨뿌리고
바다에 나면 갈매기와 속삭이지.

이제 때로는 차라리 차라리
'감투' 싸움의 분잡보다야
나를 위해 남을 위해 복되지 않을까

무릇 삶에는 안팎이 있고
또 작으나 크나
제값은 제대로 가지고 있는 걸세

우리 둘의 정情에야

청춘青雲이라 청산青山이라 변할 리 있겠나만!

자네는 진정 '위대偉大의 위대偉大' 하게
('위대偉大의 소小' 야 될 말인가)
나는 모르나 '소小의 위대偉大' 하겠네

아하 내 또 이 무슨 망언妄言인가
그저 허렁허렁 이대로 살겠네.

—박선욱 편, 《한국민중문학선Ⅱ 농민시 묶음》(1985)

《청시》 수록 시

비시扉詩 | 산보로散步路 | 개 짖는 소리 | 눈
고독한 동무 | 저녁 햇살 | 샘물 속의 슬픔 | 밤길
꿈꾸는 비들기 | 조춘早春 | 목단牧丹
거울 | 고독 | 금붕어 | 햇볕 | 유린蹂躪
회한悔恨 | 명인鳴咽 | 호면湖面 | 초조 | 산장의 밤
빗발 속으로 | 낙월落月 | 아카시아 꽃
토련土蓮 | 유월 | 산모랑길 | 할미꽃 | 손수건
산방山房 | 고소古沼 | 새꽃 · 달빛 | 배나무
소경小景 | 겨울 밤 | 구룡목꽃 | 칠월의 산길
산거山居 | 밤천렵川獵 | 그 여자의 눈동자
햇볕 | 쓸쓸한 밤 | 실연失戀 | 동해 | 감상感傷 | 애인
미수微睡 | 연모戀慕 | 번롱飜弄 | 귀로歸路
M 부인 | 물 속에 빠지는 새 | 입춘立春
고운 한때 | 밤 | 월광月光 | 정밀靜謐 | 어머니의 꿈
백일애상白日哀傷 | 우후雨後 | 선성蟬聲 | 별 | 추성秋聲
담천曇天 | 낙엽 | 고담枯淡 | 임간林間 | 샘물 | 등광燈光
묘표墓標 | 담월曇月 | 레-트 크림 | 첫 겨울의 한낮
열熱 | 돌바위 | 입춘立春 | 표박자漂泊者 | 산협山峽의 달
고향시초故鄉詩抄 | 옥산玉山 | 마조천변磨造川邊
금화로상金華路上 | 마산 부두 | 웅천熊川곡 | 김해

비시*

유월의 꿈이 빛나는 작은 뜰을
이제 미풍이 지나간 뒤
감나무 가지가 흔들리우고
살찐 암녹색暗綠色 잎새 속으로
보이는 열매는 아직 푸르다.

---

* 扉詩.

산보로

나직한 하늘만 바라보이는 깊은 숲 그늘에
황혼과 함께 반쯤 시들은 꽃 한 가지 놓여 있다

어제 내가 꺾어 들고 입맞추다가
싸늘한 촉감에 울 듯 터져버린 꽃—

내 오늘도 찾아왔나니

아무런 세상 사람의 발자취도 없는
여기는 남모르는 나의 작은 산보로散步路다.

개 짖는 소리

깊은 밤 창밖에 개 짖는 소리 난다
누가 오는가
아무의 마음에도 띄이지 않는 이 창이거니

—묵은 지붕 넘어로 가만히 노려보는 핼슥한 쪽달……
—유령같이 기어드는 어슥한 뜰 우의 나무 그림자……

'이 방 주인은 차디찬 침대 우에 눈감고 누웠습니다
고독의 애인과 함께 마음을 앓으면서……'

눈

하이얗게 쌓인 눈 우에
빨간 피 한 방울 떨어뜨려보고 싶다
—속속드리 스미어드는 마음이 보고 싶다.

고독한 동무

묵은 책장을 뒤지노라니
여기저기서 기어 나오는 하얀 버레들
나는 가만히 그들에게 이야기해봅니다—
고독과 적막의 슬픈 사상을

그들은 햇빛 아래 빛나는 이 세상 인정人情의
더욱 쓰리다는 것을 잘 아는 나의 어린 동무들입니다.

저녁 햇살

연鉛빛* 구름 무겁게 덮인 사이로
빤하게 빛나는 것은 넘는 저녁 햇살
그것을 바라보는 내 마음은 슬프다.

—거기는 야릇한 맛을 잃은 힐푸른** 우울憂鬱이 떠돌고
그 여자의 싸늘한 눈길
사상思想에 시달린 내 가슴의 한 줄기 빛 엷은 정서情緖……

연鉛빛 구름 사이로 저녁 햇살 빤한 저문 하늘
뜰 우에 서서 물끄러미 바라보는 내 마음은 슬프다.

---

* 납빛. 납의 빛깔과 같은 푸르스름한 잿빛.
** 희푸른.

샘물 속의 슬픔

깊은 산골 바위 틈으로 옥 같은 샘물
차디차고 가난한 샘물
흘러가는 그림자 밑에 나의 슬픔이 있다
—차츰차츰 엷어가는 나의 꿈의 빛깔을 본다.

밤길

혼자 돌아오는 늦은 밤 산길
길가에 외로운 무덤이 하나 있고
그 위에 들국화 한 포기
이슬에 젖이우며 밤을 새인다.

고독한 넋이여
오늘 밤 너는 나의 꿈의 안창*을 두드리라.

---

* 겹창에서 방 안쪽에 있는 창.

꿈꾸는 비들기

농촌의 가난한 이발소 의자에 걸터앉아
현판 위의 비들기를 바라본다
박제된 어린 비들기—
빨간 부리가 애처럽다
분홍빛 눈동자가 애처럽다
활짝 벌린 하얀 날개는 지금이라도 날 것 같고나
창경*으로 스며드는 따스한 햇살
거울 속으로 건너 보이는 파란 바다 하늘 바람
파−란 봄……
어린 비들기야 나는 너의 꿈을 동정한다
나는 너보다 더 큰 슬픔을 가졌다.

---

* 窓鏡. 창문에 단 유리.

조춘*

볕바른 마루 끝에 나와 앉아
고요한 눈(雪) 뜰에 눈이 부시어
말간 하늘 개인 바람
머리칼 끝으로 오르내리는 빨간 피에 여윈 신경이 간지럽노니

한 층 두 층 세 층 네 층……
머리 속에 쌓아 올리는 황금黃金의 전당殿堂 녹옥綠玉 석단石段—
베실 늘이운 아롱진 칠면조가
석단石段 우에서 봄꿈을 조은다.

* 早春. 초봄.

목단

엷은 제 그늘에 한 잎 두 잎 지쳐 누운 목단牧丹꽃 조각
빛이 너무 붉어 여름 한나절이 애진케 깊었으니

꿈길처럼 아스라한 먼 산 아지랑이
뻐꾸기 소리 빈 골을 울려오는 게으른 창 앞

보던 책 덮고 팔짱 끼며 고요히 눈감아보니
마음은 햇볕 아래 조으는 노란 장미꽃에 비최일 듯 환하다.

거울

오른편이 왼편 왼편이 오른편……
거울 속의 얼굴을 들여다보며
영원히 바른 얼굴 모를 것 생각하고
이천 년 전 쏘크라테스의 진리가 슬퍼졌다.

(쏘크라테스의 진리—네 자신을 알라)

고독

그는 나에게 밤 올빼미의 눈물을 주었다
그는 나에게 땅속의 두더지의 둔적遁跡을 주었다
그는 나에게 다람쥐와 고슴도치의 비겁도 주었다
그러나 그가 가진 참으로 자랑스러운 영광인
삼림 속의 이름 없는 어린 꽃의 '미' 와 '향기' 와 '힘' 을 배우지 못했기 때문에
나는 아직 그를 놓지 못하고 껴안고 있다.

금붕어

작은 항아리를 세계로 삼을 줄 아는 금붕어
간밤에도 화려한 용궁의 꿈을 꾸고 난 금붕어
하늘이 풀냄새 나는 오월 아침
산호 같은 빨간 꼬리를 떤다
자반뒤지를 했다
너는 언제 꽃향기 피는 나무 그늘과 찬 이슬과 이끼 냄새와
호수와 하늘의 별을 잊고 사나
작은 유희遊戱 속에 깊은 슬픔이 깃든다느니
여윈 조동아리로 유리벽을 쪼아라 쪼아라

항아리 물 밖에 꿈만 호흡하고 사는 금붕어
해가 신록新綠을 새어 창경窓鏡을 쏘았다
금붕어는 빨간 꼬리를 떤다
금붕어는 혼자다.

햇볕

미닫이창에 가득히 밀려든 한나절 햇볕
무엇을 잊은 듯 서운하야 눈을 감아본다
한 겹 눈꺼풀 속에도 햇볕은 스미어들어
장밋빛 바늘 끝이 눈 속을 폭폭 찔러
나는 그만 슬픈 귀또리 새끼처럼 그늘로 숨고 싶었다.

유린

지하실 식당에서
기름에 볶인 고기가
다리도 안구眼球도 지느래미도 그대로인 채
바다빛 글라스기機[*] 안에 모여 있는 것 보고……

거리를 지내다가
소음騷音 밑에
내 서재의 향긋한 포도빛 꿈을 짓밟히우다.

* 어항으로 추정됨.

회한

밤새껏 내 듣는 건 창밖의 빗소리
쓰러진 화병처럼 홀로 누운 침대는 차다

두루두루 큰 어둠 가운데 한 자 눈앞은 다만 회색灰色
숨기 눌러 짚은 여윈 심장 우의 날카로운 손가락 끝의 신경—
안타깝고나

쏟은 물 다시 거둘 길 없이 꿈은 흐르다
푸른 구름 아래 절로 달던 호흡이 언제 식다

눈물도 아닌 새론 정열의 불꽃도 아닌 닝닝한* 흐린 우울 속
미리 몰랐으매 새삼 돌이켜 뉘우침이 크네

나는 아직 사랑을 위하야 울어본 적이 없다
그러므로 아직 한 사람의 알뜰한 사랑을 갖지 못했다

등뒤에 흘린 어린 삼십 해파리의 회색 그림자여
한길 정직한 이의 발자취 소리는 의례** 높다거니

밤새껏 다만 들리는 건 창밖의 빗소리

---

* 밍밍한. 술이나 음식 따위가 제 맛이 나지 않고 몹시 싱겁다.
** 으레.

쓰러진 화병처럼 홀로 누운 침대는 차다.

명인*

고독의 오뇌懊惱**에 봄밤이 길어길어
상기된 전등을 한 손으로 참아*** 삼켜버리다

달은 들창* 거울의 너무 찬 마음을 녹여주는데
어둔 눈 속에 분주히 나려 깔리는 아지랑이는 금빛

오뇌懊惱는 판테옹**의 황촛불 녹아나리는 그늘 아래
턱 고인 반나체의 여상의 숨은(隱) 가슴에 살찌고

무겁게 드리운 푸른 커튼 자락 넘에는
향기로운 미풍의 단장斷腸의 향락이 있다

가라 흘러가라 한숨의 피리 소리여 이 밤만은
'우수'와 '애련'의 외로운 바다에 엄嚴한 암초도 없나니

한 조각 젊은 빨간 심장의 장미꽃에 실리어……

끝없는 바다 요란한 갈매기 소리에 입술이 터졌다

---

* 嗚咽. 오열. 목메어 우는 것.
** 뉘우쳐 한탄하고 번뇌함.
*** 차마.
* 들어서 여는 창.
** 로마에 있는 고대의 반구형 지붕의 건축물. 기원전 27년에 아그리파에 의해 창건된 것을 하드리아누스 제가 개축했으며 이후 사원이나 능묘로 사용되고 있다.

우수에 조을든 마음 그만 깨어나 명인嗚咽하나니

—어디 이 흩어진 꽃 조각을 한 잎 두 잎 거두어줄 하얀 손길은 없습니까

아득한 수평선을 돌아가는
마른 풀피리의 여운餘韻도 잃었다.

호면

먼 지평선에
저녁살* 고요히 사라지는 황혼을 등에 지고
여윈 버드나무 그늘에 서서
내 시름없이 응시하는 어두운 호면湖面—
가끔 작은 고기가 배때기를 보이면
한 잎 은화를 던진 듯 호면湖面은 빛난다
빛나는 호면의 그 흔적은
내가 뱉아놓는 병든 침묵의 정념情念이다.

---

* 저녁 햇살.

초조

아무 풍경도 없는 풍경을 그려보려는 마음
아무 뜻도 아닌 감정을 말해보려 바득이는 마음
—이 마음은 슬프고 안타까웁다

창밖 무한한 백화색白樺色 공기의 진동振動 속을 바래다
강물 꽃빛 직운織雲이 애써 가까웁거니

마른 풀잎을 뜯어 한 곡조 피리를 불어보네
햇볕 고여 흐르는 가을 하늘의 낮별을 우러러

아무 풍경도 없는 풍경을 그려보려는 마음
아무 뜻도 아닌 감정을 말해보려 바득이는 마음
—이 마음은 슬프고 안타까웁다.

산장의 밤

찬 별이 기름발처럼 영롱한
반밤의 정적—

이 산장의
불 끄고 꼭꼭 닫힌 문의 침묵은 얼마나 처연함인고
쇠잔한 반딧불만이 영성零星하였나니*

세대世代에 가당치 않은 한 존재를 슬퍼하다가
엉거주춤 뜰귀에 선 채
꽃수풀 속의 작은 버레가 되어 울어보다.

---

* 수효가 적어서 보잘것없다.

빗발 속으로

황혼에 여윈 빗발을 바라보고 앉았노니
눈앞에 떠오르는 커다란 환영이 없는가
달큼한 감상感傷, 그리고 애틋한 애수哀愁가 없는가
빨간 작약 순이 조록 젖었다
무너진 옛담에 이끼 그저 푸르렀다
앞산 머리로 설레이는 저믄 안개 속에는
떠도는 시름의 아득한 꿈도 없는가.

낙월

눈섶 끝에 안갯발처럼 떨어지는 어둠
별이 하늘에 얼어붙은 밤 들길 우에

기울은 달 남은 빛마저 사라지는
하늘가를 바래기는 외로운 심사어니

돌이키매 그림자 문득 잃어졌네
눈앞 환상 넘어 어둠은 쌓여

고달픈 걸음 몇 걸음 걷고 서도
휘파람 멋쩍어 안 불리네

세細모래밭에 쏟은 물발처럼
슬픔에 폭 먹히지 않는 내 마음의 슬픔

찬바람 검은 주의周衣* 자락을 날리는데
나는 그의 생일날을 외우지 못하고나!

⚜ 유랑생활의 삼년으로 고향에 돌아온 그 익일翊日에 나는 나의 안해를 잃었습니다. 이 일편一篇은 그의 삼우三虞날** 밤의 작作입니다.

---

* 두루마기.
** 장사를 지낸 후 세번째 지내는 제사. 흔히 가족들이 성묘를 한다.

아카시아 꽃

밤 깊어 혼자 돌아오는
교외의 어두운 산기슭 외로운 길
얼컥[*] 안기는 내음새 있다
향긋이 젖은 날카로운 향기—

다발다발 드리운 아카시아 꽃이
석랍石蠟[**] 등불처럼 히뿌옛이 빛난다.

* 왈칵.
** 파라핀. 초.

토련*

K군!
금붕어 한 마리 보내줄 수 없습니까.
커다란 토련 잎사귀에 하룻밤 은수銀水가 가득히 담겨 있습니다.

---

* 토란.

유월

◈

고요한 이웃집의
하얗게 빛나는 빈 뜰 우에
작은 벚나무 그늘 아래
외론 암탉 한 마리 백주白晝와 함께 조을고 있는 것
판자 너머로 가만히 엿보인다.

◈

빨간 촉규화蜀葵花* 한낮에 지친 울타리에
빨래 두세 조각 시름없이 널어두고 시름없이 서 있다가
그저 호젓이
도로 들어가는 젊은 시악시 있다.

◈

깊은 숲 속에서 나오니
유월 햇빛이 밝다
열무우** 꽃밭 한귀에 눈부시며 섰다가

---

* 접시꽃.
** 열무. 어린 무.

열무우꽃과 함께 흔들리우다.

산모랑길

건너 산모랑 돌아오는 길을
무언가 높은 소리 노래하며 오던 사람
나를 만나자
말없이 지나간다.

할미꽃

볕바른 잔디밭 우에 둘러앉아
무언가 속살거리는 서넛 처녀들
그 가운데 반쯤 피어나온 할미꽃 한 포기
한 처녀의 하얀 손길에 어루만지우고 있다.

손수건

전나무 소나무
깊은 그늘 황혼의 녹은 길 우에
어인* 손수건 하나 하얗게 놓여 있다
핼슥한 그의 정열情熱은 정적靜寂의 내음새다.

* '어찌 된' 을 예스럽게 이르는 말.

산방*

보슬비 그윽히 나리는 어둔 밤
람푸불** 한 줄기 나직히 비쳐 나간 좁은 뜰 우에
어린 벚나무 가지에 남은 잎새 하나
조록이 젖어 빛나는 것 보인다.

---

* 山房. 산촌에 있는 집의 방.
** 램프불.

고소*

길가 옅은 웅덩이에
잠깐 물을 흐리던 개구리 두어 마리
사람이 지나간 뒤
다시 고요해진다.

* 古沼.

새꽃* · 달빛

돌바위 언덕 우에
허-옇게 빛나는 산갈대꽃

박모薄暮의 찬 달빛이 흘러 어리어
연鉛빛 가늘은 바람이 멀리 보인다.

* 산갈대꽃. 억새꽃.

배나무

백주白晝와 함께 작은 뜰을 지키는
얌전한 배나무 한 그루 있다

쏟아 내리는 황금 오월 햇볕 아래
빛나는 잎새잎새마다 지방脂肪을 퉁긴다

나직한 담 안에 벌을 불러 원광圓光에 조을고
드문 손님의 꽃이야기를 이끌어주던 하얀 꽃 핀 몇 날

그도 벌써 어제 아래
가는 봄이 남기고 간 새론 꿈의 하나이어니

이제 눈엽嫩葉*이 날로 두터워지고 그늘은 깊어 가리니
나는 그 밑에 벤치 놓고 책도 읽으며
지치면 누워 하늘을 바래리라 푸른 잎 사이로

그러면 한철은 가고 또 한철은 올 게다

구월이라 바람에 한 잎 두 잎 낙엽이 지면
넘는 석양에 곱게 빛나는 열매를 똑똑 따며

---

* 어린 잎.

나는 다시 추억할 게다
—하얀 꽃과 녹음과 그리고
종이 주머니 만들어 씌우던 이야기를……

오월의 백주白晝와 함께 나의 뜰을 지키는
얌전한 배나무 한 그루 조은다.

소경*

훨씬 높은 새로 개어난 먼 동쪽 하늘은 푸른 바다
가벼운 점운點雲** — 흰 돛이 하늘에 달렸다
마침 석양이 먼 숲에 떨어져
가까이 곱게 나부껴 빛나는 것도 있고
아득히 수평선 너머로 너머로 사라지는 것도 있다.

* 小景.
** 점점이 흩어져 있는 구름.

겨울 밤

냉철한 겨울 밤 하늘 아래
어찌하야 네 그림자는 땅에 얼어붙었느뇨
푸른 달빛이 너무 차서 차서……
빛나는 대잎 위에 바람이 잔다.

구룡목꽃*

바라보니 볼수록
뽀얀 구룡목꽃이 좋다

어제는 황혼에 보아 좋더니
오늘 비 속에 보니 더욱 좋네

간간이 가다 한 잎 두 잎
물방울 따라 떨어지면서.

---

* 귀룽나무꽃.

칠월의 산길

하얀 양산을 받쳐 든 두셋 시악씨가
흰 나비떼처럼 날개를 치며 지나간 뒤
뱀 꼬리가 날카로이 빛났다
바람인 듯 풀잎이 흔들렸다.

산모랑 구비진 한길 그늘에
칠월의 한낮은 백금白金 바다보다 아름다웁다.

산거

❖

열무우꽃 쑥갓꽃 매꽃 양대꽃이 어즈러히 피어 있는 밭
반 넘어 쓰러진 수숫대 울타리 밑에는
미풍 한 점도 없는 우울한 칠월 오후의 뒤뜰—
풀 속에 무거운 푸라이* 기름발처럼
청동 개고리 한 마리가 뛰어나와
한참을 우두커니 앉았더니
담천曇天**의 낙조를 향해 하펌***을 한다.

❖

가끔 발길 멈춰 버꾸기* 소리도 들어보며
이름 모를 가련한 꽃 냄새도 맡아보며
놀라서 뛰어나는 토끼 소리에 마주 놀래도 보며
혼자 숲 속을 헤매다 나왔다.
안개는 저쪽 골짝으로 가서 숨고
햇빛이 구름을 뚫어 호수 우에 떨어졌다.

---

* 프라이(fry). 음식을 기름에 지지거나 튀기는 일. 또는 그렇게 만든 음식.
** 구름이 끼어서 흐린 하늘.
*** 하품.
* 뻐꾸기.

◈

작은 비 내리다 멎은 담천曇天의 황혼—
사람 소리 멀리 떠난 무덤이 그리워
혼자 깊은 골 숲 속을 헤매다가
칡넝쿨에 걸리어 엎어졌다
엎어진 양 두 손길 땅을 짚은 양
산머리를 뒤설레는 비안개를 바래다가
풀잎 함께 이슬에 젖은 내 몸이 덧없었다.

◈

쌓인 낙엽 우에 녹다 남은 눈이 있다
엷은 햇빛이 비치어 있다

쫑대 잎이 파-랗다
쫑대 잎이 파-랗다.

밤천렵*

까스 등불 그늘에 다리만이
도깨비처럼 어울렸다—헤어졌다

가끔 서로 마주치는 얼굴과 얼굴
흰 빗발이 눈섶 끝에 날렸다.

---

* 밤낚시.

그 여자의 눈동자

그 여자의 눈동자는 너무 맑았다.

나는 오늘 밤 등불 앞에 앉아
그 여자의 눈동자 속에서 푸른 꿈의 아스라한 그림자를 바라볼 수 없는 것을
슬퍼합니다.

햇볕

따스한 햇볕 그의 이마를 쪼이는구려
그는 눈부시듯 두 손바닥에 얼굴을 파묻는구려

나는 한동안 무심히 바라보고 앉았더니
가만히 얼굴 돌려 눈길이 마주치자 그는 헤죽 웃는구려.

쓸쓸한 밤

못 견디게 쓸쓸한 하룻밤
이제 한밤
벽화 속의 처녀가 남 몰래 내려와
내 이불 밑에서 꿈을 꾸다 새벽에 갔다.

실연

푸른 별빛 녹아 나리는 어둔 들길 우에
내가 쓴 큘록쓰* 안경은 슬픈 것이다

빨아보는 담뱃불이 두 눈자위에
붉게 타오르다 사라져 더욱 슬픈 것이다

오 왼 마을 깊이 잠든 찬 이 밤을
나는 그만 또 한 겹 더운 안경을 썼다.

---

* 안경 제조사의 이름으로 추정됨.

동해

가없는* 동해를 바라보며
내 님의 생각 저만하다 하다가
눈 들어 푸른 하늘 바라보고는
내 사람 목숨보다 큰 줄을 알았네.

---

* 끝없는.

감상

바람 자는 밤하늘에 찬 이슬 가득하고
일혜 초생 쪽달이 숲머리에 기울어
버꾸기는 이 밤에도 울어 옌다

어둑거리는 달그림자와 함께 깊어가는 성전의 한귀 뜰 우에
어린 감상感傷의 눈물에 아득이는 밤사람이 그립고나

거닐던 발길 멈추어 정적 속에 무연히 서 보니
얇은 장미빛 곱게 녹아 흐르는 나의 침실의 미닫이 창살……
촛불이 단 하나 빈 방을 지킨다.

애인

깊은 밤 뜰 우에 나서
멀리 있는 애인을 생각하다가
나는 여러 억천만 년 사는 별을 보았다.

미수*

따스 안개에 싸이는 은빛 바다에 소주小舟같이 흐른다

창경을 엿보는 별빛을 밟고 들어
꼬리를 편 백금공작白金孔雀이 가슴 우로 배회한다

흰 꿈과 같은 찬 예지의 눈동자
새츠럽게** 떠난 아가씨의 편지를 읽었다

말라 흩어지는 사엽四葉 클로버……

가늘은 한숨이 행인수杏仁水***의 냄새처럼 어둠 속에 쓸쓸히 나린다.

---

* 微睡.
** 새치름하게.
*** 살구 씨에서 뽑아낸 물약.

연모

먼 북국의
별 하나 떨어지는 하늘 저쪽—

목마른 동경憧憬
연모戀慕가 그만
머리를 쩔레쩔레 한숨에 흔들다

애인아 이 밤의 춘수春愁는 오직
애끊게도 비만肥滿한 내 마음의 고뇌의 이 뜰에 깊었습니다

불순한 끓는 피에 우주가 좁아라…… 신음에 지쳐
지친 나머지……

그러기에 나는 차라리 요카낭*의 늑골肋骨과 같이 여윈 저 조각 달빛을
내 심장으로 하고 싶다.

---

* 세례 요한.

번롱*

이제 필림**처럼
머릿속으로 지내간 그 여자의 푸로필***

—잊었다고 오래오래 전에 나의 일기에 적히인 그

오 마음이
또 나를 번롱飜弄했고나

회색 황혼이 드리운 저 배나무 숲 잔디밭 우로
삼백리三百里라 그이
와서 거닐 법도 아니 하거니

무릎 우에 놓인 책의
늙은 벙어리 같은 고독

여윈 어깨 우에
우울憂鬱의 두 팔이 슬며시 나려 누린다.

---

* 飜弄. 이리저리 마음대로 놀리는 것.
** 필름.
*** 프로필(profile). 인물의 옆모습.

귀로

달은 열하루 밤밤중을 기울고 있었다
우리들의 걷는 길은 익은 보리 향기에 젖어 있었다
나는 어린 소녀의 사랑을 참아 아주 못 잊었다
멀리 산그늘 버꾸기는 울었다.

M 부인

불 앞에 앉아
이제 뜰 우에서 혼자 바래보다가 들어온 밤하늘을 생각한다
나는 그 은모래알 같은 수많은 성좌 밑에 앉아 있다
별, 별, 별, 별…… 우주
그리하야 나는 그 빛나는 별 아래서
M 부인을 연모한다.

물 속에 빠지는 새

마음이 빨려드는 듯 차디찬
미닫이의 겨울을 뚫고 하늘이 들여다본다
네모난 호수 같은 연鉛빛 하늘에
이름 모를 새 한 마리가 원을 그리며 물 속으로 빠진다.

입춘

물 우에 떨어진 기름발처럼
지구가 옥색 공기 속에 동글동글 떠도는 날
작은 개울섶을 게을리 따라올라
마른 풀대 좁은 길 산협山峽을 지내다가
눈섶 끝에 흐르는 아즈랑이 어즈러워
나는 그만 아즈랑이 속에 서서
마른 풀대와 함께 바람 앞에 흔들흔들 흔들리었다
머리 우에 새소리가 은 조각을 뿌렸다.

고운 한때

실없이 떠놀던 마음이
가만히 갈앉는
고운 한때

……늦봄 한낮은 길고……

벚꽃이
두어 잎
나비 새끼처럼 포르르 날라진다.

밤

뼈도 없고 살도 없고 꺼칠꺼칠한 피부도 없는 커다란 뱀.

밤의 숨결은 애인의 숨결입니다. 나는 이 밤을 왼통 집어삼켜도 배부르지 않겠습니다.

월광

……그러나 내 가슴은 재 될 리 없다. 화전火箭, 비등沸騰, 열정熱情보다 달의 조소潮笑가 더 차기 때문에—. 달은 자랑한다 여윈 하얀 그러고 파란 배때기를 보이면서. 그러나 나는 어둑한 저 추녀 밑으로 달려가고 싶지는 않다. 소변은 칠색 무지개를 세우는 분수噴水같이 다채多彩하지 못하다. 그러기에 달은 나의 지방脂肪이 배인 장발長髮을 축복하지 않는다.

정밀*

갑자기 정밀靜謐의 끝없는 바닷속으로 잠겨드는 한순간—
어디서 파리 한 마리가 날개를 떨다 사라진다
귓속에서 울려 나오는 바요링,** 피리, 젓대,*** 올겡* 혼란한 음악……

벽화의 어린 처녀의 젖가슴이 가는 숨길에 오르나린다

나의 손에는 붉은 연필이 글자를 짚고 있다.

* 精謐. 고요하고 편안함.
** 바이올린.
*** 대금大笒.
* 오르간.

어머니의 꿈

쨰앵하게 나려 쪼이는 햇살 아래 한낮이 조올고
매미 소리 애끓게도 지리한 늦은 여름날
숲 속에도 없는 서느러운 기운이 떠도는 안청* 위에
고요히 잠들은 어린아이의 요람이 있고
미소로 바라보는 젊은 어머니의 아름다운 꿈이 있다.

---

* 남 · 동해안 지역에서 일종의 곡물 창고 기능을 하는 닫힌 마루.

백일애상

나직나직 엎드린 연와煉瓦* 지붕이
핑핑 퉁겨날 듯 눈앞에 짱짱거린다
그늘이 반쯤 기어나린 흰 회灰별
누-른 호박벌이 붙어 쉬고
주렴 드리운 들창으로
요염한 아낙네의 동그럼한 얼굴이 나왔다 들어간다
공기는 호박빛
바람은 숲 속에 자고
나비는 작약 그늘에 숨고
낮이 옮기는 발자취 들리는 듯
게으른 애상이 보시시 눈뜨는 정적靜寂—
좁은 뜰 더운 기운이 이마에 배어들어
짠매미 한 마리도 울지 않는 뒷청은
눈이 가느라니 감기어 아름아름 슬프고나
등골에 닿는 싸늘한 마루 촉감이 차라리 슬프고나.

* 벽돌.

우후

비 온 뒤 산에 올랐다가
아무것도 없어
송화 가루 젖은 채 어지러이 깔려 있는 붉은 흙 보고
그저 무심한 양 범연泛然한 양 시름없이 돌아온다

선성*

대밭 그늘이 따라드는 마루 우에
생각에 잠기다 글을 쓰다 어깨가 어리어

목뿌리를 빼빼 돌리니
매미 소리도 빼빼 돈다.

---

* 蟬聲. 매미 소리.

별

어둔 담모랑길*을 돌아가다가
문득 먼 하늘가의 별이 보였다
마음은 발길 함께 멈췄다
밤, 평범한 감개感慨……
다시 걷다.

---

* 담모퉁이길.

추성*

처음으로 내어다놓은 솜이불
새로 바른 하얀 미닫이

얌전하게 타 나리는 황촛불 앞에
캐묵은 당판唐版 시집詩集을 대對해 앉는다.

* 秋聲.

담천*

수기水氣를 흠씬 먹은 구름이
추녀 끝에
나직히 걸리다

뜰 우의 전나무
애수哀愁를 띠우고
어디서 청개구리 울다

내 이제
빛나는 꿈 조각의
금빛 날개를 잃었나니

낮잠의 오후……
담배를 빨다…… 뿜다……
그만 우울해지다.

* 曇天. 구름이 끼어서 흐린 하늘.

낙엽

희미한 호롱불의 소박한 정이 그리워
낙엽이 밤내 창살을 두드린다
가난한 가슴이 문득 차거워
책상머리에 꽃 한 가지도 없어
오늘 밤은 타고르*의 시도 이내 쓸쓸해지다.

* 타고르(Tagore, 1861~1941). 인도의 시인 · 사상가.

고담

밤이 깊어 보던 책 덮어두고
혼자 귀떨어진 화로를 안고 앉아
숲 속에서 주워온 밤을 구워 한아閑雅한* 식욕을 채워본다
가끔 창밖으로 지내가는 바람소리 들으며

지금 이 밤에 내 마음은
가을 언득** 황혼의 달빛 아래 서 있는 새꽃같이 고담枯淡하다
오늘 들은 애인의 결혼일도 잊고 있다.

* 한가롭고 아치가 있는.
** 언덕.

임간*

썩은 고목 등걸에는
버섯이 날까 싶다
버섯 냄새라도 나는 듯하다
썩은 나무 냄새도 난다

숲은 깊고 사람도 없고 황혼은 짙고
망개** 잎사귀 우에.
자벌기는 자질을 잊고
검은 박쥐 한 마리 혼자 날으니
박쥐는 무슨 구신인가 싶다.

---

* 수풀 사이, 또는 숲 속.
** 갈매나뭇과에 속하는 낙엽 활엽 교목.

샘물

숲 속의 샘물을 들여다본다
물 속에 하늘이 있고 흰 구름이 떠가고 바람이 지나가고
조그마한 샘물은 바다같이 넓어진다
나는 조그마한 샘물을 들여다보며
동그란 지구地球의 섬 우에 앉았다.

등광*

여름 하늘에 떠 있는 흰 구름처럼 장한長閑하다

소복한 젊은 여승의 손에 쥐인 염주처럼 외롭다—차다

어떤 접문接吻** 의 붉은 장미가 피었다 사라진다.

---

* 燈光.
** 입술을 댐.

묘표

황혼의 공동묘지—
오똑오똑 서 있는 늙은 목패木牌 · 목패 · 목패……
누구누구의 정령들이 무슨 꿈을 꾸는가
연鉛빛 초생달이 머리 우에 빛난다.

담월*

한나절 궂은 빗발에 피로워
저녁 유리창 밖에 참아 흐느끼는 어스름 달
눈물은 바람에 떨어져
늙은 파초잎 우에 소리가 있다.

---

* 으스름한 달.

레-트 크림*

새로 발라놓은 미닫이 종이 창살아
곱게 번져드는 비 개인 아침 햇살

나는 오래 두었던 수염을 깎았다
하얀 레-트 크림을 턱에 문질러보았다.

---

* 당시에 유행하던 남녀 공용의 기초 화장품.

첫 겨울의 한낮

마루 끝에 조으는 고양이 부러워
나도 그 곁에 나가 가만히 앉아본다
새까만 삐로-드* 등솔기에 햇볕을 쪼이며
첫겨울의 따뜻한 하루를 한껏 맛보아본다

머리를 드니
먼 하늘 끝은 맑고 트이고
나와 고양이의 주고받는 꿈을 실은 구름이 떠간다.

---

* 비로드. 벨벳.

열

창밖에 보슬눈 뿌리는 깊은 겨울밤을
낡은 벽화 속의 사슴이와 이야기해보았다
달력 한 장을 미리 떼어보았다
신경神經은 푸른 바늘 끝같이 외로워져
슬픈 백금 시계를 만지작거려보는 손길의 싸늘한 촉감
수정 같은 얼음 구슬을 빨아보고 싶은 마음
찬 벽에 여윈 두 볼을 대어본다 대어본다
그러나 나는 감기도 들지 않았다.

돌바위

깊은 산 깊은 숲 속에
바위 하나 있다
숨어 살으매 이름 없는 돌바위

싸늘한 마음을 참고 살았다
바람소리에 꿈꾸며 늙었다

토끼똥이 놓였다
부엉이 깃이 있다

해와 달과 그늘과 별이 가고 온 자취—
칡넝쿨 인동 넝쿨들이
어지러이 얼크러지고

푸른 이끼 뿌리를 헤쳐 향그런 냄새
여름 한나절 한 꿈이 아득하다

처녀의 젖가슴에 자라나는 사랑인 양
발뿌리에 숨어 흐르는 샘물
비밀한 이야기를 싣고 싣고 바다로 갔다

사슴이 가끔 달빛을 따라와 잔체*하는 곳

길 잃은 안개가 쉬어 가는 곳

천만 년 살아도 말없는 돌바위
천만 년 늙어도 천만 년 젊었다

먼 바다에 해가 넘고 황혼이 와도
등불을 볼 수 없는 돌바위는
밤마다 찬 별을 우러러 밤을 새운다.

---

* 잔치' 의 사투리.

입춘

입춘대길立春大吉
건양다경建陽多慶
만사형통萬事亨通

집집마다 문 우에 기둥에 새로 써 붙인 입춘立春
저 소박하고 소박한 조선祖先*의 마음은 복되어라

오늘 따스한 봄별 아래
내 마음은 대단히 밝다.

* 조상.

표박자*

갑자기 추워진 이월 밤이 조각달의 눈동자조차 잃어버려……. 하얀 눈 속의 고독한 사원은 더욱만 깊었다.

뼈를 핥는 듯 싸늘한 하늘—. 얼어붙은 뜰 우에 나서 어째 나는 혼자 이렇게도 애처로운 휘파람을 날리느뇨?

땅그랑…… 여윈 가슴을 파고드는 애끈한** 고수孤愁다. 바람에 살금 울린 풍경의 바늘 끝같이 날카로운 싸늘한 울림. 길게 내어뿜는 내 한숨발이 눈앞에 창백하다.

돌같이 냉혹한 현실 앞에 돌같이 냉혹한 갱생更生을 꿈꾸며 나그네 된 내가 아니었던가…….

말없이 나를 노려다보고 있는 극락전 앞의 희뿌연 광명등光明燈—

찬 눈 우에 기다란 그림자를 그어놓았다.

---

* 일정한 주거나 생업이 없이 떠돌아다니며 지내는 사람.

** 애끊는.

산협의 달

더디 오른 산협山峽의 스무날 달이
휘황한 병풍을 둘러놓았다

너는 바윗돌 속에서 운다는
나무닭의 울음소리에 귀를 줄 수 있니?

성숙星宿의 숨길을 맥박 짚으며
터지려는 창조신創造神의 배꼽을 움켜쥐고 있을 수 있니?

오 누구의 입김일까
문득 울 듯한 마음은 장미색薔薇色
실날 같은 지축地軸을 어루만지며 쓰러지네

언덕에 한 포기 싸늘한 새꽃같이
바람에 불리우며 불리우며

남모르는 고독한 설움의 꿈을
자다 나와 반밤*에 어리우노라.

---

* 하룻밤의 절반.

고향시초

◈

반디불이 날 듯한
신록新綠이 설키는 어둔 첫저녁 산기슭의 외딴 길을
이야기 소리는 가까이 오면서
사람은 안 보인다.

◈

흰 나가비* 날아 넘은 지붕 우에
얼룩 수탉이 올라 한낮을 길게 울었다
추녀 끝에 참새가 와서 재재거리는가 하면
잠자리 두 마리가 울타리 우에 날아와 앉았다
여물을 씹던 소가 방울을 울렸다
놀랜 송아지가 다시 눈을 감았다
미풍이 수양垂楊 새로 모르듯 지나간 뒤
빛나는 햇빛—

석류꽃이 붉었다
석류꽃이 붉었다.

* 나비.

❖

까–만 하늘
밤이 새나리 지붕* 우에 질식窒息했다
추녀 끝에 낙수 소리 쓸쓸히 빛나는 밤
감나무에 청개구리 울음이 잦은 밤
람푸** 불빛이 고여 흐르는 작은 뜰 우에
가끔 흰 빗발이 몰래 지나가는 밤
나는 형수씨와 마주앉아
담배도 피우며 시염시염*** 부채질도 하며
향토의 작은 이야기들을 모자라듯 들었다.

❖

겨울밤 깊어 혼자 마루 끝에 나서면
별빛 하나도 없는 까만 밤
토깨비*라도 날듯 스산한 밤이다

멀리 산기슭 바닷가 갈밭** 언덕 우에
횃불이 하나 있다
누구를 부른다.

---

* 갈대로 엮어 덮은 지붕.
** 램프.
*** 쉬엄쉬엄. 쉬어 가며 천천히 길을 가거나 일을 하는 모양.
* 도깨비.
** 갈대밭.

❖

별빛도 없는 어둔 이 밤을 산새가 운다
옛 마을의 쓸쓸한 보슬비 오는 겨울밤이다

호롱불 가물거리는
방 안에 무거운 그늘이 떴다…… 잠겼다……
이웃집 대밭에 멀리 뒷산에서 바람이 내린다
옛 마을의 쓸쓸한 보슬비 오는 겨울밤이다

사립 밖에 여인의 기침 소리가 난다
소근거리는 소리가 지나간다.

옥산*

(둘러싼 돌담 반쯤 헐어진……)

수양 드리운 마을 앞 우물가를 지나다가
황혼에 물 긷는 마을 아낙네들의
에로틱한 희담戱談** 을 혼자 들었다.

* 玉山. 지명. 경상북도 경주시 안강읍 옥산리.
** 웃음거리로 하는 실없는 말.

마조천변

갈가마귀 한 떼가
먼 하늘 끝으로 아물아물 사라졌다

여기 낯설은 마을 앞 시냇가에
담박淡泊히 향기 없는 얼음 밑에 꽃피는 이월

저물어가는 여윈 개울 찬 물소리에 발이 시리고
두루두루 산둘레 오래 남은 눈

시내 구비진 곳에 무언가 빨던 젊은 아낙네도 들어갔다
나는 아직 술이 다 깨지 않았다.

금화로상*

천천히 비탈져 나린 넓은 산둘레
새** 베는 두어 사람 있고
허연 새꽃 우에 저문 가을바람 바라보며
나 혼자 그 밑으로 돌아 나온다.

---

* 金華路上.
** 억새.

마산 부두

길 한 모퉁이 혼자 잠자코 서 있는 포스트*
붉은 칠 반 넘어 벗어진 늙은 포스트—
가난한 잡화점 유리 창경에 던져놓은 싸늘한 그의 그림자여
센티멘트의 냄새가 흐르는 헬슥한 장발 청년이
얇푸른 봉투 편지 한 장을 부택이**하고 간다.

* 우체통(post).
** 부탁.

웅천곡

따스한 첫봄 한낮의 산기슭에 놓인 마을
새로 이인 오막살이 여남어 집
수숫대 울타리에 빨간 빨래 조각들
사흘 전 기원절紀元節 축기祝旗를 아직도 달아놓은 집이 있다
홀로 추녀 끝 그늘 밑에서
도꾸방아* 찧는 나이찬 처녀의 머리채여
수탉이 지붕에서 훼**를 치며 길게 목을 빼는 한낮의 마을
멀리 보이는 바다 한 귀가 백금白金으로 빛난다.

---

* 혼자 찧는 독獨 방아.
** 홰.

김해

갑자기 추워지는 아침 뒤깐*에 앉아
힐푸른 냉정冷情이 속속드리 숨어 있는 묵은 회灰가루 벽에
여기저기 그려놓은
싸늘한 검은 연심鉛心** 낙서를 주워 읽다 호젓이 나왔다.

---

* 뒷간.
** 연필.

《올빼미의 노래》 수록 시

달밤 | 들길 | 사랑 | 눈眼 | 어느 구름 속으로
사촌寺村 | 꿈길 | 바다 | 사랑을랑
교소嬌笑 | 천대받는 마음이 | 기다리는 사람들
자연 조직체 | 여자 | 낙타떼 | 사무실
화로 앞에 | 슬픔 | 시름 | 무덤 | 차중車中에서
불리어가는 사람들 | 바람 | 시간
수인囚人 | 체념 | 병病 | 신의 뜻대로
바람과 여자 | 권태 | 평화 | 하심下心
들에 서서 | 소곡 회한집小曲 悔恨集
그리는 세계 있기에 | 청자기靑瓷器처럼 | 꿈
오후의 사상 | 경건한 정열 | 태양 | 아침
자유 | 그분들은 오셨다 | 고독에 돌아와
모려牡蠣의 꿈 | 오직 하나만
무슨 소리 듣는다니 | 열무우꽃 | 고사古寺
소나기 | 삼월 동풍에 | 마금산 온천

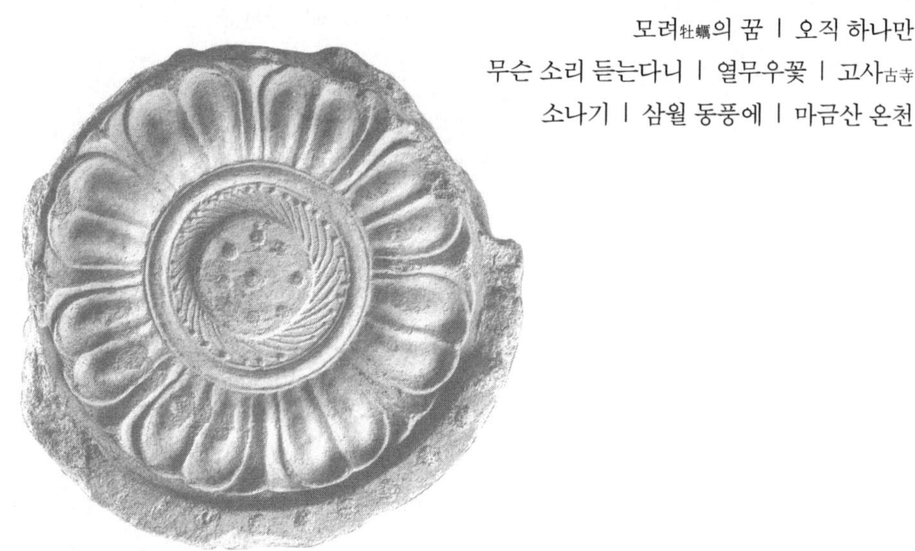

작가의 말

책을 이름하여 《올빼미의 노래》라 하였습니다. 안과 밖이 함께 칠같이 어둔 밤에, 혼자 나와 우는 올빼미의 노래…….

슬픔인가 하면 기쁨이요, 고독인가 하면 법열法悅이요, 체념諦念인가 하면 초조焦燥이기도 합니다. 어쨌든, 아직 밝아오는 새벽 이전의 노래가 이 올빼미의 노래입니다.

이 올빼미가 빛을 바로 볼 수 있는 눈을 가질 수 있는지는 모릅니다. 그러나 다음부터의 노래는 어둠 속에서만 우는 올빼미의 노래가 아닐 것만은 내 스스로, 또 확실히 믿습니다.

4283년 첫봄 김달진

달밤

눈도 희고
달빛도 희고,

조그만 뜰 안에
고요히 깊은 밤.

어디서 고양이 운다.
고양이 울며울며 간다.

들길

밝은 햇볕 눈부시게 흐르는
오월의 들길은 어딘가 슬프다.

오가는 이 아무도 없고
어디서 개구리 한 마리 운다.

사랑

찬 별인 양 반짝이는 눈동자
날 부르는 손길은 쉴 새 없이
나부끼어 나부끼어, 버들잎처럼

광명과 암흑이 숨바꼭질하는 곳,
비애와 환희가 넘나드는 속에서……

오라, 그대, 나의 침실로, 면사포面紗布 벗고
창에 어린 푸른 달빛에 이마를 들라.
그대의 미도, 지혜도, 광영도, 축복도
어둔 안개처럼 가슴에 그늘지련다.

없다기 너무 분명分明하고
있다기 진정 애매한 사랑이매
나의 나약懶弱은 날로 자라나거니,

감각과 영靈이 조화되는 곳,
바람과 향기가 섞여 사는 속에서……

오라, 그대, 나의 침실로, 면사포面紗布 벗고

창에 어린 푸른 달빛에 이마를 들라.

눈

깊은 숲이오라.
샘물이 흐르오라.
잔디밭에 사슴이 졸고
실안개 흐르오라.

어느 성좌에서 떨어졌나?
어떤 신화의 속삭임인고?
입술에 따가운 참한 유리 술잔,
파름한* 은행 열매가 스스로 풍치風致롭네.

가을 포도알처럼
사랑은 터질 듯 익어가고,
오월 석양의 화원에 든 양,
내 인생을 아득였노라.

포실눈 나리는 어둔 밤길을,
발끝마다 흔들리는 하나 등불—
내 너를 떠나, 또 하나 너를 따라
혼자 자랑스리 돌아오노니.

---

* 보일 듯 말 듯 하게 파란.

어느 구름 속으로

모든 아름다운 꿈은 실없다거니,
모든 행복은 물거품 같다거니.

그럼, 우리 둘이 함께, 소녀야
어느 구름 속으로 사라지려냐?

사촌

뒷절에서 울려오는 경쇠* 소리에
칠월 한낮은 더욱 길었다.

툇마루에 그늘은 깊었다. 새로 내온 하얀 골자리,** 풍화된 난간에 기대앉아, 우거진 등藤넌출을 우러르고 있었다. 파리벌*** 한 마리가 원을 돌고 있었다.

햇볕 쨍한 좁은 뜰 안에, 아름아름 감길 듯 두 눈이 부시었다. 병아리 두세 마리 박잎 그늘에 졸고 있었다. 한 떨기 금련화金蓮花* —타는 듯 가련한 한 떨기 금련화에 환히 비추일 듯 마음이 부시었다.

참한 상床—나찬 동정童貞 여승女僧이 정성껏 보아온 까만 술상이다. 고사리 나물, 호박전, 오이김치, 두부 지짐…… 가지가지 빛나는 하얀 접시들이여. 나는 혼자서 술잔을 기울였다. 산山포도 물든 볼그레한 맑은 술을 혼자서 기울였다.

술기운 함께
먼 하늘가로 돌아오는 흰 구름에,

---

* 놋으로 주발과 같이 만들어, 복판에 구멍을 뚫고 자루를 달아 노루 뿔 따위로 쳐 소리를 내는 불전 기구. 예불할 때 대중이 일어서고 앉는 것을 인도한다.
** '돗자리' 의 방언.
*** 등에.
* 한련과의 덩굴성 한해살이풀. 잎은 어긋나고 연꽃잎모양이다.

뜰 안에 타는 빨간 금련화에,
동정 여승의 알뜰한 정에,
있는 듯 없는 듯 가느란 시름에,
나는 혼자
취해가고 있었다. 취해가고 있었다.

꿈길

건넛방 일깬* 아이들
도란거리다 도로 잠들고,

잦은 닭소리에
창살 희부옛이 밝아오나니,

나는 이제 막 임을 만난 꿈길이
분명하지 않아 안타까워하고 있다.

* 잠을 일찍 깬.

바다

너 얼마나 깊은 회한이기에,
너 얼마나 큰 괴롬이기에,
아닌 듯 겨우 물거품 지우는다?
찬 바윗돌에 가슴을 비비는다?

바다야, 너 바다야.

사랑을랑

모든 것 다 없어져도
사랑을랑 버리지 말자.

찬비 나리는 지리한 날에
두 손발 일어서 어이 가리.

여기저기 토깝불* 이는 밤
별빛 함께 떠오는 장미꽃 향기.

우리 사랑을랑 버리지 말고
모든 것 대신해 지니고 가자.

---

* 도깨비불.

교소*

첫 봄볕 무르녹은 창밖으로
한 여인의 교소嬌笑가 꽃처럼 지나갔다.

내 책상에 돌아앉으며,
어두운 시간 속으로
낙엽처럼 한숨짓는 '사랑' 의 유령을 본다.

* 嬌笑. 요염한 웃음.

천대받는 마음이

가슴에 쌓인
의혹, 불만, 우울……

천대받는 마음이 주위를 둘러보았다.
어디 무슨 원인이 있는가 하고.

그러나 미워해야 할 아무도 없었다.
갚아야 할 원수도 없었다.

모두들 부지런히 일하고 있었다.
명랑하게 담소하고 있었다.

늦겨울 황혼이 어른거리는 음울한 창 앞,
한 모퉁이 걸상에 기대앉아
나는 쓸쓸히 내 자신을 바라보고 있다.

기다리는 사람들

무슨 약속이기에, 무엇이 온다는 어떤 약속이기에, 기다리며 기다리며 사는 사람들. 기다리고 기다려도 무엇인지 모르고 기다리며 사는 사람. 아침 햇빛 따라 온다던가, 흰 비둘기 타고. 깊은 밤 잠든 사이 어린 바람처럼 골목골목 기웃거리며 꿈길 밟고 온다던가? 먼 산을 우러러, 먼 바다 바라며, 굽이굽이 돌아 지나간 길— 하얗게 빛나는 길 끝을 바라며…… 그만 돌아서려 해도 아침 꽃이 서러워, 저녁별이 안타까와, 어둔 밤 토깝불 인정이 눈물겨워. 한나절 회오리바람 길가에 서서 옷자락 날리다가, 어느새 하루 해 저물어 기다리던 손님, 찾아온 그 손님 누구기에, 무슨 약속이기에, 산비탈 소실길로 멀리 오는 종소리 함께 바쁜 듯 가는 사람, 가는 사람들—.

이리하여 사람들은 기다리던 손님 모습 영원히 볼 길 없이, 무한한 어둔 밤 하늘의 궤도軌道를, 목성木星처럼 걸어가고, 걸어가고 있는 것이다.

자연 조직체

소근거리는 이야기 속에
난초는 차라리 추워 떤다.

가느란 근심발처럼
밀려드는 한낮의 흐림 속.

또 어디서 오는 모습이기
먼이[*] 앉은 촌뜨기의 침묵이뇨?

어느 성좌의 낮별이 떨어지는가?
바다처럼 깊어가는 나의 고독은……

하도 크고 답답한 설음이매
씁쓸한 커피 잔에 서리는 한숨.

빨간 입술, 화려한 넥타이들……
그늘 속의 자연 조직체.

어깨를 누르는 가만한 힘에
문득 놀라 눈을 드노니,

---

* 멍히.

소근거리는 이야기 속에
난초는 차라리 추워 떤다.

(다방茶房에서)

여자

내 당신의 무엇을 사랑해야 하는가?
눈매인가, 입모습인가, 걸음걸인가?
웃음인가, 진정인가, 또 사상思想인가?

나는 당신의 관능을 안다.
나는 당신의 생리를 안다.
당신의 질투의 표정을 알고,
당신의 허영과 위선을 알고,
그리고 저
구상전변九相轉變의 그림을 보았느니.

만일 그대 내 품에 안길 때면
당신은 하나 그림자, 찬 해골……
아, 나는 당신의 무엇을 사랑해야 하는가?

……핏줄이 터질 듯
사랑해야 하는가……?

낙타떼

사막은 사막을 이어 끝이 없고
검은 구름 설레는 하늘 나직히,

쫄레쫄레 어디로 끌려가는 낙타떼뇨?
굴레 씌워, 코 꿰인 낙타떼이뇨?

사구沙丘는 이상理想, 일었다 흩어져 대중없고,
두루두루 큰 바람 피할 길 없어,

검붉은 피의 상전 채찍 밑에
갈渴한 목은 오직 수낭水囊의 자위自慰뿐.

어디서 오는 어둠, 눈앞에 안개 내리면
사랑도, 노래도, 눈물의 회한도 기억조차 희미하여……

사막 끝 저 너머 무엇이 부르기에
쫄레쫄레 어둠 속으로 사라지는 그림자.

아, 너 나 우리 모두
우리 모두

사막을 끌려가는 낙타떼가 아니뇨?

사무실

탁상전화는 구내 15번
푸른 붉은 잉크
잉크호壺에 침전된 흐린 꿈길.
차茶잔은 이즈러지고
낡은 스탠드에는 전구도 없다.

모두들 따스한 등불을 찾아가고,
텅 빈 방 안에 나 혼자,
상념은 바다의 갈매기처럼
생존을 박차고 허망의 하늘로……

허망의 하늘로 날으다,
현훈眩暈*을 일으키며 돌아온
생존의
또 사무실.

어둔 창경에 번지는
내 얼굴의 슬픈 그림자,
돌처럼 찬 '허무'의 빌딩 위에
나는 추워라, 어실어실 추워라.

---

* 정신이 아찔아찔하여 어지러운 증상.

화로 앞에

여관 이층 낡은 다다미방에
나 혼자 하염없이 앉아 있었다.

불도 없는 화로를 안고 앉아
찬 재를 헤적이며 앉아 있었다.

멀리, 가까이 끊임없는 소음 속에
멋없이 눈을 떴다 감았다……

꽃샘 봄바람이 으스스 추워라,
캐묵은 장지* 종이는 어이 슬픈 것이뇨?

모든 것 구름처럼 흘러가고,
아름다이 참된 것 꿈인 양하여

설움도 괴롬도 알뜰히 안은 채
다시는 우울하지 말자 했거니……

어둑한 여관 다다미방에
불도 없는 화로 앞에 앉아 있었다.

---

* 방과 방 사이, 또는 방과 마루 사이에 칸을 막아 끼우는 문.

슬픔

마음아, 너 어려서이뇨?
세상일이 진정 그러함이뇨?

이마는 항시 나직히, 어깨는 처지고,
웃음은 피려다 시드는 꽃,
시야視野에 벌어지는 사막에 먼지가 인다.

가다 문득 발길 멈춰 네거리에 섰다가,
코 꿰어 끌려 다니는 낙타떼 바라보고,

음악과, 춤과, 청춘의 무지개 속에
한숨에 들이키고 남은 빈 술잔.

내 오늘도 가등街燈 희미한 길 혼자 돌아오며
'삶이란 아름다운 값진 것이니라' 고
가만히 타일러 달래보건만,

마음은 조소嘲笑하고
이성理性은 물거품,
아, 세상일 진정 슬픈 것이뇨?

시름

기나긴 가을밤을
창밖에 쉼 없이 궂은비 내려,

어둔 방 안에 내 홀로 잠 못 들면
묵은 시름 다시 새로워지노니,

시름아, 너는 내 마음 어디 사는 불사조뇨?
너는 언제 박힌 깊은 화살의 생채기뇨?

가만히 귀 기울이면 내 가슴 가장 안에
영겁의 파도치는 너의 조수潮水 소리—

가끔 지내가는 바람결에 희롱지며
일었다 사라지는 웃음의 거품이여!

너는 빨간 술잔 밑에 그늘을 앉히고
사랑의 접문接吻 자리에 그림자를 남기고……

내 이제 헛되이 애쓰지 않겠다.
모든 것 꿈속에
오직 참된 너, 곧 나로다.

무덤

내 가슴 어딘 듯 깊은 그곳에
한 줄기 옥 같은 샘물이 있다.

보드런 풀, 기슭에 파랗게 자라고
구슬을 뿌린 듯 흰 이슬이 조록히 놓여

햇별이 황금 공작 꼬리를 활짝 폈다.
바람이 푸른 치맛자락을 자르르 끌었다.

난만한 웃음이 꽃처럼 흩어지는 이슬 밭에,
아, 모든 것 빛나고 아름다운 가운데……

어디서 오는 구슬픈 저 소리뇨?
만고萬古 시름을 혼자 울어 예는 슬픈 소리뇨?

내 가슴 어딘 듯 깊은 곳에 무덤이 하나.
무덤에서 솟아나는 옥 같은 샘물이 있다.

차중에서

내 무엇 하러 이 길을 가는 것인가?
이 길은 어느메로 가는 길인가?

쿵, 쿵, 쿵 달리는 차창 앞에
산모롱이 오고 가고,
들은 돌아가고.

옛 사람 내리고, 새 사람 오르는 동안,
눈부신 저녁 별 사이로
꽃피던 이야기에 도리어 고달파져……

감았던 눈을 가만히 뜨면
연기 자옥한 희부연 등불 아래,
아, 우리 모두
환幻의 세계에 귀양살이 나그네.

불리어가는 사람들

웬 이리도 많은 사람들인가?
모두들 어디로 가는 사람들인가?

성당의 무거운 종소리
긴 애수哀愁를 끄을며 성城 너머로 사라지고,
잔설殘雪 얼어붙은 저문 거리에
아, 많은 사람들
모두들 어디로 가는 마음들인가?
초조와 피로 속에.

내 그 중의 한 사람으로……
환영幻影처럼 걸어가다 발길 멈추면,

먼 '행복의 섬' 에서 불어오는 바람소리,
그 너머 더 멀리
무슨 부르는 소리.

바람

여름 하루가
비 속에서 밝았다,
비 속에서 저물었다.

창은 열어논 채로
등불도 켜지 않고 있었다.
밤은 벌써 깊어가고 있었다.

나는 피우던 담배도 잊고
벽에 기대어
멀리 생각을 달리고 있었다.

덧없는 그림자 속에
아름다운 꿈을 보려는……
가느란 웃음이 나와,

빛도 냄새도 없는
엷은 상징象徵처럼 살아가는
조그만 내 생명을 생각하고 있었다.

아, 모든 것 아무것도 없었다.
뜰 안에 벌레 소리도 없었다.

한 가닥 꽃향기도 없었다.

끝내
바람처럼 나는 가리라.
나는 바람처럼 가고 있었다.

시간

시간이 구름처럼 흘러간 뒤,
내 모든 원망願望의 이마 위에
오직 하나 창백한 입술 자리.

아침 아침마다 가난하고,
저녁 저녁마다 고달파
꿈길은 화석化石처럼 굳어가고……

나는 하나 혹성惑星 안의 고아孤兒라.
집집마다 꼭꼭 닫힌 문 앞을 지나,
눈보라 어둠 속을
두 손길 호호 불며 걸어가노라.

수인

나는 어딘가 무엇을 기다리고 있었다. 한 송이 빨간 장미꽃인 듯, 한 마리 흰 비둘기인 듯, 미풍이 지나가는 오월 아침의 이슬 밭인 듯, 밝은 햇볕인 듯—내 생명이 수정알처럼 트일 무슨 일을 기다리고 있었다.

눈 멎은 오후, 황혼의 그림자 어른거리는 높은 빌딩 유리창 앞에 앉아 내가 바라보는 서울 거리는 음울한 하늘처럼 슬프거니……?

나는 가만히 생각한다. 어딘가 내 가슴속 한 편에 갇혀 있는 수인囚人을—먼 태고 어느 때부터, 낮도 밤도 없는 혼탁한 심장의 창살 그늘에 '칠인七人의 수면자睡眠者'*처럼, 지쳐 쓰러져 있는 한 사람 수인囚人을.

* 《코란》 제18장 〈동굴의 장〉에 나오는 인물들.

체념

봄 안개 자옥히 나린
밤거리 가등街燈은 서러워, 서러워

깊은 설움을 눈물처럼 머금었다.
마음을 앓는 너의 아스라한 눈동자는
빛나는 웃음보다 아름다워라.

몰려가고 오는 사람 구름처럼 흐르고,
청춘도, 노래도 바람처럼 흐르고,

오로지 먼 하늘가로 귀 기울이는 응시凝視 —
혼자 정열의 등불을 달굴 뿐.

내 너 그림자 앞에 서노니, 먼 사람아
우리는 진정 비수悲愁에 사는 운명,
다채多彩로운 행복을 삼가고

견디기보다 큰 괴롭이면
멀리 깊은 산 구름 속에 들어가,

몰래 피었다 떨어지는 꽃잎을 주워
싸늘한 입술을 맞추어보자.

병

한 종일 창밖에는
궂은비가 오고 있었다.

빈 방에 꽃 한 송이도 없는
고적孤寂을 고적대로 참고 누워 있었다.

'약' 이라는 나어린* 계집애 소리에
놀라 깨니 고향 천리, 꿈을 꾸고 있었다.

괴론 꿈을 깨어 땀을 씻고 앉았으면
창경 밖 실버들이 물처럼 흔들렸다.

한동안 뜬 열을 잊고 있었다.
생각은 금강산을 달리고 있었다.

감긴가 몸살인가 몰라도
분명한 오직 중생병衆生病이다.

어둔 방에 시간은 흐르고, 흐르고
아, 모든 것은 이미 덧없었다.

---

* 나이 어린.

신의 뜻대로

문 열고 창 앞에 호젓이 앉노니
고달피 나리는 회색 하늘,
박명薄明의 시간은 한숨지으며
눈앞으로 눈앞으로 흘러간다.

넘실거리는 역사의 물결,
명멸明滅하는 소녀의 사랑
내 어깨를 누르는 무슨 힘을 느끼나니—
모든 것 신의 뜻대로 되어지라.

바람과 여자

깊은 밤 혼자 일어
창 앞에 귀를 기울여보다.

달 밝은 이런 밤이면
달 밝은 이런 깊은 겨울밤이면,

뒷산에서 내려온 바람이
늙은 나그네처럼 흰 옷자락 날리며,

호젓이 얼어붙은 거리를 지나
꼭꼭 닫힌 문 앞을 기웃거리며,
골목길 돌아돌아
뜰 안의 잣나무와 무슨 이야기 속삭이는 듯……

그러나 내 그 이야기 뜻 모르고,
은물결 굽이치는 침묵의 바다 위로
바람처럼 흘러가는 한 여자의
유령을 바라본다—바람처럼 흘러가는.

권태

희미한 달빛 돌아오는 골목길에
모든 것 환幻이요, 꿈이라 생각했다.

어디서나 또다시 환幻을 가질 수 있기에
나는 생生에 애달 것 없이 게으롭다.

평화

무한한 밤의 기류氣流,
커다란 정적靜寂의 바다,
뭇 성좌의 별빛 아래
나는 한 송이 연꽃처럼 누워 있다.

모든 열망도, 시름도 가고,
(침묵 속에 빛나는 하얀 영혼이여)
머리맡에 고독한 등불 바라며
나는 하나 낡은 꿈처럼……

먼 태고—나는 생각한다. 황금의 해안을 출범하는 내 최초의 생명의 배, 그리하여 보랏빛 하늘가로 돌아가는 구름처럼 사라지는 생명의 노래.

아, 하나의 추억도 남기지 말게 하라.

하심*

나는 오늘 내 일에 충실하였나? 내 자신에
내 혼자만이 아니요, 여럿 속의 하나임을 잊지 않았나?
'내가 남의 덕을' 보다 '남이 내 덕을' 보게 하였나?
침묵하였나? 참된 어리석음, 그러나 비겁하지 않았나?
'위대偉大의 허망' '소小의 위대偉大'를 체현體現하였나? 오직 하나 인간의 나무처럼, 나무의 뿌리처럼……

가난한 초옥草屋, 어둔 자리 속에
모든 경상景象,** 새벽처럼 빛나고
여윈 이마 위에 뜨거운 숨길……
부질없는 '이름'들이 나뭇잎처럼 내게서 떨어진다.

---

* 下心. 불교에서 자기 자신을 낮추고 남을 높이는 마음.
** 경치.

들에 서서

내 여기 혼자
넓은 들에 서면

모든 것 내 품에 안기고
모든 것 다 내 소유라.

푸른 하늘의 유방乳房 아래
만고萬古의 바람 앞에……

흰 비둘기여, 구름발처럼 날아오라
빈틈없이 흐르는 봄별 속으로

대지에 빛나는 피와 살의 기쁨
그 속에 물결치는 생명의 호흡.

무궁의 침묵 속에 누워
만만漫漫한 기백이여

'사랑과 평화…… 사랑과 평화……'
대지의 소리에 귀 기울이며

내 모든 것 더불어

지구와 함께 돌아가노니.

소곡 회한집

망미인혜천일방 望美人兮天一方*

—동파東坡

❖

어디고 반드시 계오시라 믿었기에
어렴풋 꿈속에 그리던 모습,
어둔 방 촛불인 듯 내 앞에 앉으신 양
아, 이제 뵈는 모습 바로 그 모습이네.

❖

푸른 나뭇잎 나뭇잎 사이로
말간 가을 하늘 우러러보면
어디서 오는 가느란 바람이기에
꽃잎처럼 흔들리는 임의 그 모습

❖

아, 내 마음 어떻게 두어야 하리까?

---

* 미인을 하늘 한쪽에서 바라보네(〈적벽부〉 중에서).

너무나 작고 더러운 존재오라.
영혼의 속속들이 눈부시는 빛 앞에
화살 맞은 비둘긴 양 날개만 파득일 뿐

❖

사랑이 되고 안 되고사
오로지 임에게 매이었고,
마주 앉아 말 주고받는 인연
오백생五百生 깊음이 느꺼* 자랑스럽네.

❖

들 밖 어둔 길을 밤늦어 돌아오면
허령허령 술기운 반은 취하고,
먼 남쪽 하늘가 흐르는 별빛 아래—
산 넘어, 물 건너 몇 백 리인고?

❖

가다가 문득문득
가슴 하나 얼컥** 안기는 그리움,
해바라기 숨길처럼 확확 달아
가을 석양 들길에 먼이*** 선다.

---

* 느껴져.
** 왈칵.

❖

애닯고 애닯은 이 사모思慕를
혼자 고이 지닌 채 이 생을 마치오리까?
임아, 진정 아닌 척 그대로 가야 하리까?
살아 한 번 그 가슴에 하소할 길이 없이—

❖

창밖에 궂은 밤비 소리 들으면
풀숲에 숨어 있는 한 마리 벌레가 되어
울지도 못하는 외로운 가슴,
홈초롬* 이슬발에 얼어 새우랴.

❖

어렴풋 잠결에 꾀꼬리 소리
놀란 듯 허급지급 창을 여나니,
꿈에 뵈던 임의 소식 아니언만
알뜰히 살뜰히 아쉬움이라.

❖

동무와 떠들다 문득 입 다물고,

*** 멍히.
* 함초롬. 젖거나 서려 있는 모양이나 상태가 가지런하고 차분하다.

잔 들어 흥겨웁다 문득 먼이 앉아봄은
어디서 오는 두렷한 모습이기
눈썹 끝에 아롱아롱 한숨발에 어리는고?

◈

그대를 바라볼 제면 내 가슴 문득 트이는 바다라
그대 한 마리 흰 갈매기 되어 자무락질*하나니,
그대 날아난 뒤 내 가슴 문득 거칠은 벌판
한 종일 낙엽을 부는 바람만 울어울어……

◈

오랜 도시의 빛나는 전설처럼
오랜 도시의 빛나는 전설처럼,
내 마음의 황혼에 피어난 꽃 한 송이
가만한 향훈香薰**에 젖어드는 설움이라.

◈

너는 한 송이 백합, 아담히 피어
들며 나며 바라보는 내 마음에 무심히 피어
등뒤 유리창에 저녁별 고이 타는데
어느 하늘 꿈속에서 이 밤을 새우려노?

---

* 무자맥질'의 방언. 물 속에서 팔다리를 놀리며 떴다 잠겼다 하는 짓.
** 향내.

❖

가도 가도 어둔 밤 찬 하늘 아래
오직 하나 등불, 너 생각 의지하여
두 손길 호호 불며 이 길을 가오리다.
이 길을 가오리다, 언제까지 가오리까?

❖

아무리 애닯게 불러봐도
들어줄 이 없는 설운 노래는,
밤늦어 돌아오는 눈바람에
혼자 가슴에 삼켜 고이는 눈물.

❖

오직 까만 까만 밤빛,
까만 밤빛 속에 오직 하나 빛나는 얼굴,
하룻밤이라니 열두 시간인가?
만겁萬劫에도 깊은 그리운 설움.

❖

이 세상 모든 그리움 다 모아,
이 세상 모든 슬픔 다 모아,
이 세상 모든 행복, 아름다움 다 모아,

그대 무슨 인연 내 앞에 나타났던고?

❖

오직 하나 내 기쁨 그대 하나뿐,
깊은 바다 속에 빛나는 진주처럼
어둔 밤 발끝마다 반짝이는 모습,
오직 하나 내 기쁨 그대 하나뿐.

❖

머리 숙인 그대 모습 탐탐히* 바래다가
깊은 한숨발에 눈을 돌리면
창밖에 나직한 한겨울 하늘……
아, 우리는 얼음장 밑에 사는 두 마리 물고기.

❖

신비한 못에 잠긴 별인 듯 빛나는 눈동자,
높은 갈망渴望에 가늘이 떠는 잉두** 입술,
담숙*** 안으면 향기론 키쓰,
'영원이 담긴 찰나刹那'의 황홀이여.

---

* 마음에 들어 매우 즐겁게.
** 앵두.
*** 포근하고 폭신하게.

❖

나 혼자 어디로 가는 이 밤길인가?
살뜰한 그대를 떠나가야 하는 이 길인가?
이제 바로 그대 함께 거닐던 길을
가끔 멈춰 서서 둘러보아야 깊은 어둠뿐.

❖

별처럼 영롱한 가슴속 그리움
한 겹 수지움*에 떨고 있었기,
달 없는 밤 오리五里 들길을
끝내 한 마디 말없이 걸어온 두 마음.

❖

기다리다 못 만나고 돌아오는 길
일부러 둘러 돌아온 외로운 길,
그의 지붕을 하얗게 눈이 덮여 있었다.
조각 초생 달빛이 서려 있었다.

❖

불꽃 같은 애정의 눈동자 앞에

---

* 수줍음.

내 혼이 오로지 행복에 탈 때,
나는 그대로 자취 없이 사라지고 싶어……
구름처럼 안개처럼 사라지고 싶어……

❖

혼자서 걸어오는 길이오라.
이리도 흰 눈송이 폭폭 나리고
유난히 푸군한 첫봄 밤이 아까워
가끔 서 보는 들길은 일찍 함께 거닐던 길.

❖

영겁*에서 영겁으로 흐르는 사랑의 속삭임,
영겁에서 영겁으로 흐르는 사랑의 입맞춤,
맑은 밤하늘 수많은 성좌를 바라보면
그대와 나는 동해 바닷가 두 개 모래알인가?

❖

이리도 갑자기 풀린 다수한 봄날은
어딘가 그대 얼굴 보일 듯하여,
시름없이 거리거리 헤매보는 한나절……
어딘가 그대 얼굴 보일 듯하여.

---

* 永劫. 불교에서 사용되는 영원한 세월을 가리키는 말.

❖

그대 아무래도 건널 수 없는 은하 저편이라면
내 차라리 하나 싸늘한 운석隕石 되어,
영원한 망각으로 어느 깊은 숲 속에 떨어지고 싶어라.
끝내 바라만 보는 은하 이편의 괴롬이라면……

❖

이리도 다는 그리운 숨길 누르고 눌러두어
언제고 이 가슴 탁 터지는 그날이 오면
빨간 심장 화살처럼 어디로 날아가련고?
임의 가슴은 이미 겨누어 가리킨 과녁이오라.

❖

아, 얼마나 달고 향기로운 봄볕이뇨?
하늘은 하나 커다란 꽃일산日傘이라.
향아 너 달려오라, 달려오라,
우리 이 꽃일산 아래 나란히 서 보자.

❖

아무도 바라보는 이 없는
먼 사막 하늘에 빛나는 별처럼,
피지도 못한 우리 사랑의 꽃봉오리는

어느 영겁의 어둠 속에 반짝일런가?

◈

나시고 자라신 곳 어디메쯤이온고?
어둠 속에 빛나는 등불들도 다정하여……
오똑오똑 걸음마 아가야, 색동저고리야, 피어나는 함박꽃아,
아, 먼 남쪽 하늘에 하나 별이여, 안타까움이여.

(밤 ×역을 지나며)

◈

같은 하늘 아래 같은 바람 마시며,
알뜰한 사모思慕 속에 산다고 생각하면
마음 아니 느긋하며 든든하온가마는
눈뜨니 한 겹 현실, 천만 리 머오이다.

◈

임은 떠나가고 나는 임을 보내나니,
떠나는 마당 고별의 미소는 얼마나 슬프기에
그대, 뱃전에 서 있는 그대는
끝내 하얀 마스크를 벗을 줄 모르느뇨?

◈

고동 울어 임은 떠나가노니,
흔드는 손길 눈 끝에 멀어가고
모르는 척 산모롱을 돌아 나가는 배—
하얀 갈매기만 날아라, 날아라.

❖

뜰 위에 삽살이 졸음에 겹고,
흰 나비 한 마리 지붕을 넘고,
어인 모습 수심처럼 가슴에 떠올라,
앵두꽃 은은한 그늘에 낮이 몹시 기옵니다.

❖

파란 보리밭 위로 바람이 지나가면
아름아름 떠오르는 모습,
매화꽃 향기로운 황혼의 길거리에
추억처럼 흘러가는 고운 그림자.

❖

고요한 사원의 깊은 밤을
혼자 일어 뜰 앞에 나서나니,
어스름 조각달 기울어 가는데
임이여, 이 침정沈丁이 못내 향기롭습니다.

❖

푸른 그늘 숲길을 혼자 돌아들면
두세 마리 청개구리 애끊는 소리에
하얀 클로버 꽃밭을 밟고 서나니,
머리 위에 나려 깔리는 아연亞鉛빛* 하늘.

❖

짧은 밤 고달픈 잠이 모른 듯 깨어
창에 든 새벽달 빛 어렴풋 바라보고,
멀리 버꾸기 소리 꿈속인 양 듣다가
다시 모른 듯 잠이 들었다.

❖

오직 하나 알뜰한 상像이 있어
가슴속 깊이 보배로이 지녔기에,
여섯 문 꼭꼭 닫고 녹장綠帳 내리고
오로지 태우는 그리움의 촛불 하나.

❖

게으른 홈대** 물소리에 흰 날은 길어

---

* 질이 무르고 광택이 나는 청색을 띤 흰색.
** 홈통.

한나절 송화 가루 뜰에 날리고,
먼 산그늘에 버꾸기 우는 날을
늙은 승僧은 창 앞에서 졸고 있었다.

❖

저녁 별 아래 타는 열무우 꽃밭 길을
혼자 게으른 발길 돌아 나오면,
멀리 기어 나리는 산그늘 속에
아른아른 어리는 애틋한 그리움.

❖

이렇게 몸이 찌붓거리는* 날을
멀리 앞바다에 비 묻어들고,
보리누름** 추위가 못내 슬퍼져
아, 나는 한 이틀 앓고 싶어라.

❖

하늘에 저러이 빛나는 별,
옥수수잎 사이로 바람이 지나가고 —
혼자 깊은 여름밤을 마루에 앉았나니
이제 막 두 번째 감 떨어지는 소리 났다.

---

* 몸이 무겁고 거북살스런.
** 보리가 누렇게 익는 철.

◈

아무리 부딪쳐보아도
움찍 않는 싸늘한 바위의 마음이기
부숴져버리는—산산이 하얗게 사라져버리는
저 물결이 되고 싶어라, 저 물결이—

◈

멀리 하늘 끝 외로운 섬가로
흐르는 구름이 근심스러워,
바닷가 산기슭 돌아오는 황혼이여.
구슬픈 해소海嘯 소리*에 등을 밀리며.

◈

보던 책 덮고 나직히 창을 나와
긴 여름날을 사랑하고 앉았으면,
나무 잎새잎새 눈부시듯 빛나고
먼 하늘 끝으로 흰 구름 돌아간다.

◈

한밤내 창밖에 궂은비 소리

---

* 빠지는 조수가 바닷물과 부딪쳐 거센 물결을 일으킬 때 나는 파도 소리.

깊은 시름 한숨발에 살찌는 꿈길이여.
핼슥히 차거운 반디불인 양
가슴속에 피어나는 애틋한 불빛.

❖

가벼운 구름 그림자 산허리에 조을고
뒤뜰에 은실을 뽑는 매미 소리.
어딘가 숨어 흐르는 바람길 있어
가슴에 속삭이는 듯 귀기울여보나니.

❖

먼 하늘 끝으로 하늘 끝으로
한 가닥 사무치는 애틋한 길이 있어,
구름이면 구름을 따라, 바람이면 바람을 따라, 항시 눈앞에.
어인 그림자 아슬아슬 돌아오나니.

❖

푸른 달빛 고요히 조는 반뜰 안에
이슬인 양 영롱히 깔리는 뭇 벌레 소리,
가슴속에 얼컥 안기는 가을 생각……
부질없는 세상일에 사랑만이 참되느뇨?

❖

얄푸른* 안개 가벼이 서린 꿈길 위에
아침 햇살 고이 퍼지는 가난한 선창가,
사공은 아직 보이지 않고,
까마귀 두 마리 빈 배 안에서 무언가 쪼고 있다.

❖

바람이 불면 바람에 그리웁고
비 나리면 비 소리에 우니나니,
창창한 세월 굽이굽이 물결 위에
아으, 어이료만이요 억만 시름!

❖

어둠이 깃드는 텅 빈 교무실에
내 어이 홀로 화로 앞에 앉았느뇨?
식어가는 숯불 다독다독거리며
뒷산에서 내리는 송뢰松籟**를 듣고 있다.

❖

봄인 양 따뜻한 늦가을 한나절을

---

* 희미한.
** 송풍松風. 솔숲 사이를 스쳐 부는 바람.

햇볕 하도 탐스러워 마루 끝에 나앉으면
어디서 정구공 소리 한결 한가함이여,
담 머리에 활짝 핀 코스모스에 바람이 잔다.

보일 듯 잡힐 듯 허득거리며
골목길 돌아돌아 따라온 그림자,
어느 모를 어둠 속에 사라져버렸거니,
내 이 찬 거리에 엉거주춤 섰을밖에……

그리는 세계 있기에

그리는 세계 있기에
그 세계 위하여,

생生의 나무의
뿌리로 살자.

넓게 굳세게,
또 깊게,

어둠의 고뇌 속을
파고들어,

모든 재기才氣와 현명賢明 앞에
하나 어리석은 침묵으로—

그 어느 겁외劫外*의 하늘 아래
찬란히 피어나는 꽃과,

익어가는 열매
멀리 바라보면서—

---

* 겁은 불교에서 어떤 시간의 단위로도 계산할 수 없는 무한히 긴 시간. 하늘과 땅이 한 번 개벽한 때에서부터 다음 개벽할 때까지의 동안이라는 뜻.

청자기처럼

청자기, 청자기, 청자기처럼 살꺼나. 땅 속에 묻혀 있는 청자기처럼 살꺼나. 이슬 내린 아침 화원의 찬란한 영화는 모란이 받게 하라. 비 갠 가을 하늘 경쾌한 방랑은 흰 구름에 맡겨두라. 이름은 얻어 무엇하리, 이 위에 영零을 보태지 말자. 기림은 좇아 무엇하리, 입솔* 따라 오르나리는 하나의 장난감. 요설饒舌은 우치愚痴, 진에瞋恚**는 독사毒蛇, 간탐慳貪*** 다시 일으키랴!

청자기처럼 살꺼나. 땅 속에 묻혀 있는 청자기처럼 살꺼나. 그 빛깔 그대로, 그 무늬 그대로. 내 운명 조용히 사랑하며 스스로 간직하고, 오로지 깊이 나를 지키어 청자기처럼 살꺼나. —영원히 푸른 '용렬庸劣', 영원히 푸른 '침묵'.

---

* 입술.
** 불교용어. 십악의 하나. 자기 뜻이 어그러지는 것을 노여워하는 것을 말한다.
*** 몹시 인색하고 욕심이 많음.

꿈

엷은 어둠 겹겹이 쌓인 창밖으로
보슬눈 그림자 어른거리는 고요한 밤.

화로의 빨간 숯불은 한 송이 장미꽃.
풍기는 더운 향훈香薰에 갑시듯* 취해,
여윈 손길 다작다작 쪼이며 생각는 것—

보다 더 높은 하늘과, 빛나는 햇별과
보다 더 바람이 푸르고, 대기大氣가 투명한 꿈길.

거리거리 무궁화 그늘에 실개울 흐르고,
범나비 함께 나부끼는 어린 누나들아,
아, 산 곱고, 물 맑아 삼천리 강토야.

뭇 슬기의 앞잡이, 미美의 향기와, 말의 정화精華와
조상에게 물려받은 가지가지 동방東方의 길,
쌓인 채, 묻힌 채로 눈부시는 반만년사半萬年史야.

눈 내리는 어둔 밤 홀로 화롯가에 앉았노니
보다 더 높은 하늘 밑에 실바람 일고,

---

* 숨이 막히듯.

타는 듯 난만한* 꽃동산에 취하는 꿈길이여.

* 꽃이 활짝 많이 피어 화려함.

오후의 사상

나는 어느새 오후를 걸어가고 있었다. 쓸쓸한 오후를 외로이 걸어가고 있었다. 등뒤에 희미한 그림자 호젓이 따라오고, 화려한 아침 꿈처럼 멀고……

이제 얼마 아니면 눈앞에 다가설 석양, 그러나 나는 슬퍼하지 않으리라. 새가 날아가고, 구름이 돌아가고, 꽃은 시들고, 햇볕은 옮어가고…… 그러나 나는 그 슬픈 석양을 슬퍼하지 않으리라. 먼 산정山頂에 떨어지는 불타는 황금 햇빛—바다 저쪽에 장엄히 열리는 보다 훌륭한 아침의 반영反映이라.

나는 어둠을 두려워하지 않으리라. 어둠 속을 그대로 자라며 걸어가리라. 새로 내리는 이슬발 아래, 새로이 여무는 꽃봉오리처럼 가지가지 향훈香薰을 쌓으며 간직하며, 어둠을 가만히 껴안으리라, 어둠에 안기리라.

……모든 것 오직 나아감이 있을 뿐—신과 함께.
……모든 것 오직 뚜렷이 익어갈 뿐—영원과 함께.

경건한 정열

내 살은 대지,
내 피는 태양,
그리하여 내 생명은

희뿌옛이 밝아오는 창 앞에
먼 여명의 장밋빛 치맛자락,
구슬처럼 영롱한 바람이 옷깃을 스민다.

경건한 정열, 한 대 선향線香*을 사르노니
가는 연기는 나직한 이마에 어리고,
내 혼의 응시하는 곳은 사념思念의 저쪽.

더운 입김에 얼어붙는 창명蒼溟** 속으로
다른 숨길을 따라 명멸明滅하는 뭇 별의 미소,
신神을 방석하고 앉아 가만히 이르노니

—빛이 있어라
—빛이 있어라

바른 힘은 샘처럼 솟고,

---

* 향료 가루를 가늘고 긴 선 모양으로 만들어 풀로 굳힌 향.
** 창해. 푸른 바다.

사랑은 꽃처럼 피는 동산에
이슬방울마다 은잔을 받들었다.

내 살은 대지.
내 피는 태양,
그리하여 내 생명은 바다의 대기.

(42××년 원단元旦)

태양

기름진 봄볕 영롱히 흘러내리는
교외의 산기슭 아늑한 잔디밭에
비스듬히 누워 있는 제복制服한 두셋 처녀.

두 손길 이마에, 눈부신 햇볕을 막으며,
제각기 또 하나 다른 태양 우러러
구슬 같은 어린 혼을 쪼이고 있다.

아침

아, 어디서 오는 찬연한 저 빛이뇨?
동쪽 하늘 장밋빛에 물들었다.

천 길, 만 길 깊은 바다 밑에
긴 밤을 어둠 속에 몸부림치며
큰 열을 가슴속에 쌓고 달구었거니……

집집마다 추녀 끝에 태극기 나부낀다.
거리마다 지축을 울리는 함성
오늘 이 땅 산천은 크게 웃었다.

진흙 발밑에서도 진리는 빛나고,
정의는 무덤 속에서도
그 향기 하늘을 꿰뚫는다거니.

이제 천상에는 신의 축복의 향연이 열리리,
지하의 혼령들도
하마 각기 제자리로 돌아가리.

좁아도 내 땅, 가난해도 내 살림……
괴롭고 병든 목숨
살아온 값이 오늘에 있었나.

아, 어디서 오는 찬연한 저 빛이뇨?
어둠 속에서 피어난 꽃송이다.

(해방을 맞이하는 날)

자유

자유!
너는 그리도 값진 것이드뇨?

너는 생명!
모든 것이 너를 얻어 살고,
너는 광명!
모든 것이 너를 얻어 빛나고,

너는 환희요, 미의 여신!
모든 것이 너에게서 즐겁고 아름답거나,
너는 모든 것의 본연의 모습.

그러나 너는 진정 실實되어
거저 오지 않나니,

피를 주고,
눈물을 주고,
목숨을 주고……

그러므로 너는
무덤 속에서 솟아나는 생명,
어둠 속에서 비춰오는 광명,

불 속에서 피어나는 연꽃.

아, 아무것과도 바꾸지 못할
너, 자유로다.

그분들은 오셨다

그분들은 말을 안 타고 비행기를 타고 오셨다.

천기가 나빠, 도중途中 군산서 하룻밤을 더 지내고 오셨다.

어느 분은 비행장에 내리자, 흙을 한 줌 쥐어 코로 맡아보셨다 한다.

그분들은 치욕을 씻는 듯, 원한을 씻는 듯, 흰 눈이 송이송이 내리는 날 오셨다.

가지가지 잡색을 한 빛으로 고루는, 흰 눈이 송이송이 내리는 날 오셨다.

그분들은 백발을 날리며 상기된 얼굴로 오셨다.

이날, 서울의 높은 상공에는 큰 독수리 한 마리가 경건하게, 위세威勢롭게 빙빙 돌고 있었다.

(임정요인臨政要人 오시는 날)

고독에 돌아와

나는 바다에 시달린 조각배
너의 호흡 밑에 돛을 내린다.

새까만 지옥을 기어 나와
눈앞에 열리는 인생의 바다,
성좌星座처럼 풍부한 '내' 빛 본다.

바위와, 나무와, 비둘기 더불어
일족一族처럼 친해 무슨 수작 건넬 듯.

철없는 아기 되매
부질없은* 이성理性의 보챔도 없이,
죽음 곁에 앉아도
무덤 속의 꿈길이 다사로워라.

아, 불멸의 푸른 향기 속에
부활의 금빛 노래여.

산로화山蘆花** 처럼 쓸쓸해도……

---

* 부질없는.
** 산갈대꽃.

영원의 거울 앞에
내 모습 바라보며,
나는 하얗게 살자.
하얗게 살자.

모려*의 꿈

흰 갈매기 새벽을 차며 하늘가로 날을 때,

깊은 숲 속에 빨간 딸기 향기로이 익어갈 때,

먼 수평선 너머로 저녁 별 떨어질 때,

따스한 등불 앞에 사랑이 피어날 때……

오직 듣는 만고萬古의 물결 소리, 바람 소리,
해와 달 돌아가고
짠 냄새 찌들어든 돌옷 속에—
흑산호처럼 깊어가는 침묵

먼 바다 외딴 섬,
섬가의 바위 위에
한 마리 늙어가는 모려牡蠣,
한 마리 늙어가는 외로운 모려牡蠣여!

쓸쓸하면 쓸쓸한 대로 위대한 고독자孤獨者,
영원을 마시며,

---

* 牡蠣. 굴조개.

만고萬古의 별빛 아래
홍보석紅寶石처럼 익어가는 생명의 열매,
오직 '나'를 지키어 자라나는 꿈길이여.
너는 고도孤島의 바다 위에 살고,
나는 우주의 중심에 산다.

오직 하나만

큰 불을 놓아
모든 그림자 쫓고,
오직 하나 하나만 받들게 하라.

내 바다의 배,
내 존재의 눈이요, 기둥……
유구悠久의 의지, 그로 해 아름답고,
시대의 분노, 또한 그로 거룩하고,

내 목숨 꽃처럼 바람 앞에 떨어져도
재 속에 한 알 사리舍利,
영롱한 찬 빛 일월日月을 쏘아라.

간난艱難도 자랑이리.
고뇌도 법열이리.

큰 어둠 속의 하나 등불인 듯,
새 암탉 알을 품듯,
모든 그림자 쫓고
오직 하나 하나만 받들게 하라.

무슨 소리 듣는다니

거리를 걸을 때나, 돌아와 창 앞에 앉을 때나, 또 깊은 밤 자리 속에 누웠을 때, 나는 무슨 소리를 듣는다니—가슴속을 깊이 울리는 하나의 커다란 무슨 소리 듣는다니.

가장 엄숙한 소리, 가장 우렁차고 분명한 소리, 거룩한 소리. 새 하늘 문이 열리는가? 새 땅의 바퀴가 구르는가? 어둠 속의 촛불처럼, 첫날밤 신부의 가슴처럼, 깊은 경이와 환희 속에, 내 마음 가만히 떨면서 떨면서, 무슨 소리를 듣는다니.

그는 바람 소리 아닐러라—병든 나무 잎사귀 몇 개 흔들고, 몇 개 흔들곤, 부질없이 하늘가로 사라지는 바람 소리 아닐러라. 물결 소리도 아닐러라—얕은 바닷가에 고운 자개 껍질 몇 조각 몰고 와선, 모래알 그 속으로 자취 없이 가버리는 물결 소리도 아닐러라, 아닐러라.

먼 지평선을 묻어버리며, 광야를 몰아오는 눈보라인가? 천만 길 땅 속에서 뿜어 나오는 지열地熱의 불꽃인가? 내 이마엔 듯, 내 가슴엔 듯, 굽이굽이 혈관 속을 흘러 도는 내 피의 분류奔流*인가?

무슨 소리 듣는다니. 내 저 소리 위하여 또 한 번 젊어야 하리. 저 소리 바라 이 고난 참아야 하리. 서릿바람 앞세우고 오라. 가지가지 꽃씨를 뿌리며 뿌리

* 내달리듯이 아주 빠르고 세차게 흐름. 또는 그런 물줄기.

며 오는 소리……

내 저 소리를 듣는다니.

열무우꽃

— 칠월의 향수

가끔 바람이 오면
뒤우란* 열무우 꽃밭 위에는
나비들이 꽃잎처럼 날리고 있었다.

가난한 가족들은
베적삼에 땀을 씻으며
보리밥에 쑥갓쌈을 싸고 있었다.

떨어지는 홰나무꽃** 향기에 취해,
늙은 암소는
긴 날을 졸리고 졸리고 있었다.

매미 소리 드물어가고
잠자리 등에 석양이 타면
우리들은 종이 등을 손질하고 있었다.

어둔 지붕 위에
하얀 박꽃이
별빛 아래 떠오르면,

---

* 뒤울안. 뒤란.
** 홰나무꽃. 콩과의 낙엽 활엽 교목. 꽃과 열매는 약용하고 목재는 가구재, 땔감으로 쓴다.

모깃불 연기 이는 돌담을 돌아
아낙네들은
앞개울로 앞개울로 몰려가고 있었다.

먼 고향 사람 사람 얼굴들이여
내 고향은 남방 천리,
반딧불처럼 반짝이는 생각이여.

고사*

밤이 깊어가서
비는 언제 멎어지었다.
꽃향기 나직히
새어들고 있었다.

모기장 밖으로
잣나무 숲 끝으로
달이 나와 있었다.
구름이 떠 있었다.

풍경 소리에 꿈이 놀란 듯
작약꽃 두어 잎이 떨어지고 있었다.
의희한** 탑 그늘에
천년 세월이 흘러가고, 흘러오고……

아, 모든 것
속절없었다.
멀리 어디서
버꾸기가 울고 있었다.

(성가사聖佳寺에서)

---

* 古寺. 오래된 절.
** 거의 비슷한.

소나기

한 줄기 소나기
세 좋게 지나간 뒤,
칠월은
수정水晶 천막을 쳤다.

실버들 가지 새로 바람이 지나갔다.
버들잎은 물처럼 흔들리고 있었다.
그리하여 모든 것은
빛나고 있었다.

이웃집 노대露臺* 위에
두 개 화분이 함초롬 젖어 있었다.
빨간 꽃은 금련화,
하얀 꽃은 옥잠화.

나는 아무 마음 없이
책상 앞에 앉아 있었다.
엿장사 가위 소리
집 모퉁이로 돌아 나갔다.

---

* 이층 이상으로 된 양옥에서 이층 이상의 방 바깥에 지붕이 없이 난간만 하고 따로 드러나게 지은 대. 난간뜰. 발코니.

건너 언덕 위에

느티나무 숲 너머로

절 지붕은 불꽃처럼 타고 있었다.

한 조각 흰 구름이 흘러가고 있었다.

삼월 동풍에

삼월 동풍에
빰을 비비자.

장미꽃 향기를
눈물로 적시련다.

너무나 빛나는 삼월이기에
너무나 빛나는 삼월이기에,

차라리 눈물로
이 봄을 적시련다.

삼월 동풍에
빰을 비비자.

마금산 온천*

(너무 술 취해
어젯밤 일은 분명하지 않았다.)

아침 욕탕에는
두 사람이 벌써 먼저 들어 있었다.

버쩍 마른 몸둥이를 잠그기에는
아깝도록 찰찰 해맑은 물.

술에 치인 뱃속에 가장 좋다기,
쫄쫄 물구멍에 입을 대고서
해장 대신 두어 모금 마셔보았다.

물값 받는 중년 여자는 아무리 보아도
어이면 말과 모습 일녀日女 같았다.

마금산 마금산, 아침 볕 그늘 속에
아름아름 아쉬움이 흐르고 있어

건넛집 빨간 칸나바 사립 앞에

---

* 경상남도 창원시 북면 신촌리에 있는 온천.

까만 양의洋衣 입은 날씬한 새악시여.

재만시편 외

용정

차창 밖 두만강이 너무 빨라 섭섭했다.
흐린 하늘 낙엽이 날리는 늦가을 오후
마차 바퀴가 길을 내는 찔걱찔걱한* 검은 진흙길
흰 조히**쪽으로 네 귀에 어찔러*** 발라놓은
창경 창경
알 수 없는 말소리가 귓가로 지나가고
때 묻은 검은 다부산즈* 자락이 나부끼고
어디서 호떡 굽는 냄새가 난다.

시악시요 아 이국異國의 젊은 시악시요
아장아장 걸어오는 쪼막발** 시악시요
흰 분粉이 고루 먹히지 않은 살찐 얼굴
당신은 저 넓은 들이 슬프지 않습니까
저 하늘 바람이 슬프지 않습니까

황혼 길거리로 허렁허렁 헤매이는 흰 옷자락 그림자는
서른 내 가슴에 허렁허렁 떠오르는 조상네의 그림자—.

---

* 찔꺽찔꺽한. 차지고 끈끈한 물질이 자꾸 밟히거나 들러붙는 소리 또는 그 모양.
** 종이.
*** 엇질러.
* 중국 두루마기.
** 조막발. 작은 발을 귀엽게 또는 얕잡아 이르는 말.

나는 강남 제비 새끼처럼
새론 옛 고향을 찾아왔거니

난생 처음으로 마차도 타보았다.
호궁胡弓* 소리도 들어보았다.

* 동양 현악기의 하나. 바이올린과 비슷한 악기로, 네 개의 현으로 이루어져 있으며 말총으로 맨 활로 탄다.

뜰

잎 다 진 백양白楊 두어 주株 있고
가끔 노마바람*이 지나가고
밤이면 찬 서리 눈처럼 나리는
가난한 작은 이 뜰에도
한나절 햇볕이 무르녹으면
햇볕 따라 참새들 날라와 놀면
다병茶甁 그리운 청동화로靑銅火爐가인 듯 평화로웁다.

* 노마怒馬와 바람의 합성어로 생각됨. 거센 바람.

국화

나[*] 적은 동무와 마주 앉아
인생을 논하다가
대기염大氣焰을 토吐하다가
문득 흥興이 식어져 입 다물고
무연憮然히 창경 밖을 내다보았다.
화분에 피어나는 찬 국화 세 송이
석양을 받고 있다.

---

* 나이.

향수

머리맡에 귀뜨래미 울어 예고
어둔 창경 밖 머-ㄴ 하늘 끝으로
별 하나 떨어져 흘러간 밤.

찬 베개 우에 여윈 가슴 어루만지며
흘러간 내 나이 되풀이해 오이어보면*
늦가을 청혼青昏 못물 속으로 가만히 떠오르는 흰 연꽃처럼
피어나는 향수가 슬프고나.
향수가 슬프고나.

—얼음같이 차야 할 나의 표박漂泊의 꿈이었거니.

이제 새삼 뉘우쳐 깨침이 아니기에
다시 반추해볼 슬픔도 없는 서글픔.

문득 알 수 없는 무엇을 왼통 잃어버린 듯
어둠 속에 귀 기울여 심장 소리 들어보다.

---

* 외어보면.

꼬아리* 열매

어득한 추녀 그늘 작은 뜰 안에
빨갛게 고이 익은 꼬아리 열매
정열의 등불을 스스로 밝혀놓았다.

아무 색도 없고 광도 없는
찬 저녁 하늘 아래기에
정열의 등불을 스스로 밝혀놓은 꼬아리 열매.

저 꼬아리 열매는
이 쓸쓸한 작은 뜰 안의 등불이 된다.

---

* 꽈리.

황혼

고창古蒼한 작은 정원에 황혼이 내려
무심히 어루만지는 가슴이 끝끝내 여위다.

고림枯林 속 오후 그림자처럼 허령한 의욕이매
근심발은 회색 공기보다 가벼히 조밀稠密하다.

저 밑뿌리에 고달픈 머리칼은 어즈러히 길고
고독을 안은 애련의 한숨은 혼자 날카로워……

처마 끝에 거미 한 마리 어둔 찬비에 젖는데
아 어디어디 빨간 장미꽃 한 송이 없느냐!

—《시인부락》 창간호(1936년 11월)

벌레

고인 물 밑
해금[*] 속에
꼬물거리는 빨간
실낱 같은 벌레를 들여다보며
머리 위
등뒤의
나를 바라보는 어떤 큰 눈을 생각하다가
나는 그만
그 실날 같은 빨간 벌레가 되다.

—《죽순竹筍》 복간호(1979년 봄)

* '해감' 의 경상도 사투리. 물 속에 생기는 썩은 냄새 나는 찌끼.

속삭임

내 혼을 빨아들일 듯
응시하는 고운 눈길이여

꽃잎에 스미는 봄바람
애끈한 분홍빛 그 미소여

새하얀 부드러운 살갗의
뜨겁고 향기로운 닿음이여

어둠 속에 혼자 타는 촛불 앞에
애끓게 달아오르는 속삭임이여.

—《죽순竹筍》 복간호(1979년 봄)

낙엽

우수憂愁 젖은 가을 하늘이
나직히 내려 깔리는 황혼
여기는 창경원 앞거리
숱한 오가는 사람들인데
아무도 제가
쓸다 남은 길 위의
낙엽 밟으며 가는 줄을 모른다.

—《죽순竹筍》(1980년)

포만

너무 포만했습니다
온갖 잡물이 들고 쌓여
배설도 잘 안 되고

아무리 맛난 것 보아도
제호醍醐,* 감로甘露**
당신이 그처럼 권하시건만
전연 땡기지 않습니다.
들어갈 자리가 없습니다.

너무 포만했습니다.
이 밥부대, 포만해
숨통이 막힐 것 같습니다.

—《죽순竹筍》(1980년)

* 도리천에 있다는 달콤하고 신령스러운 액체. 한 방울만 먹어도 온갖 번뇌와 고통이 사라지며 죽지 않고 오래 살 수 있다.
** 우락牛酪 위에 엉긴 기름 모양의 맛이 썩 좋은 액체.

《찬 별 옷에 바리때 하나》
수록 시

모월 모일

불빛 아래 비치는 흐릿한 모습
팔십세의 내 늙은 시력을 안타까와하다가
돋보기 쓰고 가까이 다가가니
처음 보는 그 얼굴의 주름살이여.

중도 아닌 것이, 속인俗人도 아닌 것이
그래도 삼십여 년 불경을 뒤적였네.
부처 보기, 사람 보기 부끄러워라.
중도 아닌 내가, 속인도 아닌 내가.

기나긴 어둔 이 밤 언제 샐런가
다시 얻기 어려운 덧없는 이 몸을
천만 시름 속에 몸부림치네.
어둠을 깨치는
새벽 종소리는 언제나 들릴런가.

비명

여기 한 자연아自然兒가
그대로 와서
그대로 살다가
자연으로 돌아갔다.

풀은 푸르라
해는 빛나라
자연 그대로.

이승의 나뭇가지에서 우는 새여.
빛나는 바람을 노래하라.

목련꽃

봄이 깊었구나
창밖엔 밤비 소리 잦아지고
나는 언제부터선가
잠 못 자는 병이 생겼다.

아침에 일어나보니
지난밤 목련꽃 세 송이 중
한 송이 떨어졌다.
이 우주 한 모퉁이에
꽃 한 송이 줄었구나.

나비와 개미

소년은 가만가만 다가갔다.
나비는 날아갔다.
두번 세번 되풀이하다
끝내 잡았다.
의기양양한 소년의 손등에
신록의 햇빛이 쏟아진다.

노인은 벤치에 앉아
발끝에 기어가는
개미 한 마리 내려다보며
요요寥寥한* 오월의
햇빛을 등지고 앉아 있다.

---

* 고요하고 쓸쓸한.

기다리는 사람

누구 기다리는 사람도 없는데
창밖의 달은 저리도 밝고
떨어지는 나뭇잎은 뜰에 쌓이고
찬바람은 저리도 스산스럽게 분다.

누구 기다리는 사람도 없지만
앞뜰의 풀벌레는 저리도 울어댄다.

어둠 속에 갑자기
자동차의 헤드라이트가 켜지고
그 빛을 사람이 질러가고
자동차는 다시 어둠 속으로 사라졌다.

마음

아무 일 없이 일깨인* 이른 아침
노대露臺에 나가 유연悠然히 바라보노니
지난밤 언제인가
몰래 온 비 저 혼자 개고
불암산 허리에 걸린 흰 실구름 한 가닥.

실구름 한 점마저 사라진 하늘,
불암산 꼭대기에
끝없이 트인 말간 하늘
아아, 저런 마음이 되고 싶어라.

---

* 잠을 일찍 깬.

한서를 읽다가

밤이 깊도록
잠들지 못하다가
캐묵은 한서漢書를 뒤적거리는
아, 나는 늙었는가.

낮잠에서 깨어난
긴 봄날의 오후……

그동안 멀어졌던
염불을 마음속에 굴려본다.

천하 사람들아

오늘도 저 인수봉에는
흐린 구름 나직히 떠돌겠구나.
오랜 병 앓아누워
창밖의 찬 빗소리 혼자 듣나니……

나는 언제부터 나그네 되었는가.
사방四方, 사유四維,* 상하上下
십방十方 어디를 바라보아도
내 고향은 보이지 않네.
우리 집은 보이지 않네.

자식 노릇도 제대로 못한 나를
지아비 노릇도 제대로 못한 나를
애비 노릇도 제대로 못한 나를
아, 천하 사람들아 나를 벌하라.

---

* 사방의 네 방위인 건乾 · 곤坤 · 간艮 · 손巽. 곧 서북 · 서남 · 동북 · 동남의 네 방위를 이른다.

상처한 친우의 심정을 생각하고

없어진 사람
구름이나 아닌가 하고 바라보나니
그마저 덧없이도 하늘에 사라지네

깊은 밤 술 깨어 누구에게 물 달랄꼬
아침 해장국은 그 누가 끓여줄꼬
시름에 겹다 못하여 다시 술잔 드나니

아무리 꺼적 같은 존재라 해도
그래도 부를 사람 그이뿐인걸.

지금도 안방 구석에 누워 있는 듯하여
불러 봐도 불러 봐도
아무리 불러 봐도
메아리 없는 내 소리뿐이구나.

생각하면 그이 몰래
딴 여자와 사귄 것 뉘우치면서
'여보, 용서하오'
혼자 가만히 중얼대는 때도 있네.

겨울 인수봉

고요한 겨울 한낮
눈 위의 햇살이 눈에 부시고
뒷산 언덕에 바람이 일어
솔가지에 쌓인 눈이 떨어지자
까치가 놀라 날아갔다.

며칠 내려 쌓인 허연 눈빛에
겨울 황혼은 그 걸음이 느린데
저 건너 인수봉 꼭대기에는
얼어붙은 듯 떠 있는 구름 한 점.

전신주에 앉아 있는
까치 한 마리
그 하얀 목털에서
해질녘 인수봉의 바람을 본다.

앓아누워

오늘도 저 인수봉에는
흐린 구름 나직히 떠돌겠구나.
오랜 병 앓아누워
창밖의 찬 빗소리 혼자 듣나니……

죽을 때 미리 안다 무엇이 대단한가
선 죽음 앉은 죽음 그 무슨 자랑이랴
그런 이 한데 모아 먼 섬으로 보내자.

육바라밀

열반과 피안에 이르기 위하여 이 세상 사람 할 일 이밖에 또 있는가.
우리 다 이 길을 닦아 보살행*을 이루자.

1 보시布施

주는 이 누구인가 그것도 생각 말고
받는 이 누구인가 그것도 생각 말고
그 물건 무엇인가 그것조차 생각 말라.

2 지계持戒

계율戒律 그릇이 바르고 반듯해야
선정禪定**의 물이 거울처럼 맑아지고
지혜의 뚜렷한 달이 비로소 나타나리.

3 인욕忍辱

남이 이룩 못한 일을 내가 진정 이루려면
남이 참지 못한 일을 내가 능히 참아야지

---

* 보살이 부처가 되려고 수행하는, 자기와 남을 이롭게 하는 원만한 행동.
** 오바라밀의 하나. 한마음으로 사물을 생각하여 마음이 하나의 경지에 정지하여 흐트러짐이 없음을 이른다.

조그만 이 '나'를 먼저 버려야 하느니라.

4 정진精進

게으르고 졸리거든 스스로 채찍 쳐라.
일심一心이 아니고야 어찌 큰 도 이루리.
그 짐도 무겁거니와 갈 길 또한 멀거니

5 선정禪定

바깥으로 내닫는 모든 인연 다 끊고
암탉이 알을 품듯 한 곳에 생각 모아
명경明鏡에 지수止水 같은 마음 언제나 지니어라.

6 지혜智慧

하많은* 주의주장主義主張 이 세상에 있거니
낱낱이 자세 살펴 옳고 그름 골라라.
모든 것 두루 다 아는 일체지一切智를 이루자.

* 많고 많은.

당시를 읽으며

어제 밤
꽃 떨어지는
꿈꾸었으니, 이제
봄이 바야흐로 지나가려 한다.

강물은 봄을 따라
말없이 흘러가고
하늘의 달마저 창연蒼然히
서쪽으로 기운다.

갈 길은 아득한데
이 지는 달빛을
밟으며 몇 사람이나
집으로 돌아갈까.

나는 그저
멀리 강 언덕에 늘어선
나무들만
무연憮然히 바라본다.

팔십에서

육십에서는 해마다 늙고
칠십에서는 달마다 늙고
팔십에서는 날마다 늙고
구십에서는 때마다 늙고
백세에서는 분마다 늙고

…………

다음은
적연寂然히* 말이 없다.

---

* 조용하고 쓸쓸히.

여름 방

긴 여름날
창문을 활짝 열어젖히고 앉아
바람을 방에 안아들고
녹음을 불러들이고
머리 위에 한두 조각구름 떠 있는
저 불암산마저 맞아들인다.

불암산

내 으레 하는 버릇
이른 아침 자리에서 일어나면
새벽빛 받는 불암산을 보려고
담배 피워 물고 베란다로 나간다.

그러나 오늘 아침
비안개에 아득히 묻혀
그 산이 안 보인다.

나는 그만 무연憮然히 섰다가
그대로 들어온다.

씬냉이꽃*

사람들 모두
산으로 바다로
신록新綠철 놀이 간다 야단들인데
나는 혼자 뜰 앞을 거닐다가
그늘 밑의 조그만 씬냉이꽃 보았다.

이 우주
여기에
지금
씬냉이꽃이 피고
나비 날은다.

* '씀바귀' 의 사투리.

가을비

가을비 지난 뒤의
산뜻한 마음
지팡이 들고 혼자 뜰을 거닐면
저녁 햇빛에 익어가는 단풍잎.

아무 일도 없이 뒤언덕에 올라가
아무 생각 없이 서성거리다가
그저 무심히 그대로 내려왔다.
아까시아 숲 밑에 노인이 앉아 있다.

바람소리 물소리

참배 손님들 다 돌아가고
스님의 저녁 예불 끝난 뒤에는
저 오랜 부처님은
바람소리 물소리만을 밤새 들으리.

밤벌레 우는
그 곁은 돌에 쭈구려 앉아
이제껏 내 무슨 생각에 잠겨 있었던가
그만 잊었다.

지팡이 든 노인

해질녘 술집에 돌아와
술도 청하지 않고
혼자 우두커니 한동안 앉았다가
그대로 나가버리는 지팡이 든 노인.

버릇처럼 찾아오는 술집의 슬픔이여
의자의자에는 황혼만이 앉았는데
파리 한 마리 술잔에 빠져들고
주모는 외상이라 유달리 찜찜하다.

술에 거나히 취해
인생은 결국 외로운 것이라고 혼자 중얼거리며
죽은 듯 고요한 밤길을 돌아오는
쓸쓸한 나의 발자국 소리.

새소리

어디서 우는 무슨 새소리
읽던 책을 펼쳐둔 채
그 소리 그칠 때까지
가만히 들어본다.

어디서 우는 무슨 새소리
가만히 나가 살펴봤으나
소리는 멎고
새는 안 보인다.

게으른 걸음으로 앞뜰을 거닐다가
지팡이 멈춰 서서 먼 산을 바라보니
아름아름 아른거리는 아지랑이 속으로
아름아름 떠오르는 시름이 있다.

어느 날 밤에

잠이 언제 깨나
가만히 꿈길을 더듬어본다.
몇 경更*이나 되었는가
까만 밤빛 속에
가끔 눈떠보는
다시 잠 못 드는 밤.
저 멀리 어디서
누구를 부르는 어떤 긴 소리
세 번 났다 멈추었다.

깊은 밤의 어둠 속
끝없는 정적
바깥 벽상 시계가 한 시를 치고……
그 뒤에
다시 고이는 정적.

---

* 일몰부터 일출까지 하룻밤을 다섯으로 나누어 부르는 시간의 이름. 밤 7시부터 시작하여 두 시간씩 나누어 각각 초경, 이경, 삼경, 사경 오경이라 부른다.

한숨을 쉬며

한숨을 쉬며 그를 생각하네
한숨을 쉬며 눈을 감았네
한숨을 쉬며 눈을 뜨나니
먼 하늘에 구름이 떴네.

흘러가는 청춘

아름다울사 나무들이여,
너 여기다 뿌리를 박았구나

아침에 그리 번화롭더니
저녁에 시드는 서러움이여!

굳세고 약하기는 사람에 있고
복과 재앙은 문이 없거니

도道, 아니면 무엇을 기대랴!
선善, 아니면 무엇을 친하랴!

앞서 가신 님 끼치신 가르침
내 어이 함부로 하랴!

마흔 나이에 틀림없음은
구태 두려워할 것 없이

나의 수레에 기름을 치자
나의 발등에 채찍을 더하자.

천 리 길 비록 멀다 해도
가고 가면 이를 때 있으리.

(도연명의 〈영목〉에서)

—《향안》 제6호(1958년)

탑송

오중탑五重塔 아니오라
구층당九層堂 아니오라
끝없는 저 하늘 우러러
머리 치켜드는 너 탑아

하도 높은 탑이오매 굳건히
대지를 밟아야 하나니
깊은 고민과 매운 눈물로 짙은 땀 속에
또 커다란 환희 속에 자라난
천만고千萬古 바람비에도 움직 않을 너 탑아

쫓고 갈고 다듬고
한 층 두 층 세 층 네 층
저 창공의 별을 응시하며 올라가는—
너 날카로운 슬기 아니뇨

탑아 탑아
내 일찍 들었나니 '공든 탑은
무너지지 않는다'

마음

죄업이 두려워
고뇌는 벗어나려
산속으로 바닷가로
공중으로 가보려므나.

그러나, 방소方所[*]는
바이없을[**] 것이다.
먼저 네 마음에서 벗어나라!
마음에서!

---

* 방위.
** 전혀 없을.

참다운 법

안 보이는 것이 없다.
내가 못 보는 것이다.

안 들리는 것이 없다.
내가 못 듣는 것이다.

안 되는 것이 없다.
내가 못 하는 것이다.

삶

등뒤에 무한한 어둠의 시간
눈앞에 무한한 어둠의 시간
그 중간의 한 토막,
이것이 나의 삶이다.
불을 붙이자
무한한 어둠 속에
나의 삶으로 빛을 밝히자.

길

오직 하나의 우정은
다른 여러 우정의 책무를 풀어준다.

오직 하나의 사랑은
다른 여러 사랑의 유혹을 끊어준다.

오직 하나의 길은
다른 여러 길의
미혹을 구해준다.

시달림

우리의 생활에는 너무나 틈이 많다.
항상 바람과 티끌의 시달림을 받는다.

모래밥

마음이 더러우면
모래를 삶아 밥을 만들라.

모래밥을 먹고
그 마음 씻어버리라.

밝은 달

발등에 붙는 불
눈썹에 붙는 불

행여 잊을라
여섯 문 꼭꼭 닫고

올연히 앉아
언제나 깨어 있네.

가을 밤
하늘의 밝은 달.

불

온 집에
큰 불이 붙는데,
철없는 아이들은
그도 모르고
소꿉장난에 참석해 있구나.

조그만 알맹이를
주체하지 못하는 이 삶이여.

나

나를 세우는 곳에는
우주도 굴속처럼 좁고
나를 비우는 곳에는
한 간 협실도 하늘처럼 넓다.

나에의 집착을 여의는 곳에
그 말은 바르고,
그 행은 자유롭고,
그 마음은 무위*의 열락**에 잠긴다.

---

* 無爲. 인연을 따라 이루어진 것이 아니며 생멸의 변화를 떠난 것.
** 悅樂. 무한한 욕구를 넘어서서 얻는 큰 기쁨.

《큰 연꽃 한 송이 피기까지》 수록 시

이 사람을 보라

인연 이야기

—니다나카타

1. 그의 전생前生

—먼 인연 이야기

2. 그의 출생出生과 성도成道

—멀지 않은 인연 이야기

3. 그의 유행遊行과 기원정사祇園精舍의 건립建立

—가까운 인연 이야기

작가의 말

지금까지 우리나라의 불타전기佛陀傳記로는 그 내용이 대동소이大同小異한 삼종三鐘의 팔상록八相錄이 전해져 있고, 또 인도 마명사馬鳴師의 시詩로 된 불소행찬佛所行讚이 있다. 그러나 이것은 다 북전北傳의 불전佛傳이요, 우리말로 된 남전南傳의 불전佛傳은 이것이 처음인가 한다.

이것의 원명原名은 '인연 이야기' 이다. 보살(불타佛陀의 전신前身)이 4아승지四阿僧祇 10만 겁劫의 옛날, 연등불燃燈佛 앞에서 서원誓願을 세운 뒤로부터 급고독장자給孤獨長者가 기원정사祇園精舍를 건립할 때까지의 그 개략을 서술한 것으로서, 본생담本生譚의 총서總序라고도 할 수 있는 것이다.

그리하여 이것을 삼단계로 나누어 처음 일체도一切度의 몸으로 도솔천兜率天에서 날 때까지를 '먼 인연 이야기', 도솔천兜率天에서 내려와 보리도장菩提道場에서 정각正覺을 얻을 때까지를 '멀지 않은 인연 이야기', 정각正覺을 얻은 뒤로부터 기원정사祇園精舍를 건립할 때까지를 '가까운 인연 이야기' 로 한다. 이 중에서 뒤의 두 이야기는 불전佛傳으로 특히 중요한 것이다.

이것을 장편 서사시로 그 형식을 바꾸었으나 그 줄거리에는 조금도 변화가 없고, 다만 그 줄거리를 따라 불교시佛教詩의 전통인 게송偈頌의 운율韻律을 깨뜨리지 않으려고 힘썼을 뿐이다.

그리고 부록으로서 보시布施, 호계護戒, 출리出離, 정진精進, 감인堪忍, 이 다섯 가지의 대표적인 것을 뒤에 붙였다. 또 첨언添言할 것은 이 책은 현재 부산 초량동의 금수사 주지요, 일본 시가현滋賀縣의 오오츠시大津市 實林寺에서 수행하고 있는 법제法弟 석법홍釋法弘(본명 이종오李鐘五)사師가 출판한다는 것이다.

그는 9세에 출가, 오로지 불도 수행에 정진하면서 속가와의 인연을 아주 끊고 있었다. 그리하여 이 책을 출판함으로써 그의 60세를 기념함과 동시에 이것을 부처님께 공양하고, 그 속가 부모님 영전에 바쳐, 생전에 다하지 못한 효성을 베풀고 또 그 명복을 빌겠다 하니, 그 뜻이 얼마나 고맙고 갸륵한 것인가!

1973년 11월 월하月下 김달진金達鎭 삼가 씀

이 사람을 보라

울 밑에 자라나는 가냘픈 풀 한 포기
길가에 버려져 있는 조그만 돌 하나,
그것은 그것이 거기 자라나지 않으면 안 될,
그것이 거기 버려져 있지 않으면 안 될
그 절대絶大의 인연이 없어서가 아니었네.

이 사람이 일체의 지혜를 성취하기 위하여
이 영겁永劫의 숭엄崇嚴한 연꽃이 피기 위하여
또 불멸不滅의 그 열매 맺기 위하여
얼마나 많은 시공時空의 물결을 통한
뼈 속에 사무치는
땀, 눈물, 피가,
그러나 그것이 한결같은 자비慈悲와 지혜智慧로 승화昇華된
그 엄숙한 인연이
모이고 쌓이고 또 성숙했던가?

이 사람을 보라.
우주宇宙의 기둥
인천人天의 안목眼目, 길잡이
황야荒野의 횃불, 고해苦海의 떼배,*

---

* 통나무를 이어 만든 배.

어디까지나 신神이 아닌 사람
이 어떤 사람인가?
이 사람을 보라, 보라.

인연 이야기
— 니다나카타

세존世尊, 응공應供, 정등각正等覺* 께 귀명歸命함

서게序偈

1. 세상을 구호하는 사람, 대선大仙** 은 백억 번 바꿔 나
세상 사람들을 한없이 이롭게 하셨네.

2. 그 발에 예배하고 법에도 합장하여 예배하고
모든 존경의 그릇인 승僧에게도 예배하나니.

3. 이렇게 삼보三寶를 예배하고 공경하여
거기서 생기는 공덕의 위광威光에 의해 모든 장애 없애네.

4. 그 빛나는 대선은 이런저런 사건에 대하여
'무희론無戱論의 전생 이야기' 를 비롯하여 옛날의 전생 이야기를 말씀하셨네.

5. 세상의 구제를 염원念願으로 하는 교주도사敎主道師는

* 모두 세존을 말한다.
** 부처님을 말한다.

오랫동안에 이 보리의 자량資糧* 을 성취하셨네.

6. 그것을 모두 하나로 모은 법장法藏의 편집자는
그것을 쟈아타카(전생 이야기)라 이름하였네.

7. 이 부처님의 계통이 영원히 세상에 머물기를 원하는
대사大寺의 장로 이견利見은 내게 와서 청하였네.

8. 언제나 남과 섞이어 살지 않고 마음을 고요히 하여
뛰어난 지혜를 가진 제자 각우覺友도 내게 와서 청하였네.

9. 화지부化地部** 의 계통에 속하는 비구로서
방편을 알고 청정한 지혜를 가진 각천覺天도 내게 와서 청하였네.

10. 대사大士*** 행적의 그 위광은 불가사의하므로
나는 그것을 분명히 하는 '전생 이야기' 의 이 석의釋義를

11. 대사大寺* 에 사는 사람의 청을 따라 말하고자 하나니
선량善良한 선비들이여, 그것을 설명하는 내 말을 들어라.

---

* 깨달음을 말한다.
** 소승小乘 12부의 일파一派.
*** 보살을 말한다.
* 스리랑카에 있는 세 분파의 하나의 절. 이 석의는 불음佛音이 스리랑카의 대사 정사에 있으면서 지은 것이다.

세 가지 인연 이야기

이 전생 이야기의 석의에, 먼 인연 이야기와, 멀지 않은 인연 이야기, 가까운 인연 이야기, 이 세 가지 인연 이야기가 있다는 것을 미리 설명하여야, 이 말을 듣는 사람은 이것을 충분히 알고 비로소 '전생 이야기' 를 잘 이해할 것이다. 그러므로 먼저 여기서 이 세 가지 인연 이야기를 말하는 것이다.

그러면 이 인연 이야기의 구분을 알아야 한다. 대사가 연등불의 발 앞에 엎드려 '장래에 반드시 성불成佛하리라' 고 결심한 데서부터, 일체도一切度의 몸으로 죽어, 도솔천兜率天에 날 때까지의 이야기를 '먼 인연 이야기' , 도솔천에서 죽어 보리도장菩提道場에서 일체의 지혜를 얻을 때까지의 이야기를 '멀지 않은 인연 이야기' , 일체의 지혜를 얻은 때에서 기원정사祇園精舍를 세울 때까지, 여기저기서 말씀하신 것을 '가까운 인연 이야기' 라 한다.

1. 그의 전생
— 먼 인연 이야기

1. 선혜善慧 바라문

전하는 말 들으면
4아승지 10만 겁劫 예전
불사멸不死滅이라는 도시 있었고
선혜라는 바라문이 거기 살고 있었다.

아버지도 어머니도 다 좋은 집안
그 집 계통은 맑고도 깨끗하여
거슬러 7대에 이르기까지
누구에게도 흠잡힐 일 없었다.

그는 귀엽고 곱고 아름다우며
더없이 뛰어난 얼굴과 풍채로서
다른 일은 일체 돌보지 않고
오직 바라문의 학예學藝만을 힘썼다.

그가 어려 부모가 죽었을 때에
그 재산 관리인은 쇠장부 가져와서
금, 은, 진주 등 보물이 가득 쌓인
창고 문을 열고 그에게 말하였네.

"이만큼은 당신 아버지의 것
이만큼은 당신 할아버지의 것
이만큼은 당신 증조부의 것……"
거슬러 7대까지 그 재산 설명했다.

"할아버지 아버님들 안타까와라
이만한 재산을 쌓아두고 있으면서
떠나실 때 한 푼도 가져가지 못했구나.
나는 가져갈 수 있는 종자를 심으리라."

그는 왕을 찾아가 그 심경心境을 말하고
큰 북을 두드려 성城 안 사람 모은 뒤에
그 재산 모두 내어 나누어주고
집을 떠나 고행苦行의 길에 들었네.

2. 아마라바티 성城

지금부터 4아승지 10만 겁劫 전에
'아마라바티(아마라)' 라는 성이 있는데
그 경전의 게송은 다음과 같다.

지금부터 4아승지 10만 겁 옛날,
'아마라' 라는 아름답고 즐거운 성 있었네.
코끼리, 말, 북, 고동, 수레 소리와
먹어라 마시어라 손님 부르는 소리

그 성 안에 가득히 울려 퍼지고
먹고 마실 것 모두 풍성하였네.

온갖 시설, 모든 사업 갖춰져 있고
칠보七寶와 모든 인종人種 모여들었고
선업善業을 지은 이들 거기 살기에
천상天上의 서울처럼 번화하였네.

거기 선혜善慧라는 바라문이 사는데
수억數億의 보물과 많은 재산 있으며
세 가지 베다吠陀와 신주神呪 외우며
상술相術, 사학史學 등에도 정통하였네.

3. 선혜의 명상冥想

선혜는 높은 궁전 누대樓臺 위에서
혼자 가부跏趺하고 앉아 생각하였다.
"내세來世에 생生을 받는 것 괴로운 일이다.
그 생마다 죽는 것도 괴로운 일이다.
이 몸이란 나고 늙고 앓고 죽는 성질의 것.

나는 이런 성질의 몸으로
생로병사生老病死와 고락苦樂이 없어
맑고 시원하며 멸하지 않는
저 큰 열반을 구해야 한다.

생존生存을 벗어나 열반으로 가는 이들
반드시 같은 길을 걸어야 한다.”

그 경전 게송은 다음과 같다.

“나는 혼자 앉아 생각하였네.
다시 나고 또 죽는 것 괴로움이다.
나는 늙고 앓고 죽는 이런 몸으로
노사老死 없는 평온한 안락 구하자.

온갖 송장 가득한 썩는 이 몸 버리고
집착이나 욕망 없이 나는 떠나자.
그 길은 있다. 있어야 한다. 없을 수 없다.
이 생존 벗어나기 위해 나는 그 길 가기 힘쓰자.”

4. 유有와 비유非有, 생사生死와 열반涅槃

그는 다시 이렇게 생각하였다.
“고통의 반대인 안락이 있는 것처럼
유有(생존)가 있으면 그 반대인 비유非有(생존 아닌 것)가 없을 수 없다.
뜨거움이 있으면 그것이 없어진 상태인 차가움이 있는 것처럼
탐욕이 있으면 그것이 없어진 상태인 열반도 있을 것이다.
삿되고 천한 길의 반대인 선량하고 허물없는 길이 있는 것처럼
삿된 생이 있으면, 일체의 생을 버림에 의해 생이 없는 열반이 없을 수 없는 것이다.”

그 경전의 게송은 다음과 같다.

"고통이 있으면 즐거움도 있는 것처럼
생존이 있으면 생존 아닌 것도 있을 것이다.
뜨거움이 있으면 차가움도 있는 것처럼
세 가지 불 있으면 열반도 있을 것이다.
사악邪惡이 있으면 선량善良도 있는 것처럼
남(生)이 있을 때는 나지 않는 것도 있을 것이다."

5. 허물은 사람에게 있다

그는 또 이렇게 생각하였다.
"마치 똥 더미 속에 빠진 사람이
오색五色의 연꽃에 덮여 있는 못을 보고도
그 못으로 가는 길 찾지 않으면
그것은 못의 허물 아닌 것처럼
번뇌의 더러움을 깨끗이 씻을
불멸不滅의 큰 열반 못이 있는데
그 열반으로 가는 길 찾지 않으면
그것은 열반 못의 허물 아니다.

도적에게 포위되어 있는 사람이
거기서 도망쳐 나길 길 있는데도
그 길로 빠져나 달아나지 않으면
그것은 길의 허물 아닌 것처럼,

번뇌에 붙잡혀 있는 사람이
열반으로 갈 안전한 길 있는데도
그 길을 향해 가지 않으면
그것은 그 길의 허물 아니다.

병으로 괴로워하고 있는 사람이
그 병을 고칠 수 있는 의사가 있는데도
그 의사를 찾아가 고치지 않으면
그것은 의사의 허물 아닌 것처럼
번뇌의 병에 괴로워하는 사람이
그것을 없앨 수 있는 스승 있는데
그 스승 찾아가 없애지 않으면
그것은 그 스승의 허물 아니다."

그 경전의 게송은 다음과 같다.

"마치 똥 속에 빠져 있는 사람이
물이 가득한 못을 보고도
그 못으로 가려고 노력하지 않으면
그것은 못의 허물 아닌 것처럼
번뇌의 때를 깨끗이 씻을 불멸不滅의 그 못이 있는데도
그 못으로 가려고 노력하지 않으면
그것은 그 못의 허물 아니다.

도적에게 사방으로 막혀 있는 사람이
거기서 물러날 길이 있는데도

그 길을 따라 달아나지 않으면
그것은 길의 허물 아닌 것처럼,
번뇌에 사방으로 막혀 있는 사람이
거기서 벗어날 안전한 길 있는데도
그 길 따라 가려고 노력하지 않으면
그것은 그 길의 허물 아니다.

또 마치 병으로 앓고 있는 사람이
그것을 고칠 수 있는 의사 있는데
그를 찾아 그 병을 고치지 않으면
그것은 의사 허물 아닌 것처럼,
번뇌의 병에 괴로워하고
또 고민하면서
그 스승을 찾지 않으면
그것은 그 스승의 허물 아니다."

6. 썩는 몸을 버리자

그는 또 이렇게 생각하였다.
"마치 몸을 깨끗이 하기 좋아하는 사람이
그 몸에 걸려 있는 송장 버리고
그 기분이 가뿐해지는 것처럼,
나도 이 썩는 몸을 버리고
집착 없는 몸 되어
저 열반의 성으로 들어가야 한다.

또 마치 남자나 여자가
변소에 들어가 대소변을 보고는
그것을 앞치마나 또 옷에 싸 가지지 않고
집착 없이 그것을 버리고 가는 것처럼,
나도 이 썩는 몸 버리고 바람 없는 몸 되어
멸하지 않는 저 열반의 성으로 들어가야 한다.

또 마치 뱃사공이
낡은 배를 버리고 집착 없이 떠나가는 것처럼
나도 이 아홉 구멍에서 더러운 것 흘러나오는
이 몸 버리고 집착 없이 저 열반의 성으로 들어가야 한다.

또 온갖 보물 지니고
도적들과 함께 여행하는 사람이
그 지닌 보물 빼앗길까 두려워하여
도적을 버리고 안전한 길 따라 가는 것처럼,
이 망그러지기 쉬운 몸은
보물을 빼앗는 도적과 같으므로
만일 내가 여기 대해 애착하는 마음을 일으키면
그 귀한 도의 보물을 잃을 것이다.
그러므로 나는 이 도적 같은 육신 버리고
저 열반의 성으로 향해 들어가야 한다."

그 경전의 게송은 다음과 같다.
"마치 어떤 사람이 목에 걸린 송장을 풀어버리고
안락하고 자유롭게 자신의 주인 되어가는 것처럼,

온갖 송장을 쌓아둔 것 같은 썩는 이 몸 버리고
기대 없고 욕망 없는 몸 되어 나도 떠나자.

남자나 여자가 변소에서 대소변 보고
집착 없고 욕망 없이 떠나가는 것처럼,
나도 온갖 송장 가득한 이 몸 버리되
대소변 보고 변소를 떠나는 것처럼 하자.

낡고 깨어져 물이 새어드는 배를 버리고
집착 없고 욕망 없이 떠나는 배 주인처럼,
아홉 구멍에서 언제나 더러운 즙 새어나오는 이 육신 버리되
깨어진 배를 버리고 그 주인이 떠나듯 나도 떠나자.

또 어떤 사람이 보물을 지니고 도적과 함께 가다가
보물을 빼앗길까 두려워하여 도적을 버리고 가는 것처럼,
이 육신은 큰 도적과 같으므로 행복을 잃을 두려움 때문에
이것을 버리고 나도 떠나자."

7. 선혜의 출가 수행

현자賢者 선혜는 여러 가지 비유에 의해
속세를 떠나는 그 보람 생각하고
집에 쌓아둔 한량없는 보물 내어
거지와 나그네들에게 큰 보시 행한 뒤에
물질과 번뇌의 욕심 버리고

그 아마라바티 성을 아주 떠났다.

그는 혼자 설산雪山 지방으로 들어가
유법산有法山 가까이 수도원修道院을 짓되
나뭇잎으로 지붕을 덮고
다섯 가지 편리*하고, 여덟 가지 인연** 갖춘 경행처徑行處***를 만들고
신통神通의 힘 얻기 위해
아홉 가지 불편*한 속의俗衣 벗어버리고
열두 가지 덕**을 갖춘 나무 껍질옷 입고
선인仙人의 길을 따라 수행하였다.

그 뒤에는
여덟 가지 불편***이 있다 하여
나뭇잎 지붕의 그 집마저 버리고

---

* 1. 땅이 단단하고 울퉁불퉁하지 않은 것, 2. 마당에 나무 없는 것, 3. 키 작은 나무에 덮이지 않는 것, 4. 너무 비좁지 않은 것, 5. 너무 넓지도 않은 것.

** 1. 재물이나 곡물을 취하지 않는 것, 2. 허물없는 탁발하기에 적당한 것, 3. 탁발해 얻은 음식을 조용히 먹을 수 있는 것, 4. 왕가王家에서는 인민을 착취하거나 탁발은 남을 괴롭히지 않는 것, 5. 남의 재물을 얻으려는 욕망이 없는 것, 6. 도적에게 물건을 빼앗길 염려 없는 것, 7. 왕이나 대신과 친하지 않는 것, 8. 어디에도 장애 없는 것, 이것을 사문의 즐거움이라고 함.

*** 일정한 구역을 정하여 거니는 곳.

* 1. 값이 비싼 것, 2. 다른 사람의 힘이 든 것이기 때문임, 3. 때 묻기 쉬우므로 빨거나 물들이지 않으면 안 되는 것, 4. 해어지면 꿰매고 또 삼각포三角布를 대어 기워야 하는 것, 5. 다시 구하기 어려운 것, 6. 출가하여 고행하는 이에게 적당하지 않은 것, 7. 도적들도 쓸 수 있기 때문에 도적에게 빼앗기지 않도록 주의해야 하는 것, 8. 몸을 장식하게 되는 것, 9. 여행할 때에도 가지고 다닐 욕망이 있으므로 짐이 되는 것.

** 1. 값이 싸고 또 어울리는 것, 2. 제 손으로 만들 수 있는 것, 3. 때가 잘 안 묻고 또 빨기에 편리한 것, 4. 낡아도 기울 필요가 없는 것, 5. 다시 만들기 쉬운 것, 6. 출가하여 고행하는 이에게 걸맞는 것, 7. 도적들에게 필요 없는 것, 8. 몸의 장식이 되지 않는 것, 9. 가벼운 것, 10. 의복으로서의 욕심이 생기지 않는 것, 11. 만들어도 허물이 없는 것, 12. 없어져도 아까워하는 마음이 없는 것.

*** 1. 수고하여 모은 재료로 짜 세우려고 애쓰는 것, 2. 끊임없이 수리해야 하는 것, 3. 갑자기 일어날 때에 마음을 한 곳에 쏟을 수 없는 것, 4. 편하기 때문에 몸이 약해지는 것, 5. 나쁜 일을 할 수 있다는 비난을 받는 것, 6. 제 것이라 집착하는 마음이 생기는 것, 7. 집이 있다는 것은 또 남이 있다는 것이 되는 것, 8. 이, 벼룩, 빈대 등과 함께 있으므로 많은 것과 같이 살게 되는 것.

열 가지로 편리*한 나무 밑으로 나가,
곡식으로 만든 음식 일체 피하고
나무 열매로 주림을 달래며
앉았다 섰다 거닐기도 하면서
꾸준히 수행한 지 이레 만에
여덟 가지 선정과 다섯 가지 힘 얻었다.
그리하여 그는
바라던 그대로 신통의 힘 얻었다.

그 경전의 게송은 다음과 같다.
"나는 이렇게 생각하고 수억의 재산을 내어
큰 보시 행한 뒤에 설산에 들어갔네.
설산 가까운 곳에 유법有法이란 산 있는데
나는 거기에 좋은 도원道院과 초막 지었네.

거기서 나는 다섯 가지 불편을 떠나
여덟 가지 편리한 경행처를 만들고
그리하여 거기서 신통의 힘 얻었네.
아홉 가지 불편한 속의 벗어버리고
열두 가지 편리한 나무 껍질옷 입고
여덟 가지 불편한 나뭇잎 지붕의 집을 버리고
열 가지로 편리한 나무 밑으로 갔네.

---

* 1. 수고가 적은 것, 2. 귀찮은 일이 없는 것, 3. 일어나야 할 필요가 없는 것, 4. 남이 보기 때문에 죄를 짓지 못하는 것, 5. 몸을 가리는 것이 없는 것, 6. 집착할 것이 없는 것, 7. 집 안 생활의 애착이 없는 것, 8. 쫓겨나는 일이 없는 것, 9. 유쾌한 것, 10. 아까워하는 마음이 없는 것.

농사지어 만든 음식 일체 피하고
온갖 편리한 과일 있는 대로 먹으며
앉고 서고 거닐며 꾸준히 힘써
이레 안에 신통의 힘을 얻었네."

8. 연등불燃燈佛의 출세出世

이렇게 선혜 행자가
신통의 힘을 얻고 선정의 즐거움을 누리며
나날을 보내고 있는 동안에
연등이라는 부처님이 세상에 나오셨다.

그 부처님이 어머니 태에 들고
세상에 나와 수행하여 보리 얻고
거룩한 법바퀴를 굴리고 있을 때
대천세계大千世界는 모두 뒤흔들리며
큰 소리 내어 웅얼거리고
서른두 가지 현상이 나타났다.

그러나 저 선혜 행자는
선정의 즐거움을 누리고 있으면서
그 소리도 못 듣고 이 현상도 못 보았다.

그 경전의 게송은 다음과 같다.
"이렇게 내가 완성의 경지에 이르러

그 수행에서 자재自在롭게 되었을 때
연등 부처라는 훌륭한 어른,
세상의 길잡이, 이 세상에 나오셨네.

그 부처님 태에 들었다 세상에 나와
정각正覺 이루고 도를 연설하였으나
나는 선정의 즐거움 누리노라
그 네 가지 모양 보지 못했네."

9. 연등불이 희락성喜樂城에 오다

열 가지 힘 가지신 연등 부처님
번뇌 다한 40만의 비구 데리고
희락喜樂이라는 큰 성에 이르러
선현善現이라는 큰 정사精舍에 계셨다.

그 희락성에 사는 사람들
"연등이라는 큰 사문 장자
가장 뛰어난 진리를 깨쳐 알고
법바퀴를 굴리며 차례로 여행하여
선현 정사에 계신다."는 말 들었다.

숙소熟酥와 생소生酥* 그 밖의 것과

---

* 숙성시키거나 숙성시키지 않은 우유 혹은 양유 식료품.

약품, 의복 등 사람에게 들리고
향료香料와 화환 등등 제 손에 들고
불, 법, 승에 마음을 쏟으면서
부처님께 나아가 예배한 뒤에
한쪽에 앉아 설법 듣고는
내일의 공양에 부처님을 초대하고
자리에서 일어나 모두 떠났다.

10. 성민들이 부처님을 초대하다

이튿날 그들은 많은 음식을 장만하고
부처님 오실 길을 수리할 때에
파인 곳에 흙을 넣어 고른 뒤에는
은빛 모래 깔고
볶은 곡식과 꽃을 뿌리고
온갖 빛깔의 기를 만들어 달고
파초와 물병들을 벌려놓았다.

11. 선혜는 공중에서 보다

선혜는 도원道院에서 공중에 올라
사람들의 머리 위를 날아다니며
그들이 기쁘게 일하는 것 보고
의심스러워 그들에게 물었다.

"누구를 위해 이 길을 장식하는가."

그 경전의 게송은 다음과 같다.
변두리 땅에 부처님 초대하고
그들은 기뻐하며 그 길을 장식했네.
그때에 나는 도원을 나와
나무 껍질옷 펄렁이고 날아다니며
흥분하여 미칠 듯 기뻐하는 것 보고
공중에서 내려와 그들에게 물었네.
"여러분은 미칠 듯 기뻐하며 흥분하는데
누구 위해 이 길을 이렇게 청소하는가."

그들은 답하였네.
"선혜 존사尊師여 당신은 왜 모르십니까,
열 가지 힘 가지신 연등 부처님
바르고 평등한 그 깨달음 얻고
거룩한 그 법의 바퀴 굴리면서
여러 곳을 두루 다니시는 동안에
우리들의 이 변두리에 오시어
지금 선현의 큰 정사에 계십니다.
우리는 그 부처님을 초대하였으므로
지금 이 길을 수리하고 있습니다."

선혜 행자는 생각하였다.
"부처라는 이름은 듣기만도 어려운데
더구나 그 부처님을 직접 만나 뵈옴이랴.

나도 이들과 함께 정성을 내어
그분 오실 길을 수리해야 하리."
수리할 한 곳 맡겨주기 청하자
그들은 선혜의 신통력 있음을 알고
물에 떠나가 끊어진 한 곳 맡겨주었다.

12. 선혜가 진흙에 엎드리다

선혜는 그 부처님 뵈올 일 생각하고
기쁜 마음 일으켜 다시 생각하였다.
"나는 지금 내 신통의 힘으로
얼마든지 이 길을 고칠 수 있다.
그러나 어찌 그것으로 만족하랴.
나는 내 몸을 바쳐야 한다."

끊어진 곳에 흙을 던져 넣으며
그 다리를 한창 고치고 있을 때
연등 부처님은 거기 오셨다—.

여섯 가지 신통과
큰 위력威力 갖추고,
번뇌가 없어진 지혜를 얻은
40만 제자 데리고 오셨다.

천인天人들은 천상의 화환과 향 받들고

천상의 갖가지 음악 울리며
사람들은 인간의 향과 화환 받든 속으로
한없는 열 가지 힘 가진 부처님
마치 웅황산雄黃山 꼭대기에 뛰노는 사자처럼
수리해놓은 그 길에 걸음을 옮기셨다.

선혜 행자는 바라보았다—.
수리한 그 길로 오시는 부처님
서른두 가지 대인상大人相*을 갖추고
80가지의 수상호隨相好**로 장엄하고
일심一尋쯤의 주위의 광명에 싸이셨네.

보주 빛깔의 번개빛처럼
여섯 가지의 금빛이 짙은
부처님 그 몸의 광명이 빛나는데
화관花冠 모양으로 된 것도 있고
혹은 쌍쌍이 짝을 지어 나와
그 모습 위 없이 아름답고 장엄했다.

선혜는 바라보고 생각하였다.
"나는 오늘 부처님께 생명을 바치리라.
부처님은 이 진흙길 밟지 마소서.
보주寶珠로 된 다리를 밟으시는 생각으로
40만의 그 아라한 제자와 함께

---

* 부처님의 몸에 갖추어져 있는 특별한 몸 모양.
** 부처님의 몸에 갖추어져 있는 서른두 가지의 모양에 따르는 잘생긴 모양 80가지.

내 등을 밟고 걸어가소서.
그것은 영원한
내 이익과 안락의 열매를 맺으리다."

그는 진흙길 위에
영양羚羊의 가죽과 나무 껍질옷 펴고
제 머리털 풀어 그 위에 깔고
보주의 널빤지로 된 다리처럼
등을 구부려 그 위에 엎드렸다.

그 경전의 게송은 다음과 같다.
그들은 내게 대답하였다.
"견줄 데 없는 뛰어난 이
연등이라는 부처님, 세상의 길잡이가 세상에 나오셨네.
그분 위해 우리는 이 길을 청소하네."

부처란 말 듣자 기쁜 생각 솟아났네.
'부처님, 부처님' 나는 못내 기뻐했네.
그 자리에 서서 흥분하며 나는 생각하였네.
"나는 지금 씨앗을 뿌리자. 이 기회를 헛되이 보내지 말자."

나는 그들에게 청하였네.
"내게도 한 곳 주면
나도 그 부처님 위하여 그 길을 수리하리."
그들은 내게 수리할 한 곳 주었네.
나는 다만 '부처님, 부처님' 만 생각하며 그 길을 고치었네.

아직 그 자리를 다 고치기 전에
큰 무니,* 승리한 사람, 연등 부처님은
여섯 가지 신통과 번뇌 다한 지혜 얻고
더러움을 떠난 제자 40만 인과 함께
그 수리한 길에 걸음을 옮기셨네.

예배 끝나고 많은 북소리 울려 퍼지는 속에
사람과 천인天人들은 환호歡呼의 소리 외쳤네.
천인은 사람을 보고 사람은 천인을 보면서
그들 모두 합장하고 부처님 뒤따랐네.
천인들은 천상의 악기를, 사람은 인간의 악기를
다 같이 기쁘게 울리며 부처님 뒤따랐네.

하늘의 만다라꽃, 연꽃, 산호나무꽃을
천인들은 천상에서 두루 뿌려 흩었고,
참파카, 사라라, 니파, 나가, 푼나가, 케타카꽃들을
사람들은 지상에서 어지러이 던져올렸네.

거기서 나는
나무 껍질옷과 짐승 가죽으로 진흙을 덮고
머리를 풀어 그 위에 깔고 엎드렸네.
"부처님과 그 제자들
진흙을 밟지 말고 나를 밟고 가소서.
그것은 내게 큰 이익 되리이다."

---

* 적묵寂默, 인仁, 선인仙人이라 번역하며, 출가하여 마음을 닦고 도를 배우는 이의 총칭.

13. 선혜의 서원誓願

진흙에 엎드린 채 그는 눈을 떠
연등불의 존엄 보고 다시 생각하였다.
"만일 나에게 우선 희망 있다면
나는 모든 번뇌 다 살라 없애고
이 승단僧團의 젊은 한 사람으로
저 희락성 안으로 들어가는 것이다.

그러나 나에게는
거짓 모양 꾸미고
모든 번뇌 다 태워 없앤 체하면서
열반에 들 생각은 없네.

나는 반드시 저 연등 부처님처럼
최상으로 뛰어난 깨달은 사람 되어
모든 중생들 법의 배에 다 태워
생사의 바다에서 건져낸 뒤에
그리고 큰 열반에 들어가리라.
그것이 나의 해야 할 일이네."

그리고 여덟 가지 법*을 연결시키어
부처 되리라 굳센 서원 세우고

---

* '사람일 것, 남자일 것' 등을 말함.

그 자리에 그대로 누워 있었다.

그 경전의 게송은 다음과 같다.
"나는 땅에 엎드려 생각하였네.
번뇌를 다 없애기 내 희망이네.
그러나 무엇하러 거짓 모양 꾸미랴.
나는 일체의 아는 지혜 이루어
인간 천상 세계의 부처 되리라.
나는 지금 큰 역량力量 있는 사람으로서
나 혼자 구제된들 무슨 보람 있으랴.
일체를 두루 아는 지혜 이루어
인간 천상 세계를 모두 건지리.

나는 이 큰 역량 있는 사람으로서
일체 지혜 이루어 많은 사람 건지자.
윤회輪廻의 흐름 끊고 세 세계를 없애고
정법正法의 배를 타고 인간 천상 건지자."

그러나 부처 되기 희망하는 사람은
"사람일 것, 남자일 것, 인연 있을 것,
부처 만날 것, 출가할 것, 덕을 갖출 것,
봉사奉仕하는 마음과 원하는 마음
이 여덟 가지 법 모두 갖춰야
부처 되려는 결심 이루어지네."

14. 연등불의 예언豫言

연등 부처님은 거기 오시자
선혜 행자 머리맡 가까이 서시어
보주寶珠를 새긴 사자獅子 난간을 여는 듯
다섯 가지 빛을 띤 눈을 뜨시고
진흙에 엎딘 행자 굽어보셨다.

"이 행자는 부처 되려는 큰 결심으로
지금에 여기 엎드려 있다."
오는 세상으로 그 의식意識을 보내어
그 소원 반드시 이루어질 줄 알고
여러 사람 앞에서 예언하였다.

"그대들은 이 고행하는 사람이
이 진흙 위에 누워 있음 보는가.
부처 될 결심으로 여기 누워 있나니
그 소원 반드시 이루어져
지금부터 4아승지 10만 겁 뒤에
그는 '구담' 이라는 부처 되리라.

가비라라는 성城이 그의 사는 곳
마야라는 왕비가 그의 어머니
정반淨飯이라는 왕이 그 아버지일 것이다.

그 첫째 수제자首弟子는 사리불이라는 장로
둘째 수제자를 목건련이라 하고
그의 시자侍子를 아난다라 하며
우두머리 여제자女弟子는 참마라는 장로니長老尼
둘째 여제자는 연화색蓮花色이라 하리.

그는 그 지혜 무르녹았을 때
출가하여 부지런히 수행하다가
용나무 밑에서 젖죽을 받아
니련선 강가에서 그것을 먹고
보리도장菩提道場의 금강좌金剛座에 올라
보리나무 밑에서 정각正覺을 이루리라."

그 경전의 게송은 다음과 같다.
세상을 밝게 아는
공양을 받을 만한 연등 부처님
내 머리맡에 서서 이렇게 말하였네.
"극도로 고행하는 이 결발結髮 행자를 보라.
무량겁無量劫을 지낸 뒤 이 세상에 나와 부처 되리라.

그는 가비라라는 아름다운 성에서
부모 몰래 밤중에 도망쳐 나와
행하기 어려운 정진 계속하리라.

그는 용나무라는 나무 밑에 앉아
젖죽 공양을 받아 니련선 강가로 가리니

그 뛰어난 이는 거기서 젖죽을 먹고
바른 길을 따라 보리나무 밑으로 가리라.

그리하여 가장 훌륭한 그는
오른쪽으로 돌아 보리도장에 예하고
빛나는 그 큰 명예를 얻는 이는
보리나무 밑에서 정각을 얻으리라.

그를 낳은 어머니를 마야라 하고
그 아버지는 정반이라는 왕
그리고 그는 구담이라 하리라.

아무 번뇌 없고 온갖 탐욕을 떠나
마음 고요히 선정을 얻은
목건련과 사리불이 그 수제자이리.
아난다는 시자로서 그를 모실 것이요
참마와 연화색은 우두머리 여제자,
그들은 번뇌 없고 온갖 탐욕을 떠나
그 마음 고요하여 선정 얻을 것이며
그리고 구담이라는 그 부처님의
보리나무 이름을 아설타라 할 것이다."

15. 인천人天의 기뻐함

선혜 행자는 이 부처님 말씀 듣고

그 소원 성취되리라 못내 기뻐하였고
대중들은 그 말 듣고 모두 말했네.
"이 선혜 행자는
부처의 종자요 부처의 싹이다."
그리고 그들은 다시 발원하였다.
"마치 저 강을 건너가는 사람이
바로 맞은 언덕으로 오르지 못할 때는
다른 언덕에 대어 건너가는 것처럼,
연등불 가르침으로 향과向果* 못 얻는 이는
이 선혜 행자의 부처 이룰 때에는
그 앞에서 향과에 들어갈 수 있으리."

연등 부처님은 보살(행자)을 칭찬한 뒤
여덟 줌 꽃 바치고 예배하고 떠났고
번뇌가 다한 40만 아라한도
향과 화환으로 예배하고 떠났으며
사람과 천인天人들도 선물 드리고
보살에게 예배하고 다 돌아갔다.

16. 당신은 반드시 부처 되리라

사람들이 모두 돌아간 뒤에
누워 있던 보살은 땅에서 일어나

---

* 사향四向과 사과四果, 소승小乘들이 수행하여 증득한 네 가지 계위階位.

낱낱 바라밀波羅密*을 살펴보기 위하여
꽃 쌓은 위에 가부하고 앉을 때
1만 대세계大世界의 천인들 모여
환호의 소리를 높이 외치며
갖가지 말로 보살을 칭찬했네.

"존자尊者 선혜 행자여, 옛날 보살들
바라밀을 살피려 가부하고 앉았을 때
갖가지 전조前兆가 다 나타났었는데
오늘도 그것들이 다 나타났네.

당신은 반드시 부처가 되리니
우리는 그것을 잘 알고 있네.

사람에게 그런 징조가 나타날 때는
그 사람은 반드시 부처 되나니
당신은 부디 굳은 결심 지니고
거룩한 그 정진을 계속하시라."

그 경전의 게송은 다음과 같다.
짝할 이 없는 대선大仙의 이 말을 듣고
사람과 천인들 모두 못내 기뻐하여
"그는 부처 종자요 새싹이다."하면서
환호 소리 외치고 손뼉도 치며

---

* 저쪽 언덕이라는 뜻. 저쪽 언덕은 곧 이상理想의 경지에 이르고자 하는 보살 수행의 총칭. 열 가지와 여섯 가지가 있다.

웃고 속삭이며 합창하고 예배했네.

“우리들 만일 이 세상의 구호자救護者인
연등불의 가르침 이해하지 못하면
오는 세상에 가서 이 행자 만나
최상의 가르침, 그 법문 바로 듣자.

마치 저 강을 건너가는 사람들
맞은편 건널터에 바로 댈 수 없으면
하류下流의 건널터로 배를 저어가
그 큰 강을 건너가는 것처럼,

만일 우리들 모두 이 연등 부처님
뛰어난 이를 헛되이 지나치면
오는 세상에 이 행자 만나
위 없는 가르침, 그 법문 바로 듣자.”

이 세상일 잘 아시는
공양을 받을 만한 연등 부처님
내 수행을 못내 칭찬하신 뒤
오른발 들고 떠나가셨네.

그 자리에 있던 훌륭한 분의 제자들
모두 오른쪽으로 돌아 내게 예하고,
하늘 사람, 용, 건달바들도
내게 예배하고 다 돌아갔네.

세상의 길잡이, 그 제자들과 함께 떠나
내 시야視野에서 모두 사라졌나니
그때에 내 마음 기쁨에 가득하여
엎드렸던 자리에서 일어났었네.

그리하여 그때에 나는
즐거움으로 즐거워하고
기쁨으로 기뻐하면서
환희에 잠겨 가부하고 앉았네.

가부하고 앉아 나는 생각하였네.
"나는 오로지 깊은 선정을 닦아
최상의 지혜로 저 언덕에 이르렀다.
이 세계에는 나만한 선사仙士 없고
신통의 법에 있어 나와 견줄 이 없어
나는 이런 즐거움 이제 얻었네."

내가 가부하고 앉아 있을 때
1만 세계에 사는 사람들
모두 큰 소리 내어 외치었나니—

당신은 반드시 부처 되리라.
옛날 보살 가부하고 엄숙히 앉았으면
갖가지 징조 모두 나타났는데
오늘도 그런 징조 다 나타났네.

추위도 가고
더위도 물러갔었네.
그런 징조 오늘도 나타났으니
당신은 반드시 성불하리라.

큰 바람도 불지 않고
큰 비도 쏟지 않았네.
그런 징조 오늘도 나타났나니
당신은 반드시 성불하리라.

육지나 물에 난 꽃들
단박 다 꽃이 피었었네.
그런 징조 오늘도 나타났나니
당신은 반드시 성불하리라.

덩굴풀도 나무들도
단박 열매 맺었네.
그런 징조 오늘도 나타났나니
당신은 반드시 성불하리라.

공중이나 지상의 보배들
모두 한꺼번에 광명을 놓았었네.
그런 징조 오늘도 나타났나니
당신은 반드시 성불하리라.

인천人天 세계 악기들

다 한꺼번에 소리내었네.
그런 징조 오늘도 나타났나니
당신은 반드시 성불하리라.

여러 가지 빛깔의 꽃들
모두 공중에서 내려왔었네.
그런 징조 오늘도 나타났나니
당신은 반드시 성불하리라.

큰 바닷물 넘치고
10천 세계 진동하였네.
그런 징조 오늘도 나타났나니
당신은 반드시 성불하리라.

지옥의 모든 불
모두 한목 꺼졌었네.
그 불들 오늘도 다 꺼졌나니
당신은 반드시 성불하리라.

태양에는 흐림 없고
별들 모두 나타났었네.
그런 징조 오늘도 나타났나니
당신은 반드시 성불하리라.

비도 오지 않는데
땅에서 곧 물이 솟아났었네.

오늘도 땅에서 물이 솟아나나니
당신은 반드시 성불하리라.

별들과 두우성斗牛星은
제자리에서 빛나고
저성底星*은 달과 합쳐졌나니
당신은 반드시 성불하리라.

구멍이나 굴에 사는 중생들
제 마음대로 거기서 나왔었네.
그들 오늘도 제 집에서 나오나니
당신은 반드시 성불하리라.

중생들 불평 없고
모두 만족하였었네.
오늘도 그들 만족하나니
당신은 반드시 성불하리라.

그때에는 병이 낫고
미워하는 생각 사라졌었네.
그런 징조 오늘도 나타났나니
당신은 반드시 성불하리라.

그때에는 탐욕도 없어지고

---

* 별 이름. 28숙宿의 셋째 별.

분노와 우치도 다 사라졌었네.
오늘도 그것들 다 사라졌나니
당신은 반드시 성불하리라.

그때에는 공포심恐怖心 없었었는데
오늘도 또 그것 없나니
이런 징조로 우리는 아네—.
당신은 반드시 성불하리라.

티끌은 위에서 흩어지지 않았네.
오늘 또 그것을 볼 수 있나니
이런 징조로 우리는 아네.
당신은 반드시 성불하리라.

나쁜 냄새는 다 사라지고
천상의 향기 퍼져왔었네.
오늘 또 그 향기 퍼져오나니
당신은 반드시 성불하리라.

무형 세계의 천인天人 외에는
모든 천인들 다 나타났었네.
오늘 또 그들이 나타났나니
당신은 반드시 성불하리라.

지옥에 이르기까지의 모든 중생들
그때에 다 나타났었네.

오늘 또 그들이 나타났나니
당신은 반드시 성불하리라.

그때에는 벽도 창도 바위들도
아무런 장애 되지 않았었네.
오늘 또 그것들 허공 같나니
당신은 반드시 성불하리라.

죽음도 남(生)도
그 찰나에는 일어나지 않았었네.
오늘 또 그런 것 볼 수 없나니
당신은 반드시 성불하리라.

굳게 마음잡아 정진하고
그치지 말라. 물러나지 말라.
우리들은 또 아나니
당신은 반드시 성불하리라.

17. 부처님 말씀에 거짓 없다

그 연등 부처님과
10천 대세계의 천인들의 그 말 듣고
보살은 더욱 힘 얻어 생각하였다.
"부처님 말씀에는 거짓이 없다.
부처님 말씀은 틀림이 없다.

공중에 던져올린 흙덩이 떨어지고
한 번 난 것은 반드시 죽고
밤이 새면 해가 오르고
굴에서 나온 사자 외치며
임신한 여자는 아이를 낳는 것
그것은 결정코 움직일 수 없는 것처럼
부처님 말씀에는 거짓 없나니
나는 반드시 부처 되리라."

그 경전의 게송은 다음과 같다.
"부처님 말씀과
10천 세계 천인들의 그 말을 듣고
큰 기쁨이 가슴에 넘쳐
그때에 나는 생각하였네—.

두 가지 뜻 있는 말
부처님은 그런 말 하시지 않네.
훌륭한 분의 말은 허망하지 않네.
부처님에게는 거짓 없나니
나는 반드시 부처 되리라.

마치 공중에 던져올린 흙덩이
반드시 지상에 떨어지는 것처럼,
거룩한 부처 말씀도 그와 같아서
확실하여 변하지 않는 것이네.

일체 생물生物들이 죽는다는 것
확실하여 변하지 않는 것처럼,
거룩한 부처 말씀도 그와 같아서
확실하여 변하지 않는 것이네.

또 마치 어두운 밤이 지나면
반드시 해가 오르는 것처럼,
거룩한 부처 말씀도 그와 같아서
확실하여 변하지 않는 것이네.

또 마치 제 집에서 나온 사자가
반드시 큰 소리로 외치는 것처럼,
거룩한 부처 말씀도 그와 같아서
확실하여 변하지 않는 것이네.

또 마치 어머니 태에 든 생물
그 태를 안 나오고 못 배기는 것처럼,
거룩한 부처 말씀도 그와 같아서
확실하여 변하지 않는 것이네."

18. 보시 바라밀

"나는 반드시 부처 되리라."
이렇게 자신自信하고 단정斷定한 그는
부처 될 기본基本 조건 찾아보았다.

그것 어디 있는가?
위인가, 밑인가?
사방인가, 사유四維인가?
온 세계 구석구석 찾아보다가
옛날부터 보살네들 첫째로 행한
보시 바라밀을 발견하였다.

그리하여 그는 스스로 경계警誡했다.
"현자賢者 선혜여, 너는 이 뒤부터는
첫째의 보시 바라밀을 완전히 성취하라.
엎드러진 물병이 물을 다 토해낸 뒤
그것을 본래대로 다시 담을 수 없는 것처럼,
재산, 명예, 처자, 내 몸까지도
그것을 요구하는 이에게 아낌없이 보시하라.
그리고 보리나무 밑에 앉으면
너는 반드시 부처 되리라."

이렇게 첫째의 보시 바라밀
굳게 가지려고 결심하였다.

그 경전의 게송은 다음과 같다.
"여기서 나는 부처 될 기본법을
여기저기 두루 찾아보았네.
위인가, 밑인가?
십방十方 세계에 이르기까지.

그때에 나는 하나 발견했나니
그것은 첫째의 보시 바라밀,
이것은 옛날의 모든 대선大仙들
다 같이 밟고 간 크고 바른 길이네.

현자 선혜여,
만일 너 저 보리를 얻으려고 하거든
먼저 첫째의 이 바라밀 굳게 지녀
보시의 행을 완전히 성취하라.

물이 가득한 물병이 엎어졌다고 하자.
그것이 어떻게든 엎어졌다고 하자.
그것은 그 물을 다 토해내어
거기 다시는 남은 물 없으리라.

너도 그와 같이 누가 무엇 구하거든
귀천이나 그 중간 따질 것 없이
남김없이 그에게 보시하는 것
저 엎드러진 물병처럼 하라."

19. 호계護戒 바라밀

"부처 될 기본법 이뿐 아닐 것이다."
다시 두루 찾다 하나 발견했나니
그것은 둘째의 호계 바라밀,

그는 다시 스스로 경계하였다.

“현자 선혜여, 너는 이 뒤부터는
호계 바라밀을 완전히 성취하라.
마치 그 생명마저 돌보지 않고
그 꼬리 보호하는 저 이우犛牛처럼,
너도 그 생명 돌보지 않고
부처님 계율 받들어 지니면
마침내 소원대로 부처 되리라.”

이렇게 둘째의 호계 바라밀
굳게 지키려 그는 결심하였다.

그 경전의 게송은 다음과 같다.
“부처 될 법은 이것만이 아니리.
보리를 성숙시킬 딴 법 있으면
다시 찾아보자. 그것은 무엇인가.

그때에 다시 하나 발견하였네.
그것은 둘째의 호계 바라밀,
이것은 옛날의 큰 선인仙人들
모두 밟고 가던 그 큰 길이네.

현자 선혜여,
만일 너 저 보리를 얻으려고 하거든
이 둘째의 바라밀을 굳세게 지켜

호계 바라밀을 완전히 성취하라.

마치 그 꼬리가 무엇에 걸렸을 때
그는 거기서 죽기를 기다리며
차라리 그 생명 버릴지언정
그 꼬리 보호하는 저 이우犛牛처럼,

너도 네 가지 계급*에 있어서
계율을 완전히 성취하도록
언제나 그 계율을 보호하기를
이우가 그 꼬리 보호하듯이 하라."

20. 출리出離 바라밀

"부처 될 기본법 이뿐 아닐 것이다."
다시 두루 찾다 하나 발견했나니
그것은 셋째의 출리 바라밀,
그는 다시 스스로 경계하였다.

"현자 선혜여, 너는 이제부터는
출리 바라밀을 완전히 성취하라.

마치 오랫동안 감옥에 있던 사람

---

* 고대 인도에 있던 계급. 즉 바라문, 찰제리, 폐사, 수타라. 사성四姓이라고도 함.

애착하는 마음을 가지지 않고
거기 살지 않으려 하는 것처럼,
너도 모든 생존生存을 감옥으로 보고
다만 거기서 벗어나기 위하여
출리를 향해 나아가야 하나니
그리하면 너는 부처 되리라."

이렇게 그는 셋째 바라밀을
굳게 지키려 결심하였다.

그 경전의 게송은 다음과 같다.
"부처 될 법은 이것만이 아니리.
보리를 성숙시킬 딴 법 있으면
다시 찾아보자. 그것은 무엇인가?

그때 나는 다시 하나 발견하였네.
그것은 셋째의 출리 바라밀,
이것은 옛날의 큰 선인仙人들
모두 부지런히 행한 것이네.

현자 선혜여,
너 만일 저 보리를 얻으려거든
이 셋째의 바라밀을 굳세게 지켜
출리를 완성하기에 이르러야 한다.

마치 오랫동안 감옥 속에 살면서

갖가지 고생에 시달리던 사람이
거기 애착하는 마음 일으키지 않고
오직 그것 벗어나려 애쓰는 것처럼,

너도 모든 생존生存을 감옥으로 보아
오직 그것을 벗어나기 위하여
저 출리를 향해 나아가야 하나니."

21. 지혜 바라밀

"부처 될 기본법 이뿐 아닐 것이다."
다시 두루 찾다 하나 발견했나니
그것은 넷째의 지혜 바라밀,
그는 다시 스스로 경계하였다.

"현자 선혜여, 너는 이 뒤부터는
지혜 바라밀을 완전히 성취하라.
귀하거나 천하거나 그 중간이거나
누구거나 그이를 깔보지 말고
모든 사람 접근하여 묻고 배워라.
어디나 내 스승은 있는 법이네.

마치 탁발하러 다니는 비구
빈, 부, 귀, 천의 차별에 관계없이
집집마다 차례로 행걸行乞하면서

그 자량資糧을 빨리 얻는 것처럼,
너도 현자를 가까이 친하여
묻고 배우면 부처 되리라."

이렇게 그는 넷째의 바라밀을
굳게 지키려 결심하였다.

그 경전의 게송은 다음과 같다.
"부처 될 법은 이것만이 아니리.
보리를 성숙시킬 딴 법 있으면
다시 찾아보자. 그것은 무엇인가?

그때에 다시 하나 발견하였네.
그것은 넷째의 지혜 바라밀,
이것은 옛날의 모든 선인들
누구나 항상 행하던 것이네.

현자 선혜여,
너 만일 그 보리 얻으려거든
이 넷째의 바라밀 굳게 지켜
그 지혜를 완전히 성취해야 하나니,

마치 저 행걸하러 다니는 비구
귀하거나 천하거나 중간이거나
한 집도 빼지 않고 두루 다니며
그 자량을 빨리 얻는 것처럼,

너도 언제나 선지식善知識* 두루 찾아
그 아만我慢 버리고 배우고 물어
지혜 바라밀 완성할 때는
최상의 보리를 이룰 수 있으리."

22. 정진精進 바라밀

"부처 될 기본법 이뿐 아닐 것이다."
다시 두루 찾다 하나 발견했나니
그것은 다섯째의 정진 바라밀,
그는 다시 스스로 경계하였다.
"현자 선혜여, 너는 이 뒤부터는
정진 바라밀을 완전히 성취하라.

마치 저 짐승의 왕인 사자가
모든 동작에서 굳세게 정진하는 것처럼,
너도 모든 생존에서
또 모든 동작에서
굳세고 숭고하게 정진할 때는
마침내 그 원대로 부처 되리라."

그는 이렇게 정진 바라밀을
굳게 가지려 결심하였다.

---

* 좋은 벗, 친한 벗, 나보다 나은 벗, 설법하여 교화하는 이.

그 경전의 게송은 다음과 같다.
"부처 될 기본법 이뿐 아닐 것이네.
보리를 성숙시킬 딴 법 있으면
다시 찾아보자. 그것은 무엇인가?

나는 두루 찾다 한 법 발견하였네.
그것은 다섯째의 정진 바라밀,
이것은 옛날의 모든 선인들
누구나 부지런히 행하던 것이네.

만일 네가 저 보리 얻으려거든
이 다섯째 바라밀을 굳세게 지켜
정진의 완성에까지 이르러야 하네.

마치 저 짐승의 왕자王者인 사자
앉거나 서거나 또 거닐 때에
언제나 숭고하고 장엄한 마음으로
씩씩하게 정진해 쉬지 않는 것처럼,
너도 그와 같이 모든 생존으로서
굳세게 나아가 정진을 지켜
정진 바라밀을 완전히 이루면
끝내 발원 그대로 부처 되리라."

23. 감인堪忍 바라밀

"부처 될 기본법 이뿐 아닐 것이다."
다시 두루 찾다 한 법 발견했나니
그것은 여섯째의 감인 바라밀,
그는 다시 스스로 경계하였다.

"현자 선혜여, 너는 이 뒤부터는
감인 바라밀을 완전히 성취하라.
남의 칭찬 받거나 천대 받거나
반기지도 성내지도 않아야 한다.

깨끗한 물건이나 더러운 것 던져도
대지大地는 그것을 참고 견디어
친하거나 원망하지 않는 것처럼,
너도 무엇이나 용서하고 참으면
마침내 발원대로 부처 되리라."

그는 이렇게 여섯째 바라밀을
굳게 지키려 결심하였다.

그 경전의 게송은 다음과 같다.
"부처 될 기본법은 이뿐 아닐 것이네.
보리를 성숙시킬 딴 법 있으면
그것을 찾아보자. 어떤 법인가?

나는 그때 또 한 법 발견했나니
그것은 여섯째의 감인 바라밀,

이것은 옛날의 모든 큰 선인들
언제나 정성껏 행하던 것이어니,
너도 지금 이 바라밀 굳게 지키어
잠깐도 마음에서 떠나는 일 없게 하라.

깨끗한 물건이나 더러운 것 던져도
그것을 성내거나 좋아하지 않고
그대로 참고 견디는 저 대지처럼,
너도 모든 것 너그러이 용서하여
이 감인 바라밀을 완전히 성취하면
최상의 그 보리를 얻을 수 있으리."

24. 진실眞實 바라밀

"부처 될 기본법 이뿐 아닐 것이다."
그는 두루 찾다 한 법 발견했나니
그것은 일곱째의 진실 바라밀,
그는 다시 스스로 경계하였다.

"현자 선혜여, 너는 이 뒤부터는
이 진실 바라밀을 완전히 성취하라.
머리 위에 벼락이 떨어지는 일 있어도
재산이나 명예나 또 생명 위하여
알면서 거짓을 말하지 말라.

마치 새벽 샛별이 사철을 통해
언제나 제 갈 길을 지키는 것처럼,
너도 거짓말하지 않고 진실 지키면
마침내 소망 이뤄 부처 되리라."

그는 이렇게 진실 바라밀을
굳게 지키려 결심하였다.

그 경전의 게송은 다음과 같다.
"부처 될 기본법 이뿐 아니리,
보리를 성숙시킬 딴 법 있으면
다시 찾아보자. 그 법은 무엇인가?

그때 나는 찾다가 한 법 발견했나니
그것은 일곱째의 진실 바라밀,
이것은 옛날의 모든 큰 선인들
모두 결정코 행하던 것이네.
너도 지금 이 바라밀 굳게 지켜라.
네 말이나 행동에 거짓 있으면
너는 그 보리 이루지 못하리.

마치 저 인人 · 천天 세계에 견줄 데 없는
저 새벽 샛별이 사철 통하여
그 길을 벗어나지 않는 것처럼,
너도 그 진실의 길에서 벗어나지 말라.
진실 바라밀을 완전히 성취하면

너는 끝내 최상의 그 보리를 얻으리."

25. 결정決定 바라밀

"부처 될 기본법 이뿐 아닐 것이다."
그는 다시 두루 찾다 한 법 발견했나니
그것은 여덟째의 결정 바라밀,
그는 다시 스스로 경계하였다.

"현자 선혜여, 너는 이 뒤부터는
이 결정 바라밀을 완전히 성취하여
한번 결정했으면 흔들리지 말아라.

마치 사방 바람이 불어와 때려도
끄떡 않고 제자리에 서 있는 산처럼
너도 결정한 일에서 움직이지 않으면
마침내 그 발원대로 부처 되리라."

그 경전의 게송은 다음과 같다.
"부처 될 기본법 이뿐 아니리,
보리를 성숙시킬 딴 법 있으면
다시 찾아보자. 그 법은 무엇인가?

나는 그때 또 한 법 발견했나니
그것은 여덟째의 결정 바라밀,

이것은 옛날의 여러 큰 선인들
언제나 굳세게 행하던 것이네.
너도 지금 이 바라밀 굳게 지키어
동요 않으면 최상 보리 이루리.

마치 저 반석으로 이루어진 산
움직이지 않고 굳게 서 있어
어떤 모진 바람이 불어와 때려도
움쩍 않고 제자리에 솟아 있는 것처럼

그와 같이 너도 한번 결정한 일은
움직이지 않고 그대로 지켜 나가
결정 바라밀을 완전히 이루면
최상의 그 보리에 이를 수 있으리."

26. 자慈 바라밀

"부처 될 기본법 이뿐 아닐 것이다."
그는 다시 찾다 한 법 발견했나니
그것은 아홉째의 자 바라밀,
그는 다시 스스로 경계하였다.

"현자 선혜여, 너는 이 뒤부터는
이 자 바라밀을 완전히 성취하여
나를 이롭게 하거나 해롭게 하거나

꼭 같은 사랑으로 그를 대하라.

나쁜 사람에게나 착한 사람에게나
다 같이 찬 기운을 주는 저 물처럼,
모든 생물을 다 같이 사랑하면
너는 마침내 부처 되리라."

이렇게 그는 자 바라밀을
굳게 지키려 결심하였다.

그 경전의 게송은 다음과 같다.
"부처 될 법은 이것만이 아니리.
보리를 성숙시킬 딴 법 있으면
다시 찾아보자. 그 법이 무엇인가?

나는 그때에 또 한 법 발견했네.
그것은 아홉째의 자 바라밀이네.
이것은 옛날의 여러 큰 선인들
언제나 자애롭게 행한 것이네.

너 만일 그 보리를 얻으려거든
이 아홉째 자 바라밀 굳세게 지켜
뛰어난 자애로운 사람이 되라.

착한 사람에게나 나쁜 사람에게나
다 같이 찬 기운 느끼게 하고

티끌과 때를 씻어주는 물처럼,
이롭게 하는 이나 해롭게 하는 이나
그들에게 자애로운 평등한 마음 길러
자 바라밀을 완전히 성취하면
마침내 너는 최상 보리 얻으리."

27. 사捨 바라밀

"부처 될 기본법 이뿐 아니리."
그는 다시 찾다가 한 법 발견했나니
그것은 열째의 이 사 바라밀,
그는 다시 스스로 경계하였다.

"현자 선혜여, 너는 이 뒤부터는
이 사 바라밀을 완전히 성취하여
즐거움 괴로움에 평등하여라.

깨끗한 물건이나 더러운 것 던져도
다 같이 평등한 저 대지大地처럼
즐거움 괴로움에 평등한 마음 가지면
마침내 너는 부처 되리라."

그는 이렇게 열째 사 바라밀을
굳게 지키려 결심하였다.

그 경전의 게송은 다음과 같다.
“부처 될 법은 이것만이 아니리.
보리를 성숙시킬 딴 법 있으면
다시 찾아보자. 그 법은 무엇인가?

나는 그 때에 한 법 발견했나니
그것은 열째의 이 사 바라밀인데
이것은 옛날의 여러 큰 선인들
언제나 평등하게 행한 것이네.

너는 지금 사 바라밀 굳게 지키되
그 굳게 지킴 견줄 데 없으면
최상의 보리를 증득할 수 있으리.

깨끗한 물건이나 더러운 것 던져도
그것을 성내거나 좋아하지도 않고
평등하게 보는 저 대지처럼,
너도 그와 같이 괴로움에 즐거움에
언제나 평등한 마음을 가져
이 사 바라밀을 완전히 성취하면
최상의 그 보리를 얻을 수 있으리.”

28. 세 가지 바라밀

그리고 그는 다시 생각하였다.

"이 세계 보살이 완전히 행할,
또 보리를 성숙시켜 부처가 될
기본 되는 그 법은 이것뿐이다.
이 열 가지 바라밀밖에는 없다.

그러나 이 열 가지 바라밀은
위로 허공이나 밑으로 땅 속이나
동, 서, 남, 북의 어디에도 없고
오직 내 마음속에 있는 것이다."

그리하여 그는 이 열 가지 바라밀이
마음속에 있는 것 사무쳐 보고는
두 번 세 번 생각하여 생각 굳히고
또 역逆으로 순順으로 생각하여보았다.

끝을 잡아서는 처음까지 이루고
처음을 잡아서는 끝까지 결정하며
중간을 잡아서는 양쪽 끝을 이루고
양쪽 끝을 잡아서는 중간을 이루었다.

내 몸을 버리는 것 중간 바라밀
자연물自然物 버리는 것 근소近小 바라밀
생명을 버리는 것 최상 바라밀이다.

이 열 가지 중간 바라밀
이 열 가지 근소 바라밀

이 열 가지 최상 바라밀……

마치 짝을 지어 쌍쌍이 흘러나오는
기름을 한데 태우는 것처럼,
또 큰 수미산*을 막대기 삼아
큰 바다를 휘저어 돌리는 것처럼
그는 이 10바라밀 생각하였다.

그가 이렇게 10바라밀 생각할 때
바라밀 법의 위력으로 말미암아
4나유타** 20만 유순***의 이 대지는,
코끼리에 짓밟힌 갈대단인 듯
눌려진 감자즙 짜는 그 기계인 듯
큰 소리 내면서 진동하였다.
또 옹기장이의 수레바퀴처럼
기름 짜는 기계의 수레바퀴처럼
이 대지는 돌고 있었다.

그 경전의 게송은 다음과 같다.
"보리를 성숙시킬 만한 법은
이 세계에는 오직 이것뿐이네.
이보다 훌륭한 다른 법 없네.
이것을 튼튼히 지녀 행하라.

---

* 사주四洲 세계의 중앙에 있다는 산.
** 인도에서 쓰던 수량의 이름. 1에 0을 28개 붙인 것.
*** 인도에서 쓰던 이수理數. 약 9리.

이 바라밀 법의 그 성질과
그 정수精髓와 형상을 아울러 생각할 때
그 바라밀 법의 위력으로 말미암아
청정한 10천 세계 진동하였네.

눌려진 감자즙 짜는 기계와 같이
이 대지는 흔들리며 또 부르짖었네.
기름 짜는 기계의 수레바퀴와 같이
이 대지는 흔들려 움직이었네."

29. 대지大地의 진동

그렇게 대지가 흔들려 움직일 때
희락성에 사는 이들 서 있을 수 없어
겁풍劫風*에 불린 큰 사라나무처럼
한 사람 한 사람 기절해 쓰러졌고
그릇들은 서로 부딪쳐 가루 되었다.

사람들은 두려워해 모두 떨면서
연등 부처님께 나아가 사뢰었다.
"세존이시여,
이것은 저 용의 장난입니까?
야차나 천인들의 변괴입니까?

* 괴겁壞劫 중에 일어나는 큰 바람.

이 군중들 모두 괴로워하고 있습니다.
이것은 이 세계의 화입니까? 복입니까?"
"너희들 걱정하거나 두려워하지 말라.
이것으로 너희들의 화 될 것 없다.
나는 오늘 선혜에게 '오는 세상에
구담이라는 부처 되리라.' 예언하였다.

그는 지금 바라밀을 생각하고 있나니,
생각하는 그 법의 위력에 의해
이 10천 세계가 모두 한 모양으로
한꺼번에 부르짖고 진동하는 것이다."

그 경전의 게송은 다음과 같다.
부처님을 따르던 군중 모두 놀라 까무러쳐
그 자리에 쓰러져 땅바닥에 누웠고
도공陶工이 만든 수백 수천 병들은
서로 부딪고 깨어져 가루 되었네.

두려움에 떨면서 군중들 한데 모여
연등불께 나아가 여쭈어보았네.
"무슨 일이 세상에 일어날 징조인가?
복이 올 징조인가, 재앙이 닥칠 징조인가?
세상 사람들 모두 고뇌苦惱하나니
인천人天의 눈이여, 이것 진정시키소서."

큰 무니 연등불은 말씀하셨네.

"너희들 안심하라, 두려워하지 말라.
오는 세상에 장차 부처 되리라.
내가 오늘 예언한 그 젊은 사람
옛 성인聖人들 행하신 법 생각하고 있나니
부처 될 기본법 모두 생각하므로
이 10천 세계가 진동하는 것이다."

30. 군중의 환희

군중들 이 말 듣고 못내 기뻐해
희락성을 떠나 보살(선혜)에게 나아가
꽃과 향을 바치고 예배드린 뒤
다시 희락성으로 돌아갔었다.

보살은 생각하던 그 바라밀 위해
굳세게 정진할 것 다시 맹세한 뒤에
앉았던 자리에서 일어났었다.

그 경전의 게송은 다음과 같다.
"부처님 말에 군중들 안심하고
모두 내게 와 두 번 예배하였다.
그때 나는 또 한 번 마음 굳게 다지고
연등불께 요배遙拜하고 자리에서 일어났네."

31. 천인天人들의 찬축讚祝

보살이 자리에서 일어났을 때
10천 세계 천인들 모두 모여와
꽃과 향을 바치며 찬축讚祝하였다.

"거룩하여라 선혜 행자님,
오늘 당신은 연등불 발 앞에서
큰 서원誓願을 세우셨나니
장애 없이 그것을 성취하시라.

무슨 일을 당해도 두려워 말고
몸에는 조그만 병도 없으며
빨리 그 바라밀 완전히 행하여
바른 보리를 증득하시라.

꽃피고 열매 맺을 저 나무들이
때가 오면 꽃피우고 열매 맺듯이
당신도 그때를 놓치지 말고
최상의 보리 빨리 실현하시라."
이렇게 찬사讚辭와 축사祝辭를 말한 뒤
그들은 제각기 천상으로 돌아갔다.

그때에 보살은 생각하였다.
"나는 이 10바라밀 완전히 행하여

4아승지 10만 겁 뒤에는 꼭 성불하자."
굳세게 정진하려 결심한 뒤에
공중을 날아 설산으로 떠났다.

그 경전의 게송은 다음과 같다.
하늘 사람과 인간 사람들
천상과 인간의 꽃을 받들고
내 주위에서 모두 일어나
기쁨에 겨워 그 꽃 뿌렸네.

하늘 사람과 인간 사람들
내 행운幸運을 알고 모두 말했네.
"당신의 서원은 높고 크나니
그 소망대로 이루어지리다.

어떤 재앙도 만나지 말기를
어떤 병에도 걸리지 않기를,
당신에게는 아무 장애도 없이
빨리 최상의 보리를 실현하라.

때가 오면 꽃나무에 꽃이 피는 것처럼
그와 같이 대웅자大雄者여, 당신도
부처 지혜의 꽃을 피우라.

마치 옛날의 모든 정각자正覺者
10바라밀 완전히 행한 것처럼,

그와 같이 대웅자여, 당신도
10바라밀을 완전히 행하시라.

마치 옛날의 모든 정각자
보리도장에서 깨친 것처럼,
그와 같이 대웅자여, 당신도
훌륭한 이의 그 보리 깨치시라.

마치 옛날의 모든 정각자
그 법바퀴 굴린 것처럼,
그와 같이 대웅자여, 당신도
그 법바퀴 또한 굴리시라.

마치 보름날 밤 트인 하늘에
밝은 달바퀴 빛나는 것처럼,
그와 같이 당신도 그 마음 원만하여
10천 세계에 두루 빛나라.

라훌라*의 입에서 벗어난 해가
그 뜨거움으로 번쩍이는 것처럼,
당신도 그와 같이 그 존엄尊嚴으로
중생들 해탈시켜 번쩍이시라.

또 마치 모든 강물은

---

* 아수라의 일종으로 그 아수라의 무리 중에서 가장 힘이 센 자, 즉 아수라왕을 일컫는 말. 옛날에는 일식이나 월식은 이 아수라왕이 해와 달을 삼키기 때문에 일어난다고 믿었다.

큰 바다로 흘러드는 것처럼,
그와 같이 인간 천상 두 세계가
모두 당신에게로 흘러들어라."
그들에게서 이렇게 칭찬받으며
그는 열 가지 법을 지니어
그 법들을 모두 행하려고 결심하고
그때에 그는 숲 속으로 들어갔네.

(선혜 이야기 끝)

32. 그 뒤의 연등불

희락성 사람들도 각기 돌아와
부처님과 비구들에게 공양하였다.
부처님은 그들에게 설법한 뒤에
삼귀계三歸戒* 주고 그 성을 나왔다.
그리하여 일생을 보내는 동안
부처의 일을 차례로 행하고는
그 뒤에 남음 없는 열반에 들었다.

그 경전에는 다음같이 말하였다.
"그때에 그들은 세간의 길잡이와
그 비구들에게 공양한 뒤에
모두 연등불님께 귀의했나니

---

* 부처님과 법과 스님네에게 귀의하는 계율.

연등불은 그들에게 삼귀의계三歸依戒를 주고
어떤 이에게는 오계五戒를 주고
어떤 이에게는 십계十戒를 주었네.

어떤 이에게는 사문의 길인
네 가지 최상의 증과證果를 주고
어떤 이에게는 견줄 데 없는 법
네 가지의 걸림 없는 변재 주었네.

인간의 주인 그 부처님은
어떤 이에게는 여덟 가지 선정을,
또 어떤 이에게는 세 가지 밝음과
또 여섯 가지 신통을 얻게 하였네.

큰 무니는 이 순서를 따라
많은 중생들 교화했나니
그리하여 그 길잡이의 가르침은
이 무니에 의해 자세히 설명되었네.

두 볼이 풍부하고 어깨가 넓은
연등이라는 그 부처님은
많은 사람들 구제하시어
괴로운 세계에서 벗어나게 하였네.

깨치게 할 수 있는 사람을 보면
십만 유순의 거리도 멀다 않고

찰나 동안에 거기 가시어
그를 가르쳐 깨치게 하시었네.

첫 번째 설교에서 10억 사람 깨우치고
두 번째 설교에서 1조 사람 깨우치고
세 번째 천궁天宮의 설교 때에는
9천억 사람 깨우치셨네.

연등 부처님 때에는 세 번 모임 있었는데
첫 번째 모임에는 억만 중생 모이었고
두 번째 나라타봉那羅陀峰 위에 한가히 계실 때는
번뇌를 떠난 사람 10만이 모이었고
선현산善現山에 계실 때는
9천억 사람들의 시봉侍奉 받았네.

나는 그때에
극도로 고행하는 결발행자結髮行者였는데
다섯 가지 신통을 완전히 얻어
허공을 오락가락 왕래하였네.
그 중에서 12만은 법을 깨치었는데
한두 가지 깨친 이는 그 수 한없었네.

그때에 상서로운 연등불의 가르침은
청정하고 미묘하여 불가사의한 힘 있었나니
그 설법은 중생들 깨우칠 만하였네.

그 중의 40만은
여섯 가지 신통과 큰 위신의 힘이 있어
세간을 잘 아는 이, 연등 부처님을 언제나 모시었네.
그러나 그때에 인간 세계 버렸으나
아직 뜻을 얻지 못한 유학有學*의 무리들은
남들의 비난을 면하지 못했었네.

꽃처럼 잘 피어난 그 부처님 말씀은
번뇌 없는 이들의 아라한에 의하여
인간 천상에 그 광명 빛났었네.

그의 사는 성城 이름 희락喜樂이라 하였고
그의 부왕父王 이름은 선혜善慧라 하였으며
그 사모師母님은 수메에다아라 하였네.

선길상善吉祥과 제사帝沙는 우두머리 제자요
그 시자侍子는 행래行來라 하며
희열喜悅과 선희열善喜悅은 우두머리 여제자요
그 보리수菩提樹 이름은 필파라畢波羅라 하였네.

큰 무니 연등불은 그 키가 80주肘로서
등대燈臺나 또는 꽃핀 사라나무처럼 아름다웠고
그 큰 선인仙人의 수명은 백천세로서
살아 있는 동안에 중생들 제도했네.

---

* 소승 성자의 하나인 성문이 온갖 번뇌를 끊으려고 삼학三學을 닦는 지위.

바른 법 밝혀 많은 사람 제도하고
마치 불덩어리처럼 번쩍이면서
그 제자들과 함께 열반에 들었었네.

그 신통의 힘도 그 명예도
또 발에 있던 그 윤보輪寶*도
모두 허무로 돌아갔나니
실로 모든 행은 공空이 아닌가?"

33. 교진여불橋陳如佛

그 경전에는 이렇게 말하였다.
연등불 뒤에 교진여라는 길잡이 나왔나니
그 광명과 명예 한량이 없어
헤아리기 어렵고 미치기도 어려웠네.
연등불 뒤에 1 아승지겁 지나
교진여라는 부처님이 세상에 나오셨다.

이 부처님 때에도 세 번 모임 있었나니
첫 번째 모임에는 1조의 사람
두 번째 모임에는 백억의 사람
세 번째 모임에는 9억 사람 모였었네.

---

* 부처님 발바닥에 있는 수레바퀴 같은 무늬.

그때에 이 보살(선혜)은
심승자甚勝者라는 전륜왕이었는데
부처님을 비롯한 1조 비구니들에게
음식의 공양을 크게 베풀었었다.

부처님은 그에게 "오는 세상에
부처 되리라." 예언하시고
또 그를 위해 설법했나니
그는 그 설법 듣고 대신들에게
나라 일을 맡기고 출가하였네.

그 뒤로 그는 삼장三藏* 배우고
여덟 가지 선정과 다섯 가지 신통 얻고
부지런히 선정을 닦으며 살다가
죽어서는 범천梵天의 세계에 났다.

이 부처님 사는 성을 희락喜樂이라 하였고
아버지는 선길열善吉悅, 찰제리 종족
어머니는 선생善生이라는 왕비였었네.
현賢과 선현善賢은 우두머리 제자요
우누루타라는 사람 그 시자며
제사, 우파제사라는 우두머리 여제자요
살라칼야니는 그 보리나무였다.

---

* 불교 전적典籍의 총칭. 즉 경장經藏, 율장律藏, 논장論藏.

그 키는 88주요
그 수명은 10만세였다.

34. 길상불吉祥佛

교진여 부처님 뒤, 아승지겁 지나
그 같은 겁 동안에
길상吉祥, 선의善意, 이왈離日, 소조所照
이 네 부처님 세상에 나오셨다.

길상 부처님 때에도 세 번 모임 있었나니
첫 번째 모임에는 1조의 비구
두 번째 모임에는 백억의 비구
세 번째 모임에는 9억 비구 모였었다.

이 부처님의 이종姨從 경희慶喜 왕자는
9억의 무리들과 부처님께 나아갔다.
부처님 그들 위해 설법하셨을 때
그들은 사무애변四無碍辯*과 아라한과를 얻었다.

부처님은 그 양가良家 자제들
전생에 행한 일 환히 보시고
신통으로 된 의발衣鉢을 얻을 수 있는

* 네 가지 걸림 없는 변재. 즉 뜻, 도리, 어법語法, 재지才智 등 네 가지.

근기根機가 그들에게 있음을 아셨나니,
“비구들이여 잘 오너라.”
오른손 펴어 말씀하실 때
그 순간 그들은 신통으로 된
의발을 갖춘 비구 몸이 되었네.

그들은 마치 60세 장로처럼
행의行儀 갖추어 예배한 뒤에
부처님 뒤를 따랐었나니
이것은 그 부처님의 세 번째 집회였네.

다른 부처님의 그 몸의 광명은
사방으로 80주 밖을 나지 못했으나
이 부처님의 것은 그렇지 않아
언제나 10천 세계에 가득 찼나니
그러므로 산과 바다 온 대지는
황금의 잎사귀에 싸인 듯하였네.

이 부처님 수명은 9만세로서
그 동안은 해와 달빛 비추지 못해
밤과 낮의 구별이 분명치 않았나니
생물들은 햇빛 속으로 오가는 것처럼
이 부처님 빛 속에서 항상 살고 있었네.

그리고 또 그 세상 사람들은
저녁에는 피어나는 그 꽃들 보고

아침에는 지저귀는 새 소리 듣고
그 밤과 낮의 구별을 알았었다.

그러면 과연 다른 부처님에게는
이런 위신威神의 힘없는 것일까?
그렇지 않네, 그렇지 않네.
다른 부처님네도 원하기만 한다면
10천 세계 아니라 그 이상까지도
그 몸의 광명으로 채울 수 있네.

이 길상 부처님은 전생의 원력願力으로
다른 부처님 몸의 여덟 자의 광명처럼
그 몸에서 나는 광명은
언제나 10천 세계에 가득 찼었네.

35. 길상불의 큰 보시

이 부처님 전생에 보살행을 닦을 때
그 처자와 어떤 산에 살고 있었다.
그때에 강아剛牙라는 한 야차夜叉는
이 보살이 보시할 뜻 있음을 알고
바라문의 형상으로 몸을 변하여
이 보살에게 와서 말하였네—.
"당신의 두 아들 내게 주시오."
보살이 기꺼이 두 아들 주었을 때

대지는 바다 끝까지 진동하였네.

경행처 끝에 걸린 널빤지에 기대어
보살이 서서 보고 있는 그 앞에서
야차는 마치 맛난 풀뿌리 씹듯
그 두 아이를 먹어버렸네.

야차는 입을 열어 새빨간 피를
마치 불꽃처럼 토해냈으나
보살은 그것 보고도 털끝만큼도
원통한 생각 일으키지 않았네.

그보다 보살은 그것 보고는
그 마음속에서 큰 기쁨이 솟아나
"나는 이 공덕으로 오는 세상에
이런 광명 내리라."고 서원 세웠네.

이 부처님 그 발원의 힘에 의하여
그 뒤에 부처가 되었을 그때
그 몸에서 쏟아내는 그 광명이
10천 세계를 두루 채운 것이네.

36. 몸을 태워 공양하다

이 부처님의 또 하나 옛이야기

이 부처님은 보살로 계실 때에
어떤 부처탑 보고 말씀하셨네.
"나는 이 부처님 위해 생명을 버리리라."

횃불을 돌리듯 하는 회오리바람에
그 돈 몸을 감기는 채 맡겨두고는
보옥寶玉의 손잡이 있는 황금 바루에
숙소熟酥 넣고 거기에 1천 개의 심지 꽂고
거기에 불을 붙여 머리에 이고
또 온몸에 불을 붙여 탑 주위를 돌았네.

밤을 지내고 아침까지 계속했으나
털구멍만큼도 데인 데 없고
마치 연꽃받침 위에 오른 때와 같았나니
그것은 법이란
자기를 보호하는 이를 보호하기 때문이네.

그 경전에는 이렇게 말하였다.
"실로 법은 법을 행하는 이를 보호하나니
잘 행해진 법은 안락을 가져오네.
법을 행하는 이는 나쁜 곳에 나지 않네.
그것은 잘 행해진 법의 힘이네."

이런 행의 공덕의 힘에 의하여
이 부처님의 몸의 광명은
10천 세계에 가득 찼던 것이네.

37. 선희善喜 바라문

또 어느 때 우리 보살(선혜)은
선희善喜라는 바라문으로
불상 부처님 초대하려 생각하고
거기 나아가 꿀 같은 설법 듣다.

"스승님, 내일은 공양 받으소서."
"바라문이여,
비구는 몇이나 데려가면 좋겠는가?"
"지금 비구는 몇 분이나 있습니까?"
그때는 첫 번 집회 막 끝났으므로
부처님은 1조라고 말씀하셨다.
"그러면 스승님,
모두 함께 오소서."

집으로 돌아가다 그는 생각하였네.
"그만한 숫자의 사람이라면
음식이나 의복은 염려 없으나
앉을 자리를 어떻게 할까?"

그가 이렇게 생각할 때에
8만 4천 유순의 천상에 있는
붉고 누런 털담요의 빛깔과 같은
제석천왕 돌자리가 따뜻해졌네.

"누가 나를 내 자리에서 떨어뜨리려 하는가?"
이렇게 생각한 제석천왕은
하늘눈으로 보고 보살임을 알았네—.
"선희 바라문은 부처님을 초대해놓고
지금 그 자리를 걱정하고 있구나.
나도 저기 가서 그 선업善業을 분담分擔하리라."

그는 목수 모양으로 몸을 바꾸어
도끼와 짜귀 들고 보살 앞에 나타나
집 짓는 기술 있다 제 소개하고
1조 비구 들일 가옥家屋 짓기로 했다.

그는 한 곳을 나아가보았네.
변처정遍處定* 닦을 곳으로 쓸 수 있을 만한
12, 13유순의 평탄한 땅 있었네.
"칠보七寶로 세운 가옥 여기 나오라."
그가 이렇게 생각하자마자
곧 그 가옥은 땅에서 솟아났다.

금기둥 위에는 은대두銀大斗 얹혀 있고
은기둥 위에는 금으로 된 대두,
보주寶珠 기둥 위에는 산호로 된 대두,
산호 기둥 위에는 보주로 된 대두,

---

* 관법觀法의 한 가지로서 십변처정十遍處定 또 십일체정十一切定이라고도 함. 그 대상으로는 땅, 물, 불, 바람과 파랑, 노랑, 빨강, 하양과 허공, 의식 등 열 가지가 있다. 이 관법을 행하는 데는 편편한 돌이나 평탄한 지면地面이 필요하다.

칠보 기둥 위에는 칠보 대두 얹혀 있었네.

“가옥의 칸마다 방울 그물 내려져라.”
생각하자 방울 그물 내려졌나니
고요한 바람에 그것은 흔들리어
다섯 가지 악기에서 나오는 소리처럼
미묘한 소리 울려 퍼질 때
천인天人들이 모여 글 읽는 듯하였네.

“그 안쪽에 향로 끈과 화환 노끈 내려져라.
그리고 1조 비구들이 앉을 자리와
걸상들도 땅 속에서 솟아나오라.
모퉁이마다 하나하나 물병 나오라.”
이렇게 생각하자 그것 모두 나왔네.

그는 공사 마치고 보살에게 나아가
가옥을 보라 하고 품삯 청했네.
보살은 나가 그 가옥을 보고
온몸에 다섯 가지 기쁨이 넘치었네.

그리고 보살은 다시 생각하였네.
“이것은 사람이 지은 것 아니다.
간절한 내 뜻과 내 덕에 감동한
저 제석천왕이 지은 것이리.
이런 훌륭한 건물 안에서
하루만의 보시는 걸맞지 않나니

나는 여기서 이레 동안 공양하리라."

외형의 어떠한 훌륭한 보시도
보살의 마음을 만족시킬 수 없나니,
아름답게 장식한 머리 베거나
검은 칠로 화장한 눈을 빼거나
심장의 살을 베어 준 때에
보살은 그 보시에 만족하는 것이네.

그러므로 우리 보살은 〈시비 쟈아타카〉(《전생 이야기》 제499)에서
날마다 다섯 암마나*의 금은보화金銀寶貨를 내어
네 성문과 중앙에서 보시 행하였으나
기쁨과 만족을 느끼지 못했네.

제석천왕이 바라문의 모양으로 나타나
두 눈을 달라 하여 그것을 빼어 주었을 때
보살은 비로소 큰 기쁨 느끼어
그 마음 딴 곳으로 흩어지지 않았네.

보살은 보시에서 만족할 줄 모르나니
그러므로 이 보살도 이레 동안을
1조의 비구를 그 가옥에 청하여
기쁨으로 젖죽을 공양할 때에,
시중꾼의 사람만으로 만족하지 못하여

---

* 수량의 이름.

하늘 사람도 두 비구 앞에 한 사람씩 두었네.

12, 13유순의 그 장소로도
1조 비구들을 수용할 수 없었네.
그러나 그 비구들 제각기 갖춘
그 위신의 힘에 의해 모두 앉았네.

마지막 날 그는 비구들의 바루에
약료藥料로 제호醍醐 · 숙소熟酥 · 밀당蜜糖을 넣고
거기에 삼의三衣를 첨부했나니
그 법의法衣는 10만 냥의 값이 있었네.

부처님은 감사하고 "그 보시 공덕으로
그 사람은 어찌 될까." 생각하다가
2아승지 10만 겁 지낸 뒤에는
구담이라는 부처 될 줄 아시고
보살 불러 그렇게 예언하셨네.

보살은 부처님의 이 예언 듣고
"나는 속세 버리고 집을 떠나자."
헌신짝처럼 그 영화 버리고
부처님께 나아가 출가하였네.
그는 부처님의 가르침을 배우고
신통과 선정을 부지런히 닦아 얻고
목숨을 바치고는 범천 세계에 났네.

길상 부처님이 살던 성城을 상승上勝이라 하고
그 아버지는 웃타라라는 찰제리 종족,
그 어머니는 웃타라아라는 왕비이었네.
선천善天과 법군法軍이 그 우두머리 제자요
그 시자를 소호所護라 하며
시바리와 무우無優는 우두머리 여제자며
나가나무가 그 보리나무였고
그 부처님 키는 88주였었네.

9만 년을 살다가 열반에 들자
10천 세계는 깜깜해졌고
대세계의 사람들은 못내 슬피 울었네.

그 경전에는 이렇게 말하였다.
"교진여불 뒤에는 길상이라는 길잡이 있어
세상 어두움 떨고 횃불 들었네."

38. 선의불善意佛

10천 대세계를 어둡게 만들고
열반에 든 길상 부처님 뒤에
선의善意라는 부처님 세상에 나오셨네.

이 부처님에게도 세 번 모임 있었나니
첫 번째 모임에는 1조 비구 모이었고

두 번째 황금산黃金山에는 90조 비구
세 번째에는 80조 모이었네.

그때에 보살(선혜)은 무비無比라는 용왕으로
큰 신통과 큰 위력 지니고 있었네.
그는 부처님이 나오셨다 말 듣고
친족들 거느리고 용의 세계를 나와
1조의 비구들에 둘러싸이신
부처님께 천상의 음악을 공양하고
비구마다 한 벌씩 법의法衣를 주고
그리고 자신은 삼귀계三歸戒를 받았네.

이 부처님도 그에게 "너는 오는 세상에
부처 되리라." 예언하셨네.

이 부처님 살던 성을 안온安穩이라 하였고
그 아버지를 선시善施라 하며
어머니를 유서자有瑞者왕비라 했네.

귀의歸依와 수신修身이 우두머리 제자요
그 시자 이름을 상승上昇이라 하며
수나와 우파수나가 우두머리 여제자요
나가나무가 그 보리나무였다.
그 부처님의 키는 90주로서
그 수명은 1천세였네.

그 경전에는 이렇게 말하였네.
"길상 부처님 뒤에 선의라는 길잡이 나와
일체 법에서 뛰어나고 일체 중생에서 제일이었네."

39. 이왈불離日佛

선의 부처님 뒤에 이왈離日 부처님,
이 부처님 때에도 세 번 모임 있었네.
첫 번째 모임에는 그 수가 분명찮고
두 번째 모임에는 1조의 비구
세 번째 모임에도 그와 같았네.

보살은 월천越天이라는 바라문으로
부처님 설법 듣고 삼귀계三歸戒 받고
머리 위에까지 합장 올려 예배한 뒤에
번뇌를 버리신 일 찬탄하면서
그 부처님께 중의中衣 올렸다.

이 부처님도 그에게 "너는 오는 세상에서
성불하리라." 예언하셨다.

이 부처님 살던 성을 유선곡有善穀이라 하고
그 아버지를 광대왕廣大王이라 하며
그 어머니를 비부라 왕비라 했다.

바루나와 범천이 우두머리 제자요
그 시자 이름을 출생出生이라 하며
현賢과 선현善賢이 우두머리 여제자요
나가나무가 그 보리나무였다.

그 부처님 키는 80주로서
그 수명은 6만세였다.

그 경전에는 이렇게 말하였다.
"선의불 뒤에 이왈이라는 길잡이 나왔는데
비유할 수도, 짝할 수도, 견줄 데도 없는 가장 훌륭한 이였네."

40. 소조불所照佛

이왈불 뒤에 소조라는 부처님
이 부처님 때에도 세 번 모임 있었네.
첫 번째 모임에는 10억 비구 모였고
두 번째 모임에는 9억의 비구
세 번째 모임에는 8억의 비구 모였네.

보살은 미항이라는 바라문으로
부처님 설법 듣고 삼귀계 받고
부처님과 비구들에 큰 보시 행하였네.
이 부처님도 그에게 "너는
장차 부처 되리라." 예언하셨네.

이 부처님 살던 성을 선법善法이라 하였고
그 아버지를 선법왕이라 하며
그 어머니를 선법비라 하였네.

무등無等과 선안善眼이 우두머리 제자요
그 시자를 비비非鼻라 하며
나고라와 선생善生이 우두머리 여제자요
나가나무가 그 보리나무였네.

이 부처님 키는 58주요
그 수명은 9만세였네.

그 경전에는 이렇게 말하였다.
"이왈 부처님 뒤에 소조라는 길잡이,
선정을 닦아 고요한 마음, 견줄 데 없고 짝할 이 없었네."

41. 고견불高見佛

소조불 뒤에 1아승지겁 지나
그 같은 겁 동안에
고견高見 · 연화蓮華 · 나라다라는 세 부처님 나오셨다.

고견불 때에도 세 번 모임 있었는데
첫 번째에는 80만 비구
두 번째에는 70만 비구

세 번째에는 60만 모이었다.

보살은 야차군夜叉軍의 우두머리로
큰 신통과 큰 위덕 갖추어
여러 조의 야차를 거느리고 있었다.

그는 부처님이 세상에 나오셨다 말 듣고
부처님과 비구들에 큰 보시하였다.
부처님은 그에게 "너는 오는 세상에
부처 되리라." 예언하였다.

이 부처님 살던 성을 유월有月이라 하고
그 아버지를 유칭왕有稱王이라 하며
그 어머니를 야소다라비라 했다.

인주人主와 비비非鼻가 그 우두머리 제자요
그 시자를 바루나라 하며
손타리와 선의善意가 우두머리 여제자요
아쥬나나무가 그 보리나무였다.

그 부처님 키는 58주요
그 수명은 10만세였다.

그 경전에는 이렇게 말하였다.
"소조불 뒤의 정각자正覺者 · 양족존兩足尊은 고견불로서 한량없는 영예와 위광威光이 있어 당적하기 어려웠네."

42. 연화불蓮華佛

고견불 뒤에 연화불이 세상에 나오셨는데,
이 부처님 때에도 세 번 모임 있었네
첫 번째 모임에는 1조 비구 모이었고
두 번째 모임에는 30만 비구
세 번째는 숲 속에서 열리었는데
숲에 사는 비구 20만이 모이었네.

때에 보살은 사자로 있으면서
멸진정滅盡定* 에 드신 부처님 보고
신앙심을 일으켜 예배한 뒤에
다시 오른쪽을 도는 경례하고는
기쁨과 즐거움에 세 번 외쳤네.

이레 동안 부처님을 대상으로 얻은
그 기쁨과 즐거움을 버리지 않고
먹이 찾아가는 것도 잊어버린 채
제 목숨을 다해 봉사하였네.

이레 뒤에 부처님은 멸진정에서 나와
그 사자 보고 생각하셨네.
"아마 저것은 비구 보고도 신앙심 내어

---

* 멸수상정滅受想定이라고도 함. 다섯째 선정으로서 이 선정에 들면 모든 정신 활동이 정지되어 죽은 사람과 같은데 그 목숨과 따뜻한 기운이 있을 뿐이다.

그들에게 공경하고 예배하리라."

부처님이 비구 불러모았을 때에
사자는 그들에게 예배하였네.
부처님은 사자의 그 믿음 알고
"너는 장차 부처 되리라." 예언하셨네.

연화 부처님 살던 성을 첨포가라 하고
그 아버지는 연화왕이라 하며
그 어머니는 무등無等이라 하였네.

사라와 우파사라가 우두머리 제자요
그 시자는 바루마라 하며
라마와 우파라마가 우두머리 여제자요
소라나무가 그 보리나무였네.

이 부처님의 키는 58주요
그 수명은 10만세였네.

그 경전에는 이렇게 말하였다.
"고견불 다음의 정각자 양족존은
그 이름 연화로서 짝할 이 없고 대등할 이 없었네."

43. 나라타불

연화불 뒤에 나라타불 나오셨는데
이 부처님 때에도 세 번 모임 있었네.
첫 번째 모임에는 1조 비구 모이었고
두 번째에는 9천억 비구
세 번째에는 8천억 모이었네.

그때에 보살은 선인仙人으로서
다섯 신통, 여덟 선정에 자재로왔고
부처님과 비구들에게 큰 보시 행한 뒤에
빨간 전단향을 부처님께 바쳤네.

이 부처님도 그에게, "너는
장차 부처 되리라." 예언하셨네.

이 부처님 살던 성을 유곡有穀이라 하였고
그 아버지는 선혜善慧라는 찰제리 종족
그 어머니는 아노마라 하였네.

현사라와 승우勝友가 우두머리 제자요
그 시자를 바슬타라 하며
상승上勝과 박구니가 우두머리 여제자요
마하소나나무가 그 보리나무였네.

이 부처님의 키는 88주요
그 수명은 9만세였네.

그 경전에는 이렇게 말하였다.
"연화불 뒤의 정각자 양족존은
그 이름 나라타로서 견줄 데 없고 짝할 이 없었네."

44. 연화상불蓮花上佛

나라타 부처님 뒤 10만 겁 지난 옛날
연화상 부처님이 세상에 나오셨네.
그 부처님 때에도 세 번 모임 있었으니
첫 번째 모임에는 1조 비구 모이었고
두 번째 비바산에서는 9천억 비구
세 번째에는 8천억이 모였었네.

그때 보살은 결발結髮이라는 사람으로
부처님과 비구들에게 법의法衣를 보시했네.
이 부처님도 "너는 오는 세상에
부처되리라." 예언하셨네.

이 연화상 부처님 시대에는
외도外道들이 없었으므로 사람도 천인天人들도
오직 부처님에게만 귀의하고 있었네.

이 부처님 살던 성을 유아有鵝라 하고
그 아버지는 경희慶喜라는 찰제리 종족
그 어머니는 선생善生이라 하였네.

집천執天과 선생善生이 그 수제자首弟子이며
수마나라는 사람이 그 시자요
무량無量과 무등無等이 여자로서 수제자며
사라나무가 그 보리나무였네.

그 부처님의 키는 88주요
그 몸의 광명은 사방 12유순에 이르렀으며
그 수명은 10만세였네.

그 경전에는 이렇게 말하였다.
"나라타 뒤의 정각자 양족존은
연화상이라는 뛰어난 사람으로
동요하지 않기는 큰 바다 같았네."

45. 선혜불善慧佛

연화상 부처님 뒤 3만 겁 지나
그 같은 겁 동안
선혜와 선생善生이라는 두 부처님 나오셨다.

선혜 부처님 때에도 세 번 모임 있었나니
첫 번째 선현성善現城에서 열렸을 때는
번뇌가 다한 10억 사람 모이었고
두 번째에는 9억 사람 모였으며
세 번째에는 8억 사람 모였었다.

때에 보살은 상승上勝이라는 청년으로서
쌓아둔 8억의 보물을 내어
부처님과 비구들에 큰 보시 행한 뒤에
법을 듣고 귀의하여 출가했는데
이 부처님도 그에게, "너는 장래에
부처 되리라." 예언하셨다.

이 부처님 살던 성을 선현善現이라 하였고
그 아버지는 선시善施라는 왕
그 어머니를 선시비라 하였다.

귀의歸依와 일체욕一切欲이 그 수제자요
그 시자를 해海라 했으며
라마와 수라마가 우두머리 여제자요
마하니바나무가 그 보리나무였다.

이 부처님의 키는 88주요
그 수명은 9만세였다.

그 경전에는 이렇게 말하였다.
"연화상 부처님 뒤에 선혜라는 길잡이
견줄 데 없는 큰 위광威光이 있어
모든 세상의 최상의 무니였네."

46. 선생불善生佛

선혜 부처님 뒤에
선생善生이라는 부처님 세상에 나오셨네.

이 부처님 때에도 세 번 모임 있었나니
첫 번째 모임에는 6만 비구 모였고
두 번째 모임에는 5만의 비구
세 번째 모임에는 4만 비구 모였었네.

그때에 보살은 전륜왕 되어
부처님이 세상에 나오셨다 말 듣고
부처님께 나아가 법문 들은 뒤
부처님과 대중에게 일곱 가지 보배와
사대주四大洲의 주권主權을 다 보시하고
부처님 법 안에서 출가하였네.

부처님이 그 나라에 오신 기회 놓칠세라
그 나라 인민들 모두 다 나와
동산지기의 일을 다투어 마친 뒤에
부처님과 비구들에게 큰 보시 행하였네.

이 부처님도 또 그에게, "너는
장차 부처 되리라." 예언하셨네.

이 부처님 살던 성을 선길상善吉祥 이라 하고
그 아버지를 상행왕上行王이라 하며
그 어머니를 발광發光이라 하였네.

선현善現과 천天이 그 우두머리 제자요
그 시자를 나라타라 하며
용과 나가사마라가 그 우두머리 여제자였네.

대죽大竹이 그 보리나무였는데
이 나무는
대롱 구멍이 솔고 줄기는 굵으며
위의 잎은 마치
공작 꼬리를 묶어놓은 것 같고
또 번쩍번쩍 빛났다 하네.

이 부처님의 키는 50주요
그 수명은 9만세였네.

그 경전에는 이렇게 말하였다.
"그 같은 정호겁精好劫에 선생이라는 길잡이
사자의 뺨에 소의 어깨로
헤아리기 어렵고 짝할 이 없었네."

47. 희견불喜見佛

선생 부처님 뒤에
지금부터 1천8백 겁 옛날, 같은 겁에
희견喜見 · 의견義見 · 법견法見이라는
세 부처님이 세상에 나오셨다.

희견 부처님 때에도 세 번 모임 있었으니
첫 번째에는 1조 비구 모이었고
두 번째는 9억 비구
세 번째에는 8억 비구 모였었네.

그때 보살은 가섭迦葉이라는 청년으로
세 가지 베다를 환히 암송하였는데
부처님의 설법 듣고는
1조의 보물 내어 절을 세우고
삼귀계三歸戒를 받아 지녔네.

그때에 부처님은 그에게, "너는
2천8백 겁을 지낸 뒤에는
부처 되리라." 예언하셨네.

그 부처님 살던 성을 비비非卑라 하고
그 아버지는 선여왕善與王이며
그 어머니는 월月이라 하였네.

소호所護와 일체견一切見이 그 수제자요
그 시자를 소조所照라 하며

선생善生과 법여法與가 여자로서 수제자요
피양그나무가 그 보리나무였네.

그 부처님 키는 80주로서
그 수명은 9만세였네.

그 경전에는 이렇게 말하였다.
"선생 부처님 뒤에
큰 명예 있는 자존자自存者, 세계의 길잡이 있었는데
따를 이 없고 짝할 이 없는 희견이었었네."

48. 의견불義見佛

희견불 뒤에 의견義見 부처님 세상에 나오셨네.
그 부처님 때에는 세 번 모임 있었나니
첫 번째 모임에는 9백80만 비구
두 번째 모임에는 8백80만
세 번째 모임에도 8백80만이었네.

그때에 보살은 큰 위력이 있는
선계善界라는 고행자의 한 사람으로
만다라꽃으로 만든 큰 일산을
천상에서 가져와 부처님께 드렸네.
이 부처님도 또 그에게, "너는
장차 부처 되리라." 예언하셨네.

이 부처님 살던 성을 소조所照라 하고
그 아버지를 해왕海王이라 하며
그 어머니를 선현善現이라 하였네.

식息과 안식安息이 그 우두머리 제자요
그 시자를 무외無畏라 하며
법法과 선법善法이 우두머리 여제자요
차칸파나무가 그 보리나무였네.

이 부처님의 키는 80주로서
그 몸의 광명은
사방 1유순에 가득히 차며
그 수명은 1만세였네.

그 경전에는 이렇게 말하였다.
"그 같은 정호겁에 의견이라는 사람 중의 우왕牛王은
큰 어두움 흩어버리고 최상의 보리에 이르렀네."

49. 법견불法見佛

의견 부처님 뒤에
법견法見 부처님이 세상에 나오셨다.
이 부처님 때에도 세 번 모임 있었으니
첫 번째에는 10억 비구 모이었고
두 번째에는 7억 비구

세 번째에는 8억 비구 모였었네.

그때에 보살은 제석천왕으로서
천상의 향과 꽃과
천상의 음악으로 부처님께 공양했네.
이 부처님도 또 그에게, "너는
장차 부처 되리라." 예언하셨네.

이 부처님 살던 성을 귀의歸依라 하고
그 아버지는 사라나왕
그 어머니는 선경善慶이라 하였네.

연화蓮華와 촉천觸天이 우두머리 제자요
그 시자를 선안善眼이라 하며
안온安穩과 일체욕一切欲이 우두머리 여제자요
붉은 쿠라바카나무가 그 보리나무였네.

그 부처님의 키는 80주로서
그 수명은 1만세였네.

그 경전에는 이렇게 말하였네.
"그 같은 겁에 법견이라는
큰 명예 높은 부처 있는데
큰 어두움을 흩어버리고
인천人天에 광명이 빛났었네."

50. 의성취불義成就佛

그 법견 부처님 뒤에
지금부터 94겁 전
같은 겁에 의성취라는 부처님이
오직 혼자 이 세상에 나오셨다.

이 부처님 때에도 세 번 모임이 있었으니
첫 번째에는 1조 비구 모이었고
두 번째에는 9억
세 번째에는 8억 비구 모였었다.

그때에 보살은 길상吉祥이라는 행자로서
큰 위광과 신통력을 갖추었는데
큰 잠부 열매를 부처님께 드렸다.

부처님은 그것 잡수시고
"너는 지금부터 94겁 뒤에는
부처 되리라." 예언하셨다.

그 부처님 살던 성은 비바라라 하였고
그 아버지는 승군왕勝軍王이며
그 어머니는 선촉善觸이라 하였다.

수水와 선우善友가 그 수제자이며

그 시자는 이왈이라는 사람
시비리와 선악善樂이 여자로서 수제자요
가니할라나무가 그 보리나무였다.

그 부처님의 키는 60주로서
그 수명은 1만세였다.

그 경전에는 이렇게 말하였다.
"법견 부처님 뒤에
의성취라는 길잡이 나와
모든 어두움 부수고
올라오는 아침 해 같았네."

51. 제사불帝沙佛

의성취 부처님 뒤
지금부터 93겁 전
같은 그 겁에 제사와 불사라는
두 부처님 세상에 나오셨다.

제사 부처님 때에도 세 번 모임 있었으니
첫 번째에는 10억 비구 모이었고
두 번째에는 9억
세 번째에는 8억이 모였었다.

그때에 보살은 선생善生이라는
큰 재산과 명예 높은 찰제리 종족으로
집을 나와 선인仙人의 길에 들어간 뒤에
큰 위력과 신통을 갖추어 있었다.

그는 부처님이 나오셨다 말 듣고
만다라꽃, 연꽃, 바리사다가꽃을 천상에서 가져와
대중에게 둘러싸인 부처님께 드리고
공중에서 천상의 꽃일산을 받들었다.

이 부처님도 또 그에게, "너는
92겁 뒤에 부처 되리라." 예언하셨다.

이 부처님 살던 성을 안온安穩이라 하고
그 아버지는 결민結民이라는 찰제리 종족
그 어머니는 연화蓮華라 했다.

범천梵天과 상승上昇은 그 우두머리 제자요
그 시자는 상생上生이라 하며
촉觸과 선여善與는 우두머리 여제자요
아사나나무는 그 보리나무였다.

이 부처님의 키는 60주로서
그 수명은 1만세였다.

그 경전에는 이렇게 말하였다.

"의성취불 다음에는
같은 이 없고 대등한 이 없으며
한계가 없고 한량없는 명예로
이 세계의 최상 길잡이 제사 부처님 계셨다."

52. 불사불弗沙佛

그 제사 부처님 뒤에
불사라는 부처님 세상에 나오셨네.
이 부처님 때도 세 번 모임 있었나니
첫 번째는 6백만 비구 모이었고
두 번째는 5백만
세 번째는 3백20만 비구들 모이었네.

그때 보살은 이승자已勝者라는 왕으로서
그 큰 나라 버리고 부처님께 출가하여
삼장三藏을 배워 많은 사람 교화하고
계율 바라밀도 완전히 행하였네.

이 부처도 또 그에게, "너는
장차 부처 되리라." 예언하셨네.

이 부처님 살던 성을 가시라 하고
그 아버지는 승군勝軍
그 어머니는 유서자有瑞者라 하였네.

선소호善所護와 법군法軍이 그 우두머리 제자요
그 시자를 사비야라 하며
동動과 근동近動이 우두머리 여제자요
아말라나무가 그 보리나무였네.

아 부처님의 키는 58주요
그 수명은 9만세였네.

그 경전에는 이렇게 말하였다.
"그 같은 겁에 위 없는 부처님 계셨으니
견주거나 짝할 이 없는
세계 제일의 길잡이 불사였네."

53. 비바시불毘婆屍佛

그 불사 부처님 뒤에
지금부터 91겁 전
비바시라는 부처님 세상에 나오셨네.

이 부처님 때에도 세 번 모임 있었나니
첫 번째에는 680만 비구 모이었고
두 번째에는 10만
세 번째에는 8만 비구 모였네.

그때에 보살은

큰 신통의 힘과
큰 위신의 힘을 가진 무비無比라는 용왕으로
일곱 가지 보배를 뿌려 새긴
황금 의자를 부처님께 바쳤네.

이 부처님도 또 그에게, "너는
지금부터 91겁 지난 뒤에는
부처 되리라." 예언하셨네.

이 부처님 살던 성은 유친有親이라 하였고
그 아버지는 반두마왕
그 어머니는 반두마티라 하였네.

파편破片과 제사가 그 수제자요
무우無憂가 그 시자
월月과 월우月友가 여자로서 수제자요
파타리나무가 그 보리나무였네.

이 부처님 키는 80주로서
그 몸의 광명은 7유순에 가득했고
그 수명은 8만세였네.

그 경전에는 이렇게 말하였다.
"불사 부처님 뒤에
정각자 · 양족존 중에서 뛰어난 이 있었는데
그 이름이 비바시라는 구안자具眼者 세상에 나오셨네."

54. 시기불尸棄佛

비바시 부처님 뒤
지금부터 31겁 전
시기와 비사부라는 두 부처님 세상에 나오셨네.

시기 부처님 때에도 세 번 모임 있었나니
첫 번째에는 10만 비구 모이었고
두 번째에는 8만
세 번째에는 7만 비구 모였었네.

그때 보살은 복적伏敵이라는 왕으로서
부처님과 비구들에 음식 · 의복 보시하고
칠보七寶로 장식한 코끼리 보시하고
비구들의 도구를 코끼리에 실었네.

이 부처님도 또 그에게, "너는
지금부터 31겁 지난 뒤에는
부처 되리라." 예언하셨네.

이 부처님 살던 성을 유일有日이라 하고
그 아버지는 아루나라는 찰제리 종족
그 어머니는 유광有光이라 하였네.

승자勝者와 출생出生이 그 우두머리 제자요

그 시자 이름은 작안온作安穩
마키라와 연화蓮華가 우두머리 여제자며
백련白蓮나무가 그 보리나무였네.

이 부처님 키는 37주요
그 몸의 광명은 3유순에 가득하며
그 수명은 3만 7천세였네.

그 경전에는 이렇게 말하였다.
"비바시 뒤에 정각자 양족존 있어
그 이름은 시기
견줄 이 없고 대등할 이 없었네."

55. 비사부불毘沙浮佛

시기 부처님 뒤에
비사부라는 부처님 세상에 나오셨다.
이 부처님 때에도 세 번 모임 있었으니
첫 번째에는 8백만이 모이었고
두 번째에는 7백만
세 번째에는 6백만이 모이었다.

그때에 보살은 선현善現이라는 왕으로서
부처님을 비롯해 비구들에게
음식과 의복의 큰 보시 행하고

부처님 법에 출가하여 덕행 갖추고
부처님 생각하면서 큰 기쁨을 얻었다.

이 부처님도 또 그에게, "너는
지금부터 31겁 지난 뒤에는
부처 되리라." 예언하셨다.

이 부처님 살던 성을 무비無譬라 하고
그 아버지는 선열善悅이라는 왕
그 어머니는 유칭有稱이라 하였다.

소나와 상승上勝이 그 수제자로서
그 시자는 근적近寂이라 하며
조복調伏과 공만共鬘이 여자로서 수제자요
사라나무가 그 보리나무였다.

이 부처님의 키는 60주로서
그 수명은 6만세였다.

그 경전에는 이렇게 말하였다.
"같은 그 정호겁精好劫에
견줄 이 없고 비길 이 없는
비사부라는 훌륭한 이, 세상에 나오셨네."

56. 구류손불拘留孫佛

비사부 부처님 뒤, 같은 그 겁에
구류손 부처, 구나함모니 부처
가섭 부처 그리고 우리 석가모니 부처님,
이 네 부처님이 세상에 나오셨다.

구류손 부처님 때는 모임 한 번 있었는데
거기에는 4만의 비구들 모이었다.

그때에 보살은 안온安穩이라는 왕으로
부처님을 비롯해 비구들에게
의발衣鉢 · 음식 · 약품 등 큰 보시 행한 뒤에
부처님 설법 듣고 출가하였다.

이 부처님도 또 그에게, "너는
장차 부처 되리라." 예언하셨다.

구류손불 살던 성을 케마라 하고
그 아버지는 화선火旋이라 하며
그 어머니는 비사거라는 바라문의 딸이었다.

심원甚遠과 광활光活이 그 우두머리 제자요
그 시자는 각생覺生이라 하며
흑黑과 첨복가가 우두머리 여제자요

마하시리사나무가 그 보리나무였다.

그 부처님의 키는 40주로서
그 수명은 4만세였다.

그 경전에는 이렇게 말하였다.
"비사부 뒤에 정각자 양족존 있어
그 이름은 구류손
헤아리기 어렵고 견줄 이 없었네."

57. 구나함모니불拘那含牟尼佛

구류손 부처님 뒤
구나함모니불 세상에 나오셨네.
이 부처님 때에도 한 번 모임 있었나니
거기에는 3만의 비구들 모이었네.

그때 보살은 산山이라는 왕으로서
대신들과 함께 부처님 설법 듣고
부처님을 비롯해 비구들에게
큰 음식의 보시를 행한 뒤에
베 · 비단 · 모포毛布 · 금포金布 바치고
이내 부처님 앞에 출가하였네.

이 부처도 또 그에게, "너는

장차 부처 되리라." 예언하셨네.

이 부처님 살던 성을 유채有彩라 하고
그 아버지는 제시祭施라는 바라문
어머니는 웃타라라는 바라문의 딸이었네.

점다漸多와 상승上勝이 그 수제자요
그 시자는 길상생吉上生이라 하며
해海와 상승上勝이 여자로서 수제자요
우담바라나무가 그 보리나무였네.

이 부처님의 키는 20주로서
그 수명은 3만세였네.

그 경전에는 이렇게 말하였다.
"구류손 뒤의 정각자 양족존은
구나함모니로서
훌륭한 이, 세계의 어른, 인간의 큰 소이었네."

58. 가섭불迦葉佛

구류손 부처님 뒤에
가섭이라는 부처님 세상에 나오셨네.
이 부처님 때에도 한 번 모임 있었나니
거기에는 3만의 비구들 모였었네.

그때에 보살은 광호光護라는 청년으로
세 가지 베다의 깊은 뜻에 통하여
인간에도 천상에도 잘 알려졌으며
작병作甁이라는 옹기장이 벗이었네.

그는 그 벗과 함께 부처님께 나아가
설법을 듣고 출가한 뒤에는
부지런히 정진하여 삼장三藏 배우고
크고 작은 할 일을 정성껏 하여
부처님 가르침에 광채를 더하였네.

이 부처님도 또 그에게, "너는
장차 부처 되리라." 예언하셨네.

이 부처님 살던 성을 바라내라 하고
그 아버지는 범시梵施라는 바라문
어머니는 다나바티라는 바라문 딸이었네.

제사와 파라타사가 그 우두머리 제자요
일체우一切友가 그 시자
아누라와 우루빈라가 우두머리 여제자요
니그로다나무가 그 보리나무였네.

그 부처님의 키는 20주로서
그 수명은 2만세였네.

그 경전에는 이렇게 말하였다.
"구나함모니 뒤에 정각자 양족존 있어
그 훌륭한 이의 이름은 가섭,
그는 법왕法王으로 큰 빛을 일으켰네."

59. 모든 부처님

연등 부처님이 나신 그 겁에
또 다른 세 분의 부처님이 나셨었네.
그러나 보살은 이분들로부터는
예언 받지 않았으므로 이름 들지 않았네.

그 경전에는 이렇게 말하였다.
"이 부처님네는 탐욕 버리고 선정을 얻고
백 줄기 광명처럼 나타나, 큰 어두움 떨어버리고
불더미처럼 빛나면서 그 제자들과 함께 열반에 들었네."

60. 보리도장菩提道場의 완성

여기 우리 보살은 연등불을 비롯해
스물넷 부처님께 서원을 세운 뒤로
이제 4아승지 10만 겁을 지내었네.
그리하여 그 보살 제쳐놓고는
가섭 부처 다음에는 다른 부처 없다고

그 스물네 부처님의 예언 받았네.

"사람일 것, 남자일 것, 인연 있을 것
부처님 뵈올 것, 출가할 것, 덕을 갖출 것, 봉사奉仕와 서원,
이 여덟 가지 법을 다 갖추어야
부처 될 서원은 이루어진다."

그는 이 여덟 가지 법을 갖추어
연등불 발 앞에 서원 세우고,
부처 될 기본법을 낱낱이 찾아
열 가지 바라밀을 완전히 이룬 뒤에
일체도一切度의 생生에서 벗어났었네.

그 경전에는, 서원을 세운
보살의 덕을 이렇게 찬미했네.
"반드시 보리를 성취할 사람은
모든 기관을 완전히 갖추고
1억 겁 동안 먼 길을 윤회해도
무간지옥*이나 세계 중간 지옥에 떨어지지 않고
대갈大渴 · 기갈飢渴 · 흑승黑繩 등 지옥에도 들지 않고
곤충도 되지 않고 나쁜 곳에도 나지 않는다.
인간에 나더라도 장님이 되지 않고
귀머거리 · 벙어리도 되지 않는다.

---

* 아비지옥이라고도 한다. 받는 괴로움이 끊임이 없으므로 무간이라 함.

반드시 보리를 이룰 사람은
여자로도 나지 않고
양성兩性이나 성불구자性不具者 되지 않으며
다섯 가지 무간업無間業*도 범하지 않고
그 행은 언제나 청청하며
삿된 소견을 가지지도 않나니
그는 업業의 이치를 잘 알기 때문이네.

천상 세계에 살더라도 무상천無想天에 나지 않고
정심천淨心天에 나야 할 인연도 없다.

선인善人은 그 마음을 출리出離에 쏟아
그 어떤 생존에도 집착하는 마음 없고
갖가지 바라밀을 완전히 행해
오로지 이 세상을 이롭게 한다."

61. 보시 바라밀의 완성

그는 보시 바라밀을 완성하기 위해
아킷티 바라문으로 나기도 하고
상카 바라문, 다난자왕, 마하수닷사나왕,
마하고빈다왕, 니미왕, 찬다왕자,
비사이하 장자, 벳산타라로 나는 등

* 오역죄五逆罪, 즉 아버지를 죽이고 어머니를 죽이며 아라한을 해치고 승단의 화합을 깨뜨리며 부처님 몸에 피를 내는 것.

실로 그 생生은 무수하였네.
그 중에서도 그는
〈사사판디타 쟈아타카〉(《전생 이야기》 제316)에서 이렇게 말하였네.
"밥을 빌러 가까이 오는 것 보고
나는 내 몸을 버리었나니
보시에 있어서는 나와 같은 이 없네.
이것이 내 보시 바라밀이네."

이렇게 그가 자기 몸을 버린 때
그것은 최상의 보시 바라밀이었네.

62. 호계 바라밀의 완성

그는 호계 바라밀을 완성하기 위하여
시라바 용왕으로 나기도 하고
찬페야 용왕, 부리닷타 용왕, 찻닷타 용왕
또 아리나숫타 왕자로 나는 등
그 생은 실로 무수하였네.
그 중에서도 그는
〈쌍카파라 쟈아타카〉(《전생 이야기》 제524)에서 이렇게 말하였네.

"꼬챙이에 찔리어도
칼날에 베이어도
나는 보자풋타에게 성내지 않았나니
이것이 내 호계 바라밀이네."

이렇게 그는 자기 몸을 버린 때
그것은 최상의 호계 바라밀이었네.

63. 출리 바라밀의 완성

그는 출리 바라밀을 완성하기 위하여
소마낫사 왕자로 나기도 하고
핫티파라 왕자, 아요가라 현자賢者로 나기도 하여
큰 나라를 버리고 속세 떠난 것
그 생은 실로 무수하였네.
그 중에서도 그는
〈츄라수타소마 쟈아타카〉(《전생 이야기》 제525)에서 이렇게 말하였네.

"내 손 안에 든 큰 왕위를 버리고
가랫덩이 배앝듯 나는 버리고
버리고는 다시 집착이 없었나니
이것이 내 출리 바라밀이네."

이렇게 집착 없이 왕위를 버린 때
그것은 최상의 출리 바라밀이었네.

64. 지혜 바라밀의 완성

그는 지혜 바라밀을 완성하기 위하여

비두라 현자賢者로 나기도 하고
마하고빈다 현자, 쿳다라 현자
아라카 현자, 보디 보행사문普行沙門
마호사다 현자로 나기도 하는 등
그 생은 실로 무수하였네.
그 중에서도 그는
세나카 현자로 났을 때
〈사두밧타 쟈아타카〉(《전생 이야기》 제402)에서 이렇게 말하였네.

"나는 지혜로 자세히 살펴보아
그 바라문을 고통에서 구했나니
지혜에 있어서 나를 따를 이 없네.
이것이 내 지혜 바라밀이네."

풀무 속에 든 뱀을 발견했을 때
그것은 최상의 지혜 바라밀이었네.

65. 정진 바라밀

그는 정진 바라밀을 완성하기 위하여
그 생은 실로 무수하였네.
그 중에서도 그는
〈마하쟈나카 쟈아타카〉(《전생 이야기》 제539)에서 이렇게 말하였네.

"물 속에서 언덕을 보지 못하고

사람들 모두 없어졌어도
내 마음은 변하지 않았나니
이것이 내 정진 바라밀이네."

이렇게 그가 큰 바다를 건넜을 때
그것은 최상의 정진 바라밀이었네.

66. 감인 바라밀

〈칸티바다 자아타카〉(《전생 이야기》 제313)에서
그는 이렇게 말하였네.
"카시왕은 예리한 도끼를 들고
의식을 잃은 듯한 나를 찍었지마는
나는 조금도 성내지 않았나니
이것이 내 감인 바라밀이네."

이렇게 의식을 잃을 것 같았어도
지독한 그 고통 잘 참았을 때
그것은 최상의 감인 바라밀이었네.

67. 진실 바라밀

〈마하수타소마 자아타카〉(《전생 이야기》 제537)에서
그는 이렇게 말하였네.

"나는 내 생명을 버려
참말을 지킴으로
백 사람 찰제리를 구제했나니
이것이 내 진실 바라밀이네."

이렇게 생명을 버려 진실을 지켰을 때
그것은 최상의 진실 바라밀이었네.

68. 결정 바라밀

〈무가팍카 쟈아타카〉에서
그는 이렇게 말하였네.

"나는 내 부모가 미워서도 아니요
큰 영예가 싫어서도 아니네.
나는 일체지一切智를 사랑하나니
그러므로 나는 수행修行을 시작했네."

이렇게 생명을 돌보지 않고
그 수행을 완성했을 때
그것은 최상의 결정 바라밀이었네.

69. 자慈 바라밀

〈에카라쟈 쟈아타카〉(《전생 이야기》 제303)에서
그는 이렇게 말하였네.

"어떤 사람도 나를 위협하지 않았고
나도 어떤 사람을 두려워하지 않았네.
다만 사랑의 힘에 의해 마음이 굳세어져
나는 숲 속에서 즐거워했네."

이렇게 제 생명을 돌보지 않고
사랑하는 마음을 베풀었을 때
그것은 최상의 자 바라밀이었네.

70. 사捨 바라밀

〈로마한사 쟈아타카〉(《전생 이야기》 제94)에서
그는 이렇게 말하였네.

"무덤들 속에서
나는 해골을 베고 잤네.
아이들 모여와
온갖 짓을 하였네."

이렇게 마을 아이들이 모여와
침을 뱉기도 하고
화환과 향을 주기도 하였는데

고통과 즐거움이 일어났어도
평등한 마음을 잃지 않았을 때
그것은 최상의 사 바라밀이었네.

그리하여 모든 바라밀 완성하고
일체도一切度의 생을 받았을 때
그는 이렇게 말하였네.

"이 대지大地는 아무 생각이 없네.
그러므로 즐거움도 괴로움도 모르네.
그러나 내 보시의 힘에 의해
이것은 일곱 번 흔들려 움직였네."

이렇게 대지가 진동할 만큼
그는 큰 공덕을 행하며 살다가
그 수명이 다하였을 때
거기서 죽어 도솔천에 났네.

—그가 연등불 발 앞에 엎드려 서원을 세운 때부터, 도솔천에 날 때까지의 이야기를 '먼 인연 이야기'라 한다.

2. 그의 출생과 성도

— 멀지 않은 인연 이야기

보살이 도솔천에서 내려와 보리도장에서
성도成道 하기까지의 이야기

1. 세 가지 예고豫告

보살이 도솔천의 천궁天宮에 살 때
부처님이 나타난다 예고 있었네.
그것은 한 겁劫이 바뀌려 할 때
부처님이 세상에 나오시려 할 때
전륜왕이 세상에 나타나려 할 때
상법常法으로 그런 예고 있기 때문이었네.

세계군중世界群衆이라는 욕계欲界 천인天人들
머리 풀어 흩트리고 눈물 흘리며
빨간 옷 입고 이상한 모양으로
인간 세계 돌면서 이렇게 말했나니,
"여러분, 지금부터 10만 년이 지나면
까마득한 겁劫이 시작되나니
온 세계에 큰 불이 성하게 일어
바다는 마르고 대지大地는 타며

대범천大梵天까지 멸망하리라.
여러분, 자심慈心* 을 일으키시오.
비심悲心** · 희심喜心*** · 사심捨心*을 일으키시오.
부모께 효도하고 어른 공경하시오."
이것이 겁劫 바뀔 때의 그 예고이네.

이 세계를 수호守護하는 하늘 사람들
"여러분, 지금부터 천 년 지나면
일체지一切智의 부처님 세상에 나오시리."
큰 소리로 외치며 돌아다니나니
이것이 부처님 오실 때의 그 예고이네.

"여러분, 지금부터 백 년 지나면
전륜왕이 이 세상에 나타나리라."
천인天人들 외치며 돌아다니나니
이것이 전륜왕 나올 때의 예고이네.

2. 천인天人들의 간청

부처님이 나오신다 이 예고 듣고
1만 세계 천인들 한 곳에 모여
도솔천의 호명護明 보살이 그임을 알고

---

* 중생을 사랑하는 마음.
** 중생을 가엾이 여기는 마음.
*** 남의 잘됨을 보고 따라 기뻐하는 마음.
* 평등한 마음.

그 보살 찾아가 간청하였네.

"보살님,
당신이 4아승지 10만 겁 동안
그 많은 어려움과 고통 겪으며
10바라밀 수행해 완성한 것은
범천이나 제석천 · 전륜성왕의
그 영광을 구하기 위해서 아니었네.
저 일체의 중생들 구제하려고
일체 지혜를 얻기 위해서이니
이제 보리를 구해야 할 때이네.
이제 보리를 구해야 할 때이네."

3. 다섯 가지 관찰

보살은 우선 다섯 가지 조건을
관찰하고 또 검토하였네—.
시기 및 수명, 국토國土와 지방
그리고 가계家系와 그 어머니였네.

먼저 그 시기를 검토하였네—.
"인간 수명이 10만세 이상인 때
그때는 적당한 시기 아니다—.
그때의 중생들 생生 · 로老 · 사死를 모르므로
부처님 법의 세 가지의 특징인

무상無常 · 고苦 · 무아無我의 설법 듣고도
의심하여 믿으려 하지 않으리.
의심하므로 이해하려 하지 않고
이해하지 못하면 교화할 수 없나니
그러므로 그때는 좋은 시기 아니네.

인간 수명이 백세 이하인 때
그때도 적당한 시기 아니다—.
그때 중생들 번뇌에 가득하고
그 따라 교화해도 잘 따르지 않으리.
따르지 않으면 그 교화는 마치
물에 찍는 도장처럼 이내 없어지리니
그러므로 그때도 좋은 시기 아니다.

인간 수명이 10만세 이하
백세 이상인 때 가장 좋은 시기다."
그때의 인간 수명 백세이므로
지금은 나타날 수 있는 때라고
보살은 생각하고 또 믿었네.

다음에는 국토를 관찰할 때에
사주四洲*와 그 속도屬島를 모두 관찰하였네.
어떤 부처님도 다른 주洲에 나지 않고
오직 저 남방의 염부제閻浮提**에 나셨다.

---

* 수미산 사방에 있는 네 개의 대주大洲. 남방을 염부주, 동방을 승인주, 서방을 우화주, 북방을 구로주라 한다.

그러므로 염부제로 결정하였네.

다음에는 모든 지방 관찰할 때에
과거 부처님 모두 중부 지방에 나셨는데
그 중부 지방이란 이러하였네—.
"동쪽에는 가단차라라는 마을
동남쪽에는 사라라바티라는 시내
남쪽에는 백목조라는 마을
서쪽의 두나라는 바라문 마을
북쪽에는 우시랏다자라는 산이 있네.

이 중부 지방은 길이는 3백 유순
폭은 2백50 유순
그 주위는 9백 유순이네.

또 그 지방에는 부처님, 벽지불辟支佛*
두 사람의 수제자首弟子와 또 큰 제자,
80명의 큰 제자와 전륜성왕과,
큰 위력 가진 찰제리와 바라문과
큰 부자 거사居士들이 출생하였네.

그 중에도 저기 가비라위**라는
큰 도시 있나니, 나는 저기 나리라."

** 사주四洲의 하나로 남방의 주.
* 연각緣覺, 독각獨覺이라 번역함. 바깥 인연에 의하여 스승 없이 혼자 깨닫는 이.
** 석존이 탄생한 곳.

보살은 이렇게 결심하였네.

다음에는 가계家系를 관찰하였네—.
"비사* 종족에도 수타** 종족에도
부처님네는 거기 나지 않았네.
세계 사람들의 존경을 받는
찰제리***나 바라문*의 종족에만 났었네.
지금 저 찰제리 종족 사람들
세계 사람들의 존경받고 있나니
저 찰제리 종족 속에 나는 나리라.
깨끗한 재물과 덕을 갖추고 있는
저 정반淨飯** 대왕이 내 아버지 되리라."

다음에는 그 어머니 관찰하였네—.
"부처의 어머니 될 여성은
애욕이 없고 술 마시지 않으며
10만 겁 동안 바라밀 수행하고
그리고 이 세상에 난 뒤로는
오계五戒를 깨뜨린 일 없어야 하나니
저 마야*** 왕비가 그런 여성이거니
저 여성이 바로 내 어머니 되리라."
아아, 그러나 어머니로서의 수명

---

* 인도 네 종족 중의 하나로서 셋째에 속하는 종족. 상공업을 주로 하는 평민 계급.
** 인도 네 종족 중의 하나로서 제일 낮은 층에 속하는 노예 계급.
*** 인도 네 종족 중의 하나. 제2위. 왕족을 말함. 관리가 되거나 전쟁에 종사함.
* 인도 네 종족 중의 최고 지위에 있는 승려 계급.
** 석존의 아버지로서 가비라왕국의 임금.
*** 석존의 어머니로서 정반왕의 부인.

열 달하고 또 이레뿐이었네.*

4. 하생下生의 선언宣言

이렇게 다섯 가지 관찰한 뒤에
그는 천인들에게 승낙하고 말하였네.
"천인들이여, 부처 될 때 왔나니
나는 인간 세계로 내려가리라."

그가 도솔천의 천인들을 데리고
난타 동산으로 들어갔을 때
천인들은 보살에게, 전생에 닦은
열 가지 바라밀을 상기想起시키고
인간 세계의 앞날을 축복하였네.

보살은 도솔천의 목숨 마치고
염부제의 마야 왕비 태에 들었네.

5. 태에 들 때의 기이한 징조

마침 그때에 가비라위국에는
가을철 되어 제전祭典이 열리었네.
마야 왕비는 보름 이레 전부터

---

* 마야 부인은 석존을 낳고 이레 만에 세상을 떠났다.

일찍 일어나 향수香水에 목욕하고
여덟 가지의 재계齋戒를 지키면서
꽃과 향으로 몸을 꾸미고
40만 금金을 내어 큰 보시 행한 뒤에
침전寢殿에 들어 이상한 꿈 꾸었네.

"사천왕四天王이 침대채로 왕비를 들어
설산지방雪山地方으로 모시고 가서는
열의석悅意石 평원平原의 복판에 있는
큰 사라나무의 그늘에 두고
그들은 한쪽에서 모시고 서 있었네.

그러자 그들의 왕비들이 나타나
아노다타*로 마야 왕비 모시고는
인간의 때를 씻겨 천의天衣 입히고
천상의 화향花香으로 몸을 꾸몄네.

그 부근 백은산白銀山의 황금 궁전에
녹색 휘장 드리운 침대 만들고
그 위에 베개를 동쪽으로 향하여
마야 왕비를 고요히 눕히었네.

보살은 새하얀 코끼리 되어
황금산 위를 거닐다 내려와

---

* 아뇩달阿耨達이라 번역한다. 맑고 시원하다는 뜻을 지닌 못의 이름.

다시 백은산으로 올라갔다가
거기서 다시 북쪽으로 내려왔네.

은밧줄 같은 코로 흰 연꽃 받들고
한 소리 높이 치며 황금전에 들어가
침대를 오른쪽으로 세 번 돌고는
왕비 오른 옆구리를 경건히 열고
가만히 그 태 안에 드는 듯하였네."

이튿날 왕에게 이 꿈을 알리었네.
왕은 이 이야기 듣고 신기하게 여겨
64명 고명한 바라문들 청할 때
푸른 나뭇잎과 불에 볶은 곡물穀物로
제전으로 장식한 깨끗한 땅에
아름답고 값진 좌석을 만들었네.

바라문들이 그 자리에 앉았을 때
제호醍醐 · 밀당蜜糖 섞어 만든 맛난 음식을
금바루 은바루에 담아 바치고
새로 지은 값진 옷과 새빨간 소와
그 밖의 여러 가지 두루 보시해
그들의 탐욕을 한껏 만족시킨 뒤
왕은 그 꿈의 풀이를 청하였네.

"대왕님, 기뻐하고 걱정 마시오.
그것은 왕비님이 아기 배신 꿈,

그도 왕녀 아니요 왕자이신 꿈,

그 왕자 나시어 속세에 살면
네 천하를 다스리는 전륜왕 될 것이요,
집을 떠나 수도하면 부처가 되어
인간 천상 중생들 구제하리다."

보살이 그 어머니 태에 들 순간
10천 세계는 흔들려 움직였고
서른두 가지 징조 나타났나니—.

"10천 세계에 빛이 가득하였는데
그 빛을 보려는 듯 장님은 눈을 떴네.
귀머거리 소리 듣고
벙어리는 말하며
꼽추는 허리 펴고
앉은뱅이는 걸어다녔네.

결박된 이 사슬에서 풀려 나오고
지옥의 불은 모두 꺼졌고
아귀 세계에는 기갈飢渴이 없어지고
축생들은 두려움 느끼지 않았네.

이 세상 갖가지 병 다 없어지고
미운 사이 중생들도 애정으로 말하며
시원한 바람 앞에 말은 기뻐 울었고

사자는 숲 속에서 헌걸차게 외치며
갖가지 악기들과 모든 장식품
스스로 소리내어 아름답게 울리며
사방은 흐림 없이 맑게 트이고
바람은 부드럽고 시원하게 불어와
중생들의 마음을 즐겁게 했네.

때 아닌 때 비가 내리는가 하면
땅 속에서 물이 솟아 흩어져 날며
새들은 공중에서 날기 그치고
시냇물은 갑자기 흐르기를 멈추며
바닷물은 모두 단맛으로 변하고
다섯 빛깔 연꽃이 그 위를 덮었네.

물과 뭍의 꽃들은 모두 피는데
나무 줄기에는 줄기의 연꽃 피고
나무 가지에는 가지의 연꽃 피며
나무 덩굴에는 덩굴의 연꽃 피네.

땅에서는 반석 뚫고 위를 향하여
일곱 개씩 줄기 연꽃 솟아나오고
공중에는 늘어진 연꽃이 피며
사방에서 연꽃비가 어지러이 내리고
천상의 음악 소리 울려 퍼졌네.

그리하여 이 10천 세계는 마치

풀어 흩트린 화환의 무더기인 듯
묶어놓은 화환의 꽃다발인 듯
장식해놓은 화환의 좌석인 듯
이우犛牛 꼬리의 불자拂子*는 흔들리고
아름다운 꽃향기는 끝없이 퍼져
온 세계는 하나의 화환 같았네."

6. 보살의 어머니

보살이 어머니의 태 안에 있을 때
보살과 그 어머니의 재앙을 막기 위해
네 사람의 천자天子는 각기 칼 들고
보살의 어머니를 호위하고 있었네.

보살의 어머니는 남성에 대한
애욕을 전연 일으키지 않았고
명예나 이익에 생각이 없어
마음과 몸이 편하고 즐거웠네.

어머니 태에 들어 있는 보살은
황금실로 감싼 보주寶珠 같았고,
보살이 깃든 그 어머니의 태는
마치 사당祠堂의 그윽한 안채 같아

* 삼이나 짐승의 털을 묶어 자루 한 끝에 매어 단 기구. 모기, 파리 따위를 쫓는 데 씀. 총채라고도 함.

아무도 거기 들 수 없었으므로
어머니는 보살을 낳은 지 이레 만에
이 세상 떠나 도솔천에 난 것이네.

다른 여자들은 열 달이 못 차거나
혹은 열 달을 넘기기도 하여
앉거나 또는 누워 아기 낳지만,
보살의 어머니들 그렇지 않고
보살을 꼭 열 달 태 안에 두어
알뜰히 보호하다 서서 낳나니
이것이 모든 보살 어머니의 상법常法이네.

이 보살 어머니도 그와 같아서
마치 그릇에 기름 담은 것처럼
열 달 동안 태 안에서 보호하다가
달이 차자 친정으로 가고 싶었네.

천비성天臂城은 마야 왕비 친정으로서
왕비가 가고 싶다고 청하였을 때
왕은 승낙하고 다시 수리한 길을
파초와 물병 등 갖가지로 꾸민 뒤에
황금 수레에 태워 대신들 메게 하고
많은 수종꾼 딸리어 보내었네.

7. 보살의 탄생

가비라위에서 천비로 가는 도중
람비니라는 꽃동산이 있었네.
때는 4월 8일, 사라꽃들은
밑동에서 끝까지 한 빛으로 피었는데
가지와 가지, 꽃과 꽃 사이에는
다섯 빛깔 벌들과 온갖 새들이
아름다운 소리로 날아돌며 있었나니,
마치 제석천의 칫타라타 동산인 듯
왕이 꾸민 화려한 잔치 마당 같았네.
왕비가 그 동산의 숲 속에 놀고 싶어
대신들은 수레 몰아 사라숲에 들어갔네.
가장 큰 사라나무 밑에 갔을 때
왕비는 그 한 가지 잡아보고 싶었네.

그때에 한 가지가 불길 맞은 갈대처럼
왕비 손 가까이로 드리워 왔네.
왕비가 팔을 펴어 그 가지 잡았을 때
재촉하는 산기産氣를 견디기 어려웠네.

왕비 주위를 포장으로 둘러치고
여러 사람 거기서 물러갔을 때
왕비는 사라나무 가지 붙잡고
서 있는 그대로 아기 낳았네.

그 마음 깨끗한 네 사람 대범천大梵天은
황금 그물로 보살을 받고 서서
위대한 역량力量 있는 아드님 낳았으니
기뻐하시라 왕비에게 말하였네.

다른 중생들 어머니 태를 나올 때
더러움에 더러워진 채 나오지마는
우리 보살은 아예 그렇지 않아
더러움에 조금도 더러워지지 않았었네.

법상法床에서 내려오는 설법사說法師처럼
계단을 의젓하게 내려오는 사람처럼
두 손과 두 발을 모두 다 편 채,
깨끗한 비단에 싼 보주寶珠처럼
그 빛 번쩍이며 모태母胎에서 나왔네.

하늘에서는 그것을 축하하는 뜻으로
시원하고 따뜻한 두 줄기 물을 내려
보살과 어머니를 씻어주었네.

대범천이 빛나는 황금 그물로
보살을 받아 서 있을 때에
사천왕은 다시 양피羊皮로 만든
보드라운 옷으로 보살을 받고
다음에 사람들은 비단요로써
그들 손에서 보살을 받았었네.

사람의 손에서 내려온 보살
땅에 서서 동방을 바라볼 때에
수천의 세계들은 하나의 뜰 같았네.

그때의 천인들과 인간들 함께
향과 꽃으로 공양하며 말하였네—.
"대사님, 여기는
당신과 대등한 이 다시 없거니
하물며 당신보다 나은 이가 있으리."

보살은 시방 세계 두루 돌아보았으나
아무 데도 자기와 대등한 이 없었네.
거기가 제일 좋은 위치임을 알고
보살은 큰 걸음 일곱 발을 떼었네.

대범천은 흰 일산 받들어 들고
선시분천善時分天은 이우犛牛 꼬리 불자 들고
다른 천인들은 왕의 표식標識 될 만한
온갖 물건을 들고 그 뒤를 따랐네.
그리고 보살은 일곱 걸음 만에 서서
"나는 이 세계의 제일인자第一人者다."
엄숙한 소리로 사자처럼 외치셨네.

8. 삼생三生의 발어發語

보살은 삼생三生을 통해
모태母胎에서 나오자 이내 말했네.

보살이 대약大藥으로 났을 때에는
모태에서 나오자 제석천왕이 와서
전단나무의 심心을 쥐어주고 갔으므로
보살은 그것을 손에 쥐고 있었네.

무엇을 쥐었는가 어머니가 물었을 때
이것은 약이라고 대답하였으므로
그때부터 그를 약왕자라고 불렀네.

그 약은 독 안에 넣어두어도
거기 오는 장님이나 귀머거리에게는
그 병을 다 고치는 약이 되었네.
"이 약은 위대하다 위대하다."고
사람들 시끄러이 찬탄하였으므로
그 말대로 그 이름 '대약'이라 하였네.

보살이 일체도一切度로 났을 때에는
모태에서 나오자 오른손 펴고,
"우리 집에 무엇이나 물건 있으면
보시하고 싶다."고 어머니께 말할 때,
어머니는 우리 집에 많은 보물 있다 하고
천금千金 든 독을 그에게 안기었네.
그리고 이번에는 모태에서 나오자

나는 세계 일인자라 외친 것이네.

9. 일곱 가지가 동시에 나타나다

어머니 태에 들 때와 같이
어머니 태에서 나올 때에도
그런 서른두 가지 징조 나타났었네.

그리고 우리 보살 람비니에서 났을 때
라훌라의 어머니, 천나 대신
가루다이 대신, 큰 말 건척
큰 보리나무, 네 개의 보물병
그 네 개 병 중의 하나는 1가부타*
하나는 반 유순, 하나는 3가부타
그리고 또 하나도 반 유순이었는데
이런 일곱 가지가 동시에 나타났네.
가비라와 천비의 양쪽 사람들
보살을 데리고 가비라로 돌아갔네.

10. 아사타阿沙陀 선인仙人

그때에 저 삼십삼천 천인들은

* 4분의 1 유순.

옷자락 휘날리고 춤추며 말하였네—.
“가비라국 정반왕의 왕자 나셨다.
그는 보리나무 밑에 앉아 부처 되리라.”

정반왕 궁중에 무시로 드나드는
여덟 가지 선정 얻은 아사타 선인
낮 휴식 취하려고 삼십삼천에 올라
“그대들 왜 이처럼 기뻐하는가?”
그는 그들에게 그 까닭을 물었네.

“벗이여, 정반왕의 왕자 나셨네.
그는 보리도장에 앉아 부처가 되어
위대한 그 법바퀴 굴릴 것이네.
우리는 그 법문 들을 수 있으리니
이 이상 더 기쁜 일 또 있겠는가?”

그는 곧 천상에서 왕궁으로 내려와
왕자를 뵈옵자 왕에게 청하였네.
정반왕은 왕자를 데리고 나와
그 선인에게 예배시키려 할 때,
어느새 보살(왕자)의 그 발은 굴리어
아사타 선인의 머리에 닿았네.

대개 보살의 예배를 받을 만한 이
이 세상에 그 누가 있겠는가?
모르는 결에라도 보살 머리를

그 선인의 발 밑에 두는 이 있었다면
그의 머리는 일곱 조각났으리라.

아사타 선인은 황급히 일어나
보살을 향해 합장했나니
왕도 이 진기한 광경 눈앞에 보고
자신도 모르게 왕자에게 예배했네.
과거 40겁, 미래 40겁
80겁 동안 일을 기억하는 선인은
반드시 부처 될 보살의 상호相好 보고
"위대한 어른, 불가사의한 사람."
그는 저도 모르게 빙그레 웃었네.

그러나 그는 다시 생각해 알았네—.
"이분 성불하는 것 나는 볼 수 있을까?
아니, 볼 수 없다. 나는 그 전에 죽어
백 사람 천 사람의 부처 나와도
절대 구제할 수 없는 무색계無色界에 날 것이다."
그는 저도 모르게 눈물 흘려 울었네.

11. 나라카 소년의 출가

그는 이미 부처님 뵈올 수 없거니와
생각할수록 그것이 안타까와
친척이나마 누가 없나 생각하다가

그 생질 나라카 찾아가 말하였네.

“나라카여, 정반왕의 궁중에 왕자 나셨다.
그는 부처의 종자요 싹으로서
35년 뒤에는 부처 이룰 것이다.
나는 늙어 이렇게 불행하지만
너는 그 부처님 뵈올 수 있으리니
오늘이라도 곧 출가하여
다음에 그 위 없는 설법 들어라.”

나라카 소년은 그 아저씨 말 믿고
8억 7천만 금의 보물 버리고
수염과 머리 깎고
누런 빛깔의 옷과 흙바루 챙긴 뒤에
보살을 향해 합장하고 말하였네.
“나는 지금 이 세계에서 가장 위대한
그 어른 앞에서 출가합니다.”

다시 온몸 땅에 던져 예배한 뒤에
바루 전대를 어깨에 걸치고는
설산에 들어가 사문의 도 닦았네.

그는 뒷날 보살이 부처 되어
《나라카경經》의 설법하심 듣고는
다시 설산에 들어가 아라한과阿羅漢果 얻었네.
거기서 수도한 지 7개월 만에

황금산 가까운 어떤 곳에서
선 채로 남음 없는 열반*에 들었었네.

12. 상호相好의 점관占觀

닷새째 되던 날 명명식命名式 행하려고
왕은 왕자의 머리를 감긴 뒤에
왕궁에 네 가지 향료香料 바르고
다섯 번 볶은 곡물穀物과 온갖 꽃을 부리고
순수한 젖죽 끓여 준비하였네.

그리고 세 가지 베다에 정통한
백팔 명 바라문을 궁중에 불러들여
온갖 맛난 음식으로 경의 표하고
왕자의 상호를 점쳐보게 하였네.

13. 부처냐, 전륜왕이냐

그 중 8명만이 왕자 상호 보는데
그들은 태중의 왕자도 점쳤던 사람이네.

일곱 사람은 두 손가락 펴 들고

* 네 가지 열반의 하나. 생사의 괴로움을 떠난 진여眞如. 현재의 몸까지 없어진 곳에 나타나는 것이므로 남음이 없다 함.

"이런 상호 갖춘 사람은
속세에 살면 전륜왕 될 것이요
집 떠나 수도하면 부처 되리라."
이렇게 두 가지 길 예언하면서
전륜왕의 영광을 낱낱이 설명했네.

그 중에서 가장 젊은 한 청년
그 성은 교진여,
"이런 분은 가정에 갇혀 살 까닭 없다.
온갖 더러운 번뇌 떨어버리고
틀림없이 출가하여 부처 되리라."
한 손가락 펴 들고 한 길 예언하였네.

그는 과거에 여러 부처님 앞에서
큰 서원 세우고 수도한 사람으로
지금은 최후의 생生에 이르러
그 중에서 지혜가 가장 뛰어났었네.

14. 오군비구五群比丘

그 바라문들은 각기 집에 돌아가
그 아들들 불러 이렇게 말하였네.
"아이들아, 나는 이제 늙었다.
저 정반왕의 왕자가 부처 될 때에
나는 그를 뵙기 전에 죽을는지 모른다.

그분은 훌륭한 분, 불가사의한 분,
반드시 일체지一切智를 얻을 것이니
그때에 너희들은 그 앞에서 출가하라."

그 일곱 바라문은 살 대로 살다가
각기 그 업을 따라 죽어갔으나
그 교진여 청년만은 건강하였다.

그 뒤에 보살(왕자)은 큰 결심으로
집을 나와 보리를 이루기 위해
여러 곳 행각行脚하다 우루빈라에 와서
살기 좋은 곳이라 자리잡았네.

교진여 청년은 이 소식 듣고
그 바라문의 아들네들 찾아갔네.
"싯다르타 태자 출가하였다 하네.
그는 반드시 부처 이루리.
만일 그대들 아버지 살아 계셨더라면
이제 집을 버리고 출가하였으리라.
나는 지금 그를 따라 출가하나니
그대들은 어떻게 생각하는가?"

사람의 뜻이란 같을 수 없는 것
일곱 사람 중에서 네 사람만이
교진여 따라 출가했나니
이들을 일러 '오군비구' 라 하네.

15. 왕자의 출가 동기

어느 때 정반왕은 그 왕자가
'노인 · 병자 · 죽은 이 · 출가한 이'
이 네 가지 보고 출가하리라 말 듣고는
그 대신들에게 명령 내렸네—.

"지금부터는 그런 이들이
왕자의 눈에 뜨이게 하지 말라.
내 왕자는 부처 될 필요없다.
나는 내 왕자가 전륜왕 되어
1만 2천의 속도屬島에 둘러싸인
사대주四大洲를 통치할 권리를 쥐고,
주위 30유순의 대중의 호위 속에
공중으로 다니는 것 보려고 한다."

그리고 그 네 종류의 사람 막기 위하여
사방 1가부타마다에 수위 두었네.

같은 그날, 동족同族의 8만 집 사람
한 아이씩 왕자에게 바치며 말하였네—.
"왕자님이 부처 되든 전륜왕 되든
우리는 한 아이씩 각각 바치리.
왕자님이 부처 되면 이 아이는
찰제리 족 사문들의 존경 받을 것이요

왕자님이 왕이 되면 이 아이는
찰제리 족 아이들의 존경 받으리."

왕은 다시 그 얼굴 뛰어나게 아름다운
여자를 뽑아 왕자를 모시게 했나니
왕자는 그녀들의 섬김 받으며
더없는 영화 속에 성장하였네.

16. 파종식播種式

어느 날 왕은 파종식播種式 거행할 때
온 성을 천인天人의 궁전처럼 장식하고,
권속들은 새옷에 향과 꽃으로 꾸미고
모두 왕성의 궁중으로 모였네.

그 일자리의 백팔 자루 호미 중에
한 자루 이외에는 은으로 꾸미었고,
왕이 쓸 호미와 소뿔까지도
모두 빨간 금으로 장식하였네.

왕은 권속 거느리고 왕자 데리고
그 일터의 식장으로 나갔네.
저기에 한 그루의 염부나무가 있어
왕은 그 밑에 왕자의 침대 두고
금성金星을 새긴 하늘 일산 씌우고

주위에 비단 포장 둘러친 뒤에
다시 수위 두어 호위하게 하였네.

왕은 온갖 장식 달고 식장으로 나갔네.
왕은 금호미 들고 대신들은 은호미
그리고 농부들은 다른 호미 들었네.
왕은 그들과 함께 이런저런 일할 때
자신의 큰 영화를 새삼 느꼈네.

17. 나무 그림자의 기이한 형상

왕자의 주위에 앉아 있던 여자
화려한 식 보려고 밖에 나갔네.
왕자는 거기에 아무도 없음 알고
곧 일어나 가부하고 앉아
내쉬는 숨, 들이쉬는 숨길 고르고
첫째 선정에 들어 있었네.

여자들은 그 식을 구경하느라
조금 늦어서 돌아왔었네.
다른 나무 그림자는 흔들리고 있었으나
염부나무 그림자는 원형 그린 채
그대로 고요히 정지해 있었네.

여자들이 황급히 들어갔을 때

왕자는 혼자 침대 위에서
가부하고 선정에 들어 있었네.

그 나무 그림자의 불가사의함 보고
여자들은 달려가 왕에게 아뢰었네.
왕도 빨리 거기 와 나무 그림자 보고
왕자에게 절하면서 말하였네—.
"왕자여, 이것은
왕자에 대한 내 두 번째의 절이다."

18. 삼시전三時殿

아무리 즐거운 환경이라도
그 마음 돌이킬 수 없음을 몰랐나니—.

왕자가 차츰 자라 열여섯 살
왕은 왕자 위해 삼시전三時殿을 지었네.
하나는 아홉 층
하나는 일곱 층
또 하나는 다섯 층.

4만의 여자들이 왕자 모시어
왕자는 마치
천왕이 천녀들에 둘러싸인 듯
노래와 춤에 큰 영화를 느끼며

세 철 따라 그 궁전에 살고 있었네.
그때에
라훌라의 어머니는 그 첫째 부인이었네.

19. 경기競技

왕자가 이렇게 큰 영화 누리면서
나날을 보내며 살아가고 있을 때
그 동족同族 사이에는 물의物議가 일어났네—.
"싯다르타는 저렇게 향락에 빠져
기예技藝란 하나도 익히지 않는데
전쟁이라도 일면 어찌할 건가?"

왕이 왕자 불러 걱정하면서
동족들의 물의를 이야기할 때
왕자는 왕에게 걱정 말라 하면서
지금부터 이레 뒤에 동족들 모아주면
그 앞에서 기예를 보이리라 하였네.

번개 같은 활 쏘는 법과
머리털을 맞히는 활 쏘는 법
그런 법 가진 궁술사弓術士 모아놓고,
동족들과 많은 사람 보는 앞에서
다른 사람은 흉내도 낼 수 없는
열두 가지 기예를 왕자는 보이었네.

20. 사문출유四門出遊

어느 날 왕자는 동산에 나가 놀고 싶어
어자御者에게 수레 준비를 명령하였네.
어자는 값진 수레 갖가지로 꾸미고
흰 연꽃 같은 네 마리 말을 매어
천인天人의 궁전 같은 그 수레 타고
왕자는 동산을 향해 떠났네.

천인들은 왕자에게 정각을 이룰 때가
가까와진 징조를 보이기 위해
한 사람의 천자天子를 노인으로 만들었네.
이는 빠지고 털은 희어졌으며
주름살 진 얼굴에 허리는 굽었는데
지팡이 짚은 채 떨고 있었네.
그러나 이를 본 이는 왕자와 그 어자뿐이었네.

왕자는 어자에게 물었네.
"벗이여, 저이는 어떤 사람인가?"
"왕자님, 저것은 노인입니다."

어자의 답을 듣고 왕자는 생각하였네—.
"만일 이 생존生存에 늙음이 따른다면
이 생존이란 실로 저주스러운 것이다."
이내 수레를 돌려 돌아온 왕자는

생각에 잠긴 채 궁전 위로 올라가버렸네.

왕은 이 사정 알고 좌우에 명하였네.
"너희들은 왜 내 목숨 잦추르려 드는가?
빨리 아름다운 무희舞姬를 준비하라.
향락하면 출가할 마음 내지 않으리라."
출가를 막기 위해 수위를 늘려
사방 반 유순마다 한 사람씩 두었네.

어느 날, 또 왕자는 동산으로 나가다가
천인이 만든 한 병자를 보고
"만일 이 생존에 으레 병이 따른다면
이 생존이란 실로 저주스러운 것이다."
곧 수레를 돌려 돌아온 왕자는
생각에 잠긴 채 궁전 위로 올라가버렸네.
왕은 또 수위의 그 수를 늘렸네.

어느 날 또 왕자는 동산으로 나가다가
천인이 만든 한 죽은 사람 보고
"만일 이 생존에 죽음이 따른다면
생존이란 실로 저주스런 것이다."
곧 수레를 돌려 돌아온 왕자는
생각에 잠긴 채 궁전 위로 올라가버렸네.
왕은 또 수위의 그 수를 늘렸네.

어느 날 또 왕자는 동산으로 나가다가

천인이 만든 한 사문의 단정한 위의威儀 보고
"벗이여, 저이는 어떤 사람인가?"
그러나 그때는 아직 부처님이
이 세상에 나오시기 전이므로
어자는 출가와 그 공덕 몰랐으나
천인의 위력으로 자세히 설명했네.
왕자는 출가할 마음을 결정하고
그날은 동산으로 바로 나가 놀았네.

21. 최후의 장식

왕자는 거기서 하루 종일 놀고는
왕이 쓰는 연못에 목욕한 뒤에
해질 무렵 장식을 갖추기 위해
너럭바위로 된 자리에 앉았네.

시자들은 온갖 옷에 온갖 장식과
화환과 향료를 제각기 손에 들고
왕자를 싸고 빙 둘러 서 있었네.

그 앉은 자리가 따뜻해지자
제석천왕은 왕자의 장식할 때임 알고
비수갈마*를 불러 말하였네—.

---

* 제석천왕의 신하로서 공작工作을 맡은 신神.

"벗이여, 싯다르타 태자는 오늘 밤중에
그 위대한 출가를 단행하리라.
너는 저기 내려가 천인의 장식물로
왕자로서의 최후 장식 돌보아라."

비수갈마는 천인의 위력으로
한 찰나 사이에 동산으로 내려가
왕자의 이발사로 변장한 뒤에
천인의 솜씨로 장식했나니
왕자의 머리는 연꽃의 꽃실을
한쪽으로 펼친 쿠이야카꽃 같았네.

조금 있다 보살의 장식이 끝나자
악사樂師들은 갖가지 미묘한 소리로,
바라문들은 온갖 상서로운 말로,
시인들은 최상의 아름다운 문구로
제각기 축하하고 칭송하는 속에서
왕자는 화려한 마차에 올라탔네.

22. 라훌라의 탄생

그때에 왕자 부인은 아들을 낳아
왕은 경사 났다 기뻐하면서
사람 보내 왕자에게 그 소식 전하였네.

왕자는 소식 듣고
"아아, 라훌라(장애라는 뜻)가 생겼구나. 계박繫縛이 생겼구나."
왕은 그 말을 전해듣고 그 말 그대로
그 손자 이름을 '라훌라' 라 하였네.

왕자는 마차 타고 위대한 영광 속에
존엄과 아름다움 갖추어 성 안으로 들어갔네.

23. 대출가大出家의 결심

왕자가 성 안으로 들어갈 때에
기살교담미라는 찰제리 족의 소녀,
화려한 누각의 높은 대에 올랐다가
왕자의 이 숭고한 위의를 보고,
기쁜 마음 못 이겨 시를 읊었네—.

"실로 행복스러워라 저의 부모여
저런 남편 둔 아내 실로 행복스러워라."

이 읊는 시 듣고 왕자는 생각했네—.
"저 소녀는 저런 시를 읊는다.
사람이 그 어떤 사람 저렇게 볼 때
그 마음 진실로 행복스러우리라.
그러나 무엇이 아주 없어졌을 때
그 마음 진실로 행복할 수 있을까?"

그리고 왕자는 다시 생각하였네—.
"탐욕의 불이 완전히 꺼졌을 때
편하고 고요한 그 마음의 행복,
분노와 우치의 불이 꺼졌을 때
편하고 고요한 그 마음의 행복,
사견邪見 따위 온갖 번뇌가 사라졌을 때
편하고 고요한 그 마음의 행복…….
저 여자는 내게 좋은 교훈 주었다.
나는 오늘 출가하여 열반 구하자.
나는 오늘 출가하여 열반 구하자."

그리하여 왕자는 스승에의 예물로
십만 냥의 가치 있는 진주 목걸이 풀어
그 기살교담미 소녀에게 주었네.
그녀는 기뻐하며 생각하였네—.
"저 싯다르타 태자가 나를 사모해
이 진주 목걸이를 선물로 주었구나."

24. 가무희歌舞姬들의 추태醜態

보살이 이렇게 존엄하고 화려한 속에
궁중으로 돌아와 침대에 누웠을 때,
천녀처럼 장식한 가무희들이
왕자의 마음을 즐겁게 하기 위해
노래와 춤과 음악을 시작했네.

이미 번뇌에서 벗어난 왕자 마음
거기에 새삼 무슨 흥미 느끼랴?
어느새 잠깐 동안 잠이 들었네.

누구 즐겁게 하려는 노래와 춤이던가?
무엇을 위해 부리는 그 교태嬌態이던가?
멋쩍게 된 그녀들 악기 내어던지고
되는 대로 제각기 누워 잠들었나니
향기로운 등불만이 고요히 타고 있었네.

조금 있다 깨어난 왕자, 침대에 앉아
그녀들의 잠든 꼴을 바라보았네—.
입을 헤벌리고 침을 흘리는 이 있는가 하면
어떤 이는 이를 갈고
어떤 이는 코를 골며
어떤 이는 잠꼬대
또 어떤 이는 옷자락 헤쳐
차마 볼 수 없는 모양 드러내고 있었네.

추하고 비열한 광경 바라본 왕자
인생이란 이처럼 슬픈 것인가?
출가하려는 생각 더욱 간절해졌네.

저 제석천의 천궁天宮과도 같은
화려하고 장엄한 높은 누대樓臺도
송장과 해골들이 어지러이 뒹구는 묘지 같았고

이 세계는 바로 그대로
치열한 불꽃에 타는 집과 같았네.
"아아 저주스러워라 실로 비참하여라!"
왕자의 생각 그저그저 출가로 내달렸네.

25. 성을 나가다

이제야말로 단연코 출가하자.

침대에서 일어선 왕자
창문을 열고 차익車匿*을 불렀네.
"차익아, 나는 지금 대출가大出家를
단행하리라. 말을 준비하라."

고요히 타는 향기로운 등불 앞에
수나마잎 일산처럼 드리워진 그 밑에
순백색으로 빛나는 건척犍陟**은 서 있었네.

마구馬具 차리는 법이 다른 때와 다르기에
앞일을 알아차린 그 건척은
만족한 마음으로 큰 한 소리 외쳤네.
그 소리 온 성 안을 울렸으리라.
그러나 천인天人들이 그 소리 방해하여

---

* 왕자의 어자御者.
** 왕자가 탄 말 이름.

아무도 그것을 듣지 못했네.

왕자는 차익을 내보낸 뒤에
그래도 아기 얼굴 한 번 보고 싶었네.
가부앉음 풀고 벌떡 일어나
라훌라의 어머니 있는 방으로 가서 창문 열었네.

향기로운 기름 등불 타고 있는 그 밑에
라훌라 어머니는
수마나꽃 말리카꽃, 어지러이 흩어진 침대에 누워
아기 머리 위에 손을 둔 채 자고 있었네.

아이를 안아볼까?
부인이 깨리. 부인이 깨면 내 걸음 방해되리.
아가야, 부인이여. 내 부처 되어 다시 만나리.
보다 큰 사랑 위해
왕자는 발길 돌려 그 방에서 나왔네.

왕자는 나가 건척의 등을 어루만지며
"건척아, 너는 오늘 밤 동안
나를 저기까지 데려다달라.
나는 네 덕으로 부처 이루어
인간 천상 세계를 모두 구제하리라."

건척의 몸 길이는 18인치
높이도 거기 걸맞았네.

힘도 세거니와 걸음도 빨랐으며
순백색 온몸은
깨끗이 씻은 차거패硨磲貝와 같았네.

그것이 울거나 발굽 소리를 내면
그 소리 온 성 안에 두루 퍼지리.
그러므로 천인들은 그 소리 막기 위해
걸을 때마다 발굽 밑에 손바닥을 놓았네.

왕자는 말 등의 복판에 타고
차익은 말 꼬리 붙잡고 따라
그들은 밤중에 성문까지 이르렀네.

그 성문은 왕자의
출가를 염려한 왕의 명령에 따라
한쪽만 열기에도
천 사람의 힘이 들게 되어 있었네.

왕자는 그 힘이 얼마나 세었던가?
코끼리로 치면 백억 마리 힘이요
사람으로 치면 천억 사람 힘이었네.

왕자는 생각하였네—.
"만일 성문이 열리지 않으면
나는 이 건척의 등에 탄 채,
말 꼬리를 잡고 있는 이 차익과

건척을 모두 두 다리 사이에 끼고
저 성을 날아 넘어가리라."

또 차익은 생각하였네—.
"만일 성문이 열리지 않으면
나는 왕자님을 어깨에 얹고
건척의 배를 두 손으로 안아 겨드랑에 끼고
저 성을 날아 넘어가리라."

그리고 건척도 생각하였네—.
"만일 성문이 열리지 않으면
나는 왕자님을 등에 태운 채
내 꼬리를 잡고 있는 차익을 그대로 들어
저 성을 날아 넘어가리라."

그러나 이 세 가지 생각 다 부질없었나니
거기서 기다리고 있던 하늘 사람이
가만히 그 성문을 열어주었네.

그때에 마왕魔王은 그 걸음 방해하려
공중에 서서 왕자에게 말하였네—.
"당신은 여기서 나가서는 안 되리.
지금부터 이레 뒤에 당신에게는
그 영광스러운 윤보輪寶* 가 나타나리.

* 인도에서 임금의 표지로 쓰던 보기寶器. 전륜왕이 그것으로 우주를 통일한다 함.

그리하여 당신은
1만 2천 개의 작은 섬에 둘러싸인
사대주四大洲를 다스리는 전륜왕 되리."
"마왕이여,
그 윤보 나타날 줄 나도 아노라.
그러나 그런 왕위王位 내게는 부질없는 것,
나는 10천 세계 울리며 부처 되리라."

그때에 마왕은 다시 말했네—.
"만일 그렇다면 나는 지금부터
네 마음속에
탐욕이나 분노나 해치려는 생각 일어날 때는
곧 너를 결박하리라."
그리하여 마왕은
왕자의 허물을 포착하기 위하여
그림자처럼 따라다니고 있었네.

내 손 안에 들어온 전륜왕 자리
가래침처럼 아낌없이 뱉어버리고,
보다 큰 영광스런 희망에 불타면서,
아사타달 보름날 밤에
달이 천칭좌天秤座에 자리잡고 있을 때
왕자는 그 성문 밖을 나섰네.

그때에 왕자의 마음속에는
또 한 번 왕성을 가보고 싶었네.

이 생각 일어나자 그 애착 꾸짖는 듯
대지는 핑 돌면서 갈라지는 듯했네.

왕자는 왕성 향해 서서 바라보면서
여기는 건척이 돌아선 기념 사당 세워야 한다 생각하고
가야 할 곳으로 다시 말머리 돌려
큰 영광과 존엄을 향해 떠났네.

26. 천인天人들의 배웅

앞에도 6만, 뒤에도 6만
좌우에도 6만의 하늘 사람들
제각기 휘황한 횃불을 밝히었고
또 다른 천인들은 하늘 끝까지
수없고 한량없는 횃불을 들었으며
용 · 금시조金翅鳥 등 여러 신장神將들
천상의 향화香華 받들고 배웅하였네.

짙은 구름 속에서 쏟아지는 비처럼
천상의 온갖 꽃 빈틈없이 내리었고,
6백80만의 악기 소리와
천상의 노랫소리 사방에 울려 퍼져,
먼 바다 가운데 비가 쏟아지는 듯
유간다라* 산중의 해조海潮와도 같았네.

27. 아노마 강

하룻밤 동안에 세 개의 왕국 지나
아노마(항상 차 있다는 뜻) 강가에 겨우 이르렀네.
건척의 발걸음이 그처럼 느렸던가?
천상에서 내린 꽃이 쌓였기 때문이네.

왕자가 강 이름이 무엇이냐 물었을 때
아노마 강이라 차익은 대답했네.
"그러면 내 출가도 아노마(거룩하고 훌륭하다는 뜻)이리."
왕자가 발꿈치로 신호했을 때
건척은 한 번 뛰어 강 저쪽에 섰네.

28. 장식을 버리다

말에서 내린 왕자, 달빛이 스며 있는
은가루를 깐 듯한 모래 벌판에 서서
차익을 불러 영락 풀어주면서
"차익아, 그대는 이것 가지고
저 건척을 데리고 왕궁으로 돌아가라.
나는 출가하리라."
함께 출가하려고 차익은 원했으나

---

* 수미산의 일곱 금산金山의 하나.

왕자는 세 번이나 그 청을 물리쳤네.

머리털은 사문에 어울리지 않는다고
오른손에 칼 들고 왼손으로는
상투와 머릿수건 함께 쥐고 끊을 때,
두 손가락 길이의 머리털 남아
오른쪽으로 말려 붙어 있었네.
그 길이는 일생 통해 변하지 않았고
뒷머리와 수염은 깎지 않았네.

왕자는 그 상투와 머릿수건을 들고
공중에 던지면서 자신 있게 말하였네—.
"내가 성불하겠으면 공중에 머무르고
할 수 없으면 지상에 떨어져라."
그것은 1유순의 공중에 떠 있었네.

제석천은 하늘눈으로 그것을 보고
길이 1유순의 보함寶函에 받아 넣어
삼십삼천의 세계에 있는
계보주髻寶珠의 사당에 모셔두었네.

그 경전에는 이렇게 말하였다.
"좋은 향으로 쪼인 머릿수건을 끊어
제일인자는 공중에 던져올렸네.
천 눈을 가진 제석천은 머리를 숙여
금으로 만든 함函에 그것 받았네."

29. 와사瓦師의 우정友情

"가시국에서 나는 이 비단옷
사문인 내게는 맞지 않는다."
왕자가 이렇게 생각하고 있을 때
가섭 부처 때부터 왕자와 친한
와사瓦師라는 대범천大梵天은
변하지 않는 우정友情으로 생각하였네—.
"오늘 내 벗은 출가하러 나왔다.
나는 사문의 도구를 가져다주자."

그 경전에는 이렇게 말하였다.
"세 벌의 법의法衣와 또 바루와
삭도削刀 · 바늘 · 허리띠 · 물 거르는 베
이 여덟 가지 도구는
관행觀行 닦는 비구의 늘 쓰는 물건이네."

이 여덟 가지 사문의 도구를
와사는 가져와 왕자에게 바쳤네.

30. 건척의 슬픈 죽음

왕자는 아라한의 표장標章을 달고
최상의 사문의 옷을 입고는

"차익아, 왕궁으로 돌아가거든
나를 대신해 부왕父王께 문안하라."
차익은 예배하고 차마 떠났네.

왕자가 차익에게 하는 이야기를
건척은 곁에서 듣고 있다가
"아아, 나는 이제 두 번 다시는
우리 왕자님 뵐 수 없구나."

하염없이 걸어 돌아가다가
왕자의 모습이 보이지 않게 되자
슬픔에 겨워 가슴 터져 죽었나니
저 삼십삼천에 올라 그 이름 그대로
'건척' 이라는 천인이 되어 났네.

왕자와 이별한 하나 슬픔이더니
이제는 또 건척마저 죽었구나.
이 이중二重의 슬픔에 빠져 차익은
슬피 울면서 왕성으로 돌아갔네.

31. 왕사성王舍城에 들어가다

이 위대한 버림,
이 비장하고 숭엄崇嚴한 출가,
보살(왕자)은 이제 그것을 수행修行했네.

그 지방에 아노이라는 암바숲이 있었는데
보살은 거기서 이레를 지낸 뒤에
하루 30유순의 고달픈 길을 걸어
비로소 인연 따라 왕사성*에 들어갔네.

그 성 안에 들어가 걸식乞食할 때에
마치 미친 코끼리가 거기 들어온 때처럼,
아수라왕이 천인天人의 성에 들어간 때처럼
그 성 안 사람들은 큰 혼란 일으켰네.

관리들은 왕에게 아뢰었네.
"대왕님, 어떤 자가 행걸하는데
천인인지, 인간인지
용인지, 금시조인지
전연 알 수 없습니다."

왕은 고대高臺에 올라 보살을 바라보고
희귀하게 생각하고 명령하였네.
"너희들은 가서 조사해보라.
수상한 사람이면 성 밖으로 사라지리.
용이라면 땅 속을 헤치고 들어가리.
사람이면 얻은 음식 먹을 것이다."

여러 가지 얻은 음식 한데 버무린

---

* 중인도 마갈타국 고대의 수도.

바루를 들고 보살은 생각했네.
"더 많은 것 구태여 애써 구하랴?
이것이면 한 생명 유지하기 넉넉하다."

들어갈 때의 문으로 다시 나와
반다바라는 산기슭에서
동쪽을 향해 앉아 먹기 시작하였네.

그때 갑자기 오장五臟이 뒤틀리는 듯
먹은 음식 당장 입에서 도로 나오려 했네.
"싯다르타여,
물질은 어디까지나 물질일 뿐.
물질에 미추美醜가 있는 것 아니다.
마음에 염정染淨이 있을 뿐이다.
너는 사捨 바라밀을 수행하지 않았느냐?

너는 항상 음식이 풍성한 집에
3년이나 지난 향기로운 쌀밥에
갖가지 맛난 반찬 곁들여 먹는 집에,
그런 집에 호강스리 자라났었다.
그러면서 어떤 누더기옷 입은 사람을 보고
그를 부러워해 출가하지 않았느냐?
그런데 너는 지금 이 무슨 망상妄想이냐?"
이렇게 스스로 꾸짖으며 보살은 조용히 식사하였네.

관리는 이 모습 몰래 엿보고

왕에게 가서 본 대로 아뢰었네.

왕은 곧 성을 나가 보살을 보고
그 뛰어난 위의威儀에 감복하여
단박 그 왕위를 물려주려 하였네.

"대왕님 물질로 된 그런 영광은
번뇌의 씨, 고통의 근본
나는 그것 바라지 않소.
나는 최상의 보리를 얻기 위하여
지금 이렇게 출가한 것이오."
왕은 여러 가지로 간청했으나
보살은 끝내 물리치었네.

"당신은 반드시 성불하리다.
이 뒷날 부처 이룰 그때에는
부디 우리나라 먼저 찾아주시오."
왕은 이렇게 간청하고 보살은 승낙했네.

32. 두 선인仙人

보살은 그대로 여행을 계속하여
아라라가란, 우타라라마자
이 두 선인 찾아 선정을 배웠으나
그것은 보리로 가는 그 길이 아니었네.

그들을 하직하고 그곳을 떠나
인간 세계와 천상 세계에
자기의 힘과 정진 보이기 위해
다시 행각을 계속하였네.

우루빈라* 취락은 진정 살기 좋은 곳
거기는 장차 큰 도를 깨달은 곳.
보살은 그 곳을 안주安住의 땅으로 정해
목숨을 걸고 큰 정진에 들어갔네.

33. 다섯 선인

저 교진여를 우두머리로 하는
그 다섯 비구들도 출가한 뒤로
여러 곳을 다니며 행걸하다가
여기서 보살과 만나게 되었네.

그때부터 그들은 6년을 계속하여
보살이 몸을 잊고 정진하며 있는 동안
하마하마 성불할까 기다리면서
작은 일 큰 일의 시종이 되었었네.

---

* 중인도 가야국 남쪽에 있는 마을. 곧 석존이 처음 깨달은 불타가야를 말함.

34. 고행苦行

남이 할 수 없는 일 내가 하려면
남이 못 견디는 일 내가 견뎌야 하네.

극단의 고행
큰 정진에 들어간 보살,
하루에 쌀 한 알, 깨 한 알로 지내거나
아주 단식까지 하는 일도 있었네.
보다 못해 천인들이 그 털구멍으로
자양액滋養液을 넣어드리려 하였으나
보살은 그것마저 물리치었네.

그리하여 극도로 쇠약해진 보살
금색金色의 몸은 흑색黑色으로 변하였고
32의 대인상大人相도 사라져버렸었네.

어떤 때는 무식선無息禪을 닦고 있다가
큰 고통에 겨워 의식意識을 잃고
경행처經行處 한 끝에 쓰러져 누웠으면
천인들은 그것 보고 제각기 말하였네—.
"사문 구담은 이미 죽었다."
"이것은 아라한들이 흔히 하는 짓이다."

죽었다고 본 이는 정반왕께 나아가

왕자가 죽었다고 알리었으나,
왕은 그 말을 절대로 믿지 않았었나니—.
그것은 아사타 선인과 만났을 때와
잠부나무 그늘을 보았기 때문이네.

35. 고행을 버리다

보살이 6년 동안 고행한 것은
허공에 맺음을 맺으려는 것 같았나니
그것이 보리에의 길 아님을 안 보살
양분 있는 음식을 구해 먹었네.

서른두 가지 상호相好 본래대로 나타나고
온몸은 옛처럼 금빛으로 돌아왔네.

오군 비구들 저희끼리 빈정댔네—.
"6년 동안 피나게 고행하여도
일체지一切智를 얻지 못하였거니
지금 맛난 음식 찾아다니는 사람
어떻게 그것을 성취할 수 있으리?
우리가 저에게 기대를 가지는 것
그것은 마치 머리 감으려는 이가
저 이슬 방울을 기다리는 것과 같다."

그들은 매정하게 보살 등지고

모두 선인이 살던 동산으로 들어갔네.

36. 젖죽의 공양

그때에 우루빌라의 장군촌將軍村에는
세나니라는 장자 있었네.
그의 딸 선생善生은 한창 나이로
어떤 용수신榕樹神에게 기원祈願 걸고 있었네.

"내가 같은 혈통血統의 양가良家에 출가하여
첫아들을 낳으면 그 뒤로는
해마다 10만금金의 공물供物을 바치리다."

그녀의 기원은 마침내 성취됐나니
보살이 고행한 지 6년이 꼭 차던 날
그날은 비사카달의 보름이었네.

그녀는 그 동안 용수신에게 공양하려고
먼저 천 마리 암소를 장밀림杖蜜林에 놓아 먹여
그 젖을 5백 마리 암소에게 먹이고
그것을 다시
여덟 마리 암소에게 먹일 때까지
짙고 양분 많게 '젖바꿈'을 행하였네.

비사카달 보름날

아침 일찍이 공양을 올리려고
그녀는 날 새기에 앞서 일어나
여덟 마리 암소 젖을 짜게 하였네.

송아지는 암소 곁에 가지 않았고
새 그릇을 젖통 가까이 가져다 대면
젖은 저절로 흘러 그릇에 들어갔네.

이 불가사의한 광경을 보고
그녀는 그 젖을 새 그릇에 담고는
불을 피워 그것을 끓이기 시작했네.

그 젖은 많은 거품을 피워
오른쪽으로 자꾸 돌면서
한 방울도 그릇 밖에 떨어지지 않고
부엌에는 조금도 연기 일지 않았네.

그때에 네 사람의 호세천자護世天子는
번갈아가며 그 부엌을 지키고
대범천大梵天은 솥 위에 일산을 받쳐들고
제석천은 횃불 들어 불을 밝혔네.

천인天人들은 제각기 그 위력으로
마치 벌집을 짜서 꿀을 취하듯
사대주四大洲에 있는 영양營養 모조리 모아
남김없이 그 젖 속에 던져 넣었네.

그 불가사의한 갖가지 현상 보고
그녀는 그 몸종 푼나에게 말하였네.
"오늘은 우리 신님, 기분 매우 좋은가봐,
나는 이런 신기한 일 처음 보았다.
너는 가서 그 신님 계신 곳 보고 오라."

보살은 지난밤에 다섯 가지 큰 꿈 꾸고
오늘은 꼭 성불하자 결심하였네.

아침 일찍 일어나 옷 정돈하고
탁발 나갈 때를 기다리면서
그 용수 밑에 나아가 앉아
몸의 광명으로 그 주위를 비추었네.

푼나는 거기 나가 그 나무 밑에 앉아
동방을 바라보는 보살을 보고
또 나무 전체가 금색으로 된 것 보고
"오늘은 우리 신님 손수 공양 받으러
나무에서 내려와 앉아 계신다."
미칠 듯 기뻐하며 빨리 돌아가
그 사실을 선생에게 알려주었네.

선생은 이 말 듣고 기쁨에 겨워
처녀에게 알맞은 많은 화장품
기쁨의 선물로 푼나에게 주면서
"오늘부터 너는 내 딸이 되라."

보살로서 부처가 되는 날에는
고귀한 금바루가 있어야 했으므로
그녀 마음에 갑자기 금바루 생각났네.

그녀는 곧 금바루를 가져와
젖죽 담으러 솥뚜껑 열었을 때
젖죽은 물 속의 연꽃처럼 피어올라
바루 하나 가득히 옮겨 들었네.
또 하나 금바루로 뚜껑을 덮고
깨끗한 보자기로 그것을 쌌네.

그녀는 갖가지로 몸을 꾸미고
조심스레 그 바루 머리에 이고
빨리 용수 밑으로 나아갔나니
보살을 용수신으로 생각하였네.

한 번 보자 몸을 굽혀 앞으로 나가
바루를 내려놓고 뚜껑 연 뒤에
꽃향기 그윽한 금물병 들고
수줍음과 기쁨으로 그 앞에 서 있었네.

지금까지 보살 곁을 떠나지 않던
와사瓦師 대범천이 드린 그 흙바루
그 순간에 어디론가 사라져버렸나니
보살은 할 수 없어 오른손을 내밀었네.
젖죽의 금바루를 그 손에 놓자

보살은 비로소 선생을 보았네.

그제서야 선생은 입을 열었네—.
"내가 드리는 이 젖죽 받아주시고
가셔야 할 곳으로 마음대로 떠나시오.
내 발원 이렇게 이루어지듯
당신 원도 원만히 성취되시라."

37. 수욕水浴

보살은 그 나무를 오른쪽으로 돌고
금바루 들고 니련선 강 언덕으로 갔네.
거기는 수십만의 모든 보살들
최상의 보리를 얻는 날이면
목욕하는 선주善住라는 욕장浴場 있었네.
보살도 그 언덕에 금바루 두고
그 욕장에 내려가 목욕할 때에
몸과 마음의 때를 말끔 씻었네.

또 수십만이 입던 부처의 옷
그 아라한들의 표장標章 걸치고
멀리 동방을 향하여 앉아
그 젖죽을 익은 다라 열매만한
마흔아홉 개 경단으로 만들어
남기지 않고 모두 다 먹었나니,

그것은 부처 될 사람의 칠칠일七七日 동안
보리도장에서의 음식이었네.

칠칠일七七日 그 동안에 다른 먹는 것 없고
목욕도 세수도 대소변도 없이
오직 선정의 즐거움만 있었나니
그것은 음식 중의 최상의 음식이네.

38. 역류逆流의 기적奇蹟

보살은 그 젖죽을 다 먹은 뒤에
금바루를 강물에 던지며 말하였네—.
"만일 오늘 내가 부처 될 수 있으면
이 바루는 물결을 거슬러 올라가다 멎고
될 수 없으면 물을 따라 내려오라."

바루는 물결 끊고 거슬러 올라갔네.
강 복판으로 강 복판으로
빠른 말처럼 거슬러 달리다가
어떤 굽이진 곳에 잠기었나니.

거기 칼라 용왕의 궁전에 있는
과거 세 부처님이 쓰던 바루에
쨍그렁 쨍그렁 소리내며 부딪쳐
그 가장 밑에 들어 멈추었었네.

칼라 용왕은 그 소리 듣고
"어제도 한 사람 부처가 나오더니
오늘도 또 한 사람 부처가 나오는구나."
이렇게 수백 구句의 찬가讚歌를 읊었었네.

강가에 사리꽃이 활짝 피어 있었네.
보살은 그 속에서 낮을 보내고
황혼 되어 그 꽃이 떨어질 때에
하늘 사람들이 장식해 놓은 길을
마치 갓 일어난 사자의 거동으로
보리수菩提樹를 향하여
아아, 그 보리수를 향하여 걸어갔었네.

용 · 야차 등 여덟 신장神將은
천상의 향기로운 꽃을 받들고
천상의 음악 소리 울려 퍼지며
10천 세계는
하나의 향기,
하나의 화환,
하나의 갈채喝采 소리로 모두 변했네.

39. 사방을 관찰하다

그때에 길상吉祥이라는 풀 베는 사나이
그 맞은편에서 풀을 지고 오다가

보살을 보자 무엇을 알아차려서인지
여덟 옴큼의 풀을 보살에게 주었네.

보살은 그것 들고 보리도장菩提道場에 올라
최상의 보리를 이룰 만한 곳이
어디인가 살펴봤나니
앉는 방향도 함부로 앉지 않았네.

먼저 남방에서 북을 향해 섰을 때
남방의 큰 세계는 밑으로 가라앉아
무간지옥에까지 내려앉는 듯,
북방의 큰 세계는 위로 떠올라
유정천有頂天에까지 올라 닿는 듯,
거기는 보리 위해 적당한 곳 아니었네.

서방에서 동방을 향해 섰을 때
서방의 큰 세계는 밑으로 가라앉아
무간지옥에까지 내려앉는 듯,
동방의 큰 세계는 위로 떠올라
유정천에까지 올라 닿는 듯,
거리도 보리 위해 적당한 곳 아니었네.

북방에서 남방을 향해 섰을 때
북방의 큰 세계는 밑으로 가라앉아
무간지옥에까지 내려앉는 듯,
남방의 큰 세계는 위로 떠올라

유정천에까지 올라 닿는 듯,
거기도 보리 위해 적당한 곳 아니었네.

동방에서 서방을 향해 섰을 때
동방은 조금도 움직이지 않았네.
동방은 부처님네의 가부하여 앉는 곳,
모든 번뇌 결박을 벗어날 수 있는 곳.

보살은 그 풀 끝을 잡고 흔들어
그것은 곧 14주肘의 자리 되었네.
그 자리는 어떠한 화공畵工이나 도공陶工도
그대로 그리거나 만들 수 없는
견고하고 빛나는 금강좌金剛座였네.

40. 보살의 결심

보살은 보리수를 등뒤에 지고
동방을 향해 가부하고 앉을 때
그 마음 금강처럼 견고하였네.

"내 몸의 살과 피가 모두 마르고
힘줄이 끊기고 뼈가 부숴지더라도
최상의 정각正覺을 이루기 전에는
나는 이 가부좌를 풀지 않으리."
백 개 벼락 한꺼번에 떨어지는가?

꿈쩍 않을 가부하고 앉아 있었네.

41. 악마의 엄습

하나의 선善이
그것도 최고의 선이 이뤄지려 할 때는
거기에는 반드시 악이 따르네.

"싯다르타는 내 영역을 벗어나려 한다.
내 경계를 무너뜨리려 한다."
마라 천자는 마음魔音으로 중얼거리며
그 군사를 거느리고 몰려왔나니
좌우로는 12유순에 멀리 뻗쳤고
뒤로는 큰 세계의 끝에까지 이어졌네.

중얼대는 그 소리는 천 유순에 가득하여
대지가 찢어질 듯 울려 퍼졌네.
마왕은 산대山帶라는 코끼리 타고
천 개의 손에는 천 가지 무기 들고
그 권속들 손에 든 무기들도
모두 갖가지로 같은 것은 없었네.
그 얼굴 그 차림도 갖가지였네.

보살 주위의 10천 세계 천인들은
보살을 찬탄하는 노래 부르며

제석천왕은 그를 격려하면서,
한 번 불면 넉 달 동안 그치지 않는
승상勝上이라는 고동을 불고 있었네.

칼라 용왕은 백 구절 시를 지어
보살을 찬송하고
대범천은 흰 일산을 받들고 서 있었네.

보리도장으로 악마들이 몰려들어
그 무서운 얼굴들로 보살을 노려볼 때
그들은 모두 도망쳐 달아났네.

칼라 용왕은 땅 속을 파고들어
제 궁전에 돌아가 쓰러져 울고 있고,
제석천은 큰 세계의 끝까지 달아나
승상 고동을 등에 지고 서 있으며
대범천은 흰 일산 동댕이치고
범천 세계로 되돌아 달아났네.

오직 홀로 남은 보살
그러나 꿈쩍 않고 앉아 있었네.
수미산처럼 끄떡 않고 있었네.

그 권속들에게 마왕은 말하였네—.
"세상에서 이런 사람 처음 보았다.
맞싸울 수 없다. 저 뒤로 돌아가자."

사면이 모두 텅 빈 것 둘러보고
보살은 혼자 생각하였네.
"여기는 아무도 없다.
부모도 형제도 친척도 없다.
그러나 나는 쓸쓸하지 않나니
내게는 위대한 10바라밀이 있다.

이것은 내가 오랫동안 길러온 시자侍者,
이것을 창으로, 칼로 삼아 휘둘러
저 악마들을 쳐부숴야 한다."
보살은 우주의 한복판에 앉은 듯
10바라밀 회상하며 앉아 있었네.

42. 아홉 가지 시험

마왕은 최후로 아홉 가지 방법으로
앉아 있는 보살을 쫓아버리려 했네.

먼저 사나운 바람을 일으켰네.
사방에서 이는 바람
산을 무너뜨리고
뿌리째로 나무 뽑고
도시와 촌락들을 휩쓸어 눕히었네.
그러나 그 위력도 보살 곁에 와서는
법의法衣 자락 하나 까딱하지 못하였네.

다음에는 사나운 비를 쏟았네.
백 겹 천 겹의 갖가지 구름 일며
물동이 같은 큰 비가 쏟아졌네.
땅은 파이고
숲 끝에까지 물이 넘쳤네.
그러나 그 홍수도 보살 법의를
이슬 방울만큼도 적시지 못하였네.

그리고는 돌비를 일으키었네.
산봉우리들 모두 연기를 내고
불꽃 뿜으며 공중으로 날아왔네.
그러나 그것들도 보살 곁에 와서는
모두 다 천상의 꽃공으로 변하였네.

다음에는 어지러이 때리는 빗발,
외날 양날의 칼 · 창 · 삭도 등
연기 내고 불 뿜으며 공중으로 날아왔네.
그러나 그것들도 보살 곁에 와서는
모두 다 천상의 꽃으로 변하였네.

다음에는 뜨거운 숯비를 일으켰네.
빨간 빛깔의 숯이 공중으로 날아왔네.
그러나 그것들도 보살 곁에 와서는
모두 다 천상의 꽃으로 변하였네.

다음에는 뜨거운 재비(灰雨)를 일으키어

뜨거운 불빛 재가 공중을 날아왔네.
그러나 그것도 보살 곁에 와서는
전단향 가루 되어 흩어지고 말았네.

그리고는 모래비(沙雨)를 일으키었네.
아주 작은 수많은 모래알들이
연기 내고 불 뿜으며 공중을 날아왔네.
그러나 그것도 보살 곁에 와서는
천상에 반짝이는 금가루로 변하였네.

다음에는 진흙의 비를 일으켜
연기 내고 불 뿜으며 공중을 날아왔네.
그러나 그것도 보살 곁에 와서는
천상의 바르는 향으로 변하였네.

그리하여 최후로 큰 어두움 일으켰네.
네 가지 힘을 가진 그 어두움도
보살 곁에 와서는 말끔히 사라져
마치 새벽을 맞는 밤과 같았네.

마왕은 부하에게 명령하였네.
"저놈 쫓아버려라.
저놈 죽여버려라."

저는 코끼리 타고 큰 윤반輪盤 들고
보살 가까이 와서 말하였네.

"싯다르타여, 일어나라.
그 자리는 내 자리다."
"마왕이여, 너는 이 자리 범하지 말라.
너는 이 자리에 앉을 만한 수행 없나니
열 가지 최상의 바라밀도
열 가지 근소의 바라밀도
어떠한 이세행利世行도 보리행菩提行도
너는 수행한 일 전혀 없나니."

마왕은 그 분노 억누르지 못하여
보살을 향해 윤반 던졌네.
그 윤반은 천상의 꽃일산 되어
10바라밀을 되새겨 생각하는
보살의 머리 위에 멈추어 떠 있었네.

다른 마왕 권속들 이것 보고는
큰 돌산을 들어 보살에게 던졌네.
그러나 그것도 보살 앞에 와서는
아름다운 꽃공 되어 땅바닥에 뒹굴었네.

천인들은 큰 세계의 가장자리에 서서
목을 빼고
머리 들고
보살을 걱정하여 바라보고 있었네.

그제서야 보살은 마왕에게 물었네—.

"마왕이여,
누가 너의 보시행布施行을 증명할 수 있는가?"
마왕은 손을 들어 부하를 가리키며
"여기 이렇게 많은 증인이 있다."
"우리가 증인이다.
우리가 증인이다."
그 부하들의 외치는 소리
대지를 온통 찢는 듯하였네.

마왕은 보살에게 도리어 물었네.
"싯다르타여,
그대 보시행은 누가 증명하는가?"
"마왕이여, 너의 증인은
거짓말할 수 있는 인간들이다.
그러나 내 증인은 그렇지 않아
의식意識이 없는 이 대지大地이니라."

그때에 보살은 법의 안에서
손을 내어 대지를 가리키며 말하였네.
"대지여,
너는 내 보시행의 증인이 되라."
대지는 백의 소리, 천의 소리로
마군魔軍들을 압도하듯 웅얼거렸네.
이렇게 진실과 큰 공덕은
하늘과 땅에 사무치는 것이네.

43. 마군魔軍들 흩어지다

"싯다르타여, 그대는 옛날
최대 최상의 보시를 행하였다."
이렇게 보살이 자신에게 말하며
일체도一切度 때의 보시를 회상할 때
마왕의 코끼리는 무릎을 꿇고
장식과 옷 버리고 마군들은 달아났네.

"마왕은 패하고 보살이 승리했다.
우리는 모두 가서 축하의 공양 하자."
용은 용을 권하고 금시조는 금시조를
천인은 천인을, 범천은 범천을
서로 권하여 꽃과 향을 각기 들고
보리좌에 앉아 있는 보살에게로 왔네.

그 경전에는 이렇게 말하였다.
이것은 상서로운 이, 보살의 승리로서
그 악독한 마왕은 패배했다.
그 보리도장에서 기뻐하는 용들은
그때에 큰 선인의 승리를 외치었네.

"이것은 상서로운 이, 보살의 승리로서
그 악독한 마왕은 패배했네."
그 보리도장에서 기뻐하는 금시조들

그때에 큰 선인의 승리를 외치었네.

"이것은 상서로운 이, 보살의 승리로서
그 악독한 마왕은 패배했네."
그 보리도장에서 기뻐하는 천인들
그때에 큰 선인의 승리를 외치었네.

"이것은 상서로운 이, 보살의 승리로서
그 악독한 마왕은 패배했네."
그 보리도장에서 기뻐하는 범천들
그때에 큰 선인의 승리를 외치었네.

44. 큰 깨침

아직 해가 서쪽에 기울기 전에
보살은 마군들을 쳐부수었네.
법의法衣 위에 드리워진 보리수의 새싹도
산호빛 그 잎들도 축하드렸네.

보살은 초저녁에 숙주지宿住智* 얻고
밤중에는 하늘눈이 트이었으며
새벽에는 연기성緣起性을 관찰했나니—.

* 전생 일을 아는 지혜.

"이것이 있으므로 저것이 있고
이것이 생기므로 저것이 생긴다.
이것이 없으므로 저것이 없고
이것이 멸하므로 저것이 멸한다."

이 열두 단계의 연기양식緣起樣式을
전후前後로 역순逆順으로 관찰할 때에
이 10천 세계는 바다 끝까지
열두 번으로 진동하였네.

동쪽 하늘 찬연燦然히 동이 틀 때에
10천 세계 큰 소리로 웅얼댔나니
보살은 일체 지혜 오롯이 얻고
온 세계는 하나로 장엄 되었네.

동쪽 세계 끝의 당번幢幡의 광명
서쪽 세계의 끝까지 이르고
서쪽 세계 끝의 당번의 광명
동쪽 세계의 끝까지 이르렀네.

남쪽 세계의 것은 북쪽 세계 끝까지,
북쪽 세계의 것은 남쪽 세계 끝까지,
대지의 것은 범천 세계 끝까지,
범천 세계의 것은 대지 끝까지,
이렇게 온 세계는 '빛' 하나이었네.

1만 세계의 꽃피는 나무들은
아름다운 꽃 모두 피었고
열매 맺는 나무들 열매를 맺어
큰 열매의 짐을 지고 있었네.

줄기에는 줄기의 연꽃이 피고
가지에는 가지의 연꽃이 피며
덩굴에는 덩굴의 연꽃이 피고
공중에는 드리운 연꽃이 피며
땅에서는 튼튼한 반석을 뚫고
일곱 개씩 연꽃이 솟아나왔네.

그리하여 이 10천 세계는 마치
돌려서 던져올린 꽃공 같기도 하고
잘 펼쳐진 꽃자리와도 같았네.

큰 세계의 저 깊은 속에는
8천 유순의 중간 지옥이 있어
일곱 개의 해로도 비출 수 없었거니
이제는 하나 '빛' 으로 비추어졌네.

8만 4천 유순의 깊은 바다도
그 물맛이 모두 단맛으로 변하였고
강물들은 모두 흐름을 그치었네.

장님은 빛을 보고

귀머거리는 소리 들으며
앉은뱅이는 걸음을 걷고
사슬과 차꼬들 다 부숴졌네.

이런 한없는 상서와 장엄으로
10천 세계는 축하하는 뜻 표하고
온갖 불가사의가 나타나는 동안에
보살은 일체의 지혜를 얻고
모든 부처가 반드시 부르는
감격의 게송을 이렇게 읊었네—.

“이 집(몸) 지은 이 찾고 찾으며
그래도 그를 발견하지 못하고
얼마나 많은 생生을 돌아다니며
한없는 괴로움의 생사를 겪었던가?

집 지은 이여, 너는 이제 잡혔나니
이제 다시는 이 집 짓지 못하리.
너의 서까래는 다 부러졌고
도리와 들보는 다 무너졌네.
열반에 이르른 이 마음에는
그 어떤 욕망도 다 없어졌네.”

3. 그의 유행과 기원정사의 건립

— 가까운 인연 이야기

성도成道한 뒤로부터
기원정사祇園精舍의 건립에 이르기까지의 이야기

1. 첫 이레

일체의 지혜 얻고
감격의 시 읊으며
앉아 있던 부처님 생각하였네—.
"나는 이 자리를 얻기 위하여
4아승지 10만 겁 동안
그 생사 세계를 돌아다녔다.

화려하게 장식한 머리를 베어
남에게 준 일이 있는가 하면
검은 약으로 화장한 눈을 빼고
심장의 살을 찢어 준 일도 있다.

'자리'* 왕자와 같던 내 아들

* 《전생 이야기》 제547 참조.

'캉하지나'* 왕녀와 같던 내 딸
'맛디'** 왕비와 같던 내 아내를
종으로 남에게 보낸 일도 있었다.

이 자리는 내 승리의 자리,
최고요 최상의 자리,
여기 앉아 내 생각의 열매가 익었나니
나는 이 자리에서 일어나지 않으리."
그리하여 해탈의 즐거움을 누리면서
이레 동안 이 자리에 앉아 계셨네.

2. 둘째 이레

천인들 중에는 아직도 부처님이
그 자리에 집착한다 걱정하는 이 있어
부처님은 그들 걱정 풀어주기 위하여
공중에서 두 가지 신통 나타내었네.

동쪽으로 조금 나와 북쪽을 향해 서서
"나는 이 자리에서 일체지를 얻었다."
이레 동안을 눈도 깜짝이지 않고
그 자리를 물끄러미 바라보고 계셨나니
그 뒤로 사람들 그 자리를 이름하여

---

* 《전생 이야기》 제547 참조.
** 《전생 이야기》 제547 참조.

'눈 깜짝이지 않은 사당' 이라 하였네.

3. 셋째 이레

서 계셨던 그 자리와 보리좌의 사이에
보배로 동서東西의 경행처經行處를 만들고
거기 거닐으시며 또 이레 지내셨네.
그 뒤로 사람들 그 장소를 이름하여
'보배의 경행처의 사당' 이라 하였네.

4. 넷째 이레

천인들 의논하고 보리수 서북쪽에
장엄한 '보배의 집' 을 지었네.
부처님은 가부하고 그 집에 앉아
중생들을 열반으로 이끌 법 생각하고
모든 것의 근본 되는 아비담* 상고하며
거기서 또 이레 동안 지내셨네.
그 뒤로 사람들 그 집을 이름하여
'보배의 집의 사당' 이라 하였네.

---

* 부처님이 말씀하신 경을 풀이한 논장論藏.

5. 다섯째 이레

보리수 부근에서 네 이레를 지내고
다섯째 이레에는 용수榕樹 밑으로 갔네.
거기서도 깊은 법을 명상하고 사색하면서
해탈의 즐거움으로 앉아 계셨네.

6. 마왕의 낙담落膽

마왕은 낙담하여 생각하였네—.
"가비라위 성을 떠난 뒤부터
나는 끊임없이 그를 따라다니며
그 허물 찾았으나 발견하지 못했나니
저 사람은 내 영토를 이미 벗어나 있다."

그는 길가에 앉아 그 원인 생각하며
땅바닥에 열여섯 개의 표를 그었네—.
"나는 보시 바라밀을 수행하지 못하였다.
그러므로 저 사람처럼 되지 못한다."
그리고는 땅바닥에 표 하나를 그었네.

"나는 또 저 사람처럼
호계 바라밀과 출리 바라밀
지혜 바라밀과 정진 바라밀

감인 바라밀과 진실 바라밀
자 바라밀 사 바라밀 수행하지 못하였다.
그러므로 저 사람처럼 되지 못한다."
그리고는 열째 표를 땅바닥에 그었네.

"나는 또 이승 저승 사람들의
감정을 아는 지혜 얻지 못했다.
그러므로 저 사람처럼 되지 못한다."
그리고는 열한째의 표를 그었네.

"나는 또 사람들의
의지意志와 성향性向을 아는 특별한 지혜
대자정지大慈定智, 쌍신용지雙神通智
무애지無碍智와 일체지一切智를 얻지 못했다.
그러므로 저 사람처럼 되지 못한다."
그러므로 열여섯째의 표를 그었네.

심은 종자 없이 그 열매를 거두려는
그는 이렇게 부질없고 미련했네.

7. 마녀魔女들의 유혹

그때
애愛 · 혐오嫌惡 · 염染
이 세 사람의 마왕의 딸은

그 아버지 찾아 나가 돌아다니다
근심에 잠긴 채 길가에 앉아 있는
그 아버지 보고 그녀들은 물었네—.
무엇 때문에 그처럼 괴로워하는가고.

"아기들아,
저 사문은 내 영토를 벗어나 있다.
나는 오랫동안 그 허물 찾았으나
끝내 털끝만큼도 발견하지 못하였다."

그녀들은 그 아버지 걱정 말라 하고
부처님을 유혹해 데려온다 하였네.

"그를 유혹할 이 아무도 없다.
그는 움찍 않는 신념信念에 안주安住해 있다."

"아버지, 그러나 우리는 여자.
애욕의 밧줄로 묶어 오리다."

그녀들은 갖가지로 아름답게 꾸미고
부처님 앞에 가서 교태嬌態 부리며
그 곁에서 모시어 시중들자 하였네.

부처님은 그 말을 들은 척도 않으시고
눈을 거들떠보려 하지도 않으셨네.
위 없는 경지境地에 그 마음 해탈하여

열반의 즐거움에 앉아 계셨네.

"남자들 성미란 가지각색……."
그녀들은 이렇게 생각하고는,
소녀, 처녀, 중년 여자, 또 노년 여자
아이 한 번 낳은 여자, 두 번 낳은 여자…….
이렇게 갖가지의 여자로 변화하여
여섯 번이나 부처님을 유혹하였네.

"물러가라, 너희들 부질없는 짓 말라.
내게는 이미
탐욕도
분노도
우치도
다 없어졌다."

그리고 부처님은
다음 시를 읊으셨네.

"이미 승리한 이에게는 아무도 이길 수 없네.
그 승리에는 이 세상 아무도 간여할 수 없나니
이렇게 가는 곳 없고 자취 없는 부처를
그 누가 어떤 길로 이끌어가려 하는가?

그 그물, 그 욕망, 그 애정
어디서도 이런 것들 찾아볼 수 없나니

이렇게 가는 곳 없고 자취 없는 부처를
그 누가 어떤 길로 이끌어가려 하는가?"

"선서善逝*는 이 세상의 아라한이다.
애욕으로 유혹하기 어려운 사람이다."
부질없는 여자의 교만 꺾이어
그녀들은 부끄러이 흩어져 돌아갔네.

8. 여섯째 이레

용나무 밑에서 이레 동안 지내고
그 다음에 부처님은 문린타로 가셨네.
거기서 비를 만나 날씨가 추웠으나
문린타 용왕은 그 몸을 움츠려
부처님을 일곱 겹 감쌌으므로
부처님은 마치 향실香室 안에 계시듯
해탈의 즐거움으로 이레를 지내셨네.

9. 일곱째 이레

부처님은 다시 왕처수王處樹 밑에 가시어
거기서도 해탈의 즐거움 누리시며

* 부처님 열 가지 이름 중 하나.

이레 동안을 앉아 계시었나니
이로써 칠칠일七七日을 모두 채웠네.

부처님은 그 49일 동안을
세수도 대소변도 공양도 하지 않고
오직 법의 즐거움 누리며 지내셨네.

칠칠일七七日의 마지막 날 제석천왕은
약과藥果를 가져와 부처님께 바치어
부처님은 그것으로 대소변 통하셨네.

제석천왕은 다시
나가나무 칫솔과 세숫물을 바치어
부처님은 그것으로 양치하고 세수하고
다시 왕처수 밑에 앉아 계셨네.

10. 제리부사와 발가리의 공양

그때
제리부사와 발가리라는 두 상인商人은
욱카라 지방에서 5백 대 수레 끌고
중부 지방으로 가는 도중이었네.

그의 친족이었던 하늘 사람들
그 수레를 세우고

"부처님께 공양하라."
그들에게 권하였네.

그들은 미숫가루와 밀환蜜丸 받들고 와서
"세존이시여, 자비스런 마음으로
저희들의 이 공양 받아주소서."
부처님에게 간절히 사뢰었네.

부처님은 일찍 젖죽 받을 때
그 바루 어디론가 자취를 감췄기에,
여래는 손으로 받는 법 아니거니
어떻게 그것을 받을까 생각했네.

네 천왕은 부처님의 이 마음 알고
청석보주青石寶珠로 만든 값진 바루를
사방에서 가져와 부처님께 바치었네.
그러나 부처님은 그것 다 물리쳤네.

다음에는 채두菜豆 빛깔의 돌로 만든
네 개의 바루를 받들고 왔네.
부처님은 그들을 귀엽게 여겨
그것 받아 포개놓고 명령하셨네—.
"하나가 되라."

그 가장자리에 붙었던 흔적 남고
그 중간 것 크기의 하나 바루 되었네.

부처님은 그 바루로 공양하시고
그들에게 고맙다는 말씀하셨네.

그들은 부처님과 그 법에 귀의하여
이귀의二歸依를 부르고 신사信士 되었네.
그리고 그들은 그 일생 동안
받들어 지닐 물건 부처님께 청하여
부처님은 오른손으로 머리털 뽑아
손수 그들에게 기념물로 주셨네.

그들은 제 고향에 돌아가서는
그 기념물 봉안奉安하고 탑을 세웠네.

11. 범천梵天의 권청勸請

부처님은 다시 용수 밑에 앉으시어
스스로 체득體得하신 그 미묘한 법을
몇 번이고 되풀이해 생각하셨네.

과거 부처님네의 그 풍습風習처럼
남을 위해 설법할 일 그만두시고
그대로 열반에 들 생각이 나셨네.
그것은 그 법이 너무 깊고 미묘해
남이 이해하지 못할 것 같아서이네.

이 사바 세계의 주인 대범천은 생각했네—.
"이것은 큰일이다. 이것은 큰일이다.
이 세상이 장차 멸망하려 한다."
1만 세계의 천인들을 데리고
부처님께 나아가 설법하기 청하였네.

만일 그때 부처님 설법하지 않았다면
이 세상은 지금 어떻게 되었을까?

12. 첫 설법

그때 부처님은 생각하셨다.
"나는 먼저 누구에게 설법해야 할까?
저 아라라가란은 현명한 사람
그는 아마 이 법을 빨리 이해하리라."
그러나 부처님은 다시 관찰하시고
그는 이미 이레 전에 죽은 줄을 아셨네.

다시 우타라 · 라마자 생각하다가
그도 이미 전날 밤에 죽은 줄을 아셨네.

"저 다섯 비구는 늘 나를 도왔다.
그들은 지금 어디 있는가?"
부처님은 다시 관찰하시고
그들은 지금 저 바라나시의

사슴 동산에 있는 줄을 아셨네.

며칠 더 보리도장 주위를 탁발하고
아사타달 열나흘 이른 아침에
가사 입고 바루 들고 길을 떠나
그날 황혼 사슴 동산에 도착하셨네.

다섯 비구는 부처님 오시는 것 보고
저이들끼리 이렇게 약속하였네—.
"법우法友들이여, 저 사문 구담은
호강스런 생활에 몸은 살찌고
옛날 황금색으로 되돌아갔다.
우리는 저에게 예배할 수 없다.
타락은 하였으나 왕가王家의 출신
자리만은 마련해주기로 하자."

부처님은 천상 인간 모든 중생의
그 마음을 아시는 지혜 있기에
그들의 마음 미리 아시었네.

그리고 천상 인간에 두루 사무치는
그 인자한 마음보다 더욱 알뜰한
인자한 마음의 큰 깃을 펼쳤네.

그들은 부처님의 마음에 감촉되어
아까의 약속들을 모두 잊은 듯

나아가 맞이하고 예배하였네.
그러나 부처 된 줄 모르는 그들
'구담이여' 라고 부르기도 하였고
'벗이여' 하고 이야기도 하려 했네.

부처님은 그들에게 말씀하셨네—.
"비구들이여,
여래의 이름 부르지 말라.
'벗이여' 라고 부르지 말라.
비구들이여
나는 정각자正覺者 부처이니라."

그들이 마련한 자리에 앉아
모여 온 1억 8천만 대범천들과
그 다섯 비구를 위하여
전법전경轉法轉經을 말씀하셨네.

그 다섯 비구 중의 교진여 장로만은
그 설법 듣고 지혜를 얻어
범천들과 함께 예류과預流果에 들었네.

13. 무아상경無我相經

부처님은 거기서 안거安居에 드시어
날마다 네 사람씩 탁발 보내고

한 사람씩 가르쳐 예류과 얻게 한 뒤
분월分月의 5일*에는 무아상경無我相經 말씀하여
그들 모두 아라한과 얻게 하셨네.

14. 야사의 귀불歸佛

어느 날 밤 야사라는 어떤 양가良家의 아들
이 세상이 싫어져 집을 나왔네.
부처님은 그가 비구 될 끈기 있음을 보고
"잘 오라 비구여." 하고 불러들이어
그 밤에 그를 예류과 얻게 하고
이튿날은 아라한과 얻게 하셨네.

또 그의 친구 54인도
"잘 오라 비구여." 하고 법에 의하여
그들을 출가시켜
모두 아라한과 얻게 하셨네.

그리하여 이 세상에
64인의 아라한 생겼을 때
부처님은
우안거雨安居를 마치고 자자自恣**를 행한 뒤에

---

* 음력의 한 달을 둘로 나누어 전반前半을 백분白分, 후반後半을 흑분黑分이라 한다. 그러므로 분월의 5일은 백분으로 5일이 되고 흑분으로는 20일이 된다.

** 우안거를 마치는 날에 자진하여 자기 죄를 지적해달라고 동료에게 청하는 의식.

그들을 보내며 말씀하셨네.
"비구들이여,
지금부터는 나가 천하에 포교布教하라.
포교하되 한 사람씩 따로따로 다녀라."

그리고 부처님은
우루빈라숲으로 향하시었네.

15. 현명한 청년들의 귀불歸佛

우루빈라숲으로 가시는 도중
현명한 청년들 30인을 가르쳐,
그 중에 어린이는 예류과 얻게 하고
제일 위의 사람은 불환과不還果에 들게 한 뒤,
그들 모두 출가시켜 포교하러 보내고
자신은 우루빈라로 바로 가셨네.

16. 가섭의 귀불歸佛

우루빈라숲에는 결발외도結髮外道로
천 명의 제자들을 거느리고 사는
우루빈라 가섭의 3형제가 있었네.

부처님은 그들에게 신통을 보이시고

“잘 오라 비구여”의 법으로 출가시켜
다시 ‘연소방편燃燒方便의 설법’에 의해
모두 아라한과를 얻게 하셨네.

17. 빈바사라왕의 귀불歸佛

빈바사라왕과의 약속을 지키려고
부처님은 천 명의 아라한 거느리고
왕사성 부근의 장림杖林으로 가시었네.

왕은 장림의 동산지기로부터
부처님이 오셨다는 말 전해듣고
12만 바라문과 거사 데리고
동산으로 친히 나와 마중하였네.

발등은 수레를 새겨 붙인 것 같고
황금의 일산처럼 광명을 내는 발 앞에
머리를 땅에 대어 예배한 뒤에
왕은 물러나 한쪽에 앉았었네.

바라문과 거사들은 의심하였네—.
“저 사문이 가섭의 제자인가?
우루빈라 가섭이 저 사문의 제자인가?”

부처님은 그들의 마음 아시고

그 가섭에게 게송으로 물으셨네—.
"장로여, 그대는 고행자, 교회사敎誨師인데
무엇을 보고 화신火神을 등졌는가?
가섭이여, 나는 이제 그대에게 묻노니
그대는 어찌하여 불 섬기기 버렸는가?"

가섭도 게송으로 부처님께 답하였네—.
"빛깔과 소리와 또 그 맛과
온갖 욕심과 여자를 공희供犧라 하네.
물질에는 이런 더러움 있음 깨닫고
공희와 제사에 집착 않고 버렸네."

가섭은 이렇게 게송을 읊은 뒤에
또 그가 부처님의 제자임을 알리려고
부처님의 발등에 머리 대고 말하였네—.
"세존님,
세존님은 제 스승
저는 세존님 제자."

이 말 마치고 한 다라나무 높이
두 다라나무 높이
세 다라나무 높이
일곱 다라나무 높이의 공중으로
일곱 번 올라갔다 다시 내려와
부처님 발에 예배하고 한쪽에 앉았었네.

이 광경 보고 사람들 말하였네—.
"부처님은 얼마나 큰 신력 있고
얼마나 뛰어나 지혜 있기에
저런 가섭도 그 제자라 자칭自稱하는가?
가섭도 이제는 그 교화 받아
삿된 소견의 그물을 벗어났다."

부처님은 다시 사제四諦*를 말씀하여
왕과 바라문들은 예류과 얻고
남은 사람들 모두 신자信者 되었네.

왕은 그 자리에서
부처님께 귀의하고
내일의 공양에 초대한 뒤에
자리에서 일어나 예배하고 떠났네.

18. 왕사성 백성들의 배불拜佛

그 이튿날
왕사성의
1억 8천만 사람
아침 일찍부터 부처님 뵈오려고
왕사성에서 장림으로 몰려들었네.

---

* 괴로움, 그 원인, 그것이 없어진 상태, 그곳으로 가는 길.

3가부타의 길에 사람들 가득하고
장림 동산에도 어디나 빈틈없어
어떤 축제일祝祭日처럼 붐비었나니
한 사람의 비구도 나갈 길이 없었네.

19. 제석천이 길을 틔우다

그처럼 혼잡 일으키었으므로
부처님은 왕의 초대에 가기 어려워
제석천의 앉은 자리 따뜻해졌네.

제석천은 관찰하여 그 까닭 알고
청년의 모습으로 몸을 변하여
삼보찬가三寶讚歌 부르며 부처님 앞에 내려
그 위신의 힘으로 길을 틔웠네.

"유화柔和한 사람, 유화로 해탈하여
원래 결발행자結髮行者였던 사람과 함께
황금으로 장식한 금빛 세존은
지금 왕사성으로 들어가시네.

이탈離脫한 사람, 이탈로 해탈하여
열 가지 바라밀을 완전히 닦아
황금으로 장식한 듯 금빛 세존은
지금 왕사성으로 들어가시네.

도탈度脫한 사람, 도탈로 해탈하여
열두 가지 인연법 밝게 깨치어
황금으로 장식한 듯 금빛 세존은
지금 왕사성으로 들어가시네.

십주十住, 십력十力 갖추고 십법十法을 이해하며
열 가지 무학법無學法을 이루신 세존
일천 사람들의 호위 받으며
지금 왕사성으로 들어가시네."

이런 게송으로 부처님 찬탄하며
그는 맨 앞에 서서 길 틔웠나니
그 존엄한 모습 보고 모두들 속삭였네—.
"이 청년은 실로 아름다와라.
이 청년은 어디서 온 사람인가?
또 이 청년은 누구의 아들인가?"

청년은 이 말 듣고 다음 게송 읊었네.
"위대한 사람 어디서나 유화하고
누구보다 뛰어난 깨달은 사람
일체의 지혜 몸소 얻은 이,
나는 이 부처님의 그 시복侍僕이네."

부처님은 제석천이 틔우는 길을 따라
1천 비구 데리고
왕사성으로 들어가셨네.

20. 죽림원竹林園의 희사喜捨

빈바사라왕은
부처님과 비구들에게 큰 보시 행한 뒤에
"세존이시여,
나는 이제 삼보三寶 없이 살아갈 수 없습니다.
나는 항상 부처님께 예배하리다.
이 장림 동산은 너무 멉니다.

내게 죽림竹林이라는 동산 있나니
그다지 멀지 않고 오가기도 편하며
부처님 계시기에 꼭 알맞은 곳
그 죽림원을 받아주소서."

왕은 금병에서 꽃향기 쏘인
보주寶珠 빛깔의 물을 부처님 손에 쏟고
죽림원을 희사喜捨하는 예를 행했네.

부처님이 승낙하고 그것을 받으시자
부처의 법의 뿌리 내렸다 하여
이 대지는 크게 한 번 진동하였네.
대지를 진동시켜 받은 것으로
이 염부제에서는 이것뿐이네.

21. 사리불과 목건련의 귀불歸佛

그때
사리불과 목건련
이들 보행普行 사문은
현철한 소질과 뛰어난 재능으로
왕사성 부근에 살고 있었네.
불멸不滅의 열반을 구하며 있었네.

사리불은 일찍이 탁발하러 온
아설시 설법 듣고 예류과를 얻었고
목건련은 사리불에게서 그 법을 듣고
그도 또한 단박 예류과를 얻었었네.

그들은 그들 스승의 승낙을 얻어
그들의 제자들을 각기 이끌고
부처님께 나아가 출가하였네.

목건련은 이레 만에 아라한이 되었고
사리불은 반 달 만에 아라한이 되었네.
그리하여 부처님은 그 두 사람을
우두머리 제자의 지위에 세우셨네.

22. 정반왕淨飯王의 애탐

그때에 정반왕은 처음으로 들었네—.
“그 아들이 6년 동안 고행 마치고
최고 최상의 일체의 지혜 얻어
위대한 광명의 법바퀴를 굴리며
왕사성 죽림원에 머무른다.”고.

그는 한 대신 불러 분부하였네.
“그대는 천 사람의 부하 데리고
왕사성으로 가서 내 말 전하라.
아버지는 그 아들 보고 싶어한다고.
그리고 그 왕자를 데리고 오라.”

그는 왕의 분부대로 천 사람 거느리고
급히 60유순의 길을 떠났네.

부처님이 사부대중四部大衆 가운데 앉아
그들을 위해 설법하고 계실 때,
가만히 들어가 뒷좌석에 앉아
설법 들으며 왕의 명령 잊었네.

그는 데리고 간 천 사람들과 함께
그 자리에서 이내 아라한 되어
부처님께 출가하기 청하였을 때

부처님은 손을 내어 말씀하셨네.
"잘 오라, 비구들이여."

그 순간 그들은 다
신통으로 나타난 가사 입고 바루 들고
그 위의는 백 살 먹은 장로 같았네.
그리하여 부처님께 전해야 할
왕의 전갈은 깜빡 잊고 있었네.

한편으로 왕은 어떠했던가?
돌아오는 사람 없고 소식도 없어
또 한 사람의 대신을 보내었네.
그러나 그도 또한 앞사람처럼
함께 간 사람들과 아라한 되어
그 법의 즐거움에 만사 잊고 있었네.

이렇게 왕은 아홉 대신 보냈으나
그들은 거기서 제 일 마치고
감감 소식 없이 살고 있었네.

23. 가루다이의 출가

왕은 애가 탔네.
그리고 생각하였네.
"이들은 너무 야속하구나.

내게 애정이 그처럼 없었던가?
누가 이 고민을 풀어줄 수 있을까?"

왕은 궁정宮廷 안을 두루 둘러보았네.
거기 가루다이가 눈에 띄었네.
그는 왕과도 친하거니와
왕을 위하여 온갖 일에 힘썼고
또 왕의 신뢰信賴도 두터웠었네.

거기다가 부처님과는 같은 생일이어서
부처님이 왕자로 있을 때는
소꿉장난한 어린 벗이었었네.
왕은 그를 불러 하소하였네.
"가루다이여,
나는 왕자 보고 싶어 9천 사람 보냈으나
그 소식 알려주는 한 사람 없다.
사람의 목숨이란 아침 저녁 모르는 것
나는 살아서 왕자를 보고 싶다.
너는 나를 왕자와 만나게 하라."

그는 왕의 편지 갖고 왕사성으로 갔네.
맨 뒷자리에 서서 부처님 설법 듣고
그들과 함께 아라한 되었나니
"잘 오라, 비구여."
부처님 말씀 따라 그도 출가하였네.

24. 가루다이의 권유勸誘

부처님은 처음으로 성도成道하신 뒤
사슴 동산에서 첫 안거 마치시고
우루빈라에서 3형제 교화하고
그 다음에 왕사성으로 오시었으니
바라나를 떠난 지 5개월이라
이제 한랭기寒冷期는 아주 떠났네.

우다이도 거기 온 지 이미 7, 8일
박구나달 보름날에 생각하였네.
“이제 겨울 지나고 봄이 되었다.
어디로 가나 길은 트이어 있다.
대지는 푸른 풀에 덮이어 있고
숲에는 고운 꽃들 피기 시작하나니
부처님도 친족에게 호의를 보일 때다.”

그는 부처님께 가서 시를 읊었네.
“잎을 버리고 열매를 구하던 저 나무들
이제는 붉은 빛 띠고
불꽃처럼 빛나거니
대웅大雄님, 이제는 법미法味를 나눌 때이네.

너무 춥지도 않고 덥지도 않으며
걸식하기 어렵잖고 주리는 일 없으며

대지는 풀과 나무에 푸르렀나니
무니여, 지금이 바로 여행할 때이네."

이런 50구절의 아름다운 시로
부처님이 고향으로 돌아가도록
그는 그 여행을 찬양하였네.

25. 부처님 가비라위 성으로 가시다

부처님은 이 시 듣고 말씀하셨네—.
"우다이(가루다이)여,
그대는 왜 그처럼 여행을 기리는가?"

그 아들을 간절히 만나고 싶어하는
그 아버지 마음이 어떠할까고
우다이는 부처님께 하소하였네.
"친족에게 호의를 보이시라"고.

"우다이여, 좋다. 네 말을 따라
나는 친족에게 호의를 보이리니
너는 비구들에게 이 사실을 전하라.
그들은 모두 떠날 준비하리라."

부처님은 마갈타와 가비라위의
양가良家의 자제 2만을 거느리고

왕사성에서 2개월 예정으로
60유순 가비라위 길을 떠났네.

26. 정반왕의 공양

부처님이 떠나신 일 왕에게 알리려고
우다이는 공중을 날아 왕궁에 나타났네.
왕은 기뻐하여 자리에 앉히고는
왕을 위해 준비한 맛난 음식을
우다이의 바루에 담아주었네.

우다이가 일어나 떠나려 할 때
왕은 만류하며 먹고 가라 하였네.
우다이는 왕에게 대답하였네.
"세존님 곁에 가서 먹으렵니다."

"부처님은 지금 어디 있는가?"
"부처님은 지금 2만 제자 거느리고
대왕님 만나러 떠났습니다."

"그대는 우선 여기서 공양하고
왕자가 여기까지 오는 동안은
여기서 그 음식 운반해달라."

왕은 우다이를 공양한 뒤에

가루향 피워 바루 쪼이고
가장 맛난 음식 담아주면서
부처님께 드리라 당부하였네.

그때에 우다이는 여러 사람 앞에서
그 바루를 공중에 던져올리고
그도 그 바루 따라 공중을 날아가서
부처님 손에 바루 드리어
부처님은 그것 받아 공양하셨네.

그리하여 우다이는 날마다 운반하고
부처님은 도중에서 왕의 공양 받았네.

부처님이 공양을 마친 뒤에는
우다이는 날마다 왕에게 날아와
"오늘은 어디쯤, 오늘은 어디쯤."
부처님의 여정을 알려주었네.

그리고 우다이는 뛰어난 말솜씨로
부처님의 덕상德相을 못내 찬양해
왕족들 아직 부처님 보기 전에
깊은 신앙심 품게 하였네.

그러므로 부처님은 말씀하셨네—.
"비구들이여, 내 제자들 중에서
재가신사在家信士 만들기 제일인자는

바로 저 우다이"라 칭찬하시고
그를 첫째 자리에 세우시었네.

27. 석족釋族들의 부처님 맞이

부처님이 도착하자 석족釋族 사람들
그 친족의 위인을 보려고 모여
부처님의 계실 곳 협의할 때에
석가족의 용수榕樹 동산 결정하였네.
거기에 온갖 준비 모두 마치고
향과 꽃 손에 들고 마중 나왔네.

아름답게 장식한 소년 소녀 앞서고
그 다음에는 왕가 자녀 따르고
또 그 다음에는 석가 종족 사람들
향과 꽃을 드리며 부처님 인도하여
그 용수 동산으로 들어갔나니,
부처님은 2만의 아라한에 둘러싸여
화려하게 꾸며진 자리에 나아갔네.

28. 기적에 놀란 석족들

석족들의 성질은 원래 교만해
그때 그들은 모두 생각하였네.

"싯다르타는 우리보다 나이 어리다.
내 아우 뻘, 조카 뻘, 손자 뻘, 아들 뻘이다."
그리하여 젊은이들에게 그들은 말하였네.
"너희들은 그에게 경례하여라.
우리는 너희 뒤에 앉아 있으리."

부처님은 그들의 생각 아시고
그 교만한 마음 고쳐주려 하였네.
먼저 신족통정神足通定에 드셨다가
거기서 다시 나와 공중에 올라
발의 흙을 그들 머리에 떨어뜨리려 했네.

왕은 그 광경 보고 부처님께 말하였네.
"세존이시여, 당신이 탄생한 날
아사타 선인에게 예배시키려
그의 곁으로 데려갔을 때
당신 발이 그 머리에 있는 것 보고
나는 당신 발에 예배했나니
그것이 내 첫 번째 예배이었네.

그 다음에는 파종식이 있던 날
염부수 그늘에 당신이 앉았을 때
그 나무 그늘 정지해 있음 보고
나는 당신 발에 예배했나니
그것이 내 두 번째 예배이었네.

그리고 지금까지 본 적이 없는
오늘의 이 신기한 광경을 보고
나는 지금 당신 발에 예배하나니
이것이 세 번째의 내 예배이네."

이렇게 부처님께 왕이 예배할 때에
석족들 왕을 따라 모두 예배하였네.
부처님은 그들의 교만을 징계하고
공중에서 내려와 자리에 앉으셨네.

29. 벳산타라 자아타카

부처님이 꾸며진 자리에 앉자
친척들은 모일 대로 모두 모이어
한군데에 마음 쏟고 앉아 있었네.

때마침 큰 구름이 떼를 지어 일어나
연잎에 비 내리고 구리쇠 빛깔 물이
큰 소리 치며 쏟아져 내리는데,
젖고 싶은 사람은 흠뻑 적시고
젖고 싶어하지 않는 사람 몸에는
한 방울의 비도 내리지 않았었네.

이 불가사의한 광경을 본 사람들
참으로 이상하다 신기하다 하였네.

"내 친족들에게 연잎의 비 내린 것
이번만이 아니요 전생에도 있었다."

부처님은 그 사실 밝히기 위해
〈벳산타라 쟈아타카〉(《전생 이야기》 제547) 설명하셨네.
이 설법 들은 이들 모두 일어나
부처님께 예배하고 돌아갔지만
왕이나 대신들 중 어느 한 사람
부처님을 공양에 청한 일은 없었네.

30. 가비라 위에서 행걸行乞하시다

이튿날 부처님은 2만 비구 데리고
가비라위 성 안으로 탁발하러 가셨네.
부처님을 초대하는 한 사람 없고
그 바루를 받으려는 아무 없었네.

부처님은 성 문턱에 서서 생각하셨네.
"옛 부처는 고향에서 어떠했던가?
순서 없이 세도집만 찾아갔던가?
순서 따라 집집마다 행걸했던가?"

한 부처도 순서 없지 않았음 알고
"나도 그 전통, 그 관습 따르리라.
장래의 내 제자도 내 본을 받으리라."

그리하여 거리의 맨 끝 집 비롯하여
차례차례로 행걸하며 다니셨네.

그처럼 승엄하던 싯다르타 태자
탁발한다 그 소문 들은 사람들
2층이나 3층, 그 이상 누각의
사자창獅子窓 열고 모두 내다보았네.

라훌라의 어머니는 생각하였네.
"존엄한 왕자, 일찍이 이 거리를
거룩한 위광威光에 금수레로 다니더니
지금은 머리 깎고 수염도 깎고
누런 옷 입고 흙바루 들고
탁발하러 다니는 그 모습 어떠할까?"
가만히 사자창 열고 내다보았네.

부처님은 갖가지 욕심 떠난 모양과
그 몸의 광명으로 큰 거리 비추는데
80가지의 수상호隨相好는 빛나고
서른두 가지 대인상大人相은 장엄했네.

"윤기나고 짙푸르며 묘히 감긴 머리털
해처럼 훤하고 편편한 그 이마
알맞게 높고 길고 부드러운 그 코에
자비의 광명 펼치는 인간의 사자……."
이런 여덟 게송으로 인간 사자 찬탄한 뒤

왕에게 달려가 이 사실 알리었네.

31. 정반왕 이과二果 얻다

왕은 이 말 듣고 황급히 나가
세존 앞을 막아서며 호소하였네.
"당신은 왜 우리에게 치욕恥辱 주는가?
무엇 때문에 탁발하러 다니는가?
그만한 비구들을 굶긴 줄로 아는가?"
"대왕님 이것이 우리의 수행
그리고 이것이 우리의 작법作法이네."
"존사尊師여, 우리는 찰제리의 계통
우리 계통에는 일찍 거지 없었네."
"대왕님, 그 왕통王統은 당신의 왕통,
연등불, 교진여불, 그리고 또 가섭불
이것은 우리들의 존엄한 불통佛統이네.
이런 모든 부처님네 다 행걸했고
그 행걸로 수행하며 살아갔었네."

그리고 부처님은 거리에 서서
다음 게송을 읊으시었네.
"분발하라. 방종하지 말라.
좋은 행의 법을 닦아라.
법을 따라 행하면 이승 저승에
그는 언제나 즐겁게 눕는다."

왕은 이 게송 듣고
예류과에 들었네.

“좋은 법의 행을 닦고
나쁜 행의 법 닦지 말라.
법을 따라 행하면 이승 저승에
그는 언제나 즐겁게 눕는다.”
왕은 이 게송 듣고
일래과一來果에 들었네.

왕은 또 그 뒤에
〈담마파라 쟈아타카〉(《전생 이야기》 제358 · 447) 듣고
불환과不還果에 들고
임종 때에는 흰 일산 밑에 놓인
그 영광스러운 침대에 누워
아라한과 얻었나니,
그리하여 왕은 숲 속에 살면서
괴로이 수행할 필요 없었네.

32. 라훌라 어머니의 배불拜佛

예류과에 든 왕은 세존의 바루 받고
세존과 비구들을 왕궁으로 청하여
온갖 맛난 음식으로 공양하였네.

공양 끝나자 후궁後宮에 있던 이들
모두 나와 부처님께 예배하였네.
그러나 라훌라의 어머니만은
혼자 있으며 나와 보지 않았네.

"존엄한 왕자님께 나가 예배하시오."
시녀들은 그에게 몇 번이나 권했으나
"만일 나에게 그만한 덕德 있으면
왕자 자신이 먼저 들어오리니
그때에 나는 예배하리라."
그녀는 끝끝내 나와 보지 않았네.

부처님은 왕에게 그 바루 들리고
두 사람의 우두머리 제자와 함께
그녀의 침전寢殿으로 들어가며 말하였네—.
"그녀가 어떻게 내게 예배하더라도
곁에서는 어떤 말도 하지 말아라."

부처님이 자리에 나아가 앉자
그녀는 바삐 나와 부처님 발을 안고
그 발등에 머리 대어 비비면서
진정대로 꾸밈없이 예배하였네.

그때에 왕은 부처님께 대하여
그녀의 품고 있는 알뜰한 애정과
갖가지 그 미덕美德을 기리며 말하였네.

"존사尊師는 들으시오. 내 며느리는
당신이 누런 옷 입었다는 말 들으면
저도 그때부터 누런 옷 입었으며
당신이 하루 한 끼 먹는다는 말 들으면
저도 그때부터 하루 한 끼 먹었네.

당신이 큰 침대를 버린 줄 알고는
헝겊으로 만든 침대에 누웠으며
당신이 꽃과 향을 안 쓰는 줄 알고는
저도 그런 것을 일절 쓰지 않았네.

친척들이 돌보겠다 편지 보내도
그들과는 일절 만나주지 않았나니
세존님,
내 며느리 이런 덕을 갖추어 있네."

"대왕이여,
그녀는 지금 장성하여 지혜 있고
궁중에서 대왕의 보호 받으며
스스로 제 몸을 지켰다는 것
그리 대단하다 기릴 것 없네.

전생에는 아직 성장하지 못하고
누구의 보호도 받지 못하며
깊은 산 속을 혼자 걸어가면서도
제 몸을 스스로 잘 지킨 일이 있네."

부처님은 그 사실 밝히기 위해
〈찬다킨나라 쟈아타카〉(《전생 이야기》 제485)를 말씀하고
이내 자리에서 일어나 떠나셨네.

33. 난타의 출가

그 이튿날에는 난타 왕자의
즉위식卽位式, 신전입초식新殿入初式, 혼례식이 있었네.
부처님은 그 왕자를 출가시키려
바루를 주어 같이 가자 하시고
주문呪文을 외우면서 자리에서 일어섰네.

그 왕자비王子妃 국미國美 부인은
부처님 따라가는 그 왕자에게
빨리 돌아오라고 당부한 뒤에
목을 빼어 기다려도 오지 않았네.

그런데 그 왕자는 부처님에게
"바루 도로 받아라." 감히 말은 못하고
그대로 정사까지 따라갔나니
부처님은 무리로 그를 출가시켰네.

34. 라훌라의 출가

이레째 되는 날에 라훌라 어머니는
라훌라를 아름답게 장식시키어
부처님께 데려가며 일러주었네.

"라훌라여, 보라. 2만 비구 거느린
황금빛의 범천 모양 저 사문을
저이는 바로 네 아버지시다.

저이에게는 원래 많은 보물 있었으나
한 번 집 떠나자 돌아보지 않았다.
너는 가서 저 사문 아버지께 말하라—.
'아버지, 나는 라훌라입니다.
나는 아버지의 아들입니다.
관정식灌頂式*을 행하면 나는 전륜왕입니다.
내게 필요한 그 보물 주십시오.
아들은 아버지 재산의 주인입니다.'
그리하여 이 왕가의 재산 얻어라."

라훌라는 부처님 곁에 나아가
핏줄이 당기는 애정, 모르게 느끼면서
"사문님, 당신 그늘 매우 시원합니다."
못내 기뻐하며 그 곁에 서 있었네.

공양 마친 부처님 감사하다 말하고

---

* 왕이 왕위에 나아갈 때 정수리에 물을 붓는 의식.

자리에서 일어나 그대로 떠나실 때,
"사문님, 내게 왕가 재산 주시오.
그 왕가 재산을 내게 물려주시오."
라훌라는 조르며 세존 뒤를 따랐으나
세존은 구태여 그를 돌려보내려 않으셨네.
그리하여 라훌라와 그 시종들
부처님 따라 동산으로 들어갔네.

그때에 부처님은 생각하셨네—.
"이 아이는 아버지 재산 탐내지마는
그것은 생사의 벗, 고통의 근본이다.
내게는 이 애에게 물려 줄 재산이 있다.
내가 보리도장에서 얻은 거룩한 보배,
나는 이 아이를
세상을 뛰어난 아버지가 물려주는
그 재산의 주인이 되게 하자."

부처님은 장로 사리불 불러
"그대는 이 라훌라 출가시켜라."

라훌라가 출가하자 왕의 고민 더하였네.
왕은 다른 부모들 고민도 생각하여
그 아들 출가할 때는 부모 승낙 얻게 하라고
부처님께 나아가 간청하였네.

35. 정반왕이 불환과不還果를 얻다

이튿날 왕궁에서 아침 공양 마치고
부처님이 물러나와 앉아 계실 때
왕은 부처님께 나아가 말하였네.
"존사님, 당신이 고행하고 계실 때
어떤 하늘 사람 내게 와서 말하기를
'당신 아들은 이미 죽었다.' 고 하였네.
그러나 나는 그 말을 믿지 않고
'내 아들은 보리를 얻기 전에는
결코 죽지 않는다.' 고 대답하였네."

"전생에는 당신에게 내 뼈를 보이면서
당신 아들 죽었다고 말했지마는
당신은 결코 그 말 믿지 않았는데
하물며 지금 어찌 그 말 믿으랴?"

부처님은 이 사실 밝히기 위해
〈담마파라 쟈아타카〉(《전생 이야기》 제447) 말씀 하시고,
왕은 이 설법 듣고 불환과를 얻었네.

이렇게 부처님은 그 부왕父王을
삼과三果를 성취하게 하신 뒤에는
비구들 데리고 왕사성에 돌아와
한림寒林이란 동산에 머무르셨네.

36. 급고독장자給孤獨長者

그때에 급고독이라는 한 장자는
5백 대 수레에 상품을 가득 싣고
왕사성의 어떤 친구 집에 있다가
부처님이 이 세상에 나오셨다는 말 듣고
아침 일찍 한림寒林으로 부처님께 나아가
그 설법 듣고 예류과를 얻었네.

37. 기원정사祇園精舍의 건립建立

그 이튿날 그는 부처님을 비롯해
비구들에게 큰 보시 행하고
사위성舍衛城으로 부처님 초대하여
그 승낙 얻고 길을 떠났네.

45유순마다 만 냥씩 보시하고
1유순마다 하나씩 정사 짓고
기원 전부에 빈틈없이 금을 깔아
1억 8천만 금으로 그것을 사들였네.

거기에 큰 공사 일으켰나니
한복판에는 부처님의 향실香室 짓고
그것을 둘러싼 그 주위에는

80인 장로들의 각 방이었네.

한 겹의 벽과 또는 두 겹 벽인데,
해오라기와 메추리의 그림 있고,
긴 방과 혹은 지붕 없는 집
앉고 눕는 곳과 거니는 곳
밤에 있는 곳, 낮에 있는 곳
그렇게 좋은 땅에 웅장한 정사 짓고
부처님 오시도록 사람들 보내었네.

부처님은 사자使者의 전하는 말 받아들여
많은 비구 데리고 왕사성 떠나
차츰 걸어 사위성에 도착하셨네.

38. 기원정사에 드시다

급고독 장자는 또 한편으로
정사 낙성 축하식의 준비 마치고
부처님이 기원에 드시는 날에는
그 아들을 갖가지로 장식시키어
5백 소년과 함께 마중 내보내었네.

그 아들은 5백의 소년들과 함께
눈이 부실 만큼의 다섯 빛깔의
5백 개의 당기幢旗를 펄럭이면서

맨 앞에 서서 부처님을 인도했네.

그 뒤에는 대선현大善賢, 소선현小善賢이라는
장자의 딸들이 5백 소녀와 함께
물이 가득한 물병 들고 따르고,
다음에는 성장盛裝한 장자 부인이
5백 부인들과 함께 음식 가득한
바루를 각기 들고 뒤를 따르며,
최후로 급고독 장자 자신은
새옷 입은 5백 명 장자와 함께
부처님 바로 앞에 서서 따랐네.

부처님은 이 신자를 앞에 세우고
많은 비구들에게 둘러싸이어
그 몸의 광명으로 온 동산 비쳤나니
황금빛으로 얇게 물들인 것 같았네.

그리하여 부처님은
무한한 부처의 그 위력으로
뛰어난 부처의 그 상복祥福으로
기원정사에 들어오셨네.

그때에 장자는 부처님께 여쭈었네.
"세존이시여,
이 정사를 어떻게 하오리까?"
"장자여, 이 정사를 현재만이 아니라

오는 세상에까지 비구들에 보시하라."

장자는 금병 들어 부처님 손에
물을 쏟으며 조용히 말하였네—.
"이 기원정사를 부처님을 비롯해
현재와 미래의
비구중에 바칩니다."

부처님은 고맙다 말씀하시고
다시 다음 게송으로
정사의 보시 공덕 찬양하셨네.
"사람들은 여기서
추위 더위 피하고
또 사나운 짐승 피하며
뱀, 모기 피하고
찬비도 피하며
매섭고 뜨거운 바람 피하네.

선정과 관행觀行을 닦게 하기 위하여
보호와 편안함을 주기 위하여
승단僧團에 정사를 보시하는 것
가장 값지고 보람 있는 일이라고
모든 부처님 칭찬하셨네.

그러므로 자기의 이익을 아는
현명하고 지혜로운 사람은

이런 즐거운 정사를 지어
거기 수행하는 이 머물게 하네.

바른 신앙심으로
음료飮料와 식물食物
의복과 침대, 좌복…….
마음 곧은 그들에게 주어야 하네.

그들은 이런 사람들 위해
모든 고통 벗어날 법 일러주리니
그들은 이 법 듣고
번뇌를 떠나 열반에 들리."

39. 정사의 낙성 축하식

이튿날 그는
정사 낙성 경축 행사 시작하였네.
비사카* 누대樓臺의 경축 행사는
4개월 만에 끝났지마는
이 정사 낙성의 경축 행사는
9개월 동안 계속되었네.
또 이 낙성 경축 행사에도

---

* 녹자모鹿子母라고 번역한다. 앙가국鴦伽國 사람으로 세존이 그 나라에서 교화할 때, 세존의 설법을 듣고 초과初果를 얻었다. 뒤에 기원정사의 동쪽에 2층의 대강당을 지어 세존께 보시하였다. 이를 동원정사東園精舍라 한다. 그는 항상 부처님과 그 제자들에게 보시하기를 즐겼다.

1억 8천만 냥의 금을 썼나니
그러면 이 정사에 쓰인 비용은
모두 5억 4천만 냥의 보배이었네.

40. 과거의 정사 건립

과거에는 어떤 정사 건립이 있었던가?
비바시 부처님 때
푸납바수밋타라는 장자는
금기와 깔고 그 땅 사들여
거기에 1유순의 정사 세웠네.

시기 부처님 때
시리밧다라는 장자는
금판자 깔고 그 땅 사들여
거기에 3가부타의 정사 세웠네.

비사부 부처님 때
소티야라는 장자는
금코끼리 발 벌려놓고 그 땅 사들여
거기에 반 유순의 정사 세웠네.

구류손 부처님 때
아춧타라는 장자는
금기와 깔고 그 땅 사들여

거기에 1가부타의 정사 세웠네.

구나함 부처님 때
욱가라는 장자는
금거북 벌려놓고 그 땅 사들여
거기에 반 가부타의 정사 세웠네.

가섭 부처님 때
수망가라라는 장자는
금기와 깔고 그 동산 사들여
거기에 16카리사의 정사 세웠네.

그리고 지금 우리 세존 때
급고독 장자는
1천만 카하바나 깔고 그 땅 사들여
거기에 18카리사의 정사 세웠네.

이 장소들은
모든 부처님의
버리시지 않는 곳이네.

—이상이 부처님이 큰 보리도장에서 일체의 지혜를 얻으신 뒤로부터 큰 열반에 드시기까지 그 동안에 계시던 곳을 말한 것이다.

독경의 틈틈이(발굴 산문 I)

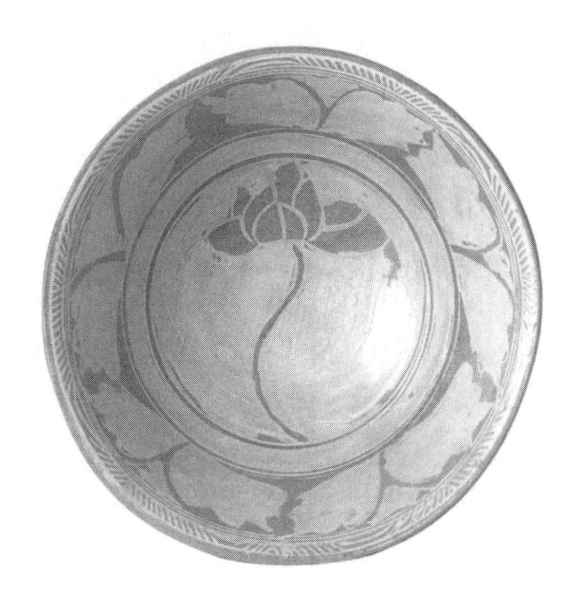

독경의 틈틈이

I

우리의 진정한 생명의 요구에 있어서는 우리의 전생활을 통하여 등한히 할 수 있는 자세한 생활이 있을 수 없다는 것입니다.

◇

현재의 순간 설문說問을 무상부재無上不再의 시기로 하여 충실히 파악하십시오! 이상理想이란 별別로히 있는 것이 아닙니다.

◇

앞에서 끄는 자여, 뒤에서 미는 자여! 그러면 날더러 어디로 가자는 말입니까? 거기는 사시四時로 푸르러 있는 황금나무가 있습니까?

◇

일은 생존의식의 유집惟執, 일은 문화의식의 활동—거기에서 우리의 생존과 생활은 확연히 구별될 것입니다.

◇

유시有時로 호호탕탕浩浩蕩蕩[1]이 일음一陰의 걸림이 없어지는 때 울울세세

---

1) 썩 넓어서 끝이 없음.

鬱鬱細細히 일발一髮의 용처容處가 없어지는 때!

◇

'우리에게는 이러하지 않으면 안 된다' 는 어떤 무엇에 속박이 있습니다. 그러나 이로 말미암아 우리는 모든 유혹을 이길 수 있는 자유를 가지게 되고 더 나아가 그 자유를 초월한 자유도 가능할 수 있을 것입니다.

◇

우리가 좀더 주의하고 정당하게 관찰할 때면 평화, 관용, 무위, 선량이라는 이러한 이름의 오저奧底에 꾸물거리는 수많은 '타성惰性' 을 볼 수 있을 것입니다. 우리의 정신생활에 있어서 사회도덕에 있어서 그 이상의 미덕의 악덕은 없을 것입니다.

◇

어디 보십시오. 나의 '얼' 과 흥정해보려는 당신은 무엇을 가지고 있습니까……? 갈喝!

◇

부나비는 광명을 찾아 제 몸을 죽입니다. 그러나 그것은 그에게 소유의 '암흑' 과 동시에 '광명' 의 본유本有임의 증현證現입니다.

◇

위덕자僞德者여 당신의 사생활은 부디 남에게 보이지 마십시오. 먹고 입고 자고 하는 것은 누구나 별다른 것이 없기 때문입니다.

◇

그의 연구의 발견의 사상의 그 인격 생활과 너무나 유리되어 있는 오래 흠앙欽仰튼 선철先哲의 처음 뵈옵는 슬픔이여!

◇

녹슨 것은 닦고 썩은 것은 버리고 받을 것은 받고 보낼 것은 보내어 그 뒤에 남은 참 내 것을 응시凝視해보는 것이 가끔 한 번씩 있는 우리의 생활 사상의 '반성' 의 뜻일 것입니다.

◇

과학자의 칼은 칼이자 벌써 생명의 목을 찔렀습니다. 그러나 아무리 찾아보아야 생명의 비밀이 송장 속에서 나올 리는 만무할 것입니다.

◇

과학은 자연을 정복하고 자연을 노예奴隸로서 지배하려 합니다. 그러나 저의 비밀을 폭군에게 알려주는 노예는 없고, 시인은 그의 '꿈' 으로 우주를 꾸미고 살립니다. 그러므로 생명을 같이하는 애인 사이에는 비밀이 없을 것입니다.

◇

스승의 교훈을 받아 그대로 그것을 고수固守하는 것은 한 개의 가상할 만한 소직素直한 짓입니다. 그러나 그것은 스승의 본회本懷가 아닐 것입니다.

◇

우리의 이상理想으로서 '광명' 은 우리를 비쳐줍니다. 그러나 우리가 한번 그것을 발휘할 때는 우리는 곧 그의 주인이 되어 세계를 비출 것입니다.

◇

지붕 위에 올라탄 사람은 쓰러지는 집을 바로잡지 못합니다.

◇

우리 생명의 영원을 발견한 것은 위대한 발견입니다. 그러나 그의 자기 창조와 자유 의지의 창조의 가능을 발견한 것은 더욱 위대한 '인생 발견' 입니다.

◇

'나' 는 '저' 를 상대하여 성립되는 것입니다. 그러므로 '나' 없는 '나' 란 '저' 없는 '저' '나' — 즉 만유萬有 전체全體할 '나' 로 한 '나' 일 것입니다.

—《동아일보》(1935년 3월 23일)

낙樂을 잃지 마십시오. 따르면 따를수록 '피녀彼女'는 당신을 유롱幼弄할 것입니다. 그러므로 고苦를 도피하지 마십시오. 그럴수록 그 '폭군'은 당신을 위협할 것입니다.

◇

물物을 잃은 자보다 많이 죄업罪業을 지을 수 있겠습니다.

◇

나는 일찍이 큰 번뇌를 가진 적이 없습니다. 그러므로 큰 자락自樂도 없습니다. 이것이 범부凡夫의 불왕불귀不往不歸의 슬픔입니다(대왕大往은 대귀大歸를 낳고 대귀는 대왕을 전제합니다).

◇

한 십 분 동안 전 인류가 동시에 요설을 그만두고 침묵해 본다면 거기는 반드시 새로운 세계의 전개가 있을 것입니다.

◇

많은 사람들은 사死의 극복을 말합니다. 그러나 생生의 극복이 없는 사死의 극복은 있을 수 없을 것입니다.

◇

문득 눈에 띄는 내 손수 써 붙인 책상머리의 자명自銘—며칠 동안 그를 잊고 지났습니다. 아무 말함을 모르는 그는 슬픕니다.

◇

'늙음'은 쇠퇴의 비애를 가졌습니다. 동시에 원숙의 만열滿悅을 가졌습니다. 도리어 후자에서만 그의 의의가 있을 것입니다. 가을 석양에 빛나는 둥근 과실의 광영光榮이여!

◇

진정한 신앙이란 어떠한 별로의 풍경을 요하는 것이어서는 안 될 것입니다. '신앙하는 그것' 이 벌써 무상無上의 은혜와 가치이기 때문입니다.

◇

알고도 하지 못하여 알고도 버리지 못하는 것, 이것이 범부凡夫의 미상迷想[2]인가 봅니다.

◇

소지小智의 척도에서는 위대한 신앙이 나올 수 없을 것입니다.

◇

진리에 순응하는 바 일은 성공과 실패를 초월합니다. 거기에는 오직 진실한 의미의 활동의 가치와 성취가 있을 뿐입니다.

(화과원華果院에서)

―《동아일보》(1935년 3월 24일)

Ⅱ

일체의 인류는 누구나 다 그의 가야 할 길을 갈 수가 있다. 그리고 자기의 노력에 의하여 누구나 다 동일한 목표에 도달할 수 있다. ―능인대각能仁大覺의 선시宣示.

우리 하루 세 번씩 정성껏 외웁시다.

◇

사람은 언제나 자연의 이법理法에 의제依制되어 존재하면서 또한 언제나 그것을 이탈하려는 동물입니다. 그리고 그것을 이탈할 수 있는 동물

2) 어지럽게 헷갈린 생각. 갈피를 잡지 못하는 생각.

이기 때문에 바야흐로 사람으로서의 가치가 성립되는 것일 것입니다.

◇

나의 불운不運을 울고 나의 박행薄倖을 탄식하고…… 이 무슨 망상이냐. '나' 가 어디 있느뇨? 그러하거니 불운 박행이 어디 있느뇨?

◇

낙오 참패의 시기에 있어서 절망의 심연에 침잠하지 않기는 어려운 일일 것입니다. 그러나 인생득의人生得意의 시대에 있어서 허심자성虛心自省의 여지를 가지기는 보다 더 의의를 가질 수 있을 것입니다.

◇

한 일에 한 마음! 아무런 초조도 불안도 회의도 엿볼 틈 없는 곳 그곳이 법열法悅의 경애境涯가 아니고 무엇이겠습니까? 무아無我의 경境!

◇

여름날 쪼여 나리는 햇볕 아래서 땀을 뻘뻘 흘리며 지난 겨울 화로의 온정溫情을 생각해봅니다. 아무리 생각해보아야 그러나 겨울에 느끼든 화로 숯불의 감사感謝는 내 마음에 충분히 맛보여지지 않습니다. 어딘가 쓸쓸해지는 마음! 진정한 이해란 참으로 어려운 것입니다그려.

◇

남의 그것이든 저의 그것이든 적어도 한 개인의 운명을 너무나 소홀히 취급해버리는 경경輕輕한 태도가 우리에게 얼마나 많습니까? 즉 아무런 세련도 받지 않은 소박한 그대로의 감정이 호오好惡에 따라— 생에 대한 너무나한 무책임입니다.

◇

많은 사람들이 말하는 그대로의 패덕悖德이고 적막寂寞인 이 인류사회는 아닐 것입니다. 생의 저底로 힘차게 흐르는 정의 이념과 온정—아무렇건 선善보다는 악惡이 눈에 잘 뜨이는 것이니까.

◇

미리 죽음을 각오한 고요한 명목瞑目[3] 그것을 각오하지 못한 불의의 죽음은 죽음이매 하나는 너무 애 끊고 하나는 너무 비참합니다.

◇

언제나 대중이 힘만을 획득하기에 급급하기보다 먼저 진리를 파악하고 파악한 그 신념대로 대차게 나가기— 다수의 진리는 반드시 일치하는 것이 아닐 것입니다.

◇

'인불지기人不知己' 라는 조그마한 사실로 수 시간동안이나 냉담불락冷淡不樂— 근일近日의 침발을 튀겨가며 남에게 하던 나의 설교를 생각하고 혼자 씹어보는 슬픔입니다.

◇

자기도 모른 무의식 중의 자기 행위가 의외에 영어囹圄[4]의 칭예稱譽를 가져오는 반면에 남에게 보이기 위한 기껏 한 자기 소작所作이 적막하게도 묵살 매장되는 수가 있습니다. 아무렇건 지선至善은 무념류無念流도 아니오 외적 예절도 아닙니다.

—《동아일보》(1935년 5월 13일)

지금껏 나 자신으로서 남에게 행복을 줄 수 있는 존재가 되어본 적이 있었던가…요즈음의 가장 큰 반성적 발견!

◇

단호한 태도에는 이상한 매력魅力이 있습니다.

◇

남을 위하여 동정봉사同情奉仕를 바칠 수 있는 자신의 행복은 감사하지

3) 눈을 감음 또는 죽음.
4) 죄수를 가두는 곳. 감옥.

않을 수 없습니다. 그러나 그것은 단순한 물질적 부속에 있어서만의 의미가 아닐 것입니다.

◇

자기가 자기를 사랑한다는 것은 자기를 완롱玩弄[5]한다는 것이 아닙니다. 남이 자기를 버리기 전에 자기 자신이 보다 먼저 자기를 극복하는 것입니다.

◇

'이 빛나는 하얀 이 길을 꾸준히 걸어가자…….'
다시금 가다듬어 보는 마음, 그러나 내게는 아직 어딘가 쓸쓸합니다. 이 길을 가는 자의 마땅히 받지 않으면 안될 시련……?

◇

도망질치다 마지막 막다른 곳에 이르는 때에 발길을 돌리며 보이는 웃음 그것은 너무나 슬픈 웃음입니다. 그것은 너무나 비열한 패배이기 때문에.

◇

초월은 언제나 자재自在의 능력을 표제表提합니다. 그러므로 그것은 무능의 단념과는 다른 것입니다.

◇

추醜를 모르고 미美를 안다 함이 진정한 미를 앎이 아니오, 망妄을 모르고 진眞을 안다 함이 진정한 진을 앎이 아닐 것입니다.

◇

정당한 이상理想의 내증內證이라면 그것은 반드시 실행에의 외현外現을 요구할 것입니다. 마치 뿌려진 생생한 종자가 나지 않고는 못 배기는 것과 같이—.

5) 장난감이나 놀림감으로 삼음.

◇

축출逐出이란 허무와 마주 앉는 시간입니다.

—《동아일보》(1935년 5월 14일)

일생을 굳게 지켜 버리어서는 안 될 만한 것이 우리에게 없다면 그것은 너무 과한 경박輕薄일 것입니다. 그러나 그렇다고 조금도 변할 바 또한 없다면 그것은 너무나한 완고頑固일 것입니다.

◇

청년의 공상 그것은 그들의 이상과 거의 구별할 수 없을 만치 전신적全身的입니다. 그리하여 그것은 이 사회에 새것을 지어내는 근본동기가 되는 것입니다. 그리므로 공상은 청년만이 가진 '위험한 자랑' 입니다.

◇

입산入山의 마음 출산出山의 마음— 다 같은 우주적인 '한 마음' 이매 우리는 능인대각能仁大覺에게 감사하지 않을 수 없는 소이所以일 것입니다.

◇

우리가 구하는 행복은 결코 주위환경에 대한 눈감은 안락이어서는 안 될 것입니다. 그러한 이기적 독락獨樂은 가장 위태한 잠시적暫時的이기 때문에— 그러한 어떤 행복을……?

◇

모조리 줍시다. 아낌없이 줍시다. 가림選擇 없이 주고 조건 없이 주고 이 몸이 빌 때까지 줌에서 삽시다.

—《동아일보》(1935년 5월 16일)

Ⅲ

인생급人生及 우주는 영원한 처녀입니다. 그는 그의 최후의 것까지 벌써 벌써 오래 전부터 우리에게 허여許與해 놓은 초야初夜의 신부新婦—키스인들 거절하리, 포옹인들 반항하리.

◇

시들어지려는 꽃에 물을 줍니다. 당신은 이 범상의 사람의 불사의不思議를 생각지 않습니까? 이 순간을 충실히 파악해 보시지 않으십니까?

◇

짓지 않고 구하며 지어 놓고 피하려는 것이 운명이나 요행 또는 최상 지배자에 의뢰하려는 인류의 필연적인 약점일 것입니다.

◇

사념邪念에서의 도피는 비겁입니다. 사악의 토멸討滅은 용감입니다. 그러나 그의 미화美化, 선화善化는 진정한 애愛의 승리의 빛이요, 향기입니다.

◇

신앙은 철학의 무극無極을 가능합니다. 여기에 그의 신비성이 있습니다.

◇

엄격이 없는 따스한 사랑, 고신苦辛이 없는 달디한 사랑—그것은 흔히 무의식적 죄악의 비극의 결과를 낳는 위험이 있습니다.

◇

'세상 사람이 다 나 같으면…' 하고 혼자 이 세상의 분요紛擾[6]를 개탄하였습니다. 그러다가 혼자 폭소하였습니다.

---

6) 어수선하고 떠들썩함. 분란.

◇

평소에 나의 가장 흠앙경모欽仰敬慕하던 선배 인격자의 어쩌다가 현로顯露되는 본능 그대로의 순간의 발작發作 그것은 다른 사람 몇 배 이상으로 지극히 추醜합디다.

◇

권리에 있어서 우리는 그것이 언제나 절대적 평등적이기를 바랄 수 없습니다. 그것은 그의 가치성이 점유만에서보다 활용에 있는 것이기 때문입니다.

◇

어떠한 한 개의 권리가 만일 논리적 의지의 굴레의 끼움을 받지 않을 때면 그는 그만 분마적奔馬的[7] 폭력으로 화化하고 말것입니다. 우리는 그의 좋은 예를 역사상 군주전제정치에서 발견할 수 있습니다.

◇

우리는 때때로 전 우주 및 인생의 광대한 지도를 머리 속에다 펼쳐 거기에서 자기 존재의 위치를 찾아내어 붉은 한 점을 쳐놓고 그것을 응시凝視해볼 필요가 부절不絕히 있지 않을까요.

◇

사람은 아마 누구나 단 한 순간이나마 그의 전 인간으로서 서로서로 간주되고 취급될 수는 결코 없는가 봅니다.

◇

자다 깨어나 윗목에서 방을 혼자 지키는 쇠잔한 호롱불을 바라보다가 거짓으로 원수의 마음을 생각해보았습니다.

◇

우리의 지智에 있어서 정情을 얻지 못하고 정에 있어서 번뇌를 떠나지

---

7) '빨리 내닫는 말'과 같은.

못하는 것은 실상인즉 '못하는 것' 이 아니라 '하고 싶어하지 않는 것' 인가 봅니다.

◇

우리의 생명은 직선적인 광光과 열熱로써 부절不絕히 자체의 점추點推를 요구합니다. 그리하여 그 연소燃燒의 재료로는 결코 일의 대소大小가 없을 것입니다.

—《동아일보》(1935년 7월 7일)

그와 마주 앉아 그의 취미와 성향을 따라 그의 신상의 일만을 화제로 해주었더니 무한한 흥미 있는 대화와 호감을 나는 그에게 받았습니다.

◇

정복하는 자, 힘으로 정복하면서 그 힘에 정복되는 자의 어떠한 미미하나마 위대한 힘에 도리어 정복되는 수 있음을 우리는 허다한 사실에서 볼 수 있을 것입니다.

◇

돈을 가지지 못한 사람에게 나의 빈貧을 이야기해보는 한동안……. 그러나 결코 부자에게는 이런 이야기를 하고 싶지 않습니다. —일一, 자중自重, 이二, 무미무극無味無極.

◇

수단이 있어야 한다. 이것은 많은 사람들의 하는 말입니다. 사실 수단이 없으면 살아갈 수 없는 이 세대, 그러나 우리는 흔히 '수단꾼' 에서 '인간 정조' 를 팔아먹는 많은 사람들을 볼 수 있습니다.

'인간 정조' 를 몰각한 노련, 그것은 노련이 아니라 '노회老獪' 이기 때문입니다.

◇

기다려도 오고 안 기다려도 오고 아무렇건 올 것은 오고야 마나니 초조도 말고 등한等閑도 말고 오는 자를 맞기 위한 충실한 준비가 있을 뿐입니다.

◇

단호한 무엇이 없는 만연漫然한 태도—그처럼 나쁜 습관은 없을 것입니다. 그것을 흔히 마음에도 없는 일을 끌려 하게 되는 염오厭惡와 동시에 가고 싶은 길을 힘차게 나가지 못하는 우울—자기 말살과 치욕이 너무나 과過합니다.

◇

허위의 언행은 못 쓸 것입니다. 그렇다고 정직만을 권할 수도 없는 이 사회입니다. 정직은 대개가 패배이기 때문에. 그러나 자기自欺의 승리보다 자괴自愧없는 패배—아시겠지요?

◇

어떠한 비애와 고통이라도 그것을 받을 때에 당신은 그것이 결코 당신 혼자만의 것이 아닌 많은 사람의 마음이 동시에 분담하는 것인 편재성偏在性의 것인 줄을 절실히 생각해 보십시오. 당신의 비통은 상당한 정도로 완화되며 가슴속에는 이상한 어떤 힘이 흐름을 당신은 느낄 수 있을 것입니다.

◇

뜰 한 귀에 굴려 있는 저 풀 한 개라도 거기에 생동하는 생의 힘만이 있다면야 큰 바위 되어 이끼 끼일 시점이 어이 없다 하리까.

◇

불의 세례를 받자
받아야 하리
요 현실 알고
이 속에

또 하나 있는 다른 세계
믿고…

흐르는 물도
옛 흐름이 아니리
인생은 보다 생생하고
깊으리

이 괴로움…
행복과 자유는 내게 있나니
이 마음 뒤집어 놓자

받아야 하리
불의 세례를 받자

(1935. 6 .3)

—《동아일보》(1935년 7월 8일)

Ⅳ

도道의 생활 — 그것은 즉 적나라赤裸裸의 생활일 것입니다.

◇

제 감정이 선택한 감정만을 영합하고 만족하는 것만으로는 '이해' 하고 할 수가 없습니다.

◇

황혼에 마을 앞을 지나가는 허술한 나그네를 보고 얼마나 많은 철인撤人이 남몰래 이 세상을 지나갔을까를 곰곰이 생각하였습니다.

◇

새 진리, 또는 창조 — 그것은 만물 상호 관계의 새로운 조화성 및 그의 발견에 불과한 것입니다.

◇

비밀이란 언제나 자체의 무력이나 또는 불의를 의미합니다.

◇

행복은 간사한 폭군입니다. 한번 그의 위세의 완력腕力을 내둘러보면 '자아의 혼魂은 왕국'에 대한 충실절사忠實節士를 만날 때는 그만 아유구용阿諛苟容[8] 입니다.

◇

죽음을 극복하십시오. 그러면 그의 공포의 암흑은 당신의 삶의 환희로운 광명을 가져오는 선禪의 사자使者가 될 것입니다.

◇

인간의 본연적 자유성을 우리는 행行의 종교에서 봅니다. 그의 인락忍樂은 자발적입니다.

◇

질박質朴 — 그 자체는 거룩합니다. 그러나 그것은 흔히 호화 이상의 불순한 욕념慾念의 변형임을 우리는 봅니다.

◇

사람이나 어떠한 형태에도 만족하지 못하면서 어떠한 상태에서나 생활할 수 있는 것입니다. 그것은 일체를 철수할 수 있는 나의 조그마한 혼魂의 무한히 큼의 표현입니다.

---

8) 남에게 아첨을 하며 구차스레 구는 일.

◇

'극단적인 자기의 부정과 긍정……', 이것이 모순 없이 융합되는 세계…….

◇

오늘날까지 여자를 너무 우월시해 온 나 자신을 발견하였습니다. 이것이 여자에 대한 나의 진정한 태도임에는 틀림없습니다. 그러나 어찌 할 수 없는 여자에 대한 나의 커다란 실망입니다.

◇

인생의 가지가지의 불평은 '굼벵이'가 청공青空을 날며 녹음 속에서 아름답게 노래할 수 있는 저의 미래의 능能매미을 믿지 못하는 데서 일어나는 것이 아닐까요!

◇

반드시 '행위의 미美'여야 할 예의가 일종의 골계적인 또는 감정의 박제품剝製品이 된 이 사회여!

◇

아이들의 시선에 전개되는 세계는 모두가 경이인가 봅니다. 그러므로 그들은 행복되는 것입니다.

◇

인생에 대한 최대의 비애는 자기에 대한 실망일 것입니다.

◇

저널리즘은 항상 어떠한 마술적 분위기를 만들기를 좋아합니다. 그리하여 인생을 충동 혹은 유혹으로 그 속에 몰아넣어 줌을 주어 달라고 요구합니다.

◇

종교의 궁극 목적, 즉 초점은 안심安心입니다. 그러나 안심이란 회피의 의미가 아니라 이지理智를 초월한 신앙(도덕적 신앙)에 관련합니다.

◇

인간의 가슴의 오저奧底에 있는 영구히 빛나는 진眞과 역力을 무한히 인출引出하는 것을 종교라고나 할까…

◇

세상을 저주하고 원망하고 미워하는 자 — 그것이 어떠한 또는 어느 경우에서나 '바른 생활' 을 할 수 있다는 인간에 대한 각오에 불철저함입니다. 나의 아는 한계에 있어서 그의 가장 충실한 근본적 인물은 나 자신이었습니다.

◇

옹자翁者에 대한 무조건적 폭언성暴言性은 옹자翁者에 대한 아유성阿諛性[9] 입니다.

◇

그 사회의 문화 정도는 그 사회 전체와 그의 각 구성원과의 관계에 대한 조화의 정도입니다.

◇

생명의 망각, 감격의 상실—이것은 무한성사無漢成事 — 순경順境[10]—에 흔히 반수伴隨[11]하는 위험 또는 혐기嫌忌[12]입니다.

◇

충실한 존재는 '요설饒舌' 을 필요하지 않습니다.

◇

누구에 대한 극단의 미움도 받지 않는 한, 누구에 대한 극단의 사랑도 없습니다. 자신에 대한 너무나한 모욕이여!

◇

9) 남에게 환심을 사기 위해 알랑거림. 아첨.
10) 마음먹은 대로 되는 경우.
11) 짝이 되어 따름.
12) 싫어서 꺼림.

자기 자신에 대한 참회懺悔 회오悔悟가 없는 한, 사람의 눈앞에서의 사과의 강요가 있다. 그것이 과연 얼마마한 의미를 가질 것인가?

산암의 하루

어제 가만히 종이창을 두드리다 가는 것은 바람인가 봅니다. 쌍글하고 창백하게 여윈 그 모습이건만 어딘가 맑고 깨끗하고 따스한 정이 속깊이 담겨있는 그의 가는 호흡을 느낍니다.

만상萬象이 죽은 듯 고요한 이런 밤이면 그는 흔히 뒷산에서 나려와 가장 조심성스럽고 천진한 장난을 일삼아 보는 것이 부끄럼성 많은 소녀의 호의好意로운 유희와 방불하기 때문입니다.

그는 뒷산에서 마른 갈방잎을 올려서 제때라 나와서 노닥거리는 다람쥐 새끼를 놀려 보고 놀바위 언덕 위에 초생달 빛을 안고 서 있는 하얀 산로화山盧花의 하염없는 심사心思를 어루만져 주고는 먼 촌락의 풍부한 코스모스의 향기를 산영하러 가는 길에 잠깐 대문을 두드려 보았다고 합니다.

바람은 갔습니다. 정적뿐입니다. 책상 위에는 금인金人과 태상太上이 천년태고千年太古의 꿈을 숨쉬고 있습니다. 대정大井에 드리운 연녹색 고깔도 없는 양洋등은 흐릿한 백금색白金色 광망光芒[1]이 어쩌면 저리도 다정할까요? 철을 알기에 몹시도 예지로운 벌레들은 의례 벌써부터 노래의 입술

1) 광선의 끝. 빛. 빛살 끝.

을 다물었건만 나는 오늘 밤 이제서야 비로소 알았습니다.

몹시도 고요합니다. 밤은 잔뜩 숨을 모으고 있습니다. 까무락거리는 그 눈동자는 지금 어떤 세계의 무엇을 엿보고 있는지 모르겠습니다. 집중의 정성은 완전히 이 밤을 점령하였습니다. 이럴 때 어느 것 하나 이 숲 속에서 물밑에서 들에서 길에서 또한 집안에서 서로 속삭이고 서로 안아주고 서로 입맞추고 서로 악수하고 서로 부르고 서로 허락하지 않는 '돌의 생물' 이 있겠습니까?

그러나 나는 고독한 나는 무한에 대한 감각이나 생생한 통일의 직관이나 신성에 대한 경건한 지각도 가지지 못한 나는 등뒤에 다만 흐릿한 그림자만을 뉘여 놓은 나는 저 먼 하늘 한 귀에서 다만 혼자서 고독을 즐기면서, 그 때문에 영원히 쌍글한 고립 속에 떨어지는 운석殞石에게나 어깨를 비쳐보리이까. 그러면서도 모든 존재의 비의秘儀의 속의 속까지 파고들어가 보려는 욕구도 수행도 가지지 못한 내가 아닙니까?

새로 바른 하얀 종이창을 가만히 밀어 봅니다. 빙심氷心같이 싸늘한 아득히 바라보이는 창궁蒼穹의 한 토막, 반공半空에 떠있는 달빛의 여광驪光에 비치어 희었습니다. 여남은 개의 별이 온 까마귀새끼처럼 모락 모여 있습니다.

만일 저 별들이 살았다면 꼭 한 번 말을 붙여 보게끔 된 이 순간의 심경心境, 또한 저 별들이 말을 할 수 있는 때가 있다면 깊은 이 밤의 이때 고독에 잠기어 혼자 우울만이 살쪄가는 이때야말로 그가 대답할 바로 그때입니다. 그러나 어쩌면 저와 나와의 먼 거리의 느낌일까요? 저는 저 나는 나 어찌 이리도 남과 남뿐입니까? 눈을 감고 팔짱을 껴본대서 무슨 들리는 소리도 속삭임도 없고 사괴어지는 숨길도 심장의 고통도 없고 심이心耳에 울리는 아무런 꾸지람도 없습니다. 그러나 이것은 남도 잊고 나도 잊은 불이不二의 경애境涯도 아닐지 분명하거니 마비된 신경과 풀 죽은 정열을 스스로 돌아보아 안고 있을 뿐입니다.

무슨 자연의 신비니 오묘奧妙니 포옹抱擁이니 하는 어구語句들이 바싹 마른 모래알처럼 머리 속에서 대굴거리기만 하는 자신이 새삼스리 돌아보아질 때 나의 너무나 과한 조락凋落은 거의 절망적인 슬픔을 가져오게 되는 것입니다.

저 '아미엘'은 이런 말을 하였습니다. —사람은 자기 자신에 대해서 너무나 불명不明한 것이지만 그러하고 반성과 내공이 연속화할 때는 도리어 타기惰氣[2]에 빠지고 허무에 이끌려 마지막엔 이집트의 뱀과 같이 자기 자신을 다 먹어버린다고.

그러나 이리도 못되고 초라지게 빼말라버린 이 불감증이란 그런 유類의 원인으로 귀착될 수 있는 그것도 아닌 것 같습니다. 또한 이것은 운명의 협위脅威[3]에서 온 겁유비열怯儒卑劣도 아닌 것입니다. 정욕의 유형에 이끌려 방만한 나머지에서 일어나는 피로 그것은 더구나 아닙니다.

—《동아일보》(1937년 10월 24일)

이 우울은 어디서 오는 것입니까? 그것은 고독의 동산에서 피어 나오는 향기로운 꽃입니까? 천만에요! 시詩와 정관靜觀과 사람의 이슬로서 언제나 끊임없이 생명의 조화된 새로운 감격을 지어내는 동산, 그 고독의 동산에서 이런 하품 나고 흐리고 빛깔도 없는 우울이 생길 리 만무한 것입니다. 심산계곡深山溪谷에서 혼자 피어난 난초의 높은 향기, 무한한 창공에 영원히 빛나는 별들의 영광— 이는 확실히 어둔 고독의 세례를 받은 경이의 세계이건만!

지금 내 마음은 슬프고 가슴은 텅텅 그렇게 빈방과 함께 공허에 사로잡혔습니다. 무슨 비개悲慨가 있어 심두心頭에 들 듯, 곧 사라지매 의수義手

2) 게으른 마음.
3) 위협.

와 같은 두 팔은 심장의 고동을 짚어 봅니다. 단의單義를 찾아가는 발길이 공허의 함정에 빠질 것은 가장 밝고도 똑똑한 사실이거니 몹시도 공허를 기忌하는 나의 '자연自然'의 폭군은 좀체 나를 한 곳에 조용히 앉아 있는 대로 맡겨두지 않았습니다.

이 모순의 두 개의 억세인 관문, 그 사이에서 그러나 아무런 저력도 없는 외로운 발길이 허덕일 때에 이내 지친 혼魂은 탄력과 긴장과 의지의 힘찬 노력을 잃은 정신은, 산기슭에 혼자 쓰러져 있는 물 맞은 암사슴이 될 때 갈가리 찢어진 남루襤褸와 같은 인격의 옷자락을 뒤집어쓰고 있는 허재비가 되었을 뿐입니다.

나의 생명에는 벌써 이끼가 끼이고 녹이 슬고 곰팡내가 나지 않습니까? 지금 내 자신에 대한 이 감정이 내 마음의 전부를 점령하고 있습니다.

'자기를 의식하고 자기를 지배하라.'

'힘을 가진 자는 모든 것을 가진다'…… 많은 사람들은 보다 많은 철학자들은 이것을 실현하기 위하여 얼마나 애를 쓰고 쓰라린 고초를 맛보았겠습니까?

평화로이 안온히 그러나 한천寒天을 쪼이는 한 줄기의 광명이 사무치는 일경一境의 안주를 얻지 못하매 마음은 육진六塵[4]에 끌려 달리노라 모든 힘을 잃었습니다. 육진에 고달리매 마음은 항상 고뇌를 겪고 그 끝에 오는 비애에 가까운 우수憂愁만을 최후의 선물로 받게 되는 것입니다.

내 마음이 가히 안주할 만한 그 일경一境이란 무엇입니까? 그것은 무주無住입니다. 아— 그러나 무주無住가 어디 있습니까? 송충이 같이 흉스럽고 뱀과 같이 징글스러운 집착이 거머리처럼 내 염통의 벽에 붙어 피를 빨고 있지 않습니까? 아! 어디 피비린내 나는 이 누더기를 벗어버릴 곳

4) 불교 용어로, 육식六識에서 일어나는 색色 · 성聲 · 향香 · 미味 · 촉觸 · 법法의 여러 가지 욕정. 육적六賊.

이 있겠습니까? 어느 정관靜觀에서 오는 행복이 있습니까?

이것은 확실히 경건한 기도와 신앙과 진리와 같은 샘이 솟는 복음서의 밤이 아닙니다. 내일의 노래를 보금자리 속에서 꿈꾸는 푸른 산새 새끼의 밤도 아닙니다.

나는 눈물의 행복의 세계를 생각해 봅니다. 눈물이 반드시 슬픔에만 있는 것이 아님에 그것이 없다는 것은 반드시 그 혼의 강도強度를 말하는 것이 아닐 것입니다. 눈물은 우리 생활의 결정結晶, 모든 감정의 시적 요약, 인간성 이전의 세계에서 비쳐 나오는 진주……. 그러므로 눈물은 남아男兒의 부끄럼이 아니라고 '괴테' 는 말하였습니다. 그러나 이것은 눈물의 행복에 고요히 명목瞑目할 수 있는 여릿여릿한 감정의 달짝지근한 밤도 아닙니다.

몇 번이나 실패를 거듭한 뒤에야 비로소 자기의 한계를 알고 하늘이 노랗게 되는 호된 혼을 겪고 나서야 비로소 깨우치는 자기 반성을 가지는 인간입니까? 그러나 나는 그것을 조금도 슬퍼할 현상이라고는 생각지 않습니다. 그 사실은 인생이란 이미 '인연, 노력, 승리' 라는 것을 가장 밝게 알리기 위하여 자기 자신이 마련해 가지고 나온, 가장 확실한 방법인줄 알기 때문입니다. 그러나 이것은 그런 뼈아픈 실패나 반성에서 장만해진 그런 밤도 아닙니다. 그럴듯하면서도 분명히 그렇지 않은 밤입니다.

이것은 어떤 유령에 사로잡힌 어떤 요술에 할퀴인 오열惡熱이 날 듯한 밤입니다. 거기서 열매 맺어 나오는 외로운 행동이 시달리는 밤입니다. 나는 어찌하여 일부러 이런 밤을 장만하러 스스로 애썼는가요?

의식에의 복귀는 비애에의 복귀입니까? 아니 자기 반성과 자기 분석은 확실히 우울의 검은 손아귀에서 철학자를 보호해 주었던 것입니다. 그러나 나는 머리로서의 생활은 내가 바라고 반가이 맛볼 수 있는 나의 성격적 생활이 아닌 것을 잘 알고 있기 때문에 언제나 무엇보다 가슴으로서의 생활, 차라리 비애가 심장을 파먹어 들고 목구멍을 막아 질식을 시킨대도 언제나 가슴으로서의 생활을 동경해왔고 또한 그것을 내 발로 밟아 왔던 것입니다.

—《동아일보》1937년 10월 26일

바시락거리는 낙엽소리 하나 없는 창밖은 정적이 제 그림자와 함께 완전히 하나가 되었습니다. 뒤뜰에서는 익은 밤송이가 하마 떨어질 듯한 밤이건만

매코—동감을 피어 물어보면 소뿔牛角 파이프의 이상한 냄새가 연기와 함께 입술가에 떠돌아 오릅니다. 베개를 높여 비스듬히 누워 보았습니다. 새로 바른 하얀 벽이 눈에서 고요히 멀어지는 듯, 또 다시 가까워지는 듯, 금시에 보인 연꽃 봉우리가 발아래서 솟아날 듯도 한 밤입니다.

그러나 금시에 정적의 밑바닥에서 비밀히 배어나오는 파름한 비애, 깊은 가을의 밤바람 앞에 어지러이 떠는 아카시아잎 같은 무상無常, 어딘지 호젓한 느낌이 물영物影처럼 마음 위에 그늘져 나려옵니다. 생生이란 분명 이리도 덧없이 요란한 향기입니까?

나를 싸고도는 무한한 침묵, 잠깐 혼돈되는 의식을 질서있게 밝혀 보려 증부좌證趺座를 맺고 앉아 배꼽 아래에 힘을 넣어 봅니다. 아득한 시간 이천 오백 여년 전의 보리수하菩提樹下의 석가釋迦는 명성明星을 보고 무엇을 깨치었는가요? 사마리아 여인에게 한 모금의 물을 청하던 길에 지친 예수의 목은 얼마나 말랐는가요?

한 번 마심에 다시는 목마르지 않는 샘물을 찾는 고독, 내가 즐기어 찾는 고독이 참으로 그리도 성스럽고 아름답고 영광스러운 고독입니까? 보다도 나는 왜 고독을 즐기는가? 과연 이것이 내가 타고난 천성天性인가

아닌가는 이제 새삼스레 물을 필요도 없는 것입니다. 아무렇건 나는 고독을 순수하고 깨끗한 고독으로 고독하지 못했습니다.

극히 소극적인 유안愉安, 가장 회피적인 무교섭無交涉에의 자유, 혹은 근심과 괴로움을 남몰래 반추反芻하므로 말미암아 고요히 맛볼 수 있는 병적 쾌유의 빈착貧着…… 이것들이 내가 지금까지 분명히 의식하지 못했는 고독을 따르는 비밀한 동기가 아니었습니까?

돌같이 싸늘한 현실이 문득 눈앞에 부딪치매 돌같이 싸늘한 가슴을 안고 순수한 이성적인 인간이 되어보려 이곳을 찾아온 이 밤—그러나 어리석은 이 스토아주의는 산문山門을 들자마자 황혼의 가는 바람에 나부끼는 황엽黃葉을 바라보며 산그늘을 울고 가는 까마귀 소리에 혼자 한숨 지우는 안신安信의 감상으로 변했던 것입니다.

감상적인 스토아주의의 약한 심장—이리하여 자아의 권리를 내 스스로 여지없이 유린해버린 인격적 파멸이 한 개의 니힐리즘의 아들을 생산하기 위하여 가장 맵시 있는 자태에 고운 말씨로서 내 심장의 한끝을 간질이고 있음을 나는 불현듯 느끼는 것입니다.

니힐리즘—그는 어찌 보면 행복의 손짓에 결코 못지 않는 유혹의 힘을 우리에게 대해서 가지고 있습니다. 그러나 두 조각 세 조각으로 깨어진 마음이 하나의 아름답고 행복된 사랑마다 포근히 간직할 수 없어 숨어버린 장미의 여향餘香만을 안고 해파리같이 허우적이고 있는 내 자신이 아닙니까?

적어도 한 개의 사상思想, 한 개의 주의主義를 비록 하루이나마 자기의 생활로 생활하려 할 때는 눈바람 치는 어둔 광야에서나 길들이고는 별 하나 없는 황량한 하늘 아래서나 그 빛을 찾기 위하여 자기의 조력助力을 빼어 기름들을 늘 수 있는 그만한 신념과 조교照校와 의지가 있어야 할 것이 아닙니까.

내게는 힘이 필요합니다. 약한 내게는 무엇보다 힘이—그리고 결국 행복 이상의 무엇을 찾는 곳에 인생의 인생이 있을 것 같습니다.

이제 시계는 새벽 두 시를 울었습니다. 때가 흐른다는 것과 한 걸음 더 무덤으로 가까이 갔다는 우울한 경고입니다.

S여 행복되소서. 나는 의연히 어떤 커다란 자극을 찾으면서 동시에 심각한 애착의 커다란 단념을 기획하면서 이 한 밤이 어서 밝기를 기다리고 있습니다.

(소요산逍遙山 자재암自在庵에서)

—《동아일보》(1937년 10월 27일)

《산거일기》

산거일기

세수하고 불 앞에 앉아보니 다섯 시 반이었다. 정숙히 마음을 가다듬고 단좌端坐해보았으나 생각 생각이 일어나고 사라져 도저히 선禪정려응려(正慮凝慮)이 되지 않았다. 참선으로써 비로소 우리 심리의 그 활동이 얼마나 미세한가를 우리는 경험할 수 있다. 그리고 수많은 선승禪僧들이 망상 번뇌와 싸우기에 얼마나 참담하게 고심하는가를 이해하고 동정할 수 있었다. 그들은 결국 자기자신과 싸우는 전사이다. 찰나로 일었다 사라지는 욕념과 망상, 그것을 어찌 빗발치는 탄환에 비겨 수월하다 하겠는가?

인간의 삶이란 의욕과 희망과 재미로써 영위되어가는 것이다. 의욕에서 무심으로 구속에서 해탈로 나아가는 것이 종교생활의 극치요 또 종교의 목적이다.

사람들이 행복과 쾌락과 선과 정의에서 삶을 구하고 삶의 의의와 가치를 느낄 때에 우리는 선악과 행, 불행을 뛰어넘은 절대의 세계, 삶 그 자체에 의의를 느끼려고 하는 것이다. 이 절대의식—이것이 종교의식이다.

세상에는 국가를 위하여 사회를 위하여 또는 애인을 위하여 일체를 희생하는 생활이 있다. 그러나 절대적 생활, 종교생활은 '무엇' 을 위한다는 대상과 당위가 없는 생활이다.

대상 없는 삶, 그 자체에의 헌신, 무조건적인 절대에의 귀의, 능헌能獻 소헌所獻이 단적으로 귀일하는 생활이다. 그러므로 그날그날의 그들의 생활을 추진하는 활력의 원천은 선이나 의義나 행복에서가 아니라 삶 그것에서 솟아나는 것이다.

❖

나는 산을 좋아한다. 절을 좋아한다는 것이 나의 입산의 동기이다. 좋아한다는 것은 하나의 감정이매, 감정에 무슨 이유나 논리가 있겠는가?
나는 때로 어떤 특별한 사정, 즉 어떤 환경의 구사를 나의 성격 이외의 동기로 생각한다. 그러나 성격을 무시한 환경을 우리는 생각할 수 없는 동시에 환경을 무시한 생활도 또한 생각할 수 없을 것이다. 환경이 생활을 지배한다는 주장이 성립된다면 성격이 환경을 결정짓는다는 주장인들 어찌 성립되지 못하겠는가? 어떠한 환경도 그 성격이 가진 바만을 일으킬 힘밖에 가지지 못했다. 그러므로 환경과 성격은, 성격의 발현인 심경과 밀접한 관계라기보다 분리와 선후를 생각할 수 없는, 동시적으로 일어나 있는 상태일 것이다.
이 산간에 와서, 이 자연의 요람에 와서, 함부로 보채던 내 삶의 갈피갈피 의욕은 다소 가라앉고, 구구함과 혼돈에 시달린 내 혼은 안식을 얻을 것이다. 산은 나의 임이다. 그의 품에 아늑히 안김으로 나는 비로소 나의 생명을 느끼고, 나의 생활을 생활하는 청정하고 순일한 행복을 얻을 수 있을 것이다. 나의 상상은 신과 같이 자유롭고, 고적과 한가는 위대한 천국을 크고 엄숙하게 할 수도 있을 것 같다.
내 생명이 약동할 때 주위가 약동하고, 내 마음이 침잠하고 안온할 때 주위가 안온하며, 내 가슴이 뚜렷이 열릴 때 세계는 무한히 전개되어나갈 것이다.

❖

나는 오늘 그리도 애지중지하던 머리를 깎아버렸다. 구렁이같이 흉스러운 내 자신의 집착성에 대한 증오의 반발이었다. 그리고 장삼을 입고 합장해보았다. 외양의 단정은 내심의 정제에 결코 적지 않은 도움이 되기 때문이다. 겸손과 하심下心—얼마나 평안하고 화평한 심경인가? 높고 아름다운 덕이다.

❖

나의 생활은 어쩌면 이다지도 불철저한가. 이상이 아무리 높고 인식과 판단의 지식이 아무리 명철하다 하더라도 의지의 노력이 없으면 무엇하겠는가? 의지적 노력이 없는 도덕적 의식세계에서 우리는 아무런 가치도 발견할 수 없을 것이 아닌가?

한밤이 지나고 오늘 새벽 세시가 되도록 잠들지 못했다. 무슨 그림자 있어 내 마음이 창문을 엿보고 있었기 때문이다. 그림자가 아니라 빛나는 눈동자, 그 심장의 피를 빨아들이는 듯 빛나는 눈동자, 나는 눈을 감고 머리를 저었다. 유혹의 마魔! 그러나 그것은 어디서 온 것도 아니요, 누가 보낸 것도 아니었다. 내 마음이 불러놓은 내 자신이었다. 내가 나를 유혹하고 있었다. 아담과 이브를 유혹한 것은 뱀이 아니요, 아담 이브 자신이었다.

일념의 잘못이 얼마나 무서운 것인가? 아담과 이브가 한 생각 전에는 천국에 살았다. 그러나 선악의 한 생각이 일어났을 때는 천국을 잃었다. 중생과 부처, 극락과 지옥, 오悟와 미迷, 성聖과 범凡의 경계의 차이가 일념에 있다 생각하면 얼마나 무서운 찰나 찰나인가?

지상은 유혹의 시장이다. 사람은 누구나 어떤 형식으로나 언제든지 무엇에 유혹되지 않고는 너무 고독하여 살 수 없는 것이 우리 인간인가. 그러면 지금 내가 유혹받고 있는 것은? 그것은 청춘의 유혹이다. 이 청춘의 유혹이 간 뒤면 무엇이 올는지 나는 모른다. 아무렇건 이 불철저한 구도자—신명을 아끼지 않는 철저가 있는 곳에 무슨 유혹이 있겠는가?

신과 짐승의 합숙소에 '인간' 이란 간판이 붙어 있다는 말을 어디서 들었다. 어찌 보면 사람들이 너무 신적이어서 걱정이다. 우리는 한 번 돼지가 되었다가 그 다음에 사람이 될 필요가 있을 것도 같다. 아직 사람도 되기 전에 너무 신적으로 되려 할 때 허위가 있고, 가식이 있고, 나약이 생긴다. 우선 돼지가 되어 정직을 배우고, 그것을 실행할 힘을 기르고, 그 다음으로 그들의 고상화 · 미화를 위하여 신적인 사랑의 인간이 되어야 할 것 같다.

아무리 생각해보아도 인생의 전체는 너무나 괴로움이요 피로요 불행이다. 우리로 하여금 거기에서 어떤 흥미를 느끼고 생을 지속하여 가게 하는 것은 극히 일시적이요 부분적인 사소한 사탕 부스러기뿐이다. 가만히 생각하면 별것도 없는 그것으로 무엇을 대단스리 떠들어댄다는 것이 얼마나 무의미하고 실없는 짓인가? 더구나 거기에 살벌이 있고 질서가 있고 암투가 있다니…….

아, 잡답雜沓과 압기와 암운의 세계—이 지옥에서 우리를 위안하고 구원의 손으로 이끌 것은 무엇이겠는가? 오직 진이 있고 선이 있고 미가 있을 뿐이다. 그것을 체득하고 구현한 위대한 천재와 고귀한 인격이 있을 뿐이다.

❖

오늘 종무소宗務所에서 두 사람의 고조된 감정에서 나온 싸움을 보았다. 나의 예감이 틀림없음을 자랑한다기보다 인간 심리의 너무나 평탄함에 스스로 고소를 금치 못했다. 어쩌면 감정이란 그렇게도 동일성을 가지고 있는 것일까?

그 사람의 사상도 허위이다. 예술도 가식이다. 어떠한 경우에 발작적으로 나오는 편언척행片言隻行이 가장 단적으로 그 사람의 본성을 나타내는 것임을 알 수 있다.

오전 열한시 무렵에 이 강원의 개학식이 있어서 참석해보았다. 삼십여 명의 학인에 조실(강사) 한 사람이었다. 무엇이나 학인들에 대한 부탁을 말해달라는 법무 스님의 청이 있었으나 후일로 미루고 사양하고 말았다.

학인은 먼저 기개가 있어야 할 것이다. 명리를 바라고 영달을 꿈꾸는 정신에는 기백을 바랄 수 없다. 청빈을 도리어 영광으로 알아야 하고 곤고困苦에 대한 인내가 있어야 하고 지향에 대한 열정이 있어야 할 것이다. 신명을 아끼지 않을 각오가 없는 생활에 무슨 학구의 깊이가 있고 대성이 있겠는가? 학인으로서 가장 경계할 것은 무엇보다 먼저 상인商人근성일 것이다.

오늘의 조선불교계에 명승은 누구누구이며 학자는 어느 분 어느 분이며 사상가는 몇 사람이나 되는지 나는 모른다. 어쨌든 기개가 없고 기백을 잃은 세계에 무슨 신앙을 바랄 수 있겠는가?

흔히들 생활조건과 주위환경의 불리를 말한다. 그러나 이 말은 사람이란 얼마나 자기 책임의 회피, 또는 전가를 꾀하는 근성을 가졌는가라는 것을 말하는 것이 아니면 자기 무력의 폭로에 불과한 것이다. 또한 그것은 자기와 남을 속이는 훌륭한 수단도 되고 타성 은폐의 방패도 되는 것이다.

❖

날씨가 몹시 춥다. 높은 산영상이요 깊은 산골에다 더구나 눈 뒤의 바람이라 정말 살을 에는 것 같다. 몇 도나 되는지 모르나 서울 추위도 이 이상은 될 것 같지 않다. 절간은 방 따뜻한 맛으로 산다는 말과 같이 아닌게아니라 따끈한 방안에 앉아 고요히 타는 램프를 바라보며 빈 골을 울리는 바람소리를 듣는 것은 여간 아취로운 풍정이 아니다.

야학풍한송자락夜壑風寒松子落

이라는 경허鏡虛 스님의 선구禪句가 생각난다. 그리하여 이런 밤이면 거리의 찬 사람들을 생각하였다는 톨스토이의 모습도 눈앞에 나타난다. 가끔 바람 소리 속으로 건너 '연화사蓮花寺'의 염불 소리가 들린다. 나는 염불 소리에 무한한 종교적 매력을 느끼며, 그 심경을 끝없이 부러워한다. 얼마나 고귀하고 평화로운 생활태도인가? 철저한 겸허와 심각한 반성으로 자기의 무력과 영겁의 죄업을 통감할 때 오만한 자신의 힘—일체 계교를 던져버리고 오로지 미타彌陀의 본원本源에 귀의하는 마음, 얼마나 가득하고 다정하고 또한 숭엄한 것인가? 부처의 무한한 자비에의 귀의, 그 귀의할 힘조차 없는 죄의 아들을, 임이 스스로 나아가 커다란 구제의 손을 펴 안아주신다는 신앙이 절대 타력他力 구제의 원리가 아니겠는가? 대자력大自力의 자력, 자력의 극치인 선가禪家의 안중무인眼中無人의 대자신도 태연부동泰然不動의 자아, 신명을 아끼지 않는 의기도 뼈를 깎는 듯한 반성과 겸허의 그 아래에 서야 할 것이다.

그러나 다시 생각하면 이러한 타력에의 신앙도 이미 이러한 경지에 왔을 때는 벌써 하나의 위대한 깨달음이 아닐 수 없으며, 이 점이 선의 확연대오廓然大悟와 다를 바 없으며, 동시에 아무런 선의 자력 즉 확연대오한 심신탈락저心身脫落底의 경지는 곧 천의수순天意隨順 그대로의 타력 그것이 아니겠는가? 대안심 대입명大安心大立命의 유희자재삼매遊戲自在三昧의 절대세계, 거기에 무슨 자력, 타력의 구별이 있겠는가? '가가문로투장안家家門路透長安', 이 한 구절을 불러보아도 좋을 것 같다. 일처통만처一處通萬處, 천하의 길은 로마로 통한다.

벌써 아홉시가 되었다. 바람은 아직 불고 염불 소리는 그쳤다. 나도 자야겠다. 나는 지금 자리에 들면서 서방 십만억 국토 저쪽의 극락세계를 생각한다.

'나무아미타불 나무아미타불…….'

❈

온종일 끊임없이 빈 골을 울리는 바람이 나의 고독한 창을 두드린다. 가끔 가루눈을 날려 창을 치기도 한다. 미닫이에 스러지는 석양의 여광을 바라보며 끝없는 고독 속에 힘없이 앉는다.

고독을 즐기는 자기 자신, 고독 속에 놓인 자기 자신을 돌아보고 문득 깜짝 놀란다. 고독을 즐기는 마음이란 대개 깨끗한 것, 바른 것이 아니면 더러운 것, 비뚤어진 것이다. 강한 자 아니면 약한 자요, 자기를 우는 자 아니면 남을 미워하는 자다. 염결廉潔과 청정을 표방하고 안일과 정태情怠 속에 자기의 생활을 마비시키는 나 자신이 아닌가!

세상의 번잡과 어지러움을 싫어하여 고독을 동경하고 추구하던 마음이 지금에 역시 고독을 고독하고 있다니. 고독을 고독한다는 것은 무엇을 구하는 것이요, 무엇을 구한다는 것은 정신이 양식을 상실하였다는 것이다. 그러므로 번잡을 버리고 고독을 구한 것도 고독, 그것을 구한 것이 아니라 정신의 양식을 구한 것이 아니냐? 번잡을 버렸어도 가지 않는 고독, 고독을 찾았어도 오지 않는 만족이매, 결국 혼의 안위와 휴식은 외계에 있지 않았다. '일용사무별, 유오자우해 日用事無別 惟吾自偶偕' 라는 글이 있지 않은가! 자기 침잠, 자기 우해에서만 혼의 자유는 있을 것이다. 혼은 자기 자신의 호흡으로써만, 자기 자신의 피로써만 주림을 채우고 소생하는 것인가 보다.

밤에도 바람은 쉬지 않고, 연화사의 염불 소리는 들려온다. 정토는 어디며 미타는 무엇인고? 모두가 일념. 십만억토도 일념이요 미타도 일념이다. 그것을 공간적으로 해석할 때 극락은 허망하고 미타는 사멸하는 것이다. 이 일념 속에 영원한 시간은 약동하고 무한한 세계는 전개되어 가는 것이다. 거기에서 기도는 영원하고 원력도 영원하다. 거기는 고정된 것이 없고 창조가 있을 뿐이다. 이 일념의 세계를 체험 직각直覺한 종교가의 경지로 볼 때는 그것은 십만억 국토가 아니라 백만억, 천만억 국토도 좋을 것이요, 서방이 아니라 동방 남방도 좋을 것이다. 영원의 일념, 무한의 일념, 영원한 창조, 무한한 전개— 어찌 염불의 휴식이 있겠는가? 종교의 아편성은 여기에 있을 것이다. 그러나 그것은 아편성 그대로의 진리일 것이다.

❈

우연히 조실의 방에 갔다가 하나의 의미 있는 문제를 생각하게 되었다. 마침 한 여승이 경문經文을 배우고 있었는데 그 장은 비구니가 마땅히 지켜야 한다는 팔경법八敬法이라는 것이다. 팔경법이란 실로 남존여비 사상 그대로의 발로였다. "이러기에 남자 스님들의 아상我想이 탱천하지" 하는 그 여승의 미소 섞인 가벼운 풍자가 결코 무리가 아니었다.

불교는 일반적으로 볼 때 역시 여성경시의 종교다. 경전에도 곳곳에 여인을 욕하는 문자가 여기저기 보인다. '지옥의 사자' 라니 '독의 꽃' 이라니 '뱀과 같다' 라니 하는 문구들……. 더구나 '오장삼종五障三從' 의 설을 세워 여성 진출의 저지를 꾀하기도 하였고, 석가불께서도 여성의 입단이 인도 불교의 세력 존속 기간을 단축시킬 위험이 있다고 생각하신 것도 그것이다.

그러나 이 여성멸시의 사상은 불교 본래의 것이 아니다. 그것은 주로 그 당시의 특수한 사회조직의 영향으로, 남성중심 사상의 반영에 불과한 것일 것이다. 무릇 들을 수 있는 귀를 가진 일체의 중생에게 부처님은 교화를 베푸셨다. 물론 성의 차별을 보시지 않았다. 자기가 건설하신 교단에 여성의 진출을 허락하셔서 비구, 비구니라 이름하여 여성에게도 남성에 있어서나 같은 수행의 능력이 있다고 생각하셨다. '중생무변서원도衆生無邊誓願度'라 하셨으니, 어찌 홀로 여성이라 돌보지 않았을 것인가? 더구나 《중아함경中阿含經》에는 교단의 균형을 위하여 사중(비구, 비구니, 우바새, 우바이)을 포함하지 않으면 안 된다고 말하였다. 이 여성 용인의 현명을 입증한 사실은 중국, 조선, 일본에만도 매거할 수 없이 그 수가 많거니와 더구나 그 당시 인도에서 나온 여성의 가집 《이중尼衆의 송가》에 나타난 숭엄한 종교심은 남성에 지지 않는 심오한 영적 지해知解의 깊이를 보이고 있다.

대개 여성멸시 사상의 출발은 허영의 여성, 질투의 여성, 나약의 여성이라는 데 있었겠고, 여성혐오 사상은 탐음貪淫의 대상이 되는 탓이나, 주객을 바꾸어놓고 볼 때 남녀가 다를 바 없겠으며, 여성이라 어찌 하근기下根機뿐이겠는가? 남녀의 구별은 이질적인 것으로 우열적인 것으로 가치판단될 것이 아니다. 불교의 여성에 대한 태도는 기독교, 힌두교, 회교의 그것과 같은 제한은 없었다. 지금 세계의 모범적 불교국인 미얀마, 실론에 있어서의 여성의 지위는 남성과 완전한 동격으로, 다른 나라에서 달하지 못한 지평선까지 진전한 최선의 지위에 있다는 기록을 보았다. 그러나 중국과 일본과 같은 불교가 단순히 다른 종교의 하나로서만 행세하는, 제한받는 국토에서의 여성의 지위는 불교가 무제한의 세력을 갖는 미얀마나 실론에서보다 뒤진다는 것은 불교와 여성의 문제에 대한 하나의 흥미 있는 사실일 것이다. 그리고 불교의 혼인관은 현금 서양에서 하나의 경향을 이루고 있는 남녀의 자유의지를 기초로 하여 된 결합이다. 신부는 성을 바꿀 필요도 없으며, 자기의 사상, 자기의 습관, 자기의 개성을 그대로 지닐 수 있는 것이다.

불교의 여성관은 다음의 테니슨의 시 한 구를 이해하면 족할 것이다.

여자는 미완성의 남자가 아니다.
그러나 양자는 같지도 않다.
여자를 남자로 만들어버리면
달콤한 사랑은 죽어지나니……
(……)
같음이 있어서 같음이 아니요
다름이 있어서 같은 것이다.

❖

장난이란 이름으로 묻어버리나, 인간의 본성을 나타내는 일이 있다.

아침 여섯 시 반. 공양시간은 아직 삼십 분이 남았다. 한밤 동안 내린 보시락눈이 알맞게 쌓여 싸늘하고 유쾌한 새벽. 회색 장삼을 입고 하얀 뜰을 조심조심 밟으며 그저 호젓이 뒷짐진 채 거닐어본다. 한 조각 눈썹 같은 흰 달이 동천 숲 끝에 걸려 쓸쓸한 웃음으로 누구의 혼을 부르는 것 같다. 흰 눈, 검은 숲으로 희끗희끗 둘러놓은 산, 여명은 아직 자연의 요람 속에서 그의 침장寢帳을 거두지 않았다. 외로운 마음은 한밤 꿈길을 그대로 걷는 듯 그저 아득히 차갑다.

어디서 푸드덕 소리가 났다. 또 푸드덕 까악, 건너 산 까마귀. 잇달아 두세 번 울더니 또 푸드덕거린다. 짝 잃은 한 마리가 연달아 울며 내 머리 위로 날아갔다. 빈 산을 울리며 사라지는 그 소리는 못내 처량스럽다. 외로운 까마귀 한 마리, 어디서 자고 어디로 날아가는 것인고. 산에서 나고, 산에서 자라고, 산에서 살다가 산에서 죽는 까마귀. 큰 자연에서 볼 때 인간과 까마귀가 무엇이 다를 바 있으랴! 하나의 덧없는 생존자—홀로 감개만 깊어 가만히 눈감고 가슴속을 들여다보다가 다시 황량한 하늘을 우러러 먼 근심에 유혹되다.

일체는 꿈이요 환이요 거품이요 그림자. 시비도 꿈속의 시비요, 애증도 환 속의 애증이라, 우주의 어느 것에 종결이 있고 휴지가 있으랴. 끊임없는 생멸과 쉼 없는 변역變易이 있을 뿐, 성주괴공成住壞空, 생로병사生老病死—일체의 생명 형식은 순차로이 역로를 통과하지 않느냐? 누가 시간의 손[客]을 막을 수 있을 것인가? 눈물도 덧없고 웃음도 실없다. 사랑도 서글프고 원수도 안타깝다.

지금 무한히 엄숙해지는 마음. 침묵으로써 미의 절정에 이르는 사위의 산과 같이 무언 속에 내 마음의 감격과 평화는 순화된다. 그러나 아침에 모든 번뇌를 떠나 스스로 맑은 듯 자처하다가 저녁이면 그 번뇌를 다시 친해 스스로 취하는 이 마음이 아니냐? 유혹→패배→회오→유혹…… 이렇게 되풀이하는 범부의 생활.

귀한 반성, 아름다운 청춘—아, 모든 것 되는대로 되려무나. 그러나 나는 다만 회오의 습관화를 두려워하며 절망하지 않나니. 절망이란 쓸쓸한 인간의 만년에 오는 현실상이 아니냐? 인생은 싸움, 노력, 때가 아니라면 깨끗이 지는 것도 또한 하나의 승리가 아니냐!

밤에 조실의 방문을 받았다. 그는 나이 삼십에 한둘은 넘었으나 아직 독신으로 지내는 사람이다. 일찍이 선방에 들었다가 다시 교학으로 나와 교教는 물론이요 선禪에도 다소의 조예가 있다 한다. 친해볼수록 내가 생각한 것보다 또 보기보다 의외로 상냥하고 사근사근하였다. 친절하고도 유화하였다. 어딘가 천진하고 소박한 아동의 세계에 노는 듯한 느낌을 주는 인상이었다. 야심적인 복장이라거나 현대적인 교활은 조금도 발견할 수 없었다. 화제가 성문제에 이르렀을 때에 그는 조그마한 가식도 점잔도 없이 대담하게 그의 충정을 피력하였다. 어디까지나 종교적인 그의 생활태도에 나는 커다란 유쾌를 느꼈다. 표리가 없는 음흉이 없는 솔직한 태도가 얼마나 정답고 믿음직스러우냐?

인간은 결국 인간. 도덕가도 종교가도 다 같은 인간이다. 다만 인간으로서의 한 이채에 불과한 것이다. 그것을 무리로 혹은 무의식적 인습으로 신이나 부처로 만듦으로써 거기에서 적나라한 인간을 발견할 때 우리는 흔히 절망의 탄식을 하는 것이다. 인간은 어디까지나 인간으로서, 또 인간의 동지로서 양해하고 접촉할 때 세계는 얼마나 유쾌하고 평온하게 전개될 것인가?

모든 인간고의 근거는 무어라 하여도 '식食'과 '성性'이다. 먹을 것이 결핍한 곳에 불안이 있고, 성의 만족을 얻지 못하는 곳에 우울이 있다. 이 불안, 이 우울을 일소하지 못할 때 백의 교화, 천의 전도가 사실 무슨 효과를 가져올 것인가?

지금 사원의 많은 청년들은 다 같이 심각한 고민을 하고 있다. 모든 번민의 하소연을 듣고 그것을 위안해줄 그들이 도리어 많은 번민을 가지고 있다니…… 오는 자도 번민, 가는 자도 번민, 듣는 자도 번민, 말하는 자도 번민…… 이리하여 세계는 번민을 교환하는 시장이 된다.

깊은 밤. 우리는 아무런 문제의 해결도 없이 그대로 헤어졌다. 그러나 지금 내 마음은 근래에 와서 드물게 보는 즐거움에 가득 차 있다. 애교도 수식도 의구도 궁굴窮屈도 없이 좋은 동무와 죄 없는 회담으로 한밤이 깊도록 지낸 것은 유쾌한 일이었다.

먼저 위胃와 성性의 만족을 주라—다만 요하는 것은 바르게, 사념 없이 지족知足으로 나아가게…….

❈

잡음과 부조화—.

분위기의 자극으로 한종일 계속되는 우울.

자기를 보호하고 살리기 위하여는 남의 희생을 요하지 않으면 안 되는 인도의 열대지방 같은 세상, 갈수록 통감하는 내 자신의 무능과 기약氣弱. 결국 운명은 내게 너무 무거운 생을 주면서 너무 약한 능력을 부과하였다. 내 생은 내게 있어서 하나의 무거운 짐이요 위협이다.

앙앙불락怏怏不樂은 소인의 심경이다. 차라리 울분과 노호를 가져라.

기분의 전환을 위하여 H암자의 C를 찾았다. 오전에 누워 앓다가 막 일어나서 어제 내가 맡겨둔 외투를 꿰매는 중이라 한다. 언제 보아도 명랑한 얼굴, 우아한 애교, 침착한 열정이다.

삭발 바로 전의 사진을 내게 보여주었다. 비분과 애수에 다문 입술, 어깨를 넘어 앞가슴에 반쯤 흩어진 중단된 머릿다발, 반쯤 쓰러진 자세…… 무엇보다 어지러이 둘러 있는 단풍숲 배경이 그의 심경을 나타내었다. 최후까지 붉으려는 마음, 아름다우려는 마음, 정사情死하러 가는 길에 향유를 가진다는 여자의 심정이 수긍되었다.

❈

'나쁜 일을 하지 않는다'라는 말은 반드시 그 사람의 자랑이 될 수 없는 것이다. 그 말은 '착한 일만 하는 사람'이란 뜻과 '쓸데없는 사람'이라는 뜻을 동시에 지닌 것이다. 악을 행하는 힘은 선도 행하는 힘이 될 수 있으나, 선도 악도 행할 힘이 없는 곳에 비로소 '쓸데없는 사람'이 있는 것이다.

'가슴' 과 '머리' 의 두 개의 모순된 강청強請, 하나는 의무요 하나는 생명이다. 그러나 결국의 문제는 신앙생활인 것이다. 부와 명예와 지위와 건강이 커다란 행복의 요소가 아닐 수 없으나, 신의 세계를 떠난 그것이라면 차라리 신의 세계에서의 가난과 무명과 비천과 고통이 보다 훌륭한 은총이요 생일 것 같다. 그러나 내게 그것이 가능한가? 몹시 고적하고 불철저한 내 성격적인 운명은, 공중에 떠 있는 줄 없는 기구처럼 못내 위험하다. 수만 길 절벽을 내려다보며 나는 문득 어지러움을 느낀다.

❖

아침 자리에서 채 일어나기도 전에 H군의 방문이 있었다. 딱한 사정이다. 방관자는 청淸하고 논리가는 자유롭다. 모든 인생문제에 대하여 사상가와 비평가의 대담과 경솔과 도약이 무리가 아니다. 더구나 자기의 생명에 대한 무책임, 양심에 대한 둔감의 농세자弄世者에서이랴! 그들에게 있어서 모든 현실상은 마석磨石의 허울과 같은 것이다. 그들은 자유로이 조소 홍소하고, 정의定義 단안하고, 비판 제시한다. 그러나 만일 입장을 바꾸라면? 자기 몸소 그것을 받아들여 자기의 피와 살로써 해결해 나가라면?

'하는 대로 된다' 는 생활과 '되는 대로밖에 안 된다' 는 생활, '합리적 이상주의' 의 생활과 '법적 자연주의' 의 생활, 도덕의 세계와 종교의 세계—하나에 인생 성장의 광휘와 열이 있고, 하나에 인생 단숙丹熟의 향기와 안주가 있고, 하나에 자신에의 초조가 있고, 하나에 타력에의 체념이 있다. 먼저 전자의 구극의 체험, 거기에서 직정直正한 후자에의 문이 열리는 것이다.

이성이 얼마나 무능하냐?
양심이 얼마나 미력하냐?

모두가 돈, 돈 하니 그래, 돈을 모아서 무엇하는고? 고루거각을 지어 칠보로 장엄한다. 또 무엇하는고? 비단옷을 입고 좋은 음식을 먹는다. 또 무엇하는고? 수많은 미녀를 골라 처첩으로 거느린다. 또 무엇하는고? 은행 회사의 중역이 된다. 또 무엇하는고? 인삼 녹용을 달이고 호르몬 주사를 맞는다. 또 무엇하는고? 주사바늘을 꽂은 채 숨을 지운다. 또 무엇하는고?…… 적연무언寂然無言. 밖으로 사회를 무시하고 안으로 자성自性을 유린한 사람. 모처럼 타고난 인생의 칠십 년. 저주받아라. 지옥에 들기 화살 같다니…….

돌咄!

❖

어딘 듯 이 세계의 어디에, 또다른 어떤 세계가 있는 것 같다. 내가 지금 보고 듣고 느끼는 이 세계 밖에 혹은 안에 이 사바가 아닌 비非삼차원의 세계가 있는 것 같다. 그것은 허무 혹은 무극無極의 세계이리라. 어둠이 있으매 광명이 있듯, 있음이 있으매 없음이 있듯, 생사의 이 예토穢土가 있을 때 생사 없는 정토淨土가 없을 이치가 없을 것이다. 진정 그 세계는 사바도 아니요 극락도 아니요 적광토寂光土도 아닌, 무어라 이름할 수 없는 세계이리라. 그 세계에 지금 우리가 살고 있지 않은가? 살면서 모르매 없는 것이 아닌가?

그러므로 왕생이란 반드시 사후의 세계가 아니요, 한번 우리의 관점을 고칠 때 곧 나타나는 현상이리라. 몸은 여기에 사바에 살면서 마음은 항상 정토에 논다는 말이 곧 이 뜻이 아닐까?

이 현재의 한 찰나, 생사에 걸림 없는 종교적 무심의 '지금'이 곧 그 경지이리라. 살고 있는 '지금' 속에 확실한 무엇을 파악하지 못하고, 어찌 죽어서 간다는 일에 신념이 생길 것인가? 죽어서 극락에 가도 좋다. 또 못 가도 좋다. 혹은 지옥에라도 가도 좋다는 신념, 결정심決定心 거기에 진정한 나무아미타불의 본의가 있으리라. 미타의 원행願行과 우리의 원행이 둘이 아닌 즉 기법機法 일체의 경지가 염불삼매요, 또 무의無義의 의일 것이다. 이미 나무아미타불이매 내가 어디 있는가? 내가 없으매 곧 허무. 허무 속에 소리가 있어 아미타불 부르면 그것은 내가 내가 아니라 아미타불. 이것이 곧 왕생이요 무왕無往의 왕일 것이다. 몸도 나무아미타불, 마음도 나무아미타불, 생각 생각 모두 나무아미타불…….

무심이란 무엇인고? 마음이 없는 마음. 마음이 없는 마음이란 어떤 것인고? 일체 정식情識을 떠난 마음. 일체 정식을 떠남이란 무슨 뜻인고? 일체의 정식 계교를 살린다는 것.

눈이 있어도 봄이 없고, 귀가 있어도 들음이 없고, 입이 있어도 말함이 없는 것. 그것은 다시 눈을 감아도 보지 않음이 없고, 귀를 막아도 듣지 않음이 없고, 입을 다물어도 말하지 않음이 없는 것.

그러기에 달마대사達磨大師는 "지시견문각지 즉시무심只是見聞覺知 卽是無心"이라 하였던가? "천하언 사시행만물육, 아부하언 天何言 四時行萬物育 我復何言"이란 공자의 말씀이 아니던가? 사십구 년 설법하신 석가가 내 일찍이 한 자도 설하지 않았다 하심이 곧 그것이던가?

"이 생사는 곧 부처의 생명이다. 이것을 싫어 포기함은 곧 불명佛命을 상실함이요, 또 여기에 집착함도 불명을 상실함이라, 싫어 버림도 없고 흠모도 없는 이때에 비로소 불명에 드나, 다만 마음으로 계교하지 말라. 말로써 운위하지 말라. 내 몸, 내 마음을 완전히 놓아 부처님 품에 던져

들어 부처님 스스로 행하시고, 나는 다만 거기에 따라가면 내 힘들 것 없고 내 마음 쓸 것 없이 생사를 떠나 부처가 된다……." —도원사道元師

얼마나 무심 경지의 수동성의 활동인고! 타력의 삼매인고!

❈

보시布施는 보시를 잊어서 무루無漏의 보시가 되고, 자비는 자비를 잊어서 큰 자비가 되고, 인仁은 인을 잊어서 인에 이르고, 사랑은 사랑을 잊어서 사랑에 살고, 종교는 종교를 잊어서 진정한 종교가 되고, 신앙은 신앙을 잊어서 순수한 신앙이 되고, 시는 시를 잊어서 영감의 시가 되고, 나는 나를 잊어서 비로소 온전한 나가 되나니, 건강체는 자기의 건강을 망각하는 것이라! 하물며 그것을 과시하고 교만하랴! 오직 핵심은 '잊음' 이란 '잃음' 이 아닌 것이다.

❈

숙취에서 일어난 아침. 헌 누더기 같은 자신의 인격과 생활에 불만과 혐오를 느낀다. 뼈아픈 참회와 실의다.

산문에 들어 번민은 더욱 심각하다. '종교는 차라리 고통을 낳는 것' 이라는 누구의 말이 생각난다.

종교는 둔한 양심의 숫돌, 시든 자성력의 식염주사. 심경이 밝아짐으로 말미암아 순식간에 썩어든 자기의 번민이 발견되고 찰나의 악업이 확대되어 보인 것이다. 가책은 산 표징, 번민은 보다 새로운 정신적 양식 추구의 반향인 것이다. 종교는 확실히 고통이다. 그러나 그것은 큰 신앙 출생의 진통이요, 대위안 대환희의 전주곡이다. 대폭풍 지난 뒤의 청명,

정적, 평화의 미소.

❖

나 같은 사람이 이 세상에 살 값이 있느냐? 내가 산다는 삶의 뜻이 어디 있느냐? 현재 아무런 기쁨이 없고 앞길에 아무런 광명이 없고. 내가 지금 없어진다면? 내가 하는 일을 그만둔다면? 아무리 생각하여보아도 이 세계가 입을 영향이란 없을 것 같다. 얼마나 허쁜 일인고! 슬픈 일인고!

그러나 나는 오직 나로서, 나 이외의 아무것도 아닌 것이다. 인간의 인간 되는 까닭, 생의 생 되는 진실한 기위機威는 어떠한 조건에 있는 것이 아니다. 생이 허락되어 있는 근본적 근거는 오직 하나 생이라는 근거밖에 또 있을 것이 무엇이냐? 어떠한 천재, 어떠한 위인도 그 근거에 있어서 무능한 나와 같이 미미한 벌레에 다를 것이 무엇이냐?

학의 다리는 긴 그대로 옳고, 게는 무퉁이 걸음 그대로 바르게 걷는 것이요, 등나무는 굽은 그대로 바른 것이요, 꽃은 지는 그대로 사는 것이나, 물류物類는 불구불비不具不備 그대로 천성天成이 아니냐? 그러면 나의 무능, 이 또한 하나의 만족일거나.

일면, 인간은 바람에 날리는 하나의 낙엽에 틀림없을 것이다. 그러나 일면, 인간은 하늘에 빛나는 별과 같은 것이리라. 어떠한 바람도 날릴 수 없고 어떠한 구름도 지울 수 없으리라. 신앙이란 곧 별 같은 인간에 대한 확증의 체득이 아니냐?

사찰 정화란 무엇인고? 사원의 존엄을 지키기 위하여 그 통로에 철조망을 베풀 것인가? 보다도 절 안의 봉사의 정화를 먼저 할 것이다. 법당과 마루를 깨끗이 쓸고 닦고, 앞뜰 뒤뜰에 수목을 심어 풍경의 미를 더함에 있다 하느뇨? 보다 먼저 승려의 마음을 청소함을 제일로 할 것이다. 깨끗하지 못한 인격의 입문을 금할 것인가? 보다 먼저 문 안의 부정한 사람을 문 밖으로 쓸어내어야 할 것이다. 이것이 가장 바른 자기 요법이 아닐 것인가?

자기에 맹목하던 사람도 종교의 문을 두드려 비로소 자기의 죄업을 발견하고 참회하고 번민한다거늘, 그들에게는 종교란 양심을 파먹는 벌레이던가? 자비가 불교의 근본 종지라면 그들은 어찌 그것을 모른다 하는고? 공公을 위한 성전聖戰이라고 그들은 변명할 것인가? 성전 뒤에 얼마나 무서운 뱀의 혀가 독의 불을 토하고 있는고? 무아無我와 집착을 떠남이 불교의 주요 안목이라면 그들은 어찌 그처럼 구차와 악착을 일삼는고?

그들의 용기를 칭찬할 것인가? 죄를 범하고 악을 감수하여 부처와 신을 두려워하지 않는 곳에 무슨 참된 용기가 있으랴! 두려움 없는 용기보다 두려워하는 용기를 먼저 가져야 할 것이다. 불타를 부르는 입, 경전을 외우는 혀로, 속리俗吏의 무리 앞에 아첨을 드리며, 눈살을 가느러이 애교를 띄우는 비비열열卑卑劣劣한 그들에게 무슨 용기를 기대할 것인가? 배후의 손가락을 모르는 듯 삼척동자의 웃음을 못 들은 듯 하나의 이사理事를 영예라 하여 동분서주하는 무치無恥, 과연 일체의 분별망상을 떠난 종교적 천재아로다.

승려의 적은 결국 승려, 때는 오고 기機는 절박하지 않았느냐? 개혁의 제일종을 울릴 자 누구뇨!

생각하건대 범성凡聖과 선악이 오로지 일념이라거니, 스스로 반성하는 지난 악은 참된 종교의 광명에 녹아드는 도화선이라, 다행히 부처와 신을 마주하여 자문자답이 있어봤으면…….

❈

진정한 종교에는 다만 오늘이 있을 뿐이다. 내일이 없다. '지금'의 생활 사실 순간순간을 바르게 사는 '지금' '지금의 성誠'—인생의 참 의의는 실로 이것밖에 없다. 과거는 과거로 장사하라. 내일 일은 내일 일로 미뤄두라. '지금의 성誠'—오직 여기에서만 모든 것은 생명을 얻어 빛나는 것이다. 아름다움만이 아니라 못남도, 참만이 아니라 거짓도. 미래의 약속을 말하지 말라. 죽음의 배경을 그리지 말라. 삶의 실현은 오직 '지금의 성誠'에 있는 것이다.

❈

자력문自力門이나 타력문他力門이나 결국 종교는 무심으로 극치를 삼는다. 그 무심이란 종교적 무심을 이름이니, 종교적 무심이란 무엇인고? 사량분별思量分別과 계교정해計較情解를 떠난 마음이다. 그것은 낙엽을 날리는 바람이다. 섶을 사르는 불과 같은 무심도 아니요, 주린 범이 짐승을 잡아먹고, 벌이나 나비가 꿀을 빠는 무심도 아닌 것이다. 전자는 사량분별이 없기는 하나 단순한 자연계의 물질적 무심인 것이요, 후자 또한 계교정해를 떠났으나 그것은 생물계의 본능적 무심인 것이다. 그러므로 종교적 무심이란 즉 인간적 무심을 이름이니, 물질이 물질적 양식으로서의 무심이 있고, 일반 생물이 일반 생물적 양식으로서의 무심이 있듯, 인간은 어디까지나 인간적 양식으로서의 무심이 있는 것이다. 그것은 기계적 세계를 떠나, 본능적 세계를 지나, 의무적 세계(인간적 유심)로 나와, 다시 그것을 극복 초극한 종교적 세계, 즉 인간적 무심인 것이다. 그것은 유심적인 무심, 본능적인 의식, 신적인 인간적, 비신非神 비인적非人的인, 역신亦神 역인적亦人的인 것이다. 무의미의 의미, 무목적의 목적인 곳에 노력과 창조의 무심의 세계가 전개되는 것이다.

응무소주이생기심應無所住而生其心

—《금강경金剛經》

종심소욕불유구從心所慾不踰矩

—《논어論語》

❈

자기에게 맞는 세계만을 추구하고, 또 거기에서만 생활하는 것은 자기를 봉쇄하고, 제한하고, 위축하고, 마지막에는 자살시키는 것이 아닌가?

자기를 세우는 곳에 세계는 지옥화한다.

❈

모두가 아닌 곳에 모두가 될 수 있다. 그러나 모두가 될 수 있는 곳에 하나도 못 되는 내 자신이 아니냐? 결국 하나도 아닌 곳에 나의 번뇌가 있는 것이다. 아무것도 아닌 것은 단丹도 아니요 중中도 아니다. 평평범범平平凡凡의 비애, 진수자進隨者의 곤비…….

❈

저녁 자리에 들 때마다 하루 생활의 총결산을 지어본다. 참회도 있고 격려도 있다. 그러나 언제나 참회와 격려의 반복.

생활의 만성화다. 놀람. 전율…….

내

하나의 존재로 여기 누웠나니…….

'나'가 어디 있느냐? 어느 것이 내냐? 이것은 내 팔, 이것은 내 다리, 이것은 내 입, 내 코, 내 눈, 내 배…… 결국 '나'란 어디 있느냐?

나란 하나의 말, 하나의 개념이다. 어떤 현상을 이해시킬 정도의 의미밖에 아무것도 아닌 비非실재적인 것이다. 나라는 항상하는 불멸의 실체(본체)가 어디 있느냐? 나란 사대화합四大和合의 관계성을 의미하는 거짓이름에 불과한 것이다. 찰나찰나 생멸 변화의 연적連積의 무자성無自性. 이미 자성이 없거니, 피아彼我, 생멸生滅의 정해진 모습이 어디 있으랴! 이미 결정상이 없거니 희노애락이 어디 있으랴! 모두가 망상, 망상의 그림자!

파우스트는 땅의 신 앞에서 괴로워하였다. 그러나 그 땅신은 자기가 스스로 부른 것이다.

눈으로 보는 견見, 마음으로 보는 관觀. 범부는 견의 거짓 모습에 끌려 번뇌하고, 성인은 관의 실상에 태연히 움직이지 않는다. 중생은 거짓 모습의 차별에 애증을 세우고, 부처는 실상의 평등에서 오로지 자비뿐이다. 아미타불의 서원, 관음보살의 자비, 모두 이관理觀을 통한 사관事觀에서 나온 무아의 역용力用인 것이다.

❖

아침의 경책警策—.

"너는 먼저 방일하지 말라. 그러기 위하여 먼저 '의意'를 깨끗이 가져라. 의는 모든 일에 앞서고, 주가 되고, 모든 일은 의로써 이루나니. 의를 깨끗이 가짐으로 자제와 분발하는 힘을 얻어, 어떠한 폭류에도 표탕漂蕩되지 않는 주洲 피난처를 지어라."

❖

부모나 형제나 부귀나
그 밖에 남이 내게 어떠한 일을 하더라도
내 스스로 정正으로 향하는
내 마음이 지어내는 행복만은 못하나니라.

—《법구경法句經》

어젯밤 일을 생각하면 할수록 불쾌가 가슴을 메운다. 오류와 실패와 차질투성이인 생활. 갈수록 세계와 자신에 염오와 절망을 느낀다.

어째서 인간은 진리에 대해서 전력을 다해서 반항하면서 허망에 대한 생래의 기호를 가졌을까? 지智와 애愛와의 불일치, 이성과 양심에 대한 감정의 우월, 의욕에 대한 사유의 노예화…….

일반적으로 보아 인간성의 실천적 존재면에서 동물성과 그 거리가 얼마나 되는고? 인간의 참된 영예를 가진 자는 결국 소수 몇 사람에 불과하지 않는가? 그러나 희소한 이 몇 사람으로써 인간은 동물에 대한 인간으로서의 체면이 서고 세계는 향상하는 것이다. 이것은 인간 전체의 자랑이다. 그러나 내 개인에 대해선 하나의 치욕이다.

❖

오늘은 내 생일이다. 맑은 하늘, 이상하게 청명한 날씨다. 하나님이 나를 창조하지 않았고, 하늘이 나를 내지 않았으매, 나는 나의 생탄의 의의를 생각하고 싶지 않다. 자기 미망의 업보로 생겨났고, 생겨났어도 우수한 성격과 천분과 재능—모두 복과 혜慧를 타고나지 못했으매, 도리어 자기 자신이 밉고 또한 가엾다. 그러나 다시 생각하건대 다행히 육도六途

에 떨어지지 않고 사람으로 태어난 것, 사람으로서도 남자로 태어난 것, 남자로서도 불구가 아닌 것, 또한 말세이나마 불법佛法을 만난 것…… 이런 것으로나 마음을 꾀어 지족知足의 덕을 배울까?

힘이 정의로, 다수가 진리로 행세하는 것을 하나의 합법적 원칙으로 강요하고 인정하는 이 세상, 권세를 위해선 성격도 양심도 신앙을 팔고서도 양양자득揚揚自得하는 그들은 얄밉고, 숫자의 다수를 진정이라 선언함으로 유력자의 도리와 명식자明識者의 도리를 혼동하여 열심과 정직으로 스스로 거기에 현혹하는 민중의 우둔은 동정은 하지만 존경할 수는 없는 것이다. 백 마리의 닭보다 한 마리의 학. 완전한 기왓장보다 부서지는 옥이 귀하다.

저녁 후 K씨가 와서 밤이 깊도록 이야기하다. 그러나 어딘지 마음에 폭 안겨드는 친밀한 기분이 생기지 않는다. 한 방 안의 대좌, 장시간의 회화도 오히려 천리의 거리—혼과 혼의 접촉이 결핍되었기 때문이다.

❖

아침에 법구경 일절을 읽다.
"아무리 좋은 교설이라도 실행하지 않으면 그 과果가 허망한 것이다. 마치 아름답고 사랑스러운 꽃이 향기가 없듯."
지식으로 아는 힘이란 실로 미약한 것이다. 그것이 하나의 체험으로서 맛들일 때 비로소 그것은 생명을 얻어 사는 것이다. 가난의 슬픔, 외로운 나그네의 설움, 또한 성자의 환열歡悅, 모두 그럴 것이다.

삶이란 나날의 향상, 때때의 창조, 찰나찰나의 새로움이어야 할 것이다. 이것은 끊임없는 자기 의식, 자기 회수回收에서 오는 아름다운 꽃이리라. 그러나 사람이란 얼마나 자기 생명의 망각과 산일散逸과 무의식적 꿈속에서 생의 열과 시간을 허비하며, 또 반복과 답보와 정체에서 저미低迷하는가?

우러를수록 더욱 높고, 팔수록 더욱 깊고, 친할수록 더욱 경외로운 곳에 진정 크고 아름다운 인격이 있다.

내게 오는 화심禍心을 알면서 전연 모르는 듯 친하게 사귀는 속임수, 모멸하면서 능히 멀리하지 못하는 쓴 눈물, 이것이 세속의 평상이라 생각하면 어, 묵, 동, 정語默動靜 — 실로 예사로운 일이 아닌 것이다.

무엇을 할까? 아니다. 어떻게 할까가 문제다. 사물에 무슨 귀천과 대소가 있으랴! 그것을 대하는 내 마음의 태도에 진위와 염정染淨이 있을 뿐이다. 비록 마당의 풀 한 포기를 뽑고, 방 한번을 닦는 것도 그것을 대하는 태도가 진성眞誠일 때는 그 공덕이 시방 중생에 회향되어 위대할 것이요, 국가를 책략하고 천하를 평정한다 하더라도 그 마음에 때가 끼일 때는 하나의 미미하고 사사로운 일에 불과할 것이다.

업業이란 몹시 치근치근한 것으로서 재 속에 파묻힌 불과 같이 한번 나타나기 전에는 그 열기, 좀처럼 식지 않는 것이요, 또 새로 짜낸 소젖과 같이 바로 그 자리에서 익을 줄 몰라 쫓아다니면서 사람을 괴롭히는 것이다. 한번 벽을 향해 던져진 고무공은 반드시 돌아오는 것이다. 다소의 지자智者는 악을 행하면서 마음을 괴롭히나, 우자愚者는 그 보報가 나타난 후에야 비로소 죄책을 느끼는 것이다.

어쨌든 수치를 잃은 여성은 탈선한 기차보다 무섭고 난폭한 것이다.

만일 이러한 여성이 둘만 있었다면 이 세상에 도를 이룰 사람이 없었을 것이라고 부처님은 말씀하셨거니와, 아닌게아니라 이 지상에 여성만

없었다면 성도할 사람이 많았을 것이다.

❈

여성은 죄업의 과보의 일종이란 말도 있거니와, 사실 여성은 항상 임신이란 무거운 짐을 운명적으로 가지고 있는 것이다. 그러나 그는 항상 은폐된 업무를 다하고, 가정은 암암리에 그의 손에서 처리되어 가는 것이다. 남성은 구태여 그들의 찬미자는 될 필요야 없겠으나 그들에 대한 확실한 지식과 깊은 이해는 있어야 할 것이다. 우리의 생식은 항상 본능적 요구로서 보다 새로운 이성異性에게로 헐떡이며 달리나, 이것은 부조리의 욕망으로서 어떠한 아름다운 이유나 변명으로서도 그 이기적 부절제는 긍정시킬 수 없을 것이다. 그것은 하나의 사음이기 때문이다. 사음이란 관능적 육욕의 사곡邪曲된 행위이기 때문이다.

일기를 적기 시작하고부터 나는 못내 우울해졌다. 일기는 끊임없이 자기 의식, 자기 비판, 자기 성찰, 양심의 소리, 신의 심판이기 때문이다. 일기에 거짓이 없으면 없을수록 더욱 그러하다. 변함 없는 죄과罪過의 반복, 자기에 대한 불만에서 오는 우울이다.

일기에서조차 우리는 적나라한 자기 고백을 기피하지 않으면 안 되는 것일까? 지난 일기를 뒤적일 때나 일기를 적어나갈 때에 '거짓말'이란 소리를 등뒤에서 듣는다. 그러므로 고백의 회피는 공연한 수고요 기우다. 사람은 다 같은 사람이매 남이 두려울 것이 없고, 자기가 부끄럽다면 문자의 유무에 무슨 상관이랴? 너는 먼저 자기 폭로의 용기를 배우라. 그것이 위선 습관화의 미연의 방지책이다.

❖

"차라리 남근을 독충의 입 안에 넣을지언정 그것을 가져다 여근의 그 속에 넣지 말라." —《사분율四分律》

맑은 이성적 인격을 가진 불타는 일면 강렬한 성욕을 소유한 불타였다. 그것은 엄혹하게 제정되어 있는 율법, 특히 음계淫戒를 보면 알 것이다. 그것은 단순한 지적 상상의 소산도 아니요 고의적인 관심도 아닌 것이다. 그것은 그의 성욕의 강렬에 정비례하여 표현된 것이다. 심각한 성의 오뇌와 성의 체험이 없는 곳에 그처럼 박절하고 친절한 음계가 제정될 수 없고, 또 본능적 관심이 아닌 곳에 심각한 오뇌와 철저한 체험이 생길 수 없는 것이다. 그러나 불타의 이 성격은 결코 불교의 결점이 될 것은 없다. 차라리 실로 그것 때문에 불교는 인간의 종교로서 가장 적절한, 강력한 내적 생명의 직감에서 나온 참으로 웅대하고 광휘 있는 종교인 것이다.

세상 사물에는 흔히 그 원인의 반대로서 그 결과가 표현되는 일이 있다. 절실한 자기보존의 욕망에서 자살이 생기고, 철저한 행복의 추구에서 염세가 생기고, 강렬한 사랑의 독점욕에서 질투가 생기는 것이다. 고금의 많은 둔세자遁世者 속에서 우리는 얼마나 많은 착세자着世者를 발견하는가? 모든 종교의 교조教祖처럼 큰 욕심의 소유자는 없다.

❖

인격의 멸시를 받으면서, 일에 대한 약간의 재능으로 항상 승리를 가지는 수가 있다. 더욱이 그 승리를 과시하고 자득한다.

누가 구제하려나?

S의 편지를 받다. 진정 의외다. 세련된 필치와 문학적인 수사에 조그마한 구김살도 없음은. 직접 그를 대면한 듯 반갑고 유쾌하였다.

그러나 몇 번이나 훑어보아도 그의 본의가 나타나지 않는다. 극히 이지적인 그의 성격에서 하나의 경이가 아닐 수 없다. 침착한 정열, 그것은 흔히 사람의 호기심과 신비감의 유발에 보다 우수한 매력을 가지는 것인가 싶다.

그는 연애에 실패당할 위험성은 조금도 없는 재지와 영리를 가졌다. 그러나 그것은 그의 음모나 계교나 고의에서가 아닌 성격적인 점에서 나는 차마 비난할 수가 없다. 음인가 하면 어느새 양, 나타나는가 하면 어느새 숨어버리는 둔갑술은 여성으로서 가지는 최대 최선의 무기요 방위책이라 할까? 그러나 그는 영원히 생의 외연外緣과 사랑의 연안에서만 방황하고 배회하는 자! 결코 생의 진미는 맛보지 못할 것이다.

"만일 좋은 곳에 장가들어 아들딸을 많이 낳아 재미있게 지내는 곳에 선생님의 행복이 있다면, 저는 그것을 빌 것이요, 불교에 귀의하여 세우世憂를 잊고 거기에서 새로운 즐거움을 느끼는 것이 선생님의 행복이라면 저는 그것을 빌겠습니다……." 이렇게 그는 나의 행운을 빌고, 이 행복을 비는 것은 과거의 교분에서 오는 인정의 소치라 하여, 인정의 고귀함을 극구 찬양하고, 신이 인간에 부여한 모든 것 중에 가장 귀한 것은 인정이라 하였다. 그러나 인정이란 하나의 종합개념으로, 그것이 동성 간에 있어서는 우정으로, 이성 간에 있어서는 곧 연정이 아닌가? 마지막에 그는 다시

"제가 지금 부처님 품에 안길 수 있는 몸이 될 수 있다면 얼마나 행복되겠습니까?……"

나는 가슴의 두근거림을 느끼며 얼굴이 확확 달았다. 그리고 곧 회답

을 어떻게 써야 할까를 생각해보았다. 이것이 유혹이 아닌가? 그러나 이 유혹의 허물은 S에게 있는 것이 아니다. 그는 단순한, 그야말로 깨끗한 인정에서인지도 모른다. 유혹받는 것은 내 마음의 부정, 내 자신의 허물이다. 그러나 나는 답을 써야 한다. 답을 쓰는 것은 하나의 의무가 아니냐? 의무? 나는 아무리 의무라 부르짖어보았으나 그것은 유혹받는 내 마음의 구실밖에 아니었다. 이미 사라진 구름, 모래밭에 엎질러진 물이 아니냐? 참자. 그리고 냉혹히 사는 의지를 가지자. 때로는 추상 같은 냉혹이 도리어 춘풍 같은 온정 이상으로 자타를 살리는 수가 있다.

❖

나의 무능은 때때로 훌륭한 덕목의 찬사를 가져온다. 완전히 투지를 상실하였으면서 교묘히 자기를 호도할 때는 '신사적'으로, 상대자의 죄악조차 매질하지 못하면서 스스로 덕화德化의 그늘에 숨으려는 때는 '인도적'으로, 함부로 양보함으로 말미암아 자기의 비굴과 타인의 횡포를 조장하면서 겸양의 미덕으로 자처할 때는 '초연超緣'으로…….

이리하여 나는 포용의 갓을 쓴 소담자小膽者, 아량의 신을 신은 비겁자. 너에게 무엇이 있느냐? 어떤 일이 네 앞에서 너의 손을 기다리고 있느냐? 차라리, 차라리 0으로 돌아가라.

❖

얼음같이 살자. 그렇지 않으면 불같이 살자.

온 세상을 모두 미워할 수 있었으면, 그렇지 않으면 모두 사랑할 수 있었으면…….

이도 저도 아닌 곳에 번뇌의 구더기가 끓는다.

문득 거울 속에 비친 내 얼굴, 한번 자세히 살펴보고 싶었다.

눈, 코, 입, 이마, 턱, 귀…… 내가 요렇게 생겼던가? 새로 발견한 내 얼굴, 못생긴 얼굴이다. 자기와 세계의 틈 사이에서 울고 성내고, '의무'와 '미美의 혼'의 투쟁에 시달리고, 역사(업보)와 창조(신)를 함께 원망 탄식하고, 해서 안 될 사랑에 남 몰래 가슴을 짜고, 지난밤도 한밤, 죽음을 생각하던 요것이 나이던가!

❖

인고는 위대한 것이다. 터질 듯한 가슴을 누르고 치밀어오르는 피를 씹으며, 그러나 남에게는 그런 빛 없이 태연히 지내는 자기 자신. 세상에 이 이상 더 어려운 일이 있을까? 인고의 부대는 견디면 견딜수록 그 끈이 질겨지나니, 하고 싶은 말 한 하고, 하고 싶은 일 안 하는 궁굴窮屈. 그 인고 그 단련 속에서 비로소 미력한 자기가 빛을 내기 시작할 것이다.

❖

C가 와서 책상 위에 놓인 자물통을 열쇠로 못 견디게 잠갔다 열었다 한다.

"그걸 자꾸 왜 그러니?"

"재미있어 그래요."

"그게 뭐 재미있어?"

"재미있지 않아요? 자, 보아요. 요놈이 꼼짝없이 요렇게 꼭 잠기었지요? 그러나 요걸 요렇게 한 번 돌리면 찰깍하고 열리지요? 찰깍하고 열리는 요것이 재미있어요…… 나는 열쇠를 사랑해요. 사람의 마음을 요렇게 열어주는 열쇠는 없나요?"

그렇다. 열쇠는 사랑스럽다. C도 열쇠를 찾는구나. 나도 열쇠를 찾는다. 사람은 누구나 열쇠를 찾는다.

❈

기적이란 무엇인고? 기적이 어디 있는고?

초재성超在性의 광신자는 항상 불신佛神의 가시적 객관적 간섭만으로 착안하고 추구하여, 그것을 기적이라 하여 만족하고 과시한다. 그것은 결국 하나의 무지요 색맹인 것이다. 그 기적은 언제나 부분적이요 단속적이요 일시적이요, 그에 따라 신앙 또한 변하기 쉬운 위험이 있는 것이다.

진정한 기적은 결코 불신의 객관적 외적 간섭이 아니다. 그것은 차라리 불신의 내면적 심리적 작용인 것이다. 그러므로 한 번 자기 생명의 속 깊은 곳에 침잠함으로, 거기에서 그 내재의 불신의 호흡을 느끼고, 그 힘과 그 뜻을 정신적으로 지각하고 직관할 때, 날마다의 일, 일체의 현상, 그 어느 것이 기적 아님이 없는 것이다. 그 기적은 보편적이요, 상항적常恒的이요, 전체적이요, 따라서 그 신앙은 반석처럼 안주하고, 그 안계에는 언제나 경이의 세계가 전개될 것이다.

'신통병묘용 운수급반시神通并妙用 運水及搬柴' 가 곧 그 세계를 이름이 아닐까!

신의 힘, 부처의 뜻을 완전히 이해하고 파악한 곳에 기적이란 아무런 의미도 가질 수 없다. 거기에는 일체가 보통일이요, 아니면 일체가 기적이기 때문이다.

기적이란 언제나 제한된 힘의 범위, 인간의 근시안에서만 성립될 수 있는 것이다.

◈

내게 내가 동경하는 이상적 생활이 있지 않느냐? 그러면서 왜 실행하지 못하는가?

추구하는 노력, 돌진하는 의지가 없는 이상은 결국 몽환이 아니냐? 항상 내일을 기약하나 과학적 계획이 없는 내일은 막연한 꿈이요 허쁜 환영인 것이다. 날은 가고 때는 흐르고, 한 번 간 청춘은 영원히 돌릴 수 없지 않은가?

나의 내기內氣와 무력, 우유優柔와 고식姑息, 더구나 내 기약은 하나의 불운으로 많은 행운까지 희생시키고 있다.

"우리는 우리 생활의 가장 아름다운 날을 계획에 허비한다." —볼테르

그러나 나는 나의 그것을 다만 무위의 동경에만 허비하고 있다.

고요한 새벽. 문을 여니 물빛 같은 공기 속으로 함박눈이 폭폭 내린다. 언제부터 내렸는지 뜰에 가득 쌓인 눈이 문턱에 닿을 것 같다.

눈은 너무 하얗다. 너무 깨끗하다. 너무 조용하다. 앉아서 바라보기에는 너무 신비하고, 혼자서 바라보기에는 너무 아깝다.

밤중. 세상의 온 소리가 모두 고요하다.

보던 책 덮고, 혼자 무연히 불 앞에 앉았으니 문득 까마귀들이 요란스레 울부짖는 소리가 들린다. 골을 울리며 내려오는 비바람 소리. 저 바람에 놀라 이는 까마귀들인가보다.

까마귀나 사람이나 생의 고달픔에야 무엇이 다를 바 있으랴?

산당정야좌무언山堂靜夜坐無言

적적요요본자연寂寂寥寥本自然
하사서풍동림야何事西風動林野
일성한안돌장천一聲寒雁突長天
— 야부治父

❈

S와 K와의 논전이 있었다. 일인즉 K의 주장이 당연하고 또한 참에 가까웠다. 그러나 S는 자기의 지위, 자기의 체면상 굴하는 것을 하나의 치욕인 듯 끝까지 버티어, 궤변과 짧은 지혜, 또 그 위에 조그마한 지위적 권위의 억압으로 승리를 얻었다. 그러나 비록 이론의 패배를 당하기는 하였으나 K의 이론이야 어찌 그것을 승인할 것인가?

S의 승을 위한 승은 결국 하나의 비겁한 지배욕으로, 자부심이 일시 양심을 축출하고 그 자리를 차지한 것뿐이니, 만일 양심이 다시 제자리로 돌아올 때는 그 패배의 비애를 씹지 않으면 안 될 것이다.

실로 인류문화사에서의 사상사 속에는 얼마나 많은 천재가 자기의 기호를 위하여, 지배욕의 충족을 위하여, 성공의 과시와 유혹에 끌려 진리를 왜곡시켰을까? 승리의 패배, 패배의 승리…… 승리와 패배는 오직 자기만이 아는 것이다.

❈

봄이다. 확실히 봄이다.

뜰에 가득한 흰 눈 위에, 흘러내리는 황금 햇살, 금빛 은빛의 교향악. 마루 끝에 나가 앉아보면 이마가 못 견디게 재글거리고 눈은 저절로 감긴다. 눈꺼풀 속으로 새어드는 햇볕. 얼굴을 스치는 바람. 가슴은 수정처럼 투명해지고 몸은 한낱 풍선인 듯 바람에 날려 햇볕을 타고 하늘로 오르는 것 같다.

뜰 복판에 홀로 푸른 작은 전나무 한 그루. 어디서 이름 모를 산새 한 마리가 가벼운 몸을 날려 위태로이 앉더니 조그마한 불안도 없이 그저 자꾸 재잘댄다. 저기도 무슨 악보가 있는가? 그저 좋아서 못 견디는 모양이다.

흰 눈, 노란 햇볕, 파란 바람…… 봄이다. 죄 없는 봄이다.

❖

인간과 초인간과의 관계에서 종교가 생겼다면 인간 대 인간과의 관계에서 윤리 도덕이 생긴 것이다. 그러므로 갑을의 상호 제재, 상호 장해가 없다면 거기에는 윤리와 도덕의 보존 지속이 있을 수 없다. 만일 전연 남의 보고 들음의 장해가 없는 세계에 갑을의 대립을 생각해보자. 인간적 질서, 과연 몇 시간을 이어갈 것인가?

그러나 인간 상호의 부득이한 외적 장해, 그것은 하나의 발전과정으로, 그것을 통과하여 스스로 나아가는 내적 자유—거기에 진정한 윤리 도덕의 구극의 세계가 있을 것이다.

필경 윤리 도덕은 인간 정신의 발전에 있어서 초극될 하나의 단계에 불과한 것이다.

❖

그 행위로 자기를 보이는 수도 있고, 그 말로 자기를 알리는 수도 있고, 그 눈동자로 자기를 말하는 수도 있다. 만일 이것들이 서로 모순되고 서로 배반될 때, 우리는 그 어느 것을 '참의 그'라 하여 믿어야 할 것인가? 대개는 눈동자만이 진실한 그의 본질의 표현으로서, 그 말이나 그 행은 수식과 작위라 하여 믿지 않는다.

그러나 말이나 행이나 눈동자, 그 어느 것도 그 아님이 될 수는 없는 것이다. 말이나 행의 그는 차라리 눈동자의 그보다 보다 높은 그 자신인 것이다. 눈동자의 그가 현실의 그라면 말의 그, 행의 그는 이상의 그, 동경의 그, 향상의 그이기 때문이다. 그것은 곧 인간 일반의 그인 것이다.

우리는 그 어느 것이라도 믿어야 한다. 그리고 한 사람뿐이 아니라 누구라도 믿어야 한다. 의심은 자기를 더럽힐 뿐이다. 믿어서 속는 것은 의심해서 초조한 것보다 얼마나 유쾌하고 죄 없는 것인가? 그뿐 아니라 우리는 사실 절대로 속는 일이 있을 수 없다. 인간 일반은 결코 우리의 신뢰를 저버리지 않기 때문이다.

인간에의 신뢰, 실로 이것은 우리 혼의 평범한 숙박소 · 위안처요, 불신佛神에의 신앙이 곧 그것인 것이다. 여기에서 생활의 어둡고 거친 풍우의 밤은 평정한 아침으로, 나직이 누르는 음울한 하늘은 청명한 하늘로 전화 전개되어가는 것이다.

깊어가는 인간의 결합, 높아가는 세계의 향상.

모든 인간의 진정한 결합은 각 개인 개인의 진정한 하나의 독립인임을 전제로 하는 것이다. 개인의 독립이란 각인이 각각 하나의 초점에 생명의 불을 붙이는 것이다. 각각 자기 자신으로 돌아가는 실행인 것이다.

인간은 누구나 각각 그 자기가 되기 위해서는 설산의 산정에 혼자 서 있는 돌바위와 같은 고독을 맛보지 않으면 안 되는 것이다. 그러나 그 고독은 은둔의 고독이 아니요, 대중의 한복판, 원수와 적의 속에 들어 투쟁하면서 견디어가는 고독이다. 이 고독은 잔인하나 광영이다. 그것은 최초의 시련자에게 주어진 시련이요, 불신佛神의 축복이 그 머리 위에 있기 때문이다.

❖

자고 나니 이상하게 기분이 좋고 마음이 기뻐서 무슨 큰 기대가 있을 듯하기도 하고, 또 무슨 반가운 소식이 어디서 올 것도 같다. 꿈은 생각해보아야 깨달아지지 않는다.

유달리 좋은 날씨. 아마 금년 들어서는 처음일 게다. 바람 한 점 없고 맑은 하늘에 퍼지는 아침 햇볕—어쩌면 이리도 따스하고, 달갑고, 포근하고, 다정스러울까? 꼭 껴안고 싶은 아침. 바람과 햇볕과 공기를 다 잡아삼켜도 한이 차지 않을 아침. 아름다운 청춘을 느낀다. 사슴처럼 뛰어다녀도 보고 싶고, 산새처럼 무엇이나 자꾸 재잘거려보고도 싶다. 팔을 들어 내저어도 보고, 어깨를 쳐보기도 하고, 심호흡도 해보고, 하다 못해 하늘을 우러러 휘파람을 날리며 앞 개울가를 시름없이 거닐었다.

오전에 뒷산에 꽃이 피었다는 소식을 듣고 무슨 큰일이나 생긴 듯 달려가보았다. 과연 눈 녹은 잔디밭에 노란 꽃이 여기저기 흩어져 피어 있다. '눈석이' 라는 꽃이다. 오래오래 떠나 있는 사랑하는 사람을 만나본 심정이 이렇다 할까?

나는 가장 아름다운 놈을 골라서 두 송이를 꺾었다. 누구에게 드리기 위하여서인가?

❖

새벽에 눈이 뜨이니, 아직도 술이 다 깨지 않았다. 얼마나 취하였는지 어제 일이 분명치 않다. 오랜만에 좀 과하게 마셨던 까닭이다.

나는 문득 옛날에 선친께서 벽에 붙여두셨던 계주명戒酒銘이 생각났다.

일왈 손명一日 損命

이왈 희행二日 戱行
삼왈 모재三日 耗財

향락이란 자기 스스로 그물을 뒤집어쓰는 것이다. 미처 깨닫지 못하는 사이에 손발이 자유롭지 못할 때 비로소 사람은 놀라는 것이다.

❖

연애가 무엇이냐? 오늘 뜻밖에 그는 내게 이렇게 질문을 던진다.

연애란? 글자 그대로 '사랑을 그리는 것'. 이성 사이에 있어서 상대자의 신비적인 사랑을 그리는 감정의 꽃. 그러나 그것은 어디까지나 도덕적이 아니어서는 안 되는 것이다. 도덕적이란 도덕에의 희생이 아니라, 성욕 행위 이상을 의미한다는 것이다. 즉 그것은 자기의 인격을 출발점으로 한, 새 인격의 창작적 정신에서 솟아나는 의지적 정열이 아니면 안 된다.

우리는 광인이 아닌 이상, 많은 자기, 여러 개의 인격을 가질 수 없다. 그러므로 여러 개의 애인을 가질 수 없는 것이다. 통일을 상실한 인격에 질서 있는 생활이 있을 수 없듯, 다원적 분열적인 연애에 고요한 행복이 있을 수 없다.

그것은 인생의 꽃, 미美 중의 미, 청춘의 초점, 생의 매력…….

❖

오늘의 선함이 내일의 악으로, 어제의 금지가 오늘에는 허락으로, 바름과 삿됨이 그 얼굴을 고치고, 옳고 그름이 그 자리를 바꾸어, 덧없이 변전하는 세태와 인정…….

이렇다 하여 다만 권, 세, 그리고 힘이 인간 도덕의 규범이 되고 기준이 되어, 최후의 결정권을 점령하여 옳을 것인가?

도덕의 변이성은 일상 우리가 목격하는 현실의 사실인 것이다. 그것은 마치 우리의 생명에 변화와 성장과 도태가 있음과 같은 것이다. 그러나 진정한 도덕은 결코 그러한 맹목적인 것이 아니요, 하나의 절대가 아니면 안 될 것이다. 또한 그것은 마치 변화와 성장과 도태를 행하는 우리의 생명이, 그 자신 하나의 절대적 목적을 가진 움직임 그 자체와 같기 때문이다.

생명의 이러한 내부적 절대성이 다른 모든 표면적이요 기계적이요 우연적인 경박성을 배척할 때, 여기에 도덕의 변이성이 있는 것이다. 그러므로 도덕의 변이성이란 결국 상대적 세계에 있어서의 분열적 자아의 발전과정에 불과한 것이다. 생명의 그 가변 속에 불변성의 본질을 가지듯, 도덕도 그 변화 속에 불변성의 본질을 가진다.

생명 그 자체의 절대적 목적이란 절대적 자유인 불성佛性의 성취인 것이다.

❖

만일 '자유' 가 없었다면 우리에게는 자유의 요망이 없었을 것이다. '영원' 이 없었다면 또한 영원에의 기쁜 구함이 우리에게 생길 수 없을 것이다. 어머니의 젖이 있었기에 갓난아기의 젖의 요구가 있고, 처녀가 이성에 눈이 뜨였을 때 벌써 그 주위에는 총각들이 둘러싸고 있는 것이다.

'나를 버리고 오직 부처의 뜻을 따르라' 는 부처의 말씀이나 '구하라, 줄 것이다' 는 예수의 말씀이 어찌 우리에게 속임이 있으랴! 나를 버려라, 이웃을 사랑하라 하실 때 우리는 그 결과를 생각하거나, 더구나 그 결과의 허실을 의심할 것이 아닌 것이다. 요구의 출발의 근원이 인위적 무리가 아니요, 우리에게 이미 비치되어 있는 불가사의한 생래적 충동이매 어찌 그 감응의 실재에만 생명의 신비가 결여되었을 것인가?

사실 우리는 얻지 못하였기에 믿지 않는 것이 아니라, 믿지 않았기에 구하지 않은 것이요, 구하지 않았기에 얻지 못한 것이다.

❖

우리의 생명은 자유를 요구하는 것이다. 그러므로 그 생명의 요구에 부합하고, 그 목적의 성취에 도움이 되는 생활이 가치 있는 생활이다.

가치 있는 생활이란 결국 유쾌하고 쾌적하고 재미있는 생활일 것이니, 이 모든 요소는 자유를 같이하거나 적어도 자유에의 지향에 계합할 때에만 일어나는 기분인 것이다.

자유란 생명과 그 주위의 조화에 있어서만 가능한 것이다. 그러나 그 조화를 위하여 물物로 하여금 내게 따르게 할 것인가? 내 스스로 물에 따를 것인가?

모름지기 먼저 자타의 대립을 공화空化시켜라. 그것은 보다 먼저 자아의 공화에 있는 것이다.

❖

오전에 일찍 C가 다녀간 뒤, 잠깐 자리에 누워 있으니 처마에 눈 녹는 낙숫물 소리가 갑자기 큰비가 오는 듯하다. 날씨가 따슨 것을 가히 알 수 있겠다. 가끔 어디서 오는 벌 소리가 창밖을 지나간다. 네 척 남짓이나 쌓였던 눈도 오늘 지나면 거의 다 녹을 것이다.

몸보다 마음이 너무 겉늙는 것도 걱정이지마는 몸보다 마음이 너무 젊은 것도 커다란 오뇌가 아닐 수 없다. 봄이 오면 왔지 내게 무슨 상관이랴마는 공연히 마음이 뒤설레어 청춘이 아까워지기도 하고, 안타까운 감상이 가슴을 치밀어오르기도 하여, 가벼운 행장으로 천만 리 여행을 떠나고 싶기도 하다.

내 온 길이 이미 삼십에도 네 고개. 내 한 일이 무엇인고? 남에게 이것이라 내놓을 만한 것이 무엇인고? 나 자신을 향하여 스스로 얻었다 할 것이 무엇인고? 얼마 안 있어 사십, 또 오십, 육십, 칠십…… 내 무엇으로 고인의 뒤를 이었다 하며, 후인에게 물려줄 것이 무엇인고? 고인과 후인의 교량의 역을 무엇으로 할 것인고?

앞 개울의 물소리가 하도 소란하기에 이상하여 나가보았더니, 큰비 온 뒤의 개울과 같이 약간 누르스름한 물이 세차게 흘러내린다. 먼 산골, 이 골, 저 골에서 흘러나오는 눈 녹은 물이다.

눈과 얼음으로 잠가두었던 연못도 어느새 풀려 맑은 물이 가득히 넘쳐흐른다. 서너 사람의 나들이 다녀오는 학인들도 있다.

❈

생명의 영광靈光에 한 번 쪼이면
모든 실재는 절대화한다.
생명은 생명 그 자신, 유일의 목적이매.

❈

보다 호젓하고 아늑한 곳을 거닐어보고 싶어 오랜만에 숲속으로 들어왔다. 개울에는 아직 녹다 남은 얼음과 눈이 기슭에 얼어붙었다. 이 골 저 골에서 흘러나오는 눈 녹은 물이라 흐리기도 하련만, 한밤 동안에 바람에 씻기우고 별빛에 닦이어 아까울 만큼 깨끗하고 맑고 푸르다. 손을 담그어도 보고 얼굴을 씻어도 보고 한 움큼 떠서 마셔도 보았다.

해가 오른다. 숲속에 황금의 부챗살을 편다. 나는 늙은 느티나무에 기대어 서서 따스한 햇볕을 이마 가득히 받아본다. 머리 위에 새소리가 금조각을 뿌린다. 물오른 나무 가지가지마다에 새움이 톡톡 터지는 소리가 나는 듯하고, 마른 풀 잎새마다에 숨소리가 들리는 듯하다. 바위마다 무엇을 속삭이는 것 같고, 아련히 감은 눈 속에서는 한 송이 장미가 피어나와, 자꾸 피어나 나의 온몸을 싸주는 듯하다. 나는 한 마리 나비도 되어보고, 나무도 되어보고, 마지막에는 하늘빛 같은 바람이 되어 만상을 안아도 보고, 만상과 숨길을 사귀어도 보았다.

나는 이상하게도 법장비구法藏比丘(아미타불의 전신)의 사십팔원의 대원력을 생각해보고 여래의 대자비를 생각해보았다. 생각한 것이 아니라 생각하여진 것이다. 그 대원력, 대자비가 그분들의 무리나 싱거운 짓이 아니요, 그것이 하나의 심리적 충동, 의식적 필요이었을 것이라고 느껴졌다. 가장 당연하고 합리적이요, 마땅히 하여야 할, 그럴 듯한 짓이라고 생각하였다. 그리고 또 누구에게나 그렇게 할 수 있는 성능과 힘이 갖추어져 있는 듯이 느껴졌다. 모든 인간의 내포된 목적은 다 부처로 나아가는 최종 목적의 각 중간 계단의 활동과정이라 느껴졌다.

자비는 그 자신, 하나의 목적이라는 의미가 알아지는 듯도 하였다. 그것은 의식이 명료하지 못한 상호부조도 아니요, 의식적 자각적이나 항상 조건과 제한을 가지는 사회적 공의公義도 아닌 것이다. 그것은 하나의 신생명의 창조요 힘인 것이다. 그러므로 그 원력의 자비를 모르는 자, 결코 부처를 알 수 없을 것이요, 그 자비의 원력을 가진 자, 비로소 부처를 알 수 있을 것 같았다. 그리고 그 자비와 원력을 아는 것도 행하는 것도 실은 인간 자기의 힘만이 아니요, 항상 자기의 생명과 함께 계시는 미타 본원本願의 활동이요 노력이라 생각하였다. 그리고 햇빛, 바람, 새소리,

물소리, 모두 미타 자비의 이름이요, 원력의 구현인 것처럼 느껴졌다.

내 가슴 속에는 어떤 알 수 없는 하나의 힘이 움직이고 있음을 나는 느끼었다. 비록 세상이 괴롭고 어둡고 귀찮고 생존경쟁이 심하다 하더라도, 내게 생명이 있는 한 그 힘은 내 속에서 움직이고 있을 것 같았다. 그것은 선함으로 향하려는 내 양심—숙명과 인과를 박차고 오직 우주의 선도, 중생의 제도를 위하여 전진하려는 용기 있는 자비인 것 같았다. 오직 하나 자비로써 일체를 수정하고 정화하려는 노력일 것이다. 그러나 그 자비는 결국 미타본원의 원천에서 솟아나는 것 같았다.

악惡됨을 모름이 아니다. 알면서 행하는 것이요, 선善됨을 모름이 아니라 알면서 행하지 않는 것이다.

마음의 때는 더해간다.

❈

나를 세우는 곳에는 우주도 굴 속처럼 좁고 괴롭고, 나를 비우는 곳에 한 칸 비좁은 방도 하늘처럼 넓고 시원해지는 것이다.

나를 비움이란 나를 죽임이 아니다. 나에의 집착을 여의는 것이다. 나에의 집착을 여의는 곳에서 그 말은 바르고 그 행은 자유롭고 그 마음은 고요한 행복, 무위의 쾌락에 잠기는 것이다.

그것은 모든 것을 정화하는 것이다—진만이 아니라 위도, 선만이 아니라 악도, 미만이 아니라 추도. 거기에서는 모든 사상事象과 행위가 정상定相을 여의기 때문이다. 모든 가치비판의 영역을 초월하기 때문이다. 수처작주隨處作主의 세계가 전개되기 때문이다.

거기에 무슨 싸움이 있으랴. 오직 평화가 있을 뿐이다. 무슨 원수가 있으랴. 오직 자비가 있을 뿐이다.

그 평화란 누구인고? 싸움이 없는 평화만이 아니다. 싸움 속의 평화를 이름이다. 싸움이 나쁜 것이 아니라 사기邪氣의 싸움이 나쁘기 때문이다.

그 노怒란 무엇인고? 책責 없는 노怒만이 아닌 것이다. 책責 속의 노怒를 이름이다. 책責이 나쁜 것이 아니라 원수를 삼는 책責이 나쁘기 때문이다.

비록 밖으로 책責과 싸움이 없으나 마음에 증오 있으면 복수하는 싸움이 되는 것이요, 비록 겉으로는 매질이 있으나 마음에 자비 있으면 그것은 아름다운 노怒요 평화인 것이다.

모든 것이 거기에서 미화되고 정화되고 성화聖化되는 무아의 경지.

❖

모든 것을 바라다 잃고, 모든 것을 믿다가 저버림을 받을 때, 최후로 갈 곳은 내 자신이었다. 그러나 자기 자신에조차 저버림을 받을 때, 내 갈 곳은 어디여야 할 것인가?

그러나 나는 어디까지나 나 자신만은 믿어야 한다. 나 자신이 비록 추하고 악하고 더럽고 못났다 하더라도 나는 그래도 그런 그대로 믿어야 한다. 항상 나는 나 자신의 무능을 발견하고 슬퍼한다. 그러나 슬퍼하는 그것이 하나의 유능이요 바람이 아니면 안 될 것이다.

모든 빛이 내게서 떠나갈 때—
태양이 잠기고
달이 떨어지고
별이 숨고
불이 꺼지고
모든 빛이 내게서 떠나갈 때—

오직 나만이 하나의 등불이다.

❖

아침부터 내리는 보슬비를 맞으면서 반야암 근처를 혼자 거닐다가, 아직도 찬 기운이 몸을 엄습하는 소나무 밑에서 약간 이슬에 젖어 혼자 피어 있는 이름 모를 꽃 한 송이를 보았다. 깊은 산 궁벽한 골에 남 몰래 피어 있는 꽃 한 송이. 누구의 눈에도 뜨이지 않고 혼자 피었다 혼자 지는 일생을 스스로 쓸쓸해하는가? 차라리 무지하고 잔학한 손길에 꺾이지 않는 행복을 기뻐하는가?

그의 행복은 결코 사람의 손길에 꺾이고 짐승의 발길에 밟히지 않는 그곳에 있지는 않을 것이다. 만일 그것이라면 싸늘하고 단단한 콘크리트로 싼 높은 담 안 유리창 안에 활짝 피어 있는 빨강, 노랑, 하양의 가지가지의 꽃과 무엇이 다를 것인가?

대지에 마음껏 뿌리를 박은 이 꽃 한 떨기. 기름진 봄하늘에서 흘러내리는 햇볕을 마음껏 받는 이 꽃 한 떨기. 파릇한 산들바람을 마음껏 마시는 이 꽃 한 떨기. 밤이면 작은 별 큰 별을 마음껏 따먹고, 소나무 숲을 스치는 바람, 나뭇가지에 걸린 달을 마음껏 즐기고, 맑은 이슬에 마음껏 젖는 이 꽃 한 떨기. 그리고 혼자 고독 속에 고독의 영광과 힘과 아름다움을 배우는 이 꽃 한 떨기.

나는 이 꽃이 부끄럽다. 이 꽃을 배우자.

붉은 꽃 한 송이를 본다. 이 꽃이 붉다는 그것은 그것을 붉다고 보는 안근眼根, 안식眼識, 의식 이외에 따로 붉은 꽃은 없을 것이다. 그리고 그 붉은 빛도 눈에서 자꾸자꾸 그 거리를 멀리할 때는 보이지 않을 것이다.

종소리를 듣는다. 그 종소리도 공기의 진동을 따라 이근耳根, 이식耳識,

의식에 울려오는 것이다. 그러나 비록 종소리 있더라도 그 거리 먼 곳이면 그 소리는 들리지 않을 것이다.

내 눈이 미치지 못하는 곳, 내 귀가 미치지 못하는 곳…… 못 보고 못 듣는다 하여 어찌 거기에 빛과 소리가 없으랴!

이렇게 생각하매 시방 세계에 부처님의 바른 깨달음의 소리 가득 찬 것도 같다.

부모의 애정에 양육되면서 어린애는 그것을 모른다.

부처님의 자비의 본원에 구원을 받으면서 중생은 그것을 모른다.

엄마가 그리울 때, 엄마가 보고 싶을 때, 길을 가다가 돌에 채어 갑자기 넘어질 때, 또 어떤 급한 경우를 당했을 때, 어린애는 저도 모르게 '엄마'를 부르게 된다. 그러나 그 '엄마' 소리는 어린애의 소리가 아니라, 기실은 엄마의 소리인 것이다. 엄마로서의 본원, 엄마로서의 불가사의의 염력이 어린애의 속에 들어가 그를 움직이어 소리가 되어 나타나는 것이다. 그것은 하나의 소리임에는 틀림없으나 그 소리는 그의 내적 요구의 전적 표현인 것이다.

그러므로 어린애는 자기의 소리 속에 엄마를 듣는 것이다. 그 소리에서 소리를 초월한, 소리 없는 소리를 듣는 것이다. 그것을 들음으로 해서 엄마와 일체되고 엄마 속의 자기, 자기 속의 엄마를 발견하는 것이다.

❖

목숨을 아끼는 곳에 위偉가 있을 수 없고, 부귀와 공명을 탐하는 곳에 영英과 호豪가 있을 수 없다.

사사로움과 내가 있는 어느 곳에 강剛과 용勇이 있을 수 있으랴!

"본무本無의 곳에서 쑥 뽑아, 미타의 칼을 휘둘러 보라." ― 문각文覺

진리의 파지자把持者, 즉 생명의 완성자에게는 삶이나 죽음이 다 같은 삶의 현실인 것이다

그 죽음이 보다 아름답고 빛나는 시간일 것이다.

그러나 우리는 그때가 언제임을 모르매 항상 불신佛神을 함께 하여야 한다. 불신佛神을 떠나 따로 진리가 없기 때문이다.

❖

종교가에게 있어서 가장 피해야 될 것은 현세적 · 감성적인 것에 대한 강렬한 집착일 것이다.

그러나 그러한 소질을 가지지 못한 자, 결코 훌륭한 종교가가 될 수 없는 것이다. 그러한 자기에 대한 예리한 반성의 칼날을 보낼 때 심각한 자기 부정이 생기고, 그 심각한 체험의 고통을 통해서만 비로소 진정한 종교가 탄생되기 때문이다.

부귀와 명리에 욕심이 없어 아집이 결핍한 스피노자나 칸트는 결국 하나의 위대한 철학자밖에 되지 못한 것이다.

❖

오전에 날이 조금 풀리었다. 바람이 자고 볕살이 따스하였다. 호박빛으로 공기는 한껏 투명하였다.

마루 끝에 나와 앉아보았다. 참새들이 지저귀는 서쪽 정원, 숲을 이룬, 대나무 잎사귀. 잎사귀가 눈이 부시도록 빛난다. 뜰 앞 홰나무에는 까치 한 마리가 경쾌로이 우짖는다. 그의 가슴에는 가늘한 기쁨이 가만히 피어올랐다.

조그마한 기쁨! 참으로 순수하고 깨끗하고 알뜰한 행복이란 커다란 영

화보다 이런 조그마한 기쁨에 있다 하였다. 시샘도 없고 겁도 없는 조그마한 기쁨에.

❖

자아를 버리지 못하는 곳에 인생은 영원히 외로운 것이다. 사람은 각각 제 것을 혼자만 가지고 있어서, 그것을 남과 공유하지 못하기 때문이다.

사람과 사람 사이에 언제나 입을 벌리고 있는 도랑은 얼마나 슬프고 두려운 것인고? 그러나 그 위에 놓을 수 있는 다리는 '사랑' 뿐이다.

❖

어디서나 무슨 소식이 있을 듯하여 종일 기다렸으나 편지 한 장도 오지 않았다.

저녁 후에 과연 한 줄기 소나기가 왔다.

❖

낡으면 낡을수록 살고, 새로우면 새로울수록 죽는 수 있다.

폐허에, 더구나 가을 황혼의 폐허에 서보다.

쓰러져가는 초당, 이끼 낀 초석이 굳세고 빛나는 붉은 벽돌 건물보다 보다 생생한 생명에 빛나지 않은가?

우리는 흔히 예전의 전장에 나아가 한바탕 꿈속에 불과한 여러 민족의 흥망을 보고, 그 민족의 덧없는 꿈의 여향을 맡으며, 인생의 무상을 영탄하고 감개한다.

그러나 그것은 고투와 악전에 쌓인 인생의 현실을 거부하는 의미가 되어서는 안 된다.
보다, 그 가열 속에 있으면서 끊임없이 계속된 인간의 꿈이 참담한 황폐에 놓이어 오히려 빛나는 강렬한 생명을 사랑할 수 있다 할 것이다.

각자 자기의 하나의 입장을 잃고, 무수한 다른 입장에 현혹될 때 비로소 혼란의 상태가 시작되는 것이다.
자율적인 삶과 삶의 사이에는 어떠한 투쟁이 있더라도 거기에는 순화된 정신, 정화된 생명이 있을 뿐이다.
위대한 전사戰死와 개선凱旋, 깨끗한 승리와 패배!

❖

자연의 아이가 된다는 것은 종교의 출발이자 동시에 전 인생의 삶의 목적이 아니면 안 될 것이다.
자연의 아이란 자기 생명의 원시상태에의 복귀, 일체 협잡물을 배제하고 일체를 놓아버린 무구한 삶에의 환원, 즉 순수한 삶의 파악자를 이름이다.
이 의미에서 석가의 해탈이란 전 인류의 생명 계통에의 반항 · 파괴 · 혁명에 의한 인간의 자연생명을 체득한 천재적 전형적 표현인 것이다.

신앙도 계율도 종교의 구극은 아니다. 무엇을 믿지 않고는 못살고, 어떠한 계율을 필요로 하는 동안에는 진정한 안심입명安心立命이 있을 수 없는 것이다.
먼저 일체를 놓아버려라. 그 뒤에 오는 자율적 삶의 획득—거기에는 종교, 그것도 없는 것이다.

사랑은 애착이 아니다.

그것은 모든 사물을 파괴한 뒤에 오는 실상의 긍정이요, 그 사물의 생명과 동화된 자태이다.

사랑은 끊임없는 창조생활이요, 애착은 모든 사물의 생명을 정체시키는 것이다.

'원수를 사랑하라' 는 예수의 말씀은 평화주의자의 동정심도 아니요 패배자의 낭만벽도 아니다.

그것은 자기에의 확신, 어렵게 견딘 시련에의 감사, 생명력에의 신념이요, 그리고 '적은 강할수록 좋다' 는 정복자의 오만스런 개가인 것이다.

❖

옥중에서보다 전장에서보다 평온무사한 일상생활에서 우리는 보다 두려운 적을 발견한다.

그 적은 눈으로는 볼 수 없는, 의식할 수도 없는 적이기 때문에 다만 생명의 완만한 멸망이 있을 뿐이기 때문이다.

여기에서 어떻게 하여서나 자기 생명의 증명의 확보를 꾀하지 않고는 배길 수 없는 인간은 자기각색의 일을 지어낸다—인공적 고난, 공상적인 표박漂迫, 모험, 연애, 색정 등등…….

삶의 강렬만을 배워 자기를 절대화하려고 자신을 버리는 격정은 아름답기는 하나 맹목적 광신에 흐르기 쉽고, 삶의 무상만을 깨달아 자기를 전全 생명의 일인一因으로 달관하여 일체를 객관시하려는, 냉혹히 세련된 감정은 자재로운 통찰력은 있으나 행위의 타태에 떨어지기 쉬운 것이다.

강렬하나 덧없는 인간의 생명, 덧없으나 강렬한 인간의 생명이다.

우리는 왜 종교를 필요로 하고 불선佛禪을 믿어야 하는가?
아무것도 가진 것이 없기 때문에—그러나 그보다 너무 많이 가졌기 때문이다.
"너의 물物로부터 너 자신으로 돌아가라." —소크라테스

'당신이야말로 불타 곧 당신' 이라는 불타의 말씀은 얼마나 사랑과 자비에 넘치는 말씀인가?
그러나 이 말씀처럼 냉혹하고 감내하기 어려운 말씀은 없다.
그 말씀은 얼마나 많은 범부 중생을 무한의 표박으로 추방시킴을 의미함인가?

불타의 사랑은 어렵게 견뎌내는 것을 동반하는 것이다.
못 견딜 참인慘忍으로 시련을 주어 거기서 인간의 아름다운 생명의 증명을 획득시켜 비로소 포옹하려는 것이다.
필사의 기도만이 축복받는 생명을 완성하기 때문이다.

❖

한 민족 대 한 민족의 싸움, 한 국가 대 한 국가의 싸움…… 이리하여 세계의 도처에서 인류의 살벌과 죄악은 계속되고 있다. 그러나 민족과 국가를 초월하여 세계의 도처에는 만인이 그 앞에서 무릎을 꿇어야 할 아름다운 행동이 계속되고 있을 것이다.
—깊은 산 숲속에 남몰래 향기 피우는 이름 없는 꽃처럼.

선인의 속에서 위선자를 적발하고, 성자의 배후에서 악마를 발견하는 날카로운 예지는 얻기 어렵다.

그러나 악인과 속인의 속에서까지 오히려 순수한 생명을 발견하고, 그 소리를 들을 수 있는 무한한 인내와 사랑은 더욱 어려운 것이다.

차별을 아는 불선佛禪의 지혜보다 차별을 알고도 베풀지 않는 불선의 자비가 더욱 위대한 소이가 여기에 있다.

❖

따스한 햇볕과 고운 바람 앞에 꽃다운 향기와 아름다운 맵시로 우리의 마음을 빛나게 하는 가지각색의 꽃에는 자랑스러운 영예가 있다.

무겁고 어두운 검은 흙 속에서 남모르는 인종과 침묵의 성업聖業을 쌓아가는 그 뿌리에는 쓸쓸한 고련苦鍊이 있다.

그러나 자랑스러운 영예는 쓸쓸한 고련에서 피어난 꽃이어니, 법의 열悅과 도의 낙樂 속에서 혼자 가만히 사라지는 고련의 생명은 축복되어라.

❖

우상이란 목석이나 금석만이 우상이 아니다.

섬기지 않을 것을 섬기는 것, 내가 마땅히 시키고 부려야 할 것을 도리어 거기에 붙이어 섬기고 복종하는 것은 모두 우상숭배인 것이다.

부, 명예, 지식, 색정 등…….

"아란아, 내 목은 너무 말랐다. 얼른 물을 가져다다오." —《열반경》

멸함이 없는 무위의 법락을 맛보시는 불타보다, 우리는 차라리 그의 인간적 고뇌에 지극한 마음으로 공경을 드리고 싶은 것이다.

그것은 번뇌에의 항복, 미망생활의 찬미가 아니라 거기에서 우리는 다 같은 인간적 운명의 정답고 친근한 맛을 느끼고, 혼의 고양의 어려움과, 그러므로 그것은 눈물과 고뇌로써만 성취할 수 있다는 것을 알 수 있기 때문이다.

항상 본능의 폭류, 충동의 고뇌에 밀리고 시달리면서 그래도 높고 귀한 영성靈性의 자기에 귀를 기울이려는 이 희원은 어디서 오는 것일까?

어둠에서 어둠으로, 고독에서 적막으로 헤매며 허덕이는 나그네의 인생에 어디엔가 광명과 위안이 있을 듯 느끼는 이 요구는 어디서 오는 것일까?

아침에 친한 동무가 저녁에 떠나고, 밤에 사랑하던 애인이 아침에 돌아서고, 어제 부모를 잃은 슬픈 눈물이 채 마르기도 전에 내일 형제를 잃는 덧없고 거짓된 이 인생에 진실을 찾고 항구恒久를 바라는 이 마음은 어디서 오는 것일까?

업業이란 영원한 과거로부터 피에서 피로 전해 내려온, 길들여진 동물적 성향이요 운명이다.

그러므로 종교란 이 긴 역사를 가진 폭군에의 반역의 봉화요 항전이다.

여기에 어찌 비통한 한숨, 피에 젖은 패배, 인고의 십자가가 없을 수 있으랴!

유혹의 효용—.

선을 악에 대해서 힘을 얻게 하고, 진을 결정하여서 이것을 선과 화합하게 하고, 악과 악의 거짓을 멸하여 다하게 하고, 내적 영혼을 개발하여 자연인으로 하여금 그 절도에 따르게 하고, 동시에 자애自愛와 세간애世間

愛를 파괴하여 이로부터 나오는 모든 욕심을 제약하고…… 불신佛神이 나를 위하여 싸우시고 또 나를 이기게 하심을 믿게 하는 데 있는 것이다.

"신은 죽은 자(영적 의의에 있어서)의 신이 아니라, 산 자(영적 의의에 있어서)의 신이다." —〈마태복음〉 20장 31절

그러나 나는 말하고 싶다.

신은 산 자(영적 의의에 있어서)의 신이 아니라, 죽은 자(영적 의의에 있어서)의 신이다.

전자의 말이 그 결과에 있어서의 뜻이라면, 후자의 말은 그 동기에 있어서의 뜻이라 할까? 그리고 전자는 사람의 입장에서라면, 후자는 신의 입장에서라 할까?

❖

그 사람의 인격을 숭앙하고 흠모하는 곳에 신앙이 생긴다. 신앙이 있는 곳에 미처 깨닫지 못하는 가운데 모방이 생긴다.

미타의 칭념稱念·감사에서 미타의 인격적 위대성의 훈도薰陶를 입고, 나아가 정토 모방의 세계 달성이 생기는 것이다.

우리는 무엇 때문에 윤회전생輪廻轉生의 사상에 공포를 느끼고, 그곳에 떨어지지 않기 위하여 일체의 업을 짓는 일을 삼가야 하는 것일까?

과거의 내가 무엇이었던 것을 지금의 내가 모르고, 과거의 나의 고락과 지금의 나의 고락과의 관계를 모르매, 지금의 내가 미래의 나에게 무슨 관계가 있을 것인가?

결국 전생轉生을 위한 수행은 나를 위함이 아니요, 알 수 없는 '어떤 다른 한 생명'을 위한 보살행인 것이다.

불성은 시간과 공간을 초월한 그대로의 자성自性을 지키는 진제眞際의 실재요, 자아 전일全日이다.

공간을 떠났으매 편재遍在요, 시간을 떠났으매 영원이라.

편재이매 대소에 동일하고, 영원이매 느리고 빠르매 자유이다. 그러매 시공을 초월한 거기에는 시공의 진행이 서로 융합하는 것이다.

진공에는 시간과 공간이 없다.

그러나 그것은 허무가 아니다.

진공은 끊임없는 창조에 호흡한다. 그러나 허무는 죽음이요 파멸이다.

우주에 절대적 단일인 실체는 존재할 수 없다.

그것은 지극히 작은 실체의 다른 이름이요, 그 단일 속에는 무수한 사물이 존재하는 것이다.

—절대적 단일에는 존재의 형식이 있을 수 없고, 형식 없는 실체는 있을 수 없기 때문이다.

일견 그 외면이 극히 단순하고 한 모양인 행동이라도 그 속에는 그것으로 말미암아 나오는 바의 일체의 무수한 사실이 포함되어 있는 것이다.

그 종자의 무수한 사물을 내포하고 있는 과실果實의 단순한 외곽처럼, 혹은 난자처럼—.

"사람은 그 소행을 따라 심판을 받고 그 심판에 따라 책임을 져야 하느니라." —예수

❖

우리가 이 세상을 살아갈 때, 또는 어떤 사업에 실패할 때, 흔히 실없는 고통과 번민을 일삼는다.

그러나 이것은 이 세상의 사물에는 자기의 힘으로 좌우할 수 없는 것이 있음을 충분히 인식하고 분명히 구별하지 못함으로써, 나아가 그것을 전도시킴으로 말미암아 생기는 것이다.

하늘을 원망하기 전, 사람을 허물하기 전, 먼저 자기의 진정한 재산을 알라.

아욕我慾과 명예욕에 맹렬히 나아가는 용자勇者보다도 절개를 지키고 분수를 지키는 의인義人이 좋지 않은가?

위인이란 반드시 세상의 눈과 귀를 불러일으키는 외화外華에만 있는 것이 아니다. 자기를 알고 사물의 참된 바탕을 깨달아 안 내실內實에 보다 있는 것이다.

그러므로 산간 벽지에 가만히 엎드려 이마에 땀을 흘리며 밭가는 농부 속에, 천하를 넣은 나옹奈翁보다 시황始皇보다, 보다 위대한 위인이 있을 수 있는 것이다.

❖

모든 인간성을 무시하는 곳에 참된 인간성이 발휘되는 수도 있다. 전장戰場에서의 인정…….

생사사대生死事大! 천지를 주어도 바꿀 수 없는 생명은 중한 것이다. 죽음은 중한 것이다.

그러나 벌레 같은 이 목숨, 어디가 중하다 하는고? 조그마한 친절을 위해서도 즐거이 죽어가는 이 생명들이 아닌가?

보다, 차라리 생명을 완전히 생각지 않는 그 경지에 생명의 지고가 있는 것이다. 언제나 맥맥이 살아있는 우리의 일체 본능을 초극하는 생명—.

❈

흔히들 생각하기를 엄격한 규율과 계통적인 명령에는 인간적인 온정이 제거되어야 한다고 한다.

그러나 사실은 그와 반대로, 거기일수록 그것이 깊어야 하고, 근본이 되어야 하는 것이다.

그것(규율과 명령)에 대한 무지와 오해처럼 질서를 파괴하는 것은 없고, 또 그것은 결코 수학의 공식처럼 그 자체만으로 인간으로부터 떨어져 존재할 수 없는 것이기 때문이다.

천하에 '달진達鎭'이 이상의 죄인은 없을 것이다.

약간의 윤리적인 일부의 호의로 말미암아 자타를 함께 죽이는 해가 있을 수도 있다. 그러나 그 이익과 손해를 돌보지 않고, 남에게 주려는 곳에 깊이깊이 감추어 있는 아름다운 인간의 본면목이 있는 것이다.

인간이 이 세상에 수생受生한다는 것은 곧 수난受難한다는 것이 아닐까? 그러나 인간이 살기 위하여는 먼저 그 전제를 크게 긍정하지 않을 수 없는 것이다. 그러므로 인간의 가치는 그 난難(즉 생生)을 대하는 태도 여하에 따라 결정되는 것이요, 또 그 난의 수수께끼는 일생을 걸어 몸소 해결하는 이외에 아무런 의미도 내용도 가지지 못하는 것이다.

생의 수난—생의 광영.

나이 들어갈수록 인생의 추함을 보다 많이 보고 듣고 안다는 것은 얼마나 슬픈 일인고?

깨끗하고 아름답고 경이로운 느낌은 젊은 시절의 전유물인가?

생生→유幼→소少→청靑→장壯→노老→사死를 생→노→장→청→소→유→사로, 인간 일생의 변화순서와 형태를 고쳐달라고 신음한 아나톨 프랑스의 심경이 이것이던가?

❈

자기가 보는 일체의 것은 결국 자기의 투영에 불과한 것이다. 얼마나 많은 사람이 자기의 투영에 놀라 당황하고 집착하여 신음 고뇌하는고?

그러나 그림자란 반드시 빛을 전제하고 빛을 등진 데서 생기는 것이다.

먼저 돌아서서 보라. 거기는 오직 광명이 있을 뿐이리.

내 몸이 완전히 기댈 만한 탄탄한 벽을 가지고 싶다.

참마음이 나를 안아주는 크고 안전한 가슴을 가지고 싶다.

나를 속이는 내 마음의 괴로움을 숨김 없이 말할 수 있는 사랑을 가지고 싶다.

사람이 생활에 있어서 어쩔 수 없는 운명에 부닥칠 때, 처음에는 그것을 돌파하여 새로운 생활을 타개하려는 반역적 기분을 가진다.

그러나 돌파하고 타개할 만한 능력을 가지지 못한 때는 차라리 현 상태에 안주하기 위한 단념을 생각하고, 또 단념하기 위해서는 도리어 그 이유를 여러 가지로 생각한다.

여기에 인간의 자기를 속이는 비겁이 있고 교활이 있는 것이다.

❖

목숨이 없다는 차디찬 돌 속에 강렬한, 그리고 영원한 생명이 느껴지는 때, 살았다는 내 목숨이 몹시도 미약하고 덧없고 가엾이 느껴지는 때.
— 초생달이 기울려는 깊은 여름밤, 운명을 슬퍼하는 뜰 앞.

십자가 위의 예수의 사형!
이때처럼 인간의 잔학성을 보인 일은 아직 인류의 역사에 없었으리라.
그러나 이때처럼 인간의 깊은 사랑과 신뢰를 세상에 보인 일은 역사의 어느 곳에도 보이지 않으리라.

견성見性이란 낡은 진리를 독창적으로 깨달아 얻음을 이름이 아닐까?

"언제나 한 번은 미워하지 않으면 안 될 것으로 이것을 사랑하라. 또 언제나 한 번은 사랑하지 않으면 안 될 것으로 이것을 미워하라." —키론

사람은 이처럼까지 신중하고 과민하지 않으면 안 될 것인가?
삶의 무거운 짐이다.

남을 구원하고 세상을 제도하려는 자, 먼저 자기 자신을 무일물無一物의 경계에 안주하기를 배워야 할 것이다.
많이 가진 자, 많이 가지기를 바라는 자보다 버리기를 구하고, 버리기를 원하는 자에게 진정한 부와 강렬한 힘이 생기기 때문이다.
기실 인류사회는 그러한 깨끗하고 고요하고 높은 혼의 파지자의 숨은 공덕에 의해서야말로 끊임없는 어지러움에도 그 밑바닥의 안정을 지키

는 것이다.

진정한 생명 그 자체에는 엄정한 의미로 보아 '잃음' 이란 있을 수 없는 것이다. 그러므로 실패가 도리어 성공이 될 수 있고, 성공이 도리어 실패가 될 수 있는 것이다.

이손利損과 성패를 초월한 곳에 생활 그 자체가 하나의 의미요 가치요 또 무애無碍가 될 수 있는 것이다.

❖

하고 싶은 것을 하지 못하는 괴로움, 하기 싫은 것을 해야 하는 괴로움! 그러나 '하고 싶다' 는 것과 '하기 싫다' 는 것은 모두 '나' 를 버리지 못한 고뇌인 것이다.

스스로 나아가는 자비에 모든 괴로움은 즐거움이요, 영광인 것이다.

인생이란 큰비가 쏟아지는 광야를 걸어가는 나그네와 같은 것이다. 달려보아도 헐떡거려보아도 비에 젖지 않을 수는 없는 것이다.

먼저 젖기를 각오하시오. 그리하여 비를 맞으며 유유히 걸어가시오. 젖기는 일반이나 고뇌는 적을 것이다.

인간의 수행이란 처음은 있으나 끝이 없는 것이다. 그것은 지고의 도란 무한이기 때문이다.

그러므로 지고의 도, 무한의 도를 체득한 사람은 자유인 것이다.

거기에는 법칙에의 수순이 아니요 창조의 진화가 있을 뿐이다.

성괴成壞는 천운天運이요 선악은 인도人道라 하여, 천운과 인도를 무관계한 별물로 구별하여 버리는 인생관이 있다.

그러나 인도를 떠난 천운이 따로 있을 수 있을까? 천운이란 결국 인간의 소작所作 활동의 여력의 발현이 아닐까?

천운을 기다리기 전에 먼저 인도를 다할 것이다.

자네는 슬퍼해도 나는 슬퍼하지 않으련다.
자네는 죽더라도 나는 죽지 않으련다. —일면불 월면불日面佛 月面佛.

괴로움과 분잡의 대개는 목적과 수단을 혼동하고 주와 객을 전도하는 관념의 소산인 것이다.

그러나 목적과 수단이 구별되는 세계는 아직도 완전한 자유와 자율적인 활동이 있을 수 없는 것이다.

지극정성의 마음, 순일한 태도에는 권실權實이 병행하는 것이다.

죽음의 현실의 확실에 비하여 삶의 관념이란 얼마나 애매하고 박약하고 꿈 같은 것인가?

여기에서 인간의 과다한 상상력과 강렬한 행위가 생기는 동시에 삶의 혼란과 미망이 생기는 것이 아닐까?

애매한 삶의 관념의 현실화, 삶의 적확한 응시로 인한 생명의 절대력의 영원한 수용—여기에 종교의 사명이 있는 것이다.

❖

괴로움의 숲 아래서 명성明星을 보고, 광야에서 하늘의 계시를 받음에 석가, 예수의 종교적 천재아의 위대성이 있는 것이다.

그러나 오도悟道도 석가의 오도요, 수계受啓도 예수의 수계인 것이니, 그 위대가 우리에게 무슨 교섭이 있으랴!

그보다 '나도 너, 너도 나, 나를 이용하라. 그리하여 너는 너 자신이 되라'는 간곡한 자비에 석가, 예수의 진정한 종교적 위대성이 있는 것이다.

하나를 얻기 위해선 모든 것을 버리지 않으면 안 되는 것이다.

출가出家란 몸의 출가에서보다 마음의 출가에 그 본의가 있다. 부모, 형제, 자매와 주택, 전답, 집기를 버리는 동시에 자식에 대한 사랑과, 전통과, 사상을 버리는 것이다.

그러므로 그것은 일체를 버리는 시련인 동시에 그 일체 방기放棄의 완성이요, 해탈의 출발인 동시에 해탈의 종국인 것이다.

남을 속이려는 비밀한 계획을 얼른 알아차리어 속지 않는 것은 총명이다. 그러나 이 총명이 때로는 악착이 된다. 알고도 모르는 듯 속아주는 것은 아량이다. 그러나 이 아량이 때로는 무력無力이 되는 것이다.

악착 아닌 총명은 경책警策이요, 무력 아닌 아량은 자비인 것이다.

오후에 어제 하다 둔 도벽塗壁을 마치다.

세상일이란 더러워진 벽인가?

닦을 줄 모르고 덮기만 한다.

속산거기(발굴 산문 II)

속산거기續山居記

정경情景—구름을 바라보는 사람들

속산거기

1

×월 ×일

마하연摩訶衍으로 가다. 마하연은 금강의 심장, 선수행禪修行의 대도장大道場이다.

안계眼界에 벌어지는 장수기절壯秀寄絶한 봉만峯巒.[1] 옛날 어느 고덕古德스님은 이곳을 찬탄하여 무수이득도無數而得道라 하였다 한다.

환봉화상患峯和尙의 안내로 응접실에 드니 여러 수자님이 친절히 맞아주신다. 종용從容한 거정擧止,[2] 온화한 어성語聲, 그러면서 어딘가 고고한 기풍이 선승의 독특한 풍모를 나타낸다. 물들인 누더기에 비해서 새카맣게 빛나는 내 양복이 얼마나 부끄러운가. 경조輕躁[3]와 부박浮薄,[4] 체념에 쪼들린 내 심경이 얼마나 가련한가.

친절한 접대가 도리어 불안하여 약 한 시간 반, 용무를 마치고 도장道場 밖을 나오니 마음이 가뜬해진다. 취사선택에 헐떡이는 얄미운 내 생활,

---

1) 산봉우리.
2) 행동거지.
3) 성질이 조급하고 경솔하며 말이 많음.
4) 경솔하고 천박함.

가증스러운 내 모습. 제게 맞은 내 생활을 추구하고 또 거기에서만 생활함은 저를 봉쇄하고 제한하고 위축하고 마지막에는 질식시키는 것이다. 저를 세우는 곳에 세계는 지환화地歡化한다.

깊은 밤중에 나서니 달이 떴다. 열 이레 둥근 달이다. 아 만고영산萬古靈山 금강金剛의 둥근 달이다.

하늘이 맑다. 별이 드물다. 가끔 흰 구름 조각이 빨리 달린다. 바람이 높은가 보다. 바위 위에 눈이 빛난다. 개울에 얼음이 빛난다. 한 밤. 빛나는 밤. 고요한 밤. 찬 밤. 혼자 선 내 그림자가 외롭다. 이마에 스치는 바람이 차다. 큰절 방마다 문이 꼭꼭 닫히고 어둑한 추녀 그림자가 애련을 부른다. 나는 누구를 생각 하나? 무엇을 그리워 하나?

아, 우러러보니 달이 밝고, 하늘이 높고, 밤이 차다. 나는 사람이 그립다. 부처님이 꿈같다.

—《동아일보》(1940년 3월 7일)

2

봄밤이라 생각하니 마음이 공연히 설레어 뜰에 나서 거닐어 본다. 큰절은 방마다 문이 꼭꼭 닫히고, 밤은 칠같이 어두워 무서움증症이 들만큼 고요하다. 뒷산에서 한 떼 바람이 나린다. 잔설이 얼어붙은 뜰 한 귀에서 무엇이 떼글거리며 내게로 온다. 망령! 내 머리에는 문득, 오랜 어느 옛날 누구의 발길에 밟혀 무참히 죽었을 쥐새끼의 사체가 번개처럼 지나간다. 나는 송연悚然[5]해져 발길을 옮긴다. 망령은 다시 발길을 따른다. 나는 다시 발길을 옮긴다. 망령은 다시 따른다. 그만 내 발은 깨물렸다. 나는 쓰러졌다.

---

5) 두려워하여 몸을 옹송그림.

얼마 후 내가 겨우 내 발을 만져볼 때 마른 낙엽이 하나 발아래 깔려있었다.

×월 ×일

보시布施는 보시를 잊어서 무량無量의 보시가 되고 자비慈悲는 자비를 잊어서 큰 자비가 되고, 인仁은 인을 잊어서 인에 이르고 사람은 사람을 잊어서 진정한 종교가 되고 신앙은 신앙을 잊어서 순수한 신앙이 되고 시詩는 시를 잊어서 자비의 시가 되고 나는 나를 잊어서 비로서 전아全我가 되나니 건강체健康體는 자기의 건강을 망각하는 것이라. 하물며 그것을 과시하고 기만할 것이냐! 오직 '요要'는 '잊음'이란 '잃음'이 아닌 것이다.

×월 ×일

법구경 일절—

부모나 형제나 부富나 귀貴나 그 밖의 남이 내게 어떠한 일을 하더라도 내 스스로 정正으로 향하는 내 마음이 지어내는 행복만은 못하니라.

하룻밤 일을 생각하면 할수록 불쾌가 가슴을 메운다. 오해와 실패와 차질투성인 생활, 갈수록 세계와 자신에 혐오와 절망을 느낀다.

어째서 인간은 진리에 대해선 전력을 다하여 반항하면서 허망에 대한 생래의 기호嗜好를 가졌을까? 지智와 애愛와의 불일치, 이성 양심에 대한 감정의 우기優起, 의욕에 대한 사유의 노예화奴隷化…….

일반적으로 보아 인간성이 실천적 존재에 있어서 동물성과 그 거리가 얼마나 되는가? 인간영예의 보지자保持者는 결국 소수 특권인에 불과하지 않은가? 그러나 근소한 이 몇 사람으로서 인간은 동물에 대한 인간으로서의 체면이 서고 세계는 향상하는 것이다. 이것은 인간 전체의 사람이다. 그러나 내 개인에 대해선 하나의 수치羞恥이다.

—《동아일보》(1940년 3월 8일)

3

성격性格을 양심良心을 신앙信仰을 믿고도 양양자득揚揚自得하며 유력자有力者의 도리道理와 명식자明識者의 그것을 혼동混同하여 스스로 믿음에 현혹眩惑하는 민중民衆의 우둔愚鈍은 동정同情은 하나 존경할 수는 없는 것이다.

백百 마리의 닭보다 한 마리의 봉鳳이 그립다. 완전完全한 기왓장보다 부서지는 옥玉이 귀貴하다.

석후夕後 K씨氏가 와서 밤이 깊도록 이야기하다. 그러나 어덴가 마음에 폭 안겨드는 친밀親密한 기분氣分이 생기지 않는다.

한 방의 대좌對坐, 장시간長時間의 회화會話도 오히려 천리千里의 거리距離—혼魂과 혼魂의 접촉接觸이 결여缺如되기 때문이다.

×월 ×일

법구경法句經 일절一節

"아무리 좋은 교설敎說이라도 실행實行하지 않으면 그 과果가 허망虛妄한 것이다. 마치 아름답고 가애可愛로운 꽃이 향기香氣가 없듯."

지식知識으로 아는 힘이란 실實로 미약微弱한 것이다. 그것이 하나의 체험體驗으로 미득味得될 때 비로소 그것은 생명生命을 얻어 사는 것이다.

가난의 슬픔, 고적孤寂의 설음, 또한 성자聖者의 환열歡悅, 모다 그런 것이다.

삶이란 나날의 향상向上, 시시時時의 창조創造, 찰나찰나刹那刹那 새로움이어야 하는 것이다. 이것은 부절不絕한 자기의식自己意識, 자기회수自己回收에서 오는 아름다운 꽃이 아닌가? 그러나 사람이란 얼마나 자기생명自己生命의 망각忘却과 산일散逸과 무의식적無意識的 꿈속에서 생生의 열熱과 시간時間을 허비虛費하며, 또 반복反復과 답보踏步와 정체停滯에서 저미低迷하는가?

내가 이곳에 온지 벌써 일 개월一個月. 내가 주위周圍에 대한, 또한 주위周圍가 내게 대한 관심關心이 날로 엷어져가는 것이 어딘가 섭섭하다.

무엇이나 미지수未知數처럼 흥미깊은 것은 없다. 이미 깊이와 넓이가 다 측정測定되어 자타自他가 다같이 인증認證하는 곳에 무슨 신취新趣가 있으랴! 나는 벌써 이곳에서 반사반최半死半朘의 인人이다. 그러나 이것은 또 내 자신自身의 너무나 얇고 옅고 빼마른 인격人格이 당연當然히 가져오는 조소嘲笑인 것이다. 우러를수록 더욱 높고 팔수록 더욱 깊고 친親할수록 더욱 경외敬畏로운 곳에 진정眞正 크고 아름다운 인격人格이 있지 않은가?

내게 오는 화심禍心을 알면서 전연全然 모르는 듯, 친親히 사귀는 사술詐術경모멸시輕侮蔑視하면서 능히 멀리하지 못하는 고읍苦泣—이것이 거세居世의 평상平常이라 생각하면 어語, 묵默, 동動, 정靜, 실로 예사로운 일이 아닌 것이다.

"무엇을 할까?"가 아니라 "어떻게 할까?"가 문제인 것이다. 사물事物에 무슨 귀천貴賤과 대소大小가 있으랴, 그것을 대하는 마음의 태도態度에 진위眞僞와 염정染淨이 있을 뿐이다. 비록, 마당의 풀 한 포기를 뽑고, 방 한 번을 닦는 것도 그것을 대하는 태도態度, 진성眞誠일 때는 그 공덕功德, 십방중생十方衆生에 회향廻向되어 위대偉大할 것이요 국가國家를 책략策略하고 천하天下를 평정平定한다 하더라도 그 마음에 때가 끼일 때는 하나의 미미微微한 사사私事에 불과不過할 것이다.

—《동아일보》(1940년 3월 9일)

정경—구름을 바라보는 사람들

오늘도 나는 이 산기슭을 찾아왔다. 일주일 동안 오늘(일요일)로 미루어 두었던 몇 가지 볼일을 부리나케 서둘러 마치고는 오후의 한동안을 향락하기 위하여 나는 혼자 이 산기슭을 찾아 왔다. 이곳은 물이 없기 때문에 사람의 발자취가 이르지 않는다. 혼자일 수 있다는 것이 내가 이곳을 택한 하나의 조건도 된다.

하늘을 우러러보는 것, 그리고 떠가는 구름을 바라본다는 것은 조금도 과장 없는 나의 하나의 커다란 기쁨이다.

오늘은 유달리 갠 날씨에 또 바람도 없는 따스한 날이다. 높게 끝없이 트인 저 하늘, 하늘가로 떠가는 저 구름—나는 한껏 바래자. 이 크고도 깨끗한 미풍美風은 사람과 사람이 서로 바라보는 사기邪氣로운 감정이 아니거니 아무리 불행한 나라에 태어난 불행한 백성의 한 사람인들 또 가지가지 괴로움에 쪼들리는 인생이기로서니 가끔 가다 가슴에 솟아나는 가느란 기쁨이야 없을쏘냐? 이것은 내게 있어서 결코 함부로 할 수 없는 '갑갑증'이다. 보다도 우리에게 있어서 하나의 엄숙한 생활기술인지도 모른다. 예쁜 아가씨가 드리는 술잔을 든다거나, 짐승의 피를 탐하는 사냥이거나, 어린 생명을 사기하는 낚시질이 우리의 훌륭한 오락으로 옛날부터 오늘까지 애용되어 전해 오고 있지 않는가?

지금 내 눈앞에는 멀리 남방 인도의 하늘들이 어른거린다. '라흘' 박물관에 진열되어 있다는 가지가지의 아름다운 수채화가 어른거린다. (어느 책에서 본 좀처럼 잊혀지지 않는 기억이다.) 그 회화들의 제재는 거의 전부가 옛날 모갑 제국시대의 가정생활과 궁정생활의 장면으로서 거기에는 구름을 바라보는 인물들이 놀랄 만큼 많이 그리어져 있다 한다. 그들은 묵색 구름이 덮인 하늘을 바라보면서 궁전의 지붕에 안기도 하고 서기도 한 자태로 그리어져 있다 한다. 그리하여 그 칠흑색 하늘에는 대사와 같은 백조의 무리가 특별한 광휘를 띠고 떠나오는 것이다.

수렵과 전쟁과 구애求愛가 서양의 각 왕후 귀족들의 오락으로 유행할 때 벌써 우리 동방東方의 그들은 하늘을 우러러 구름을 바라보는 즐거움을 맛볼 줄 알았던 것이다. 이 얼마나 단순하고 사기邪氣 없는 오락인가? 고상하고 깨끗한 기호嗜好인가? 그러므로 그 책의 저자(영국인)는 이런 말을 분명히 할 수 있는 아량雅量을 가졌던 것을 나는 기억하고 있다. '이런 것을 즐기는 능력은 동양문명이 우리들의 그것보다 우수하다는 표징表徵이라' 고.

나는 그들의 그 그림들을 내 눈으로 직접 보고 싶은 충동을 느끼는 동시에 인도의 그 하늘과 그 사람들의 심정에 끝없는 향수와 공명과 동감을 느끼고 있다. 구름을 바라보는 그 화재畵材는 그이들의 연애의 심경에까지 허다히 표현되어 있다고 하니 검은 수염을 가진 귀족과 사슴털빛 눈동자를 가진 미인美人이 먼 하늘가로 은빛 백조의 떼가 떠나오는 구름을 바라보고 있는 그 정경을 우리는 다시 어떻게 바라보아야 할 것인가?

실로 이것을 연인 동지간의 활발한 웃음보다 급급한 정화情話보다 또 어떠한 다른 사랑의 장면보다는 유유悠悠하고 고결한 천재적인 '애愛의 예술' 의 극치가 아니면 안될 것이다.

—《동아일보》(1946년 11월 12일)

#《삶을 위한 명상》

삶을 위한 명상

◇

만일 누구나 다 정직할 수 있다면, 다 정직하기 전에 이 사회는 일시에 수라장으로 변할 것이다.

◇

그것이 아니면 우리의 진실을 말할 수 없을 때 우리는 비로소 희언의 편의를 감탄하게 된다. 연애의 과정에 있는 청춘남녀에 있어서 더욱 그러할 것이다. 그러나 그들의 대개는 그것을 의식하지 못하는 것 같다.

◇

청빈을 자랑하는 많은 사람 중에, 우리는 많은 적빈赤貧 생활을 발견한다. 그러므로 염세와 우울에 싸인 나약한 그의 생활이 하루아침에 보기 드문 기회를 만날 때는, 어쩔 수 없는 그의 혼탁한 혼을 발견할 수 있다.

◇

나의 성격으로 말미암아 오는 불행 중에 가장 비극적인 불행은 무의식적인 것으로 말미암는다는 데 있다.

◇

까닭 모를 증오감처럼 마음 괴로울 일은 없다. 오늘 차 중에서 본 그 여자의 얼굴!

나는 몇 번이나 내 마음을 저주하면서, 이해를 떠난 호오好惡의 존재를 경탄하였다.

◇

감정보다 이성의 명령에 복종하라고 한다. 그러나, 그것은 이성을 인간의 본질이라고 말하는 것이 아니라 본질이라고 결정하는 그것까지도 안전하게 지키려는 기도에서 우러나온 것이 아닐까.

◇

신神에게 있어 최초의, 최후의, 그리고 최대의 영원한 비극이 있다면, 그것은 자살하지 못한다는 것이 아닐까?

인생의 악취에 질식하면서 자살할 수 없는 운명적인 우울의…….

◇

학문을 한다는 것, 그 일면에는 확실히 일종의 오락적 요소가 있는 것이다. 그것의 7할은 취미라고 보아도 무방할 터이니까.

◇

미래를 안다고 해서 무슨 이익이 될 것은 없다.

슬픔은 물론이고, 기쁨이래 봐야 그 또한 사라지는 지평선쯤에서는 우리의 눈을 한없이 슬프게 할 것이다.

"운명의 여신을 아예 버리기가 싫거든 그것을 다만 등 뒤에 붙여두라…… 어진 신神은 미래를 깊은 밤으로 숨겨두었다." ―호라티우스

◇

세계는 선善을 행하기에 적당하게 되어 있다. 감인세계堪忍世界.

◇

어떠한 빈곤도 그 빈곤을 지닌 자에게 주는 빈곤밖에 그 힘을 갖지 못한다. 어떠한 부유함도 그것을 지닌 자에게 주는 부유밖에는 위력을 갖지 못한다.

그러므로 운명은 우리가 그것에 허여許與하는 만큼밖에는 그것의 힘을

발휘하지 못한다.

◇

감각작용은 기계적 법칙이다. 이 영역의 한도 내에서는 모든 동물은 동물로서 동일한 것이다.

사람을 다른 동물과 구별되게 하는 것은 오직 이성理性이다. 왜냐하면 이성은 어디까지나 자유롭기 때문이다.

그러므로 이성은 그 전능全能한 활동을 행사함에 있어 다시 범속凡俗과 현명賢明으로 구분되는 것이다.

◇

선善을 선이게 하는 까닭은 승리의 결과로 알 수 있는 것이 아니다. 패배 속에서도 선은 얼마든지 있을 수 있다.

악惡을 악이게 하는 까닭은 패배라는 결과가 아니다. 승리 속에서도 악은 있는 것이다.

운명의 총애와 증오가 우리의 행복을 결정하는 데 무슨 힘을 발휘할 수 있단 말인가.

◇

한 가지 일에 대한 정진이란 다른 모든 것에의 체념을 의미한다. 그러므로 중요한 것은 '무엇' 에보다는 '어떻게' 에 달려 있다.

'할 일' 과 '하여야 할 일' 이란 결국 '할 수 있는 일' 인 것이다.

◇

대개의 젊은 죽음은 먼 바람의 애석한 중절中絕이요, 큰 봉우리의 애처로운 상엽霜葉이다.

그러나 그것은 미래의 힘을 넘어, 이상과 동경을 넘어, 그 이상의 빛나는 성과를 쫓아내는 웃지 못 할 희극적인 죽음도 되는 것이다.

◇

현명한 사람은 남을 믿지 않는다.

더구나 여성을 믿지 않는다.

자기 자신도 믿지 못할 것인 줄을 알 뿐만 아니라, 반면에 믿을 것이 있다면 오직 자기 자신뿐인 줄을 알고 있기 때문이다.

◇

오직 하나의 견고한 우정은 다른 여러 우정의 책무責務를 풀어준다.

오직 하나의 견고한 사랑은 다른 여러 사랑의 유혹을 끊어준다.

오직 하나의 견고한 길은 다른 여러 갈래 길의 미혹迷惑으로부터 우리를 구해준다.

◇

선善에는 그것의 성패 이외에 보다 직접적인 별다른 기쁨이 있다. 악惡에는 그것의 성패 이외에 보다 직접적인 공포가 있다.

당신 혼자 하는 소리를 주의해 들으십시오.

◇

성패成敗의 기회와 인연은 어느 때, 어느 곳에서나 있는 것이다.

완전한 고독孤獨 속에도 선악의 기회와 인연은 있는 것이다.

신에게 바치는 비밀스런 기도를 공공연히 대중들 앞에서 행할 사람이 몇이나 될까?

◇

우리가 우리의 깨끗한 마음을 가지고 그에 따라 행할 때, 신의 명령처럼 부드럽고, 이롭고, 자비로운 것이 달리 또 있겠는가.

◇

우연적인 운명이 때로는 능히 덕행德行을 위조僞造하는 수가 있다.

많은 천부天賦의 성상性狀이 능히 허물없는 선량善良을 가지는 수가 있다.

◇

인간은 본래 신의 지혜를 가졌다. 그러나 이것은 인간의 자랑이 아니다.

인간은 신의 지혜를 가지는 동시에 인간의 고뇌를 지녔다. 이것이 인간의 위대함의 원천이다.

이 사상은 인간의 비참과 빈약과 미력微力을 위로하기 위해서 만들어진 자화자찬은 아니다.

◇

인간 누구나가 가장 크게 미워하는 것은 죽음일 것이다. 그러나 그 죽음조차 사양치 않고 바칠 만한 더욱 큰 악惡이라는 존재가 있다.

죽음은 우리를 생生의 굴종屈從에서 구하기 위하여 언제나 준비되어 있는 자연의 선물이다.

우리가 현인賢人이라, 철인哲人이라 부르는 역사상의 인물들은 살지 않으면 안 될 때까지만 살았다. 결코 살 수 있는 때까지 살지는 않았다.

◇

운명의 힘도 살 줄 아는 사람에게는 어떠한 영향력도 미칠 수 없는 것이다. 또한 죽을 줄 아는 사람에게도 마찬가지이다.

죽음이란 것도 그 사람의 삶과 틀린 것은 아니기 때문이다.

◇

어떤 경우, 어떤 정도의 형편에서도 우리는 절망絶望이란 것의 적정성適正性을 승인할 수는 없다.

이것은 인생에 있어서 이성理性의 확실한 법칙을 무시할 수 있는 어떤 운명의 권력에 의탁해서 심정적으로 말하는 것은 아니다.

절망의 적정성, 그 한계 표준을 모르기 때문에…… 더욱이 정신력의 무한의지의 자유를 믿는 인간의 정당한 요구가 있기에 더욱 그러하다.

◇

가장 친절한 선생도 자기 자신뿐이다.

가장 진실한 교재教材도 자기 자신뿐이다.

가장 정밀한 교안教案도 자기 자신뿐이다.

◇

남을 속일 줄 모르며, 속이지도 않는 정직한 사람이 의외로 자기 자신을 잘 속이는 부정직을 범하는 수가 있다.

그러므로 남을 두고 하는 비난이 오히려 자기에게 오는 수가 보다 많음을 우리는 흔히 접하는 것이다.

정직한 이, 어쩌면 한 사람도 없을지 모른다.

◇

안 보이는 것은 없다. 우리가 못 보는 것일 뿐이다.

안 들리는 것은 없다. 우리가 못 듣는 것이다.

모든 불가능이란 우리의 무력함이다.

◇

자연은 우리에게 극히 소량으로써 만족할 수밖에 없는 욕망만을 부여하고 있다. 우리는 부질없이 인위적으로 그것을 증대시킴으로써 오히려 만족의 대상을 감소시키고 만다.

그것은 행복에 대한 무지와 인식 착오로 범할 수 있는 오류 중 하나이다.

◇

1, 2, 3……의 숫자가 미분, 적분되어지고, 천天, 지地가 주역周易, 춘추春秋 등으로 통독된다는 것은 얼마나 놀라운 일인가?

그러나 이것은 우리의 아는 부분이 모르는 부분에 비해 극히 소량임을 반증해줄 수는 있을망정 인간을 오만하게 하는 이유는 되지 못한다.

얼마나 많은 천부의 성능性能이 무위無爲에 맡겨지고, 얼마나 많은 폭약이 터지지 못한 채 영원히 지하에 매장되고 마는가?

◇

과거의 현인, 사상가, 과학자가 반드시 자신들의 시대와 미래의 후세들의 문화를 위해서만 그 위대한 창의와 업적을 공헌하였다고 믿을 수는 없다.

그것은 우리가 늘상 못 견디게 섭취하기를 욕구하는 음식물이 반드시 자양분만은 아닌 것과 같다.

더구나 우리가 가장 열의를 가지고 휘두르는 붓끝을 따라갈 때조차 우리의 귓가에서는 거짓을 꾸짖는 엄숙한 소리가 부단히 들림에랴.

◇

그에게 이利를 주기 위해서 그를 속여도 좋은가?

해害를 주더라도 그에게 진실해야 하는가?

◇

갖가지 형태와 본질을 지니고 역사에 나타난 모든 신은 결국 인간의 신이었다. 신의 신은 아니었다.

그것은 최고最高, 최강最强의 인격, 혹은 최악最惡, 최약最弱의 인간의 전형이었다. 그러므로 우리는 신에게서 인간밖에는 본 것이 없다.

"신이 우리에게 약속한 복福은 눈으로 볼 수도 없고, 마음으로 생각할 수도 없다." —바울

◇

"나는 현자의 현賢을 멸滅하고, 지자의 지智를 상傷하련다" —고린도

이 세상에 현자의 너무도 많음을 슬퍼하면서 혼자 돌아오는 어두운 밤의 구두 소리가 외롭습니다.

◇

운명이란 것이 우리의 이성에 비할 때 그다지 무상하고 부실하고 경솔한 것만은 아니다.

다 같은 안내자에게 우리는 얼마나 여러 가지로 속아왔는가?

부단히 요동하는 역사는 수많은 이성의 저울대가 아니었던가?

◇

형벌은 형벌 그 자체가 목적이 되어선 안 된다. 더구나 분노의 분출에 그 본의가 있다면 더욱 안 될 소리다.

어머니의 매질 끝에는 뼈아픈 눈물이 서려 있다. 환자에 대한 의사의 태도에 증오가 있을 순 없다.

◇

우리에게는 오직 절실한 현재만이 존재하는 것일지도 모른다.

가장 현재적인 생활…… 그 순간순간의 생활이 그때그때 완성되는 모습이 귀엽다. 그럴 때만 과거에의 집착이나 회한, 미래에의 노예적 환상 따위로부터 자유로울 수 있다.

서둘러 보수를 바라지 않는 마음, 거리낌 없는 행동, 강인하고 자유로운, 있는 그대로의 유유한 태도.

◇

높다랗고 커다란 무대 위의 휘황찬란한 업적. 그리고 비좁고 어두운 토옥土屋 속의 가장 은밀한 선행善行.

위대함은 반드시 위대함 속에 있는 것만은 아니다. 그것은 보다 범용함 속에 능히 존재한다.

오히려 진정한 위대함이란 흔히 우연 아래서 만들어지는 수가 있기 때문이다.

◇

우연한 행복이야 감사할 것이 뭐 있겠는가. 거기엔 자유의지의 노력이 찾아지질 않기 때문이다.

생래적生來的인 선량함 또한 무슨 값이 있으랴. 양심적인 절제나 순결이 아니기 때문이다.

그러므로 행복보다는 불행 속에, 성공보다는 실패 속에 영예와 광명이 있을 수 있다.

◇

우리의 힘에 상응하는 우리의 욕망을 가질 때에만 행복이라는 처녀는 기꺼이 우리에게 몸을 바치려 할 것이다. 지식 또한 그런 상황 하에서만 우리에게 최대의 봉사를 아끼지 않을 것이다.

그러나 이것은 욕망의 양을 말함이 아니요, 지극히 당연하게도 욕망의 질을 뜻함이다.

◇

고독의 혓바닥에 뼛속까지 녹이면서 일생을 혼자 남 몰래 지내는 것은 참으로 못 견딜 노릇이리라.

그러나 일생을 항상 남의 앞에 서서 대중의 감시를 받으며 지낸다 치면 그것은 더욱 못 견딜 고독일 터이다.

인생의 어디에 순수한 행복이 있는가?

◇

회색灰色은 중정中正이 아니다.

그것은 어느 길로도 나아가지 않으면서, 여러 갈래의 길을 담보해주는 성질을 지녔다.

그것은 으레 유용성과 진리의 괴리 지점에서 그의 진면목을 나타낸다.

미망저회迷妄低廻의 회색, 오도초월悟道超越의 중정中正. 합법적인 부덕不德, 합덕적合德的인 불법이라고나 할까?

◇

우리 행위의 건축을 타인이라는 초석 위에 쌓는다는 것은 참으로 어리석은 일이다.

타인의 의견이란 변화무쌍한 것이요, 떠다니는 구름, 혹은 흐르는 물과 같기 때문이다.

모름지기 그대 자신 속에 그대 자신의 법률과, 그대 자신의 법정과, 그대 자신의 재판관을 두고서 그것을 따르시오.

◇

깊은 밤이나, 혹은 새벽 이불 속에서, 두 손을 가슴에 얹고, 두 눈을 지그시 감은 채, 죽음을 생각해보십시오…… '이제 죽는다' 고 생각해보십시오.

당신의 생각, 당신의 머리에 떠오르는 것…… 즉 세상에 대한 당신의 미련과 그 대상들은 얼마나 미미하고 사소하며 보잘것없는 것입니까?

우리는 생에 대한 애착을 느낄수록, 죽음의 비애와 공포의 불가사의한 신비를 절감할수록, 동시에 얼마나 엄청난 인생의 허망함을 느끼는 것입니까?

◇

역사에 나타나는 많은 영웅호걸의 위대한 공명도 미모와 재덕才德과 부를 소유한 채 젊은 미망인으로 수절하는 여자의 일생에 비하면 그 의지의 견고한 위력에 있어서 그리 장하다 할 만한 것이 못 된다.

왜냐하면 소극적이며 수동적인 무위無爲는 차라리 적극적이며 능동적인 유위有爲보다 더욱 힘겹기 때문이다.

역사는 항상 인생의 껍질만 훑어가는지 모르겠다. 얼마나 많은 보물들이 그 속에 매장되어 있는가?

◇

보이기 위하여 숨기는 경우가 있다.

숨기기 위하여 보이는 경우가 있다.

우리에게서 도망하면서 우리를 정복하고, 우리를 피하면서 우리를 포로로 만드는 여성이 있는 것처럼…….

◇

어떤 종류의 욕망(가령 남녀 간의 교제라 해도 좋다)은 거기에 다소간의 자유를 허용할 때 좋은 결과를 가져올 수 있다.

극히 드문 기회는 반드시 그 시간을 실질적으로 해결하려 드는 것이다.

어떠한 엄격함과 간섭과 규율도 완전한 지배와 구속을 가질 수는 없는 까닭이다.

◇

선천적인 맹인은 자신에게 어떠한 시각이 결여되어 있는가를 이해하지 못한다.

그러므로 세계에 대하여 아무리 훌륭하게 상상하고, 묘사하고, 생각해 보아도 그것은 결국 자신만의 빛이요, 색이요, 형상일 뿐이지 정상인의 그것이 될 수는 없다.

모든 기적을 의심함이 이상할 것이 무엇이겠는가. 사람은 결국 자기의 힘에 상응한 자기의 세계밖에 갖지 못한다.

◇

이름은 사람의 행위를 따라다니는 그림자라 한다. 그러나 오히려 사람의 행위가 이름을 따라다니는 그림자가 아닐까?

식食, 색色, 그리고 이름에 악착같이 집착하는 행위를 공제한다면 사람에게 적절한 가치와 영예에 값할 만한 행위는 과연 얼마나 남을 것인가?

인지장사人之將死에 기언야선其言也善이라는 문구 안의 선善 속에서조차 사후의 이름을 위한 위선이 있을 수 있다.

◇

우리들은 이미 망망대해에 나선 수부水夫.

순풍이나 역풍은 오로지 운명만이 알 일.

우리는 오직 '키'를 바로잡고 있을 뿐이다.

◇

진실도, 선함도, 아름다움도, 모두 자기에게 있어서 진, 선, 미가 되는 것이다.

자기를 속이는 것은 신을 속이는 것이다.

평판과 칭찬만을 제일의 행복으로 생각하는 사람…… 그 이상의 저주

받을 생활이 어디 있겠는가.

◇

만일 그 원인을 알 수 없다고 해서 기이한 것, 이상한 일이라 한다면, 구태여 그런 이변들을 찾을 것 없이 우리의 일상생활의 세계를 들여다 보라.

내 자신보다 더 큰 이적異蹟이 어디 있으랴.

세상에는 반자연反自然 아닌 것은 하나도 없다. 반자연적인 것 또한 하나도 없다.

◇

자기의 죄악을 숨기기 위하여 거짓을 만들고, 자기의 주장을 세우기 위하여 본의 아닌 이론을 내세운다.

하나의 죄 위에 다른 하나의 죄를 더하는 것이다. 자기는 벌써 질식해 버렸다.

◇

진정한 최선의 법칙은 결코 굴종을 강요하지 않는다. 다만 희열에 찬 복종, 혹은 순종만을 요구할 뿐이다.

더구나 구속하기를 원치 않는다. 도리어 스스로 파괴되기를 욕망하고 있다.

많은 위대한 창조들을 보라.

◇

우리 인간의 행동은 얼마나 잡다하고 변화무쌍한가.

동시에 얼마나 단순하고 일반적인가.

제정된 법률이 그것을 보이고 있다.

◇

많은 사람들은 미래와 과거로 달린다. 그러나 오히려 그 때문에 현재에는 도달하지 못하고 있다.

많은 사람들은 위로, 혹은 아래로 달리고 있다. 그러나 오히려 그렇기 때문에 자기에게 돌아오지 못한다.

"구인불여자구기求人不如自求己" —야부冶父

◇

빛나는 두각을 나타내려 하다가 도리어 아둔한 궁둥이를 보이는 수가 있다. 이것은 대개 명성에 대한 욕구에 급급할 때 생기는 것이다.

고요히 좋은 씨를 뿌려놓으십시오. 후일, 반드시 어진 일이 있을 겁니다.

길은 그늘에서 그의 높은 향기를 맡아 알 것입니다.

◇

항상 자기의 것을 남의 것보다 크게, 아름답게, 좋게 보고는 희열과 오만에 어쩔 줄 모르는 사람. 그리고 남의 것을 항상 자기의 것보다 크게, 좋게, 아름답게 보는 허기진 사람.

전자는 후자보다 행복함엔 틀림없다. 그러나 눈이 어둡다.

◇

여성은 가장 고통스런 의무를 가졌다. 그러므로 그는 최대의 영광을 갖는다.

여성은 못 견딜 수동적 특성을 지녔다. 그러므로 그는 비상한 인력引力을 지니지 않으면 안 되었다.

여기서 우리는 여성에게서 단순한 순수함을 바랄 수 없는 동시에, 그 복잡성으로 인해 여성은 영원의 비극에서 스스로를 구출하였다.

◇

남이 자기에게 질책을 해올 때 '너에게도 그런 허물이 있지 않느냐' 하며 반항하고 비웃는다.

그러나 개 앞에서도 고요히 머리를 숙여라.

네 허물은 언제까지나 네 허물 아니겠는가?

◇

학문과 지식은 사나운 망아지와도 같다. 또 그것은 무거운 짐과도 같다.

힘이 센 근력이 아니고는 도리어 짓밟히고, 강한 척추가 아니고는 오히려 짓눌리고 만다.

우매한 자와 현인賢人을 한 곳에 두어보라. 우매한 자가 현인에게서보다는 현인이 우매한 자에게서 더욱 많은 것을 배울 것이다.

◇

하나의 결과가 반드시 그 동기와 의도를 말하고 있지는 않다.

하나의 동기나 의도가 반드시 거기에 해당되는 결과를 부르는 것 또한 아니다.

인생은 무력하다. 그러므로 선善이라 말하는 것은 사실 선의지善意志뿐인 것이다.

◇

상상이란 우리 삶의 시야를 확장시키는 귀한 활동이다. 그러므로 그것은 끊임없이 현실의 고민을 배가하는 존재도 되는 것이다.

그러나 우리가 우리의 손에 부딪치고, 눈앞에 보이며, 귓가에 들리는 세계만을 파악하고 보유한다면 그 세계의 협착에 우리는 곧 질식하고 말 것이다.

◇

우리는 환幻의 세계에 산다.

그 세계 안에 살면서 그 환의 세계를 뛰어넘을 수 있다.

환의 세계를 뛰어넘는다는 것은 그 세계 그대로를 실상으로 파악하고 생활하는 것이다.

◇

전언顚言이나 도어倒語도 하나의 의미를 지닌 철학이다.

그것은 인생의 이면을 엿보는 비밀의 문이요, 인간의 심장을 지나가는 화살이다.

그러므로 사람들은 그것에 가까이 가보기를 두려워한다.

◇

겸손은 일종의 진공상태이다.

진실하고 비어 있기 때문에 위대한 힘을 낳고, 성실하고 솔직하기 때문에 예의와 형식을 뛰어넘어 혼과 혼을 마찰시켜준다.

◇

우주에 산재해 있는 진리, 그 자체는 완전한 '공空'이다.

그러나 그것은 모든 사물의 관계, 인연에서 현시되고 있다.

◇

너무나 적나라한 공중변소의 낙서나 그림에서 우리는 가장 단적으로 인간의 동물성을 엿보게 된다.

그것을 본 후에 노상으로 나가 사람들의 얼굴을 바라보며 혼자 슬며시 띄워보는 미소는 나의 무력한 이성의 표현이다.

◇

누군가 '당신은 지금 무슨 생각을 하는가?'라고 묻는다면 당신은 주저 없이 즉답할 수 있는 무슨 생각을 제시할 수 있습니까?

◇

죽음은 인생의 영원한 풍자다.

동시에 영원한 생의 찬미자이다.

◇

사람의 가슴속이라는 것이 거울의 표면처럼 속이 들여다보이지 않는다는 것은 얼마나 행복한 일인가?

거리에서 사람들의 위풍당당한 활보는 눈물겨운 희극이다.

◇

거리의 군상들을 바라볼 때, 더구나 밤거리의 사람들을 바라볼 때, 나는 언제나 무거운 짐을 지고 끝없는 사막을 허덕이는 낙타를 생각하고는 불행한 기분에 빠져든다. 그리고 하늘 한 끝에서 노려보고 있는 조각달의 조소嘲笑에 전율하면서…….

◇

삶이 계속되는 한 일정한 부자유는 사라지지 않는다.

그러나 어떤 종류의 부자유 속에서도 자유롭게 자기를 표현하고 완성하는 것이 인생의 정당한 사실이다.

동시에 어떠한 부자유가 없이도 존재할 수 있는 자유가 있다면 우리는 거기서 부자유 이상의 고통을 맛보지 않으면 안 될 것이다.

◇

당신은 먼저 고독과 친하십시오. 고독은 당신의 마음을 보여줄 것입니다.

그 다음으로 당신은 그 마음을 사랑하십시오. 당신의 그 마음은 모든 비밀을 숨김없이 보여줄 것입니다.

참으로 사랑하는 자에게만 모든 것은 그 진실을 알려줄 것입니다.

◇

항구에 대어 있는 배는 언제 보아도 편안하다.

그러나 배는 언제까지나 항구에 대어 있기 위해 만들어진 것은 아니다.

◇

개성의 힘과 운명!

풍우가 너무 세면 나무는 좌절하게 되고, 너무 약하면 못 견디게 적막할 것이다.

◇

신은 아름다운 연애를 이 지상에 만들어놓고, 그것을 바라보는 향락을 위해 남녀를 지었다는 것이지요. 그리하여 지금은 인간이 될 수 없는 자신의 불행한 운명을 슬퍼한다는 것입니다.

◇

자기를 수호하고 구원할 자는 신神도 부처도 아니다.

그것은 자기 마음이 순수하여졌을 때, 단순하고 충만하여졌을 때, 거기서 솟아나는 생명이며 힘일 것이다.

그러므로 진정한 종교란 선적禪的 감정이요, 진정한 신앙이란 자기 생명 본래의 절대자유에 대한 믿음일 것이다.

◇

안심입명安心立命은 종교의 구극적인 목표일지도 모른다.

그러나 바르지 못한 생활의 개조에 의한 안심과 바르지 못한 생활 그대로에 머무는 안심과는 다른 것이다. 후자의 경우 그런 식의 종교란 확실히 사이비신앙인 것이다.

◇

한 문예작품 속에서 우리는 수천의 인간, 수천의 인생, 수천의 자연, 수천의 사회를 발견할 수 있다. 그러나 결국 우리가 보게 되는 것은 한 작가의 개성이다.

◇

어린아이에게는 이 세계를 능금알처럼 통째로라도 따주고 싶은 마음이 생기곤 하는 것이다.

이것은 기쁨을 남에게 줌으로써 생겨나는 유쾌함처럼 거룩하고 고귀하고 건강한 유쾌함은 없다는 가장 아름다운 본능의 징후이다.

받는 자의 기쁨은 깨끗하고 주는 자의 마음은 순수한 사랑으로 채워져 있기 때문이다.

◇

새까만 망각의 바다에 영원히 잠기고 만 우리의 많은 꿈들…….

그 영원한 이별을 생각할 때 당신은 눈물 없이 바라볼 수 있겠습니까?

◇

꽃피우십시오. 마음껏 한껏 활짝 피우십시오.

지금은 개화의 시절, 결실을 생각하는 공리성을 버리십시오.

결실의 시절은 바빠하지 않아도, 기다리지 않아도, 너무나 빨리 옵니다. 그리고 충실한 결실은 오직 개화로만 이루어지는 것입니다.

◇

밖에서 창 안을 들여다보는 마음.

안에 앉아 창 밖을 내다보는 마음.

◇

우리가 어떤 말 못할 엄청난 역경의 고통에 처하게 될 때는 곧바로 일종의 비장감에 빠져들게 된다.

(아아, 인간은 얼마나 타협적인 동물인가!)

그것은 결국 사회를 부정하고서 자위하는 심약함의 산물이다.

◇

위대한 체험적 인격자가 연상되지 않는 진리, 그것은 어딘가 쓸쓸하다…… 마치 꽃 없는 봄처럼.

◇

오늘 거리에서 얻은 두 가지 슬픈 일…….

일찍부터, 또한 지금까지도 내게 열렬한 애정과 호의를 보여온 한 여성의 시원치 못한 얼굴. 그는 그 시원치 못한 얼굴로 말미암아 누구의 눈에도 들 수 없었다는 것. 또, 그로써 내게 주는 가장 선택된 호의의 방식이 나의 가장 혐오하는 바였다는 것.

진정 슬픈 일이 아닙니까?

◇

어떤 '사랑', 어떤 '아름다움'이 반드시 어딘가 있을 것이다. 그리고 나의 이 믿음은 확실할 것이다.

그러나 내게는 그것을 찾을 힘도, 향유하려는 용기도 없다.

나는 궐련 동강에다 불을 붙여 물고 정원을 거닐다가, 하늘가에 떠 있는 구름 조각을 멍하니 바라보는 것이다.

◇

인생에 있어서 지극한 선, 지극한 아름다움이어야 할 것이 못 견딜 비참으로 보이는 때가 있다.

조소에 가까운 적막…… 정열이 다 식었기 때문인가?

오늘 초겨울 안개밭 속에 애인을 기다리는 소녀를 보았다.

◇

"물物이 이미 이루어졌을 때까지, 그것이 이루어지지 못하리라고 생각된 것이 얼마나 많은가?" —푸리니오

그러나 일이 이미 틀렸을 때까지 그것이 이루어지리라고 생각되었던 것은 얼마나 많을까?

다 같이 인생은 기만이다. 과거에 있어서.

다 같이 인생은 의지다. 미래에 있어서.

◇

함부로 남의 성격, 의견에 반발하고 거스르는 자세를 가지고 아첨 안 한다고 자고自高하는 사람.

동화, 맹종, 피동의 태도를 가지고 포용, 자비라고 자위하는 사람.

◇

우리가 가만히 눈을 감고, 생각을 지구상 제일 높다는 히말라야 산정까지 달리게 할 때, 고금의 천재나 거인의 심경을 바라볼 수 있게 된다.

평원에서 오르는 안개에 묻어나는 우울과 비수悲愁.

자색紫色 광채를 남들보다 먼저 바라보는 속진俗塵을 떠난 웅대한 기상.

◇

"공포에 의거하는 편이 신뢰에 의존하는 것보다 안전하다." —쇼펜하우어

그러나 보다 안전한 것은 남의 사랑을 받는 것이다.

그러나 그보다도 더, 가장 안전한 것은 '무아애無我愛' 로써 남을 사랑하는 것이다.

◇

'나를 알자' …… 그러나 이것은 타아他我 구별의 상대세계에 있어서는 불가능한 일이다. 타他의 세계를 모르는 까닭이다.

'타他를 알자' …… 이 또한 상대세계에서는 불가능한 것이다. 아我의 세계를 모르기 때문이다.

타아일여他我一如의 절대세계…… 오직 여기서만 우리는 하나로써 여럿을 알 수 있을 것인데.

◇

인간은 어떠한 때, 어떠한 곳에서나 각기 그때, 그곳의 신神을 보며 생활하는 것이다.

그러나 그 모든 신은 언제나 하나의 신…… '자기 자신' 이라는 일신의 환상에서 일어날 수 있는 어떤 것이다.

◇

모든 종교적 안심安心은 체념과 달관이다.

이는 단순한 소극적 단념이 아니다.

그것은 자연적인 추이를 향하는 노력이며, 사물의 영원한 상相에 대한 파악으로의 전진이다.

◇

"너 자신을 알라" —소크라테스

여기서 모든 철학과 종교의 기원이 출발된다.

우주와 자기 자신과의 관계, 거기서 비롯되는 자기 자신의 위치에 대

한 확인, 여기서 지식과 논리의 합리적 철학이 그 자신의 한계를 감지하는 총명을 발휘할 때, 비로소 가능성의 무한함과 앎과 믿음의 종교세계가 눈앞에 전개될 수 있는 것이다.

◇

착한 사람의 고난…… 이것은 일견 모순의 극치를 이룬다.

그러나 착한 사람이기 때문에, 또 그 고난에 순수하게 응함으로 인해 착한 사람은 착한 사람으로 되는 것이 아닌가?

◇

마침내, 이윽고 당신의 큐피드의 면사포를 벗겨놓았을 때, 당신은 거기서 무엇을 보십니까?

가을바람에 딸각거리는 해골의 조각 파편…….

그리고 그것은 당신 자신의 무거운 그림자입니다.

◇

위인偉人은 일종의 마술사이다.

◇

엄정한 비판이 없는 곳에 미신과 폭력이 날뛴다.

그러나 서로 믿고 사랑함의 전제가 없는 곳에서 행해지는 단순한 비판이 그야말로 너무도 비판적일 때는 인생은 스스로 추상抽象의 마굴로 떨어질 것이다.

◇

아직 모르기 때문에 행하지 못하는 우매함은 없다.

알면서 못하고, 알면서 끌려가는 우매함이 있을 뿐이다.

지知의 앎과 행行의 앎…… 여기서 현명과 우매, 범인凡人과 성인聖人이 갈리는 것이다.

◇

우리는 흔히 스스로 원하지도 않고, 바라지도 않는 많은 사건들에 봉착하곤 한다. 이것을 우연이라 하기도 하고, 의외라 하기도 한다.

그러나 우연이 어디 있는가? 대부분의 경우, 다만 그것에 대해 몰랐다는 것뿐이지 실은 그것을 기다리고 있는 셈이 된다.

◇

구태여 많은 경험을 요할 필요는 없는 것 같다.

사고四苦, 팔고八苦 따위의 고통은 인생에 있어서 영원한 문제요, 또 보편적인 것이다.

석가는 참으로 잘 보았다.

◇

우주를 나의 의지할 곳으로 할 때, 나의 의지할 장소는 오직 하나뿐이다.

나의 의소依所를 오직 '나'로 할 때, 나는 의지할 곳 없이도 존재할 수 있는 튼튼한 독립인이 될 것이다.

◇

기쁠 때는 기뻐하기만 하라. 기쁜 일 이외에는 아무것도 생각지 말라. 슬플 때는 슬퍼할 뿐이요, 슬픔 이외에는 아무것도 생각지 말라.

◇

사람들은 자기 자신과 무슨 원수를 맺었단 말인가?

◇

우리 이제 악에 대한 자책에서 선에 대한 자책으로 돌아가보지 않으렵니까?

◇

구슬은 어느 모로 보나 빛나는 것이고, 부수어진대도 빛난다.

◇

신은 어떠한 불행, 어떠한 불합리로도 인간과 인간 사이에서 이루어지는 사랑과 위안과 행복을 제지할 권력은 없다.

우리 생활로 하여금, 거기에는 행복이라든지 불행이라든지 하는 신의 간섭을 없게 하라.

◇

'예컨대 밤벚꽃이 한창인 창경원 같은 곳'

당신들은 한 자리를 잡고 앉아 파도처럼 밀려오고 밀려가는 군중을 바라보다가, 꽃 밑에, 불빛 아래 입맞춤처럼 반짝이는 많은 여성들의 웃음을 바라보다가, 문득 며칠 전 다방에서 마주 앉아 못내 사랑스럽다는 생각을 떨칠 수 없던 애인의 눈동자를 슬퍼하여본 적은 없습니까?

◇

물망초…….

잊지 말라고, 잊지 말라고, 연자색 어여삐 피어난 꽃이 피었다 지는군요.

지나가면 잊는 것을…….

◇

위선을 꺼린다 하여 함부로 독설을 토해 세인들의 혐오 위로 타고 오르려는 자.

능변을 자랑하며 함부로 조잡한 말을 날려 보내 속인들의 갈채를 기꺼이 유쾌해하는 자.

◇

야유회…… 대중의 적막寂寞.

◇

자신감은 시기나 원한을 품지 않는다.

역으로, 항상 모자람에서 생기는 동기 없는 싸움이나 공연한 적개심을 우리는 흔히 본다.

◇

만일 내게 시간을 거꾸로 항행할 수 있어서 한 번만, 단 한 번만이라도

인류 역사상의 인물을 만날 수 있는 신통한 기회가 허락된다면…… 그는 누구일까 손꼽아보니

아 아, 그리운 사람이 너무 많아. 너무나 많아…….

◇

악의 없는 말이나 행동이 흔히 남의 웃음을 자아내는 해학성을 띠게 된다. 이는 우리 인간에게 얼마나 진실성이 결여된 허위가 상식화되어 있는가를 생각하게 한다.

◇

성애性愛와 환경과 조건을 공제한 나머지의 부부애란 얼마나 될까?

◇

자연처럼 자기의 신비에 대해 삼갈 수가 있을까?

◇

사람이 너무 되어버린 사람,

어딘가 가까워지지 않는 구석이 있다.

◇

우리는 얼마나 자주, 우리가 스스로를 인정하듯 남도 자기를 인정하리라 생각하고 있었던가.

◇

되도록 오래 살아서 생의 경험을 풍부히 하려는 사람…….

그의 눈으로 본다면 천하에는 '새 것은 하나도 없을 것이다.'

◇

명민성明敏性이라는 좋은 이름 밑에 우리는 얼마나 많은 정열을 죽인 생명력의 경화나 이성의 칼날에 찢겨 해부된 냉골冷骨만을 발견하는가.

◇

가장 함축성 높은 것이 흔히 멀리 돌아오는 것으로 보이듯이, 가장 숙련된 기술이 아니라면 서투른 흉내조차도 어려운 법이다.

◇

어떤 연애의 경우라도 연인은 자기 연인을 그 이상으로 보거나, 혹은 연인 자체를 보지 않거나 한다.

그러므로 연인에게서 발견되는 아름다움이나 행복감은 연인이 실제로 주는 미와 행복보다 항상 그 이상이거나, 혹은 모르는 척 자기가 지어낸 연인에 대한 영상만을 즐기려는 욕망의 집합체이기도 한 것이다.

◇

사랑은 결점을 묻어준다.

그러나 그 결점에 관심을 둠으로써 생겨나는 고통을 두려워하여 일부러 못 본 척하기도 하는 것이다.

◇

어떤 열정적인 연애라 할지라도 연인에 대한 자기의 생각보다는 제삼자가 보고 생각한 바를 염두에 두게 된다.

◇

애정에 사는 여성을 찬미하라.

연애가 아니라도 풍부한 공상과 부단한 감동을 즐길 줄 아는 여성…… 이성이 차라리 해가 되는 여성을 찬미하라.

◇

결국 너는 네게로 돌아가는구나…….

나는 내게로 돌아오고…….

◇

평범함의 비극…….

소녀의 사랑도 오래 가지 못하는구나.

◇

우리의 귀는 기실 못 듣는 소리를 가짐이 없고, 우리의 눈은 기실 못 보는 색色을 가짐이 없다.

그러나 우리 귀는 아무것도 듣지 못하고, 우리 눈은 아무것도 보지 못한다.

책상 위의 능금이 별보다 큼을 보지 않는가? 벽 위의 시계 소리가 대양의 파도 소리보다 큼을 듣지 않는가?

◇

천만 리를 떨어져 있어도 따스한 정과 통하는 숨결이 느껴지는 사람이 있다. 한 자리에 마주 앉아 말을 주고받는 사귐을 나누어도 이방인처럼 느껴지는 사람이 있다.

◇

신 앞에서 죄가 논해지는 영혼은 사람 앞에서도 죄가 논해진다.

그러나 사람 앞에서 죄가 논해지는 영혼이라 하여 반드시 신 앞에서도 논죄論罪 받는 것은 아니다.

◇

"원수를 사랑하라." —예수

여기에 무슨 이유가 있으랴.

있다면 그것은 사랑이 아니요, 사랑으로 탈바꿈한 미움이니라.

◇

이름과 소리가 높아가면 반드시 그 뜻과 절개는 낮아져야 하는가? 몸이 문득 부富에 처하면 그 덕과 정조는 어지러워져야 하는가?

그보다는 뜻과 절개를 높임에 따라 이름이 높아가는 것인가? 덕과 정조를 돌아보지 않음에 부가 스스로 좇아오는 것인가?

어떻든 간에 참사람은 차라리 이름도 소리도 없는 그곳에서 피어나는 꽃이 되고, 결백은 차라리 가난하고 약한 그 속에서 비로소 빛나는 한 줄기 광명이 되는 것이다.

◇

신神과 불佛에는 '나'가 없다. 차라리 '나'가 없기 때문에 신이요 불이다.

◇

선善은 초조하지 않다. 구김살이 없다. 기척이 없다.

선은 유유하다. 명랑하다. 자유롭다.

◇

구함이 없는 사람.

세계는 그 발 앞에 와서 엎드린다.

◇

외부로부터 오는 해악에 대해서는 아무리 무력하다 해도 그것은 부끄러움이 되지 않는다.

무력함 중에 가장 나쁜 것은 자기 내부의 감정에 대한 무기력이다.

◇

고통은 범우凡愚와 현성賢聖을 연결하는 혈관이다.

그 혈관을 통하여 범우는 현성의 피를 느끼고 호흡을 나누며 또 그를 친밀하게 알게 된다.

◇

자기는 의식하지 못했는데 남의 주시가 있었다는 사실을 알았을 때 새삼스레 자신을 반성하게 된다.

신의 끊임없는 감시를 느끼며 살아간다는 것은 얼마나 무서운 사상인가?

◇

여자는 아무리 가까이 가서 살펴보아도 멀리서 바라볼 때와 마찬가지로 생각한 바를 알려주지 않는다.

◇

고독은 언제나 반성에보다는 상상에 그 왕조를 베풀어놓기를 좋아한다. 그리하여 그 상상이 감정을 이끌어갈 때 이성은 줄곧 스러져간다.

◇

욕망은 무한하다.

그러므로 욕망의 불꽃을 냉각시키려면 유한한 물질적 대상으로는 어림도 없다. 오직 그것의 정복에 의한 만족이 있을 뿐이다.

◇

자연은 언제나 자기의 권리를 주장하고 자기의 염원과 욕구의 만족을 강요한다.

그것은 언제나 개성의 개성화를 저지하고, 생명의 특수화를 방해하는 나쁜 요소를 가진 것이다.

그러나 누가 그 본성을 벌할 수 있는가?

◇

생활이란 외계와의 교섭이다.

외계의 영향에 민첩하게 반응하고, 그 물음에 답함으로써 모든 사물에 자기의 개성적인 실감을 부여하여 자기를 표현하는 곳에 우리의 독창적인 생활이 시작되고 또 발전하게 된다.

그러므로 단순한 순종이나 순수한 수동은 사실상 죽음인 것이다.

◇

씨를 뿌리고 김을 매며 거름을 주고 곡식을 거두어들이는 것은 단순히 밭을 간 노동과 보수의 문제가 아니다.

그것은 훌륭한 명예도 된다.

◇

여자의 신비를 쫓아다닌다는 것은 결국 하나의 냄새나는 육괴肉塊를 발견한다는 것이다. 그러므로 여자를 이해하려 하면 할수록 그 정신의 아름다움을 알 것이다.

◇

우리는 모든 것을 가져버리려는 욕구를 지녔다.

그러나 그와 동시에 행복까지도 남과 나누어 가지려는 욕구 또한 갖고 있는 것이다.

◇

여자는 언제나 부자유하다. 그것은 여자의 운명이다.

왜 그런가?

여자는 자신의 신비를 잘 유지하기 위해서 언제나 자신을 어느 정도 숨기고, 얼굴을 가리는 등, 여자=신비라는 공식을 지켜가는 데 여념이 없기 때문이다.

◇

사람이 어떠한 학문적 재능을 갖추었다 할지라도 자기 자신의 반성에 등한하게 되면 무지를 면할 수 없다.

그러나 반성이 지나칠 때는, 즉 지속되는 내면화는 도리어 허무와 나태에 빠지게 한다.

◇

예민한 머리보다는 아름다운 마음을 갖고 싶다.

심오한 사색보다는 순수한 감정을 지니고 싶다.

◇

이 사바세계는 6바라밀을 수행하기에 가장 알맞은 곳이다.

◇

가장 무관심한 듯한 미소, 무비판적인 미소.

세상만사를 다 경험한 듯한 초연한 미소, 거의 조소에 가까운 미소…….

그것은 기실 하나의 의혹에 불과하면서 달관으로 가장한 부도덕한 미소다.

◇

우리는 우리의 지위와 명예 없음을 부끄러워할 필요가 없다. 더구나 그러한 자신을 경멸하지 말자. 인생의 어느 부분에 있어서도 진리와 광명은 모두 다 가까이 있다.

◇

행동의 완전한 충실이 없는 곳에 말의 과잉 필요가 요구되며, 내적 품위의 충실이 없는 곳에 훌륭한 외관이 필요하게 된다.

◇

대개의 경우 애정이 생기는 곳에 존경이 희미해진다.

존경이 흐려지면 그곳에 간섭이 생기고, 간섭이 있는 곳에 자유가 한숨짓는다.

충고 속에 얼마나 많은 지배욕이 도사리고 있는가.

◇

'심심하다' 라는 말은 언제나 인생에 대한 내 사상을 슬프게 한다.

◇

시물施物을 삼가자.

대개는 물物을 받는 사람이 그 은혜에 구속되지만, 어떤 때에는 물을 주는 사람이 오히려 더 많은 것에 구속된다.

◇

자기의 한 생애란 기실 일생을 두고 내내 자기가 걸어간 길을 의미한다.

그러나 그 길을 자기 스스로가 스스로의 발걸음만으로 걸어간 사람은 과연 몇이나 될까?

◇

비록, 그것이 도깨비불처럼, 유성流星처럼, 음향처럼 일어났다가 꺼지고, 나타났다가 사라진다 해도 우리는 우리의 생을 서러워할 것은 없다.

모든 것은 다만 보이지 않게 될 뿐이지 사라져 없어져버린다는 뜻은 아닐 터이기 때문이다.

우리의 생활이 서 있는 그 발밑을 보라. 얼마나 거대한 역사의 피라미드가 버티고 있는가.

◇

하나하나의 사물이 참된 제 얼굴 그대로 마음에 비칠 때, 비로소 그 각각의 사물은 우리 마음속에서 각기 '자신의 장소'를 얻을 수 있는 것이다.

외계의 사물 각각이 우리 마음속에서 '각자의 장소를 갖는다'는 것은 우리가 진실함과 아름다움과 영원을 파악한다는 것이다.

◇

악령에게 사邪가 있는 것은 아니다.
사람의 마음에 사가 있는 것이다.

◇

하나의 온전한 전체를 위하여 여러 가지의 여분을 버려라.
잘 버릴 줄 아는 자만이 잘 얻을 수 있는 것이니.
하나의 일은 언제나 만 가지 일의 희생을 엄격히 요구하는 것이다.

◇

고뇌에 시달리면 시달릴수록 의연하게 그 순수하고 곧은 마음을 잃지 않는다는 것은 얼마나 아름다운 일인가.

훌륭한 결과가 그리 쉽사리 나타나지 않는다는 것은 차라리 귀중한 사실이다.

◇

결국 인간은 혼자 나고, 혼자 살고, 혼자 죽는 영원한 고아!
그러매 따스한 정을 찾고 밝은 광명을 찾는 것이다.

◇

검은 구름 사이로 한순간, 밝은 달빛이 새어나올 때 우리는 일종의 예감을 갖게 된다.

그것은 달에서 오는 광명처럼 우리의 무한 정신에서 오는 섬광이요, 정신의 속보速報요, 마음의 귀로 들려오는 하늘의 소리이다.

◇

얼마나 많은 사람들이 선행을 베풀기 위해서 선인善人이 되는 것을 망각하는가. 세상 악취 중에서 부패된 선행이 발산하는 냄새처럼 가증스러운 것은 없을 것이다.

◇

'나'는 우주공간의 가장 중앙 되는 위치에 산다.
'나'는 역사의 가장 가치 있는 시기에 산다.

◇

실없이 길가에 서서 빈자貧者의 감시자가 되려 하기보다는 먼저 자기 자신을 돌아보라—아직도 푸른 능금이 아닌가? 하고.
동정이나 박애란 잎도, 가지도, 혹은 덜 익은 떫은맛도 아니다. 그것은 꽃다운 향기, 풍요한 풍미.
피어 있는 꽃에는 향기가 스스로 나고 숙성한 열매에는 풍미가 스스로 배어 있는 것이다.
"네 왼손으로 하여금 오른손이 한 일을 모르게 하라." —예수

◇

우리의 생활에서 참생활이 아닌 생활을, 참으로 필요하지 않은 생활을, 일체의 생활 아닌 생활을—잎을, 가지를, 껍질을, 기름을, 배설물을, 장식품들을, 옷을, 그림자를—모조리 벗기고 깎고 추려보라.
최후로 환원될 수 있는 곳, 알맹이로서의 생활은 무엇인가?
모름지기 열 손가락을 써서 정리해볼 필요가 있다.

◇

인생은 영원히 평등하고 진리는 영원히 새로운 것이다.
태초에 진리가 열려 나타난 이래로 아직도 거기에는 단 한 톨의 먼지

도 떨어진 적이 없다.

……우주와 역사를 베개 하고 길게 누워 있는 것이 진리의 참된 광영인가?

◇

권태란, 정관靜觀의 행복이 없는 곳에서 생겨나는 것이다.

정관의 태도는 우리 생활의 광활한 여백에서 우러나는 행복에 대한 사랑이다.

우리가 자유로이, 또한 자신과 밀접하게 우리들 최선의 취미를 따를 수 있을 때, 그 여백은 순간순간 청신한 전망을 우리에게 공급한다.

—자유로이 활달한 시계視界를 즐길 수 있는 자처럼 행복한 이가 이 세상에 있을까?

◇

어떠한 경우에도 자기를 배반하지 않도록, 자기가 소유한 어떤 힘의 존재에 무한한 신뢰와 기대를 갖자.

그 힘의 은총은, 언제나 우리가 그 힘을 자각할 수 있다는 믿음에서 오는 상대가치에 있는 것이다.

◇

우리가 고독을 느끼는 것은 사람과 사람 사이를 분리시키는 공간이 있어서가 아니다.

자기와 자기 생명이 발생하는 곳과의 간극—즉, 우리 자신이 형성되는 힘과의 분리에 있는 것이다.

우리의 행동좌표나 언어와 침묵, 혹은 동작과 정지상태—그 어느 곳에나 고독을 만드는 힘은 미만彌滿해 있는 것이다.

◇

나는 왜 항상 지배하여야 할, 혹은 지배할 수 있는 환상이나 습관, 규율들에 내 생활을 유배시키고 있는 것일까?

이것은 항상 자아의식의 한계를 파열하지 못하는 무능에서 오는 것이다.

세계는 기실 우리가 아직 놀아보지 못한, 혹은 상상도 하지 못한 자유로운 공간으로서 우리의 생을 즐기게 할 수 있는 곳일 텐데, 그리고 우리가 보는 것보다 훨씬 넓은 곳일 텐데.

그러므로 지인至人의 눈에 비친 영상 속의 모든 사물은 선善도 불선不善도 아닌 천진난만한 그런 것이리라.

◇

생의 심오한 깊이를 파고들어 그 진상을 이해하고 파악한다는 것은 결국 '비극을 사랑한다'는 것이 아닐까?

◇

연애에도 천재天才가 필요한가?

연애를 양심적으로 할 수 있는 사람, 혹은 양심을 가지고 연애를 할 수 있는 사람은 최대의 행복을 누릴 수 있을 것이다.

◇

사람은 누구나 오직 자기 내부의 악보에 맞추어 생활을 행진할 뿐이다. 각자의 개성에 적응하는 사물의 양상 외에 또 어떤 사물의 상태가 있어서 그토록 자유로운 희열을 주랴!

◇

무한한 지혜의 세계를 망각한 우리는 실없이 아둔한 우리의 인식 한계에 울타리를 둘러놓고는 그것을 상식이라 하여 칭송하고 있다.

우리의 눈빛이 바로 우리의 마음속을 응시할 때, 거기에는 무한한 여백의 영역이 처녀지 그대로 남아 있지 않은가.

그곳을 여행하자. 탐험하자.

무량無量의 국토. 무량의 불佛.

◇

우리 생활이 아무리 평범하고 미천하다 할지라도 그것을 스스로 경멸하거나 회피할 것이 아니다.

진심으로 자기 생활을 사랑하는 것, 영광이 가득한 시간은 우리를 저버리지 않을 것이다.

세상 사물에 무슨 대소가 있을 것인가. 우리의 태도에 달려 있을 뿐이다.

◇

얼마나 많은 무목적의 달리기가 진보로, 칠면조의 볏 같은 변화가 개선으로, 잡무와 외적 의견의 여파 속의 생활이 활동으로, 복종적이고 충실한 환경의 노예가 적응으로, 무례한 산만함이 쾌활로…….

가장되고, 오해되고…….

모름지기 좀더 후퇴, 후퇴하라.

좀더 물러나서 바라보라.

◇

"종교는 생활의 부패를 방지하는 향료다." —베이컨

종교는 차라리 머리로써 채우지 못한 생활의 공허를 가슴으로 채울 수 있는 샘물이다.

◇

아 아, 나는 나의 고유한 태도를 지키고 싶다. 그 지킴을 즐기고 싶다. 그것은 무슨 태도인가?

나는 나의 가고 싶은 곳, 단 한 곳을 가고 싶다. 그곳에로의 탐험을 즐기고 싶다. 그곳은 어딘가?

나는 나의 하고 싶은 일, 단 한 가지 일을 하고 싶다. 그 일을 위해 신불神佛에의 기도를 즐기고 싶다. 그 일은 어디 있는가?

◇

시간이란 결국 우리의 불안전한 의식의 흐름 중에 생기는 한 공간에 불과하다.

그 공간을 의식하지 못할 때, 우리는 시간의 제약을 유유히 초탈한다. 시간의 초월! 그것은 오직 완전한 일의 한 경지에 있을 수 있는 것이다.

◇

아무리 훌륭한 옷을 입어보아도, 원숭이는 끝내 원숭이에 지나지 않는다. 현란한 외장을 차리고서 군중의 눈길을 끌어대며 시장으로 나가 행진해볼까?

돌아가 적나라한 알몸으로 여명의 숲속을 거닐며 혼자 별이 떨어져 있는 샘물을 마시고 싶다.

◇

사람이 만일 우주의 삼라만상 속에서 그것과의 혈연적인 통일과 조화의 관계를 발견한다면, 혹은 그것을 의식한다면, 그것이 곧 해탈일 것이다.

해탈이란 하나의 갇혀진 결박으로부터 벗어나 완전한 자유의 자비를 깨닫는 것이다. 개인적 탐욕으로부터, 수리적 공식으로부터 완전한 자유로.

◇

진리란 신비스런 통일성이다.

그것은 사물 상호간의 관계에서만 현시될 수 있다.

그러므로 각 부분의 집결은 살아 있는 전체가 되지는 못하는 것이다.

◇

우리의 모든 사고작용 중에 상상력처럼 귀한 것은 없다.

그것은 우리들의 사랑의 원천이요, 또한 그것으로 말미암아 우리는 우리 자신의 세계를 풍부하고도 윤택하게 하는 것이다.

우리의 상상력이 영원한 경지와 만나게 될 때, 거기에 훌륭한 예술이 탄생하게 되는 것이다.

◇

시인은 무엇 때문에 자기가 끊임없이 창작에 시달리고 있는지, 고통받고 있는지를 모르는 것이다. 다만 노래할 뿐이다.

거기에는 어떤 힘의 존재를 느끼지만 그 힘이 무엇인지를 또한 모르는 것이다. 그 힘이란 무엇인가?

결국 자기표백自己表白이다.

◇

타락의 원인은 자포자기에 있다. 그러므로 그것은 타산적인 사람, 공리적 목적으로 살아가는 사람에게서 주로 찾아볼 수 있다.

그러나 위대한 믿음을 가진, 일생을 구도적 자세로 탐구하는 사람에게는 절망이란 있을 수 없는 것이다. 그의 길에는 마지막이란 것이 다 없기 때문이다.

"인간이란 끝내 초극超克될 무엇이다." —니체

◇

인간의 침묵하는 실체, 그것은 인간에 있어서 유일한 자본이다.

우리의 초월사상을 위한, 또 그 이상의 실현을 위한…….

그리하여 그것은 우리의 부단한 정진을 위한 갖가지 고통을 수반한다.

◇

모든 위대한 사상은 인간의 가슴에서 나온다고 한다. 그것은 삶의 모든 고달픔이 가슴에서 나오기 때문이다. 최후까지, 최저까지, 최악에까지 매 맞고 시달리는 인내만이 사람이 지닌 능력의 시금석이 될 것이기 때문이다.

◇

사람의 이해란 자기의 척도를 벗어날 수 없다. 사람은 언제나 자기 내부에 있는 것밖에 이해하지 못하기 때문에!

그러므로 자신의 맹목적 격정에서 해방되었을 때에 비로소 우리는 투명하고, 진실하고, 사랑하는 완전한 이성에 접근하게 된다.

비로소 우리 가슴이 정적靜寂에 도달할 수 있는 것이다.

◇

어떤 명령의 지배적인 지시는 혼미한 방황 중에 있는 자에겐 하나의 중압감을 벗겨주는 고마운 사실이 되기도 한다.

마치 어린애에게 백지를 주고 '무엇이든 한 자 써보라' 는 자유가 부여되었을 때 도리어 커다란 부자유를 느끼게 되는 것처럼…….

길이 넓디넓어 광야가 펼쳐질 때 행인은 오히려 그만큼의 비애를 맛보게 되는 것이다.

◇

세계에 대해 인간은 하나의 포말 같은 존재라 하더라도 세계는 우리의 권위를 모욕하지 못한다. 우리에겐 정신적 힘으로 무장된 의지의 자유가 있기 때문이다.

그에 대해 너무나 남루한 우리의 생활이라 하더라도 생활은 우리의 품위를 실추시키지 못한다. 우리에겐 종교적 복종이라는 고귀한 징표도 있으니까.

◇

사실事實은 단순한 사실에 지나지 않고, 기술은 하나의 단순한 기술에 지나지 못한다.

그러나 진리는 끝도 없이 무한한 지평선을 전개하여 우리를 저 너머의 피안으로 인도할 수 있다. 그러므로 진리의 인도를 받는 인격은 전체적이요 절대적인 가치, 그것이다.

"최상의 행복은 인격人格 안에 있다." —괴테

◇

인간이 행하는 일체의 활동은 자기를 전적으로 표현하고자 하는 다급한 요구로 귀결된다.

부와 지위와 권력에의 질주도 그 요구의 일단一端임이 분명하다. 그러나 그들의 배후에는 항상 불만과 실패의 탄식만이 남는 것은 무슨 까닭일까?

—전일全一의 실현은 부분의 집성으로 축적되는 것이 아니라는 것을 자꾸만 망각하기 때문이다.

◇

단 한 조각의 자유를 지니고 우리는 이 세계를 살아간다.

단 한 줄기의 신비를 가지고 우리는 범용, 통속으로 일관된 일상을 견디어간다.

자유와 신비여, 오직 그대 하나만을 몸에 지닌 채 인간의 부스러기에 지나지 않는 나는, 인생의 평안과 조화, 덕과 사랑의 광명을 볼 수가 있다.

◇

한 인간이 다수의 인간 속에서 단 한 사람이 될 수 있는 것은 그의 개성 때문에 그러하다.

성격이란 의지의 응집력, 아니 차라리 무의지의 의지가 계속적으로 연결되어지는 것으로, 그것이 독자적일 때 곧 개성이 되는 것이다.

그러나 개성이란 자신의 격리나 정적인 고정이 아니다.

◇

정靜이란 동動의 중지나 죽어버린 침전이 아니다.

그것은 외적 변화에 대한 내적 집중이요, 확대요, 내밀한 풍요인 것이다.

깊은 집중은 큰 지혜를 낳고, 커다란 고요함은 위대한 활동의 전제가 되는 것이다.

◇

어제의 날은 오늘의 날이 아니다. 전념前念이 곧 후념後念은 아니다. 지

자견지위지지智者見之謂之智 인자견지위지인仁者見之謂之仁

무상無常은 모두 '처음'이요, 다양한 변화의 흐름은 그 각각의 탄생인 것이다.

무한한 경이와 불굴의 창조를 평범화하는 인습적인 생명은 차라리 저주받아라.

◇

여자의 미가 어디 있느냐? 제왕의 영예가 어디 있느냐?

그것은 우리 탐욕의 과장, 우리 미망의 요구가 부여한 허상에 불과한 것이다.

◇

내게 세계를 지배할 수 있는 권리가 부여되지 않았다는 것은 하나의 큰 다행이다.

◇

'걱정하는 것' 이 자식에 대한 어머니 사랑의 거룩한 권리인 것처럼, '고뇌하는 것' 으로 하여금 한 인간의 창조를 위한 우리의 자랑스러운 권리가 되게 하지 않으면 안 된다.

이런 의미의 고뇌를 스스로 더 나아가 진실하게 고뇌하지 못할 때 우리는 순간순간 외적인 억압으로부터 끊임없이 어두운 모욕에 시달리게 될 것이다.

—고뇌는 우리의 지능智能의 무제한한 표상이다.

◇

에덴동산에서 아담이 빨간 선악의 과실을 바라보며 무한한 식욕을 느꼈을 때, 인간에게는 영광과 희망과 재생의 동이 텄다.

그리하여 맛나는 과즙이 아담의 목구멍을 흘러들었을 때, 인간은 영원한 구원을 받았다.

신의 인간에서 인간의 인간으로…… 죄罪에서의 자유는 곧 선善에의 자유였던 것이다.

◇

사람들은 어쩌면 이리도 자기를 광고하기에 급급한가?

자기 존재의 무한한 광명을 조금도 유화시킬 줄 모르고서 한없이 외부로, 외부로 방사시키곤 하는 것은 일방적 지배욕의 근성이 발작한 것이라고 볼 수 있겠지만, 그 근저에 고착되어 있는 노예의 근성 또한 간과할 수 없다.

사람은 마땅히 숨겨두어야 할 위대함을 간직하는 데 너무도 소홀하여서, 모래알 같은 일에 모래알 같은 자기를 모래알같이 흩뿌려대는 게 아닌가?

◇

타인의 의견과 주장을 전혀 이해하지 않은 채, 또 이해할 능력도 없이 우물 안의 자기 소견을 가장 위대한 사상인 양 소리 높이 떠드는 자가 있는가 하면, 한편 남의 사상과 정신을 전혀 무시하고 매도하면서 자기주장만을 무리하게 통과시키려는 사람이 있기도 하고, 그런가 하면 말과 사슴을 분별하지 않고 그저 그러려니 하며 일방적인 찬탄과 추종을 일삼는 자도 있다.

하나는 무지요, 또 하나는 오만, 나머지는 아첨—무지한 자는 동정할 수 있으나 택할 바가 없고, 오만은 택할 바는 있으나 동정할 구석이 없으며, 아첨은 동정과 취할 바가 모두 없으니 일종의 허무한 슬픔만을 가져올 뿐이다.

허심탄회한 자세로 남의 앎을 배우고 남의 사상을 경청함이 하나의 미덕일진대, 무지와 오만과 아첨 중에도 아첨이 지위를 가져오고, 명예를 부르며, 부를 낳으니, 이게 무슨 까닭인가? '저를 칭찬해 싫다는 사람 없다' 는 격언은 영원히 인생을 비웃을 것인가?

◇

“명사名士여, 사생활을 보이지 말라.”

“선지자先知者는 제 고을에서 대접을 받지 못한다.”

이 말들은 모두 위인偉人과 범인凡人과의 개인차가 극소함을 말함이며, 그 우열의 드러남을 두려워하여 그것을 은폐하기 위한 소리가 아닌지.

명사를 친히 만나본 사람은 대개는 그 명사의 실질적인 면이 이름에 비하여 부실한 것에 실망하곤 한다.

이 모든 이야기는 평범 속에 비범을 발견하고 또 이해할 줄 모르는 사람들이 얼마나 많은가 하는 사실을 알려주고 있다.

그러나 한 인간의 비범함과 위대함은 과연 어디에 있는가?

씨앗 하나하나가 천 개 만 개의 열매를 만들어낸다는 것을 모르는 듯이, 인간의 그 우열의 차 하나가 각자 생활 활동의 영역과 범위에 따라 그 결과에 있어 백도 되고 천도 되며, 만도 된다는 그 엄청난 차이가 새삼스레 당혹스럽지 않은가.

◇

믿는 생활, 믿음의 생활—얼마나 힘 있고 아름다운 생활인가.

거기서 비로소 앎은 약동하는 지혜가 되고, 선善은 모순을 극복하는 힘을 발휘하고, 정情은 순정殉情이 되는 것이다.

생사를 초월하는 대불안大不安, 대입명大立命—힘과 사랑이 함께 꽃피고, 신비와 상식이 조화되는 곳, 불가사의한 행복, 위대한 아름다움, 신과 같은 영원한 자태, 중생과 불佛, 신과 인간을 하나의 경지로 연결하는 영적 능력의 신비력이 거기 있는 것이다.

◇

인생은 항상 향수에 젖어 있다. 인간은 나그네이기 때문이다.

어찌하여 나그네가 되었던가?

고향이 불만이었던 까닭이다.

그러면 불만이었던 고향을 왜 또다시 그리워하는가? 나그네의 신세가 너무도 고달프기 때문이다. 고향에서 유랑으로, 유랑에서 고향으로…….

인생이란 영원한 구속과 곤궁과 동경과 사모와…….

인간은 그들로 인해 허덕이는 유랑군流浪群인가?

◇

현실이 이 모양이라느니, 현실이 어렵다느니, 사람의 감정이란 그처럼 단순한 것이 아니라느니—그러한 구실로, 진정 하나의 구실로 모순과 왜곡을 긍정하고 참아냄으로써 현명을 자랑하는 사람이 얼마나 많은가? 또, 이것은 얼마나 많은 기만의 요소를 품고 있는가?

진정, 우리는 서로서로 행복되게 할 수 없다는 것으로 만족해버릴 수 있단 말인가?

◇

행복한 경지에 있는 사람은 인간 이상의 어떤 존재와 기적적 위력을 믿으려 하지 않는다. 그러나 불행의 늪에 빠진 사람이 인간 이외의 존재와 기적적 위력의 신앙에 매달린다 해도 그것 또한 신뢰할 것은 못 된다.

전자는 아무런 부족이 없는 상태의 오만과 나태에 어떤 종류의 신앙을 인식할 눈이 어두워졌고, 또한 그것이 들어갈 마음의 빈자리가 없기 때문이요, 후자는 혼란과 곤궁의 소용돌이 속에서 정신이 정상상태에 있지 못하기 때문이다.

오직 집착이 없고, 닫혀진 상태가 아닌 가난한 마음에만 불신佛神은 불신 그대로의 자태로 나타나는 것이다.

◇

인간은 꿈을 먹고 사는 동물이라 한다. 꿈이란 우리 삶의 세계를 확장하는 귀한 정신활동이다. 그러므로 그것은 끊임없이 현실에서 비극을 보고, 그리하여 삶의 고민을 배가하는 존재도 되는 것이다. 그러나 인간이 그의 손에 부딪치고, 눈에 보이고, 귀에 들리는 세계만을 유지하게 된다면, 그 세계의 협착에 곧 질식하고 말 것이다.

새로운 꿈이 끊임없이 솟으리니.

나그네 길은 언제 끝나려나.

◇

나는 진정 무용無用의 인간, 무위無爲의 인간이 되고 싶다.

그리하여 나 혼자의 생활을 지키고, 다듬고, 향유하는 평화와 자연을 갖고 싶다.

◇

돌아보매 사람과 사람은 싸우고 미워하며 헐뜯고 해치며 물고 찢더라. 달리고 헐떡이며 엎치고 뒤치며 시기하고 아첨하더라. 사랑하는가 하면 미워하고 따르는가 하면 배반하고 기쁜가 하면 슬퍼하더라.

물物과 물物은 서로 빗대고 어긋나더라.

여인의 보얀 손길과 암고양이의 하얀 발길이 황혼의 뜰 위에서 즐거이 노니는가 하면, 가벼운 웃음소리 넘쳐흐르는 규방 속에는 어느새 네 개의 눈동자가 섬광처럼 빛나도다. 그리하여 장자莊子는 지상의 야마野馬와 진애塵埃는 모든 생물이 서로 토해 놓은 기식氣息이라 하였던가?

그는 진애와 모순에 충만한 지상세계는 허망하여 참되지 못한 환幻의 세계임을 보이었고, 그곳을 떠나기 위해 날개 밑에 바람을 어루만지며 청천靑天을 등에 업고 걸림 없는 구만 리 천상에 오름이 옳다 하였으니 이것은 심기心氣의 일대 전환과 자기 초탈의 철저를 뜻한 것이라 할 수 있다.

그러나 남명南冥을 멀다 말라. 북명北冥이 곧 그곳이요, 극락정토를 희구하여 십만국토十萬國土의 서방西方을 향해 발돋움하지 말라. 발 딛고 있는 곳이 곧 그 땅이 아니던가?

한 발 돌이키면 그곳이 곧 그곳이련만. 바라보매 아득하기 또한 십만 팔천 리十萬八千里이니, 이것이 나의 미迷함이요, 모든 중생들의 모습이 아니던가.

◇

연정戀情이란 대개 어떤 시간의 한계를 가진 것으로서, 바로 그런 이유로 정열 또한 어떤 고도高度의 정점頂點을 지닌다.

그리하여 그 한계, 그 절정에서 대개는 변질되거나 하강하는 것이다.

◇

세정世情이 바뀌고 인심이 변해가는 것은 이 세대의 허물만은 아니겠거늘, 사람들은 흔히 재지才智에서 오는 기민함만은 환영할 줄 알면서 그에 따르는 교묘한 허위와 광기적인 황홀함과 희희낙락하는 경박에는 장님인 양 못 본 체한다. 그러면서 무지無知에서 오는 허물에만은 어쩌면 그리도 빡빡하고 급촉急促한 것인가?

◇

평화와 안정의 생활에 있어서만은 내 존재는 바로 서고, 그 속에 있어서만은 내 생명은 본래적인 성능性能을 발휘하는 것이다.

적어도 나는 이 사실을 잘 알고 있으니, 모든 의욕의 다툼과 권세의 싸움은 그들에게 맡겨두련다.

◇

내 계급을 위하여 몸을 부수고, 내 사회를 위하여 피를 흘리는 일—나는 그 사람과 그 생활을 존경하고 흠모한다. 그러나 그것은 또한 내게는 너무나 인연이 엷고 거리가 먼 것이어서 나는 섣불리 그 길에 참여하지는 않으련다.

남의 행복에 손댈 의욕 없이, 내 생애에 남의 간섭을 피하려는 이곳에 내 에고이즘의 만족이 있나니. 여기에 또한 작위와 과장, 아첨의 사슬을 벗어날 수 있는 진실한 개성 생활의 행복도 있는 것이다.

◇

"하늘빛의 심방尋訪이 있는 곳은 현자賢者에 있어서는 어디고 다 같은 행복된 항구港口이니라" —누구의 말이던가.

시골이나 도시거나, 평정하든 소란하든, 모든 정착점을 떠나지 못한 사람에게 있어서만 구별될 수 있는 것이니, 그것을 외적으로 추구할 때는 다 같은 사바세계인 지상에 불과한 것이 아니겠는가?

구릉이나 도시나 대은大隱의 도상에 있어서 무슨 한계가 있으랴.

◇

순결이란 도피가 아니요, 은둔이나 고고孤高도 아니다.

그 진실은 도리어 어떤 한계가 없는 신축성 있는 자유자재에 있을 것이다.

물러나면 물러날수록, 움츠러들면 움츠러들수록, 압력과 추세推勢는 배가할 것이니, 사위를 둘러보아도 어디가 나의 안식처인가?

푸른 별 속은 너무 차리라. 바다 밑에는 얼크러진 해초의 결박이 있으리라.

◇

이 지상의 살벌함과 소란함은 대개 자신의 집착에서 생기며, 자기의 집착이란 결국 자기 정신의 평온상태가 착란함을 이름이니, 혼의 혼탁과 광란은 인간세상 모든 사악함의 근본이다.

◇

날이 갈수록 때를 쫓아 인심은 어지러우니 나는 내 영혼의 평화를 지키자. 날이 갈수록 때를 쫓아 세상은 복잡하기만 하니 나는 되도록 내 활력의 순수를 굳게 보호하자.

계戒를 수행함이 방정方正한 곳에 정수正水의 청정함이 있고, 정수의 청정이 있는 곳에 달빛의 현현함이 있는 것이니—이것은 부처님의 가르침이다. 나는 우선 무지한 무리들의 소승小乘이라는 나무람을 달게 받으며 부처님의 본뜻을 몰래 지니리라.

◇

청정하고 겸손한 복종이 있는 곳에 모든 명령은 신의 예지에서 오는 교시教示로 정화되나니, 나는 또한 프란체스코의 겸손의 미덕을 배우리라.

이것은 속세의 소란함을 가라앉히는 데 도움도 되겠거니와 내 침묵과 침착은 다만 그것으로나마 어떤 누구에의 위안과 행복에 참여하기도 하리라.

◇

신앙을 구하는 마음은 진眞을 구하는 마음이 아니라, 실은 무한한 욕구에 지친 나머지의 생生의 나태에 불과한 것이 아닐까?

즉, 방일放逸한 생명의 여실如實을 보인 마음.

◇

욕구를 버리자는 말은 욕구를 없애라는 말이 아니다. 욕구를 가지라는 말이다.

그것은 욕구의 방향을 고치라는 말이다.

◇

'행복아, 내 발꿈치를 따라라. 나는 진리를 좇아가련다.'

비록 마음속으로는 이렇게 생각해보았으나, 또 다른 마음 한구석에서는 어딘가 생활의 공포가 깃들이고 있다.

오늘이라도 나에게 현실적인 커다란 복덩어리가 떨어진다면, 나는 떡 조각을 반기는 창살 안의 원숭이 모양으로 진리도 양심도 원수처럼 내팽개치지 않을 것인가?

◇

도道 있는 곳에 밥이 따른다는 고인古人의 말씀이 있지 않은가? 무엇을 먹을까를 걱정하지 말라는 예수의 말씀도 있지 않던가?

종로 거리의 거지가 행복이 싫어서 저러고 있는가?

먼저 생활의 공포를 버리고 생활에 신념을 가지자.

최후에 오는 것은 죽음, 죽음을 극복하는 곳에 무슨 간난艱難이 있을 수 있겠는가.

◇

오욕五欲을 떠나 깨끗한 종교생활을 영위한 과거의 선인先人들이 얼마나 위대하다는 것을 새삼 느끼게 된다. 자신의 범부성凡夫性이 못내 비참하고 밉다. 모든 전통적 관념과 인습적 지식을 완전히 파괴하지 않으면 안 된다. 새로운 입장을 가져야 한다. 나중에는 그 입장마저 버리지 않으면 안 된다.

◇

방랑이란 인간 본능의 일종이 아니던가? 그것은 미지未知에의 동경에서 나온 기지旣知에의 권태에 대한 발작이 아닌가?

그러므로 방랑이란 곧 탐구의 대명사일 것이다.

인간의 방랑벽! 인생의 모든 창조적 동기의 원천이 아닌가.

좋은 의미에서 석가도 방랑자였고, 예수도 방랑자였다. 모든 죄악의 부정에서 진선眞善의 긍정으로 돛을 달고 신발을 졸라맨 인생의 위대한 방랑자들이여!

◇

진정한 평등은 언제나 차별을 내포하고 있다.

그러므로 차별 없는 평등 안에서는 질서의 개념이 모호해질 뿐만 아니라, 평등 그 자체도 제대로 성립되지 못하여 악평등惡平等이 되고 말 것이다.

그러나 여기서의 차별이란 평등의 자비로운 바다 위로 자연스럽게 일어나는 무사無私의 물결이 아니면 안 된다.

◇

문득 생각하니 죄 많은 인생, 약하디약한 인간!

될 수 있으면 죄짓지 않고, 될 수 있으면 굳센 생활로 얼마 안 되는 일생을 보낼 수 있으면 좋으련만.

◇

유한한 생명으로 무한한 생명을 추구한다는 것—이것은 하나의 모순 같은 정당한 요구이다.

◇

사악함으로부터의 도피는 비겁이다. 사악함을 소멸시키려는 것은 용기에 해당된다. 그것을 미화하고 선하게 만드는 것, 이것이 진정한 사랑의 빛이요, 향기이다.

◇

신앙은 철학의 무능한 면을 어떤 가능한 경지로 이끈다.
여기에 그 신비성이 있다.

◇

인생은 끊임없는 유혹의 손길, 그러나 그것은 자신 있는 자력自力의 시험이라야 한다.

◇

세상 사람이 다 나 같았으면…… 하고 혼자 이 세상의 찢어진 모습을 탄식하다. 그러다가 혼자 폭소를 터뜨리다.

◇

운명이란 어떠한 원인을 지닌 결과로서 존재할 것이다. 운명에 대한 불평불만은 그 스스로에게서 발생한 원인을 자각하지 못하는 데서 오는 것이다.

◇

희생—그것의 근본동기는 결국 자아적인 일종의 뇌물에 불과한 것인지도 모르겠다. 그러나 그것이 자기 자신을 스스로 바치는 데까지 발전하고, 또한 그것을 정신화하는 곳에 이르면, 그것은 지선지미至善至美의 권위를 갖추게 된다.

◇

많은 사상가의 사상이 대개는 자기 자신의 변명이거나, 혹은 취미의 동경에서 파생된 것이 아닌가?

◇

우리의 자유란 언제나 우리가 반드시 지켜나가지 않으면 안 될 절대적 명령에의 복종이 전개되어야 할 것이다. 그것을 떠나서는 그의 성장, 발전 및 그의 가치의 완성은 생각할 수 없다.

◇

꼭 집어낼 만한 단점은 발견할 수 없으면서도 어딘가 사귀기가 거북한 사람이 있다. 또한 이렇다 할 만한 장점이 발견되는 건 아닌데도 어딘가 사람의 마음을 온통 앗아가는 사람이 있다. 인격의 조화된 모습, 즉 인격에서 향기가 풍겨지는 것이다.

◇

평소에 가장 경모敬慕하는 선배 인격자의 어쩌다가 노출되는 본능 그대로의 발작적 모습—그것은 다른 사람의 그것보다 몇 배 이상의 지극히 추한 영상으로 다가온다.

◇

두 번 다시 만나기 어려운 어떤 기회는 사람에게 순간 불의의 일을 저지르게 하는 수가 있다.

◇

어떤 종류의 사회적 죄악, 그것의 폭로는 왕왕 제지하려는 경고로서보다는 오히려 한 개의 개방된 비밀의 신지식으로서, 호기심의 문을 열어주는 충동적 유혹이 되는 수가 있다.

◇

우리는 때때로 전 우주 및 인생의 광대한 지도를 펼쳐, 그 안에서 자기 존재의 위치를 찾아내어 붉은 한 점을 찍어놓고 그 점을 주시해볼 필요가 있다. 그것도 끊임없이.

◇

사람은 누구나 단 한순간이나마 그의 전 인간全人間으로서 서로서로에 대해 간주되고 취급될 수는 없으리라.

◇

여러 개의 어떤 '이론적인 것' 이 우리 생활에 있어서, 보다 쉽게 '역사적 사실' 이 되어버리는 것을 우리는 흔히 보게 된다.

◇

예술은 무사상無思想, 무관념無觀念을 조금도 부끄러워하지 않는다. 또한 그것은 어떠한 대소大小를 고려하지 않는다. 이 진리는 가장 진부하지만 또한 영원히 지속될 명제이다.

◇

배 안에 있는 사람은 배의 진행을 잘 알지 못한다.

◇

할喝! 그대의 주위에 번쩍이는 독사들의 무수한 아가리를 보라. 그러나 거기에는 오직 '한 길' 이 그대를 위하여 준비되어 있음을 확신하라.

◇

신비주의란 개인의 감정으로 형성된 일종의 종교 형태이다. 그러므로 그것은 이론적 교의教義나 사회적 보편주의에 반대한다.

◇

초월이란 무자유한, 포획성 없는 또한 무기력한 '유리遊離' 와는 다른 성질의 것이다.

◇

그대는 언제 어디서 그대의 목숨이 끊어지더라도 아무런 유감이 없을 만한 그대 생명에 대한 준비가 되어 있는가?

◇

행복이라는 이름의 폭군, 그것은 간사한 폭군이다.

그것은 위력의 완력을 휘두르다가도 자아혼自我魂의 왕국에 대한 충실한 절사를 만나게 되면 그만 아첨꾼이 돼버리고 만다.

◇

우리가 똑바로 말해본다면, '나는 악한 일을 하지 않는다' 는 것만으로 자기주장을 한다는 건 부끄러운 일이 아닐까.

◇

비밀이란 언제나 그 자체의 무력無力이나 불의不義를 의미하곤 한다.

◇

그것을 회피하는 한, 공포는 영원하다. 원하고 바라기만 하는 한, 기회는 달아난다. 한 번 부딪쳐보라. 몰입해보라. 현실이라는 교재敎材는 살아 있다.

◇

무위無爲의 평온보다 유위有爲의 실패가 때로 많은 의미를 포함한다. 인생은 결국, 생활이다.

◇

황혼에 마을 앞을 지나가는 후줄근한 나그네를 보면서, 얼마나 많은 위인들이 남 몰래 이 세상을 지나쳐갔을까를 생각해본다.

◇

천상천하天上天下에 유아독존唯我獨尊이라. 그러므로 자아를 지배하는 것 이상의 위인은 없다.

◇

자기감정의 선택에만 영합하고 만족하는 것만으로는 '이해理解' 가 될 수 없다.

◇

열 사람에게는 열 종류의 색채가 있다. 한 사람의 마음은 만인萬人의 마음이다.

◇

새로운 진리 혹은 창조—그것은 사물의 새로운 조화성調和性의 발견에 지나지 않는다.

◇

자기 자신의 생활에 여가를 느낀다면, 그 생활에 대한 불철저를 의미한다.

◇

나의 이 조그만 존재의 알맹이의 활동이여. 우리 다 같이 머리 숙이자. 이 전 우주全宇宙에 감사를 드리자.

◇

태내 열 달의 긴 포로胞勞와 피 흘리는 참혹한 진통의 요구로, 어린아이는 비로소 이 세상에 출산된다.

시간과 고통—새로운 출현의 제일, 제이의 생명의 법칙.

◇

세상 사람이 모두 어떠한 '자명한 진리'를 숨겨두고 있는 듯 느껴지는 때가 있다. 그들은 자기에 대해서, 타인에 대해서, 그리고 서로를 모르는 체하면서.

◇

충실한 존재는 요설을 필요로 하지 않는다.

◇

이 인간 사회를 유지하는 것은 기실 '양陽의 공功'보다는 '음陰의 노勞'에 힘입은 바가 크다.

◇

보수를 어디서 구하려 하느냐. 그대의 할 일을 정성껏 한 뒤의 희열—그 이상의 성스럽고 순수한 보수가 어디 있을까.

◇

법칙이란 자유의 구속이 아니라 또 하나의 자유에 대한 창조요, 저지하는 무엇이 아니라 성장시키는 무엇이다.

◇

인간의 본연적 자유의 형태를 종교의 수행에서 볼 수 있다. 그의 인욕忍辱은 전혀 자발적이다.

◇

여자의 아름다움, 혹은 인간으로서의 미美를 제외한 여분의 아름다움—그것은 모든 남성들의 욕망이 드린 선물이다.

◇

장미나무에서는 어째서 모란꽃이 피지 않을까?

◇

자기에 대한 타인의 과대평가는 진정 두려운 것이다. 그러면서 꼭 맞는 평은 어딘가 섭섭하다. 이런 식의 두려움이나 섭섭함은 모두 아집我執의 결과이겠지만.

◇

아이들의 시야에 펼쳐지는 세계는 모두가 경이驚異일지 모르겠다. 그러므로 아이들은 행복하다.

행복은 단순하고 솔직한 마음의 선물이다.

◇

사람은 내면의 깊은 곳에 가끔 적막함이 찾아든다. 그것은 만인 공통의 적막이다. 그러나 대부분의 사람들은 그것을 뚜렷이 의식하지 못한다.

◇

고인古人은 하루에 세 번씩 자신의 몸을 살핀다고 했다. 그러나 나는 오늘 어쩐지 매 순간순간을 남에게 이야기하고 싶다.

◇

충고忠告—그것은 가끔 하나의 지배 욕구, 혹은 자기우월감의 지위적 욕구에 불과한 것일 때가 있다.

◇

세상을 원망하고, 저주하고, 미워하는 자—그는 어떠한 또는 어느 경우에도 하나의 깨달음에 철저하지 못할 사람이다.

◇

조화력, 혹은 감수성의 풍부함—그것은 결코 어떤 경지에 대한 자기 상실이 아니다. 그것은 그로 말미암은 생장, 또는 자기의 원만성의 표현을 의미함에 다름 아니다.

◇

약자에 대한 무조건적 폭력은 강자에 대한 무조건적 아부를 반영하는 것이다.

◇

위에서만 내려다보는 것이 아니라, 밑에서도 위를 '내려다볼 수' 있다. 하나는 외적으로, 하나는 내적으로, 하나는 남의 힘으로, 하나는 자신의 힘으로. —그 모습에 대한 진정한 판단은 오직 자기의 성찰에 있을 것이다.

◇

일찍이 자기 스스로 알았다 믿고서 나아가 남에게 설명까지 해주던 어떤 사물의 원리가 우연한 기회를 체험함으로써 절실히 느껴지게 되고 참으로 알게 될 때, 비로소 그것은 남의 것이자 동시에 완전한 내 것으로 삼을 수 있게 된다.

◇

인생의 길을 걸어감에 있어서, 어리석은 모험이라 해서 반드시 배척할 수 없는 일이 있는 반면, 현명한 처사라 해서 반드시 환영할 수 없는 것도 있다. 안전한 생명이란 것이 없다는 걸 우리는 수시로 느끼기 때문이다.

◇

우리는 가끔 뭐라 말할 수 없는 어떤 신비한—이 지상의 것이라 말할 수 없는 공기에 우리의 생명이 사로잡힌다는 느낌을 받게 된다. 이렇게 자기를 초월하는 듯한 경지에의 동경과 희구가 어쩌면 전 인류 활동의 동기가 아닐까 하는 생각을 해본다. 그렇게 의식하고 또 그렇게 의식되어질 때, 인생의 전모全貌는 불가사의한 장막을 걷고 광명을 얻을 것이다.

◇

"부자만을 상대로 도박하기로 한다……그것은 비록 자기가 승리하더라도 상대 도박자에게 큰 물질적 손실을 준다거나, 비하한다거나, 파산시키지 않기 때문이다." 이렇게 말한 이가 톨스토이—그다지도 도덕적인—였다는 것은 일종의 불가사의가 아닌가. 톨스토이의 내적 고민—인생은 유혹이다.

◇

나는 미모의 그 여자 앞에서 항상 빈한함을 부끄러워했다.

그러나 실상인즉, 그녀는 나보다 더 빈貧했던 것이다.

◇

극단의 부도덕적 생활의 체행體行으로 인생의 반역적 순교자 노릇을 하며 희생의 충동에 쫓기다가 가만히 느낀 것이— '위선僞善은 수치가 아니다' 라는 것이다. 영리한 타락의 일보가 아닌가.

◇

'쾌락, 혐오…… 또 쾌락, 또 혐오……' 이리하여 나의 생활은 계속된다. 도대체 그 유혹이 어디서 왔을까. 어찌하여 그 유혹이 나를 유혹할 수 있었을까…….

◇

남이 참을 수 없는 바를 능히 참아야 비로소 남이 할 수 없는 바를 할 수 있을 것이다. 그러나 그 '참음' 이란 그저 오는 것이 아니고 그것은 반드시 다른 시간과, 공간에 대한 위대한 소신所信의 안정된 일념에서 올 수 있는 것이다.

◇

신음, 전율, 저주, 광란…… 나의 날개(허공을 자유자재로 비상 할 수 있는)를 부러뜨려 지상에 떨어뜨린 자 누구냐?

'나요, 나' —욕념欲念의 차가운 대답.

◇

배후에 무한한 어둠의 시간, 눈앞에 무한한 어둠의 시간. 그 중간의 한 토막, 이것이 나의 생이다. 불을 붙이자. 빛을 내자.

◇

나와 남—나는 나 한 사람뿐인데, 남은 저리도 많고, 가지가지고, 잡다하고, 더군다나 이해할 수 없고…… 생의 공포와 의혹과 고독과 모험.

나와 남—과거의 사람, 미래의 사람, 현재의 사람, 노상에서 모르는 채 지나가는 사람…… 모두 하나, 나와 하나, 하나의 생명—생의 환희와 즐거움과 행복과 광명.

◇

평소에 나를 괴롭게 하던 사람, 내가 꺼리고 또한 나를 미워하던 사람과 요즘 아주 친하게 되었다. 그것은 내가 그를 사랑할 때부터였다.

◇

신은 인간을 필요로 하지 않는다. 그러므로 인간을 향한 신의 사랑은 지극한 사랑이다. 신은 인간의 봉사를 요구하지 않는다. 그러므로 신에 봉사하는 인간의 선은 지고의 선이다.

◇

지금 내게 용솟음치고 있는 생명의 힘, 그것은 어떠한 활약을 즉 행위를 요구한다. 그리하여 그것의 받아들임에 있어서는 나의 자유가 미치지 못하였지만, 그 활동, 즉 '어떻게, 어디에, 또한 무엇을 위해서' 라는 문제에 있어선 완전히 나의 자유인 것이다.

◇

사상을 세울 때 감정의 유혹, 감정으로 달릴 때 사상의 주책, 여기에 조화나 통제 없는 나의 파열된 인격적 번민과 우울이 있다. 차라리 이 양자를 모두 거부해버릴까.

◇

인간이란 얼마나 겁 많고 약하고 재미있는 것인가. 과거의 쾌락은 잘도 기억하면서 그에 따르는 비애, 우울은 이리도 쉽게 망각하고, 또 현재의 욕구 충동에도 이리도 쉽사리 유혹당하는지.

◇

우리는 때로 미묘한 순간을 경험하게 된다. 타인에 대해서, 주위의 자연에 대해서, 어떤 이상한, 빛나는 섬광이나 고요한 희열이나 또는 어떤 참신한 감정에 우리의 정신 전체가 잠겨들 때, 우리는 그것을 어떻게든 표현하려고 바쁘게 붓을 드는 때가 있지 않은가.

그러다가 그것이 돌연, 아무것도 아닌 평범 이하의 평범으로 변질되어 버릴 때(혹은 연기처럼 사라져가는 것인지도 모르겠다), 그만 싱겁게 붓을 놓고 망연히 웃음을 흘릴 때가 있지 않은가.

아마도 달이 찢어진 구름 사이로 잠깐 지나갔나 보지.

◇

비 갠 뒤 고운 길가 풀잎 위에 달팽이 한 마리를 본다. 오가는 사람들의 발자취, 번잡한 우마차의 요란한 바퀴에 언제 어찌될지도 모르는 알 수 없는 목숨이건만, 그래도 이것저것 모르는 달팽이는 어디까지나 편안히 자약自若하고 있다.

문 밖의 삼거三車를 즐겨 맞지 않는 중생이 그렇듯이 비참하구나.

◇

불은 자체의 열을 모르고, 얼음은 자체의 차가움을 모른다.

그러나 고통을 알고 쾌락을 아는 상대 세계의 인간—종교의식의 출발점인.

◇

"당신의 그 침묵은 무슨 까닭입니까?"

"남에게 하소연할 슬픔이 내게 없고, 남에게 자랑할 기쁨이 또한 없고, 명예 곧 천박함을 입고, 충고는 도리에 원망을 가져오니, 이 일개 범부凡夫, 벙어리 될 수밖에."

◇

넓은 바닷가 바위 아래서나, 깊은 숲속 풀밭 위에서나, 인적 끊긴 고요한 곳 어디서나, 저 혼자 자기와 더불어 이야기해보는 비밀 없는 그 이야기를 어느 분에게서 들어볼 수 없을까.

◇

황혼의 산길을 거닐다가 한 마리 곤충의 시체를 발견했다. 한참을 바라보고 또 들여다본다…….

지금 이 우주의 누가 이 곤충의 죽음을 알겠는가.

◇

진정한 한적閑寂—그것은 사그라진 잿더미나 말라 죽은 나무라는 뜻이 아니다. 그것은 자연과 완전히 융화 합일된 맑은 마음의 경지를 이름이다. 그러므로 그것은 무료함도, 심심함도 아니다.

◇

거머리처럼 집요하게 인간 생활의 저변에 접착되어 있는 사행심射倖心—이 사행심을 완전히 배제하지 못하는 한, 하늘에게도 타인에게도 인간은 영원히 스스로 모욕하고, 모욕당하며 있는 것이다.

◇

우리의 생활에는 너무나 틈이 많다.

그러므로 항상 바람과 티끌의 시달림을 받는다.

◇

우리가 이상으로서 원하는 바, 우리의 생활 이상理想은, 우리의 생활이 순간순간 조금도 남김없이 나의 전부를, 나의 전 인격을 몰입시키는 생활형태일 것이다.

그리하여 때와 곳과 형편과 상관없이 그 태도와 태도가 서로서로 모순없고, 당착이 없고, 또 유리되지 않는 것—여기에 순간의 영원성이 있는 것이다.

◇

나태한 감정을 극복하는 곳에 우리의 도덕적 선善이 있고, 그 선을 초월하는 곳에 완전한 자유가 있다.

◇

우리 삶에 있어서 '사소한 현재'가 없는 '위대한 이상'처럼 위험한 것은 없다.

◇

사상의 붓대—.

그것은 이 세대 인텔리들의 자부심인 동시에 또한 일종의 창백한 비애임에 틀림없다. 뿌옇게 밝아오는 인생의 가장자리를 유유히 거니는 걸음걸이마다 담겨 있는 그 여윈 마음의 초조.

◇

남자는 야심野心으로, 여자는 유희로— 그렇게 그들은 각각 그들의 사랑을 출범시켰다.

그리하여 지금 그 남자는 체면의 사랑, 연민의 사랑에 남 몰래 괴로워하고, 그 여자는 사랑의 사랑으로 어린 가슴에 고운 꿈의 무지개를 혼자

기르고 있다.

◇

앞에서 끄는 자여, 뒤에서 미는 자여.
그러면 날더러 어디로 가자는 말인가.
거기는 사시사철 푸른, 황금의 나무가 있단 말인가?

◇

우리가 좀더 정직하게, 좀더 주의해서 관찰한다면, 평화, 관용, 무위, 양심 등등의 이름 저변에 꾸물거리는 수많은 타성을 발견할 수 있을 것이다.
우리의 정신생활에 있어서나 사회도덕에 있어서나 그 이상의 '미덕의 악덕' 은 없을 것이다.

◇

과거의 불운을 보다 큰 불운으로 남에게 말하는 지금의 행복자.
과거의 공명을 보다 큰 영예로 남에게 과장하는 지금의 가난한 자.

◇

누구에게나 본래부터 갖추고 있는 내적 힘을 간과해버리고서 외적인 권능의 무한함만 시인하려 드는 우스운 인간들이 있다.
그러나 그것은 가소로운 그의 우매의 허물보다는, 그로 하여금 그렇게 되게 한 가증한 자욕자自辱者로서의 허물이 보다 클 것이다.

◇

아첨이 자기 '얼' 을 잃는 것이라면, 오만은 스스로 모욕하는 것이 된다. 그러므로 스스로 겸손할 줄 아는 사람은 아첨이 없고, 스스로 존중할 줄 아는 사람은 오만이 없다.

◇

어디 보자.
나의 '얼' 과 흥정해보려는 그대는 무엇을 가져왔는가……? 할喝.

◇

불나비는 광명을 찾아 제 몸을 태운다.

그러나 그것은 그에게 소유된 '암흑'과 동시에 '광명'의 발현으로 발생하는 일이다.

◇

자기 자신의 결함에 대해 남의 충고를 받게 될 때, 사람들은 자신의 그러한 결함을 스스로도 알고 있다고 말함으로써 자신이 자기 성찰에 게으르지 않다는 것을 과시하려 한다.

알고 안 하는 것이 모르고 안 하는 것보다 나은가?

◇

쾌락을 따르지 말라. 따르면 따를수록 그 쾌락이라는 요부는 그대를 희롱할 것이다.

고통을 피하지 말라. 피하면 피할수록 그 고통이라는 폭군은 그대를 위협할 것이다.

◇

기다려도 오고, 안 기다려도 오고, 어떻든 간에 올 것은 오고야 마는 것이니, 초조하지도 말며, 등한하지도 말며, 단지 충실한 준비에 철저하라.

◇

단호한 그 무엇이 없는 태도처럼 나쁜 습관은 없다.

그런 태도는 흔히 자기 마음에도 없는 일을 남에게 끌려서 하는 서글픔과 자기가 정말 가고 싶은 길을 힘차게 나가지 못하는 데서 오는 우울을 동시에 받아들여야만 한다.

자기 말살과 치욕이 너무 심한 지경이다.

◇

하나의 천재에 하나의 결함—그것은 반드시 따라다니는 조건이다.

그러나 하나의 결함에 하나의 천재—그것은 반드시 그런 것이 아니다. 그 결함만은 본받아 천재연하는 사람들…….

◇

그것이 아무리 훌륭하더라도 원리는 어디까지나 원리일 뿐이다.

그것이 직접 실행에로 적용되어 일상생활의 영역에서 시험되고 연마되지 않는 한, 우리 인격에 있어서 그것은 매소부賣笑婦의 향수와 분가루에 불과할 것이다.

◇

오늘 문득 느낀 것—.

내가 인생에 관한 약간의 사색과 소량의 지식을 획득하였다는 것은 확실하지만, 그러나 그것이 나의 인격 향상에는 별 신통한 도움이 되지 못했다는 것이다. 예전과 다름없이 욕망과 충동과 유혹에 오락가락 하는 나—.

이 구렁이 같은 사상의 희롱자.

◇

우리들 대부분은 이 세상을 살아가면서 우리의 자유정신이 돈이나 명예 등에 의해 완전히 속박될 때 비로소 세상의 명사名士로서 추천되는 것 같다.

◇

짐이 가벼우면 가벼울수록 우리의 행동은 보다 더 자유로울 것이다.

그런데 우리들은 현재 얼마나 많은 짐을 가지고 있고 또 더 가지려 애쓰고 있는가. 우리의 불가피한 운명의 짐인 이 육체조차 거북해하면서.

더구나 우리는 나그네가 아닌가.

◇

금욕이란 흔히들 말하는 것과 같은 그런 단순한 소극적 자세는 아닐 것이다. 그것은 소극적이자 동시에 적극적이다. 그것은 금욕을 위한 금욕이 아니기 때문이다.

그러기에 그 부정否定의 가면 밑에는 호매豪邁한 긍정이 생동하고 있다.

◇

우리들 생의 진리가 삼척三尺 평방의 묘혈墓穴에 구극究極했다면 이 인류의 역사가 없어진 지 오래일 것이다.

◇

돈으로 얻은 자유는 돈이 가면 따라가는 것이고, 권세나 부, 혹은 미모로 얻은 자유는 또한 마찬가지로 그것들이 가면 따라가는 것이니, 이 모든 것은 허망하기 때문이다.

그러면 진정한 자유는 어디에 있는가?

살수현애시장부撒水懸崖是丈夫!

◇

억만 년 과거에도 없었다. 억만 년 미래에도 없을 것이다.

천상천하에 오직 하나인 존재. 결코 둘도 아닌 지금의 나.

너 아닌 나. 귀하기도 해라. 거룩하기도 해라.

◇

명일明日을 모른다는 것—그 사실 자체에 있어서는 아무런 의미의 공功도 과過도 될 것이 없다.

오직 현재 이 순간순간의 생에 대한 인간 각자의 태도 여하에 따라 그것은 진정한 활동의 원리도 되고, 광휘도 되며, 혹은 맹목적 희망의 비통한 운명도 되고, 부질없는 요행의 미신도 될 것이다.

◇

한번 단념한 이상, 그리 어물어물할 것 없이 과감히 잊을 일이다.

그리하여 돌려놓는 발끝에 피를 쏟아 불을 붙여버릴 것이다.

◇

마음껏 힘껏 노력해보라.

시간은 지극히 공정한 것이다.
미지의 미래가 그대에게만 불리하게 작용할 까닭이 없을 것이니까.

◇

생활을 단순화하라.
그러나 창조를 갖추지 않은 단순은 무료無聊와 권태를 동반하는 위험이 있다.

◇

사람은 대개 어떤 틀에 끼워지기를 은근히 바라는 바, 어떠한 현실에 정체되기 쉬운 동물이다.
그러므로 우리 생활에 있어서 '현실의 이것만이 아니라, 현실 이 속에 우리의 모든 욕망을 만족시킬 수 있는 완전한 자유의 세계가 있다'는 맹성猛省이 가다가 한 번씩 필요할 것이다.
그리고 그 세계 획득의 방도는 오직 현실의 이 인생, 이 우주에 대하여 우리의 시야를 돌림으로 말미암아 새로운 관찰점을 얻게 됨으로써만이 가능할 것이다.

◇

쾌락은 고통의 어머니—.
그것은 시간이라는 아버지를 맞아들여 곧 비애悲哀라는 아들을 낳는다.

◇

잠자리에 들어, 오늘 하루의 생활을 돌이켜 생각해본다.
그러나 새로 얻은 새로운 것이 아무것도 없다. '일상의 관습'에서 탄력을 잃은 정신. 닳고 닳은 신경—.
오늘 하루는 생명의 낭비다.

◇

눈을 감고 앉아 있으면 눈앞에 전개되는 모든 인간생활 전체가 하등 무의미한 것으로 보일 때가 있다.

그리하여 사람에게는 누구나 그렇게 생활하지 않으면 안 될, 인생에 있어서 가장 참되고 절대적인 어떤 세계의 생활이 어딘가에 처녀지 그대로 숨어 있는 듯 느껴지는 때가 있다.

◇

단순單純은 위대한 힘을 가졌다.
물, 불, 그리고 꽃향기를 보라.

◇

우리가 참으로 요구하는 바로서의 넓은 도량과 그 함양은 평정하고 안온한 무풍지대의 바다가 지닌 청징淸澄이 아니라, 격랑과 노도가 굽이치는 바다의 청징으로부터 나오는 것이다.

◇

진지한 피, 정직한 눈물은 누구를 특별히 고려하지도 않으며, 또한 어느 누구도 두려워하지 않는다.

◇

예술에 있어서 천재는 법칙을 파괴한다.
동시에 법칙을 창조한다. 그러나 그것은 아무도 모방할 수 없다.
그것은 천재 그 자신조차 그 창조의 과정을 의식하지 못하기 때문이다.

◇

그대는 그대의 시에서 그대가 하고자 하는 말의 그림자와 냄새만을 그 문자文字들에 던지시오.
그리고 그 실체實體는 항상 단어와 단어 사이, 행과 행 사이의 넓은 공간에 감추어 두시오.

◇

행복을 좇기보다는 행복을 창조하길.
그리고 청정한 영혼에만 행복이 깃들이기를.

◇

"내가 무엇하러 왔느냐?" —나도 모른다.

그러므로 나의 생의 궁극적 목적도 모른다.

그러나 한 가지— '뜻있는 노력' 이 생의 제일의第一義요, 제일의 가치임을 나는 나의 체험으로 알았다.

그러므로 우리는 행복을 주관적인 것으로 만들 필요가 있다.

◇

'돈을 모은다' 는 것을 관심의 전부로, 욕망의 전부로, 생의 전목적으로 두는 이가 있다. 또 어떤 이는 돈을 목적 달성의 수단으로, 방편이나 도구로 삼는다.

그러나 방편으로 하기 전에, 수단으로 하기 전에, 도구로 하기 전에 우선 목적으로 하지 않을 수 없게 되기에 그들 모두 덧없는 일생을 허비하고 마는 것이다.

번민과 비참에 찬 인생이다.

◇

의무를 위하여 정신의 고통을 느낀다면 그것은 정신에 대해서 스스로 가하는 모독이다.

만일 남과의 관계에 있어서 의무 수행의 요구가 있을 때는 스스로 기꺼이 또 즐겁게 거기에 대응하는 어떤 정신을 찾자.

그렇게 하면 의무란 어떤 정신이 즐거이 나아가는 일개 취미에 불과한 것이 아니겠는가.

◇

밤의 편안한 잠을 위해서 하루의 좋은 활동이 의의를 가져야 한다면 인생이 그처럼 무의미한 것일 수 있겠는가.

한낮의 좋은 활동은 자연히 편안하고 조용한 밤잠을 가져다 줄 것이다.

◇

언제 또 어쩌다가인지는 몰라도 사람은 자신의 세포 속에 야견野犬을 기르기 시작했다.

그 야견은 잔인함을 좋아하고 못내 피를 보고 싶어한다.

그리하여 그것은 이성에 눌려 있다가 가끔 밖으로 분출되어 그것의 본성을 드러내어 우리는 그것을 광란狂亂이라고 부른다.

◇

인성人性에 있어서 무의미한 요소란 있을 수 없다.

어떠한 악이나 어떠한 부덕도 인생에 무의미한 존재는 아니다.

아이를 배는 모태로서, 부활을 준비하는 무덤으로서.

◇

가장 혐오를 받을 자는 호인好人이나 양민良民이다. 그들은 인생의 나아가는 발자취를 보다 촉진시키거나 보다 굳세게 하는 데에 아무런 힘도 발휘하지 못하기 때문이다. 보다 많이 파괴하고 창조하는 자만이 우리의 나아가는 발자취를 촉진시킨다.

◇

인생은 짧고 그리고 고뇌에 가득 차 있다고 한다. 때문에 우리는 생의 종멸終滅을 주시하지 않으면 안 된다. 즉 고뇌의 생을 크게 긍정하지 않으면 안 될 것이다.

◇

인생을 진실하게 묘사하자.

그리하여 인생이 최선의 적敵이 되게 하자.

◇

내가 만일 일시적인 쾌락을 추수하지 않을 만큼 위대할 수 있었다면…….

그렇지는 못하더라도 그것에 대해서 회책悔責받지 않을 만큼만이라도 되었더라면…….

◇

생명에 대한 최고의 사랑은 생명에 대한 최고의 희망이다.
그 희망은 생명에 대한 최고의 사상이다.

◇

사람이란 아무래도 이해될 수 없는 것인가?
그런고로 인생은 끝내 쓸쓸한 것인가…….

◇

아, 나는 얼마나 나의 생명을 낭비하였던가!
이웃 사람들의 애교 있는 눈짓을 사기 위해서.
동무의 진실 없는 교언영색巧言令色을 향유하기 위해서.

◇

부富를 획득함으로 말미암아 오히려 그들은 얼마나 많은 것들을 잃어가고 있는가.

◇

동요 없는 때의 샘물은 청징하다.
그대, 풍랑이 심할 때에도 진정 의연히 청징할 수 있는 바다가 될 수 있는가?

◇

우리는 자갈밭 사이의 세류細流와 같이 우리의 생을 걸어가야 하는가?
그것은 너무 변화무쌍한 무능無能의 생활이다.
아니면 방축防築을 무너뜨리는 격랑과 같이 우리의 생을 걸어가야 하는가?
그것은 너무 철없는 자기 파괴의 위험한 생활이다.

◇

무언無言, 또는 침묵을 주의하라.

그것은 흔히 그 내용보다 그 가치를 과장하는 위험이 있다.

◇

그대는 언제나 그대의 고요한 자부심을 지니기를 잊지 마시오.
비록 그렇게 하는 것이 저들의 취미에 맞지 않는다 하더라도.
거기에서 비로소 그대의 인격은 보호, 유지될 것이오.

◇

정결貞潔이란 결코 본능을 죽이는 것이 아니다.
그것을 살리면서 거기에 사념邪念을 두지 않음을 이름이다.
이를 오해하여 얼마나 많은 악덕이 존재하는가.

◇

고달프게 잠든 사람의 얼굴을 들여다보는 것은 참으로 비통한 일이다. 인생에 있어서 나를 추락시키고, 나 자신을 방기하기는 쉽기도 하다. 그러나 자기 이탈은 좋은 교훈이요, 자기 투영의 훌륭한 거울이다.

◇

개인적 자기만족의 결핍이 다수인의 이익 속에서 그 결핍을 보충하려 한다. 이것이 집단의 원리인가?

◇

'인류애' '이타利他'가 얼마나 많이 신성시되고 진리화되었는가. 반면, 얼마나 많이 '자기애' '애아愛我'가 모욕되고 조소되었는가.
그러나 이들 중에는 얼마나 많은 희극이 연출되고 있는가
극劇이란 서로서로 남의 가슴 깊은 곳을 알면서도 모르는 척하고 혹은 의미 있는 웃음을 서로 바꾸어가면서 연출하는 것, 인생은 희극 중의 희극—혹은 가면극.

◇

저보다 약한 자만을 선택해서 자기의 우월감을 향유하려는 사람이 많이 보인다.

슬픈 풍경이다.

◇

'패배의 승리, 승리의 패배' — 인생에는 이런 사실이 종종 있다.

싸우시오. 끝까지 싸우시오.

그러나 다만 웃으면서 죽여도 그만일 작은 적敵들을 우리는 인생에서 너무 많이 가지고 있다.

◇

최선의 사랑이라도 그 마지막 잔의 한 방울까지 쓰디쓴 것이다. 그러나 그것을 마시지 않으면 안 되는 거기에 창조에의 목마름과 동경이 있다. 그러나 단순한 사악의 본능을 이탈하지 않는 한 사랑의 고통은 의연히 존재할 것이다.

◇

좋은 생을 갖지 못하는 자, 어찌 좋은 죽음을 가질 수 있으랴.

비록 있다 하더라도 그것은 지극히 드문 일. 우연에 불과한 일.

그러나 삶과 죽음의 문제를 우연으로만 받아들이는 것은 인생의 치욕이다.

◇

기다림이란 사람을 기쁘게 하는 동시에, 불안과 공포를 주게 마련이다. 어쩌면 후자가 더 클지도 모른다.

그리하여 그것은 사람을 잘도 인형처럼 조종하는 힘을 갖고 있다.

◇

사랑은 성급한 것이다.

◇

물의 흐름은 끝끝내 바다까지의 길을 발견하지 않고는 그치지 않는다.

사람은 끝끝내 죽음에까지 이르지 않고는 끝날 수 없다.

문제는 다만 그 흐름의 과정이 어떠하느냐에 있다.

◇

우리는 결코 미리부터 정해진 기름진 옥토를 찾는 것이 아니다.

이 불모의 광야를 일구고, 그 위에 우리의 피를 뿌려 부드러운 풀잎을 돋아나게 하는 것이 아닌가.

그리하여 그 땅 위에 우리의 최선의 애인을 즐거이 안주할 수 있도록 하기 위한…….

◇

평화란 무사無事를 의미함이 아니다. 권태의 의미도, 회피의 의미도 아니다.

복잡하면서도 혼란한 것이 아닌, 싸우면서도 왜곡이 없는, 긴장이면서도 음모가 없는, 정숙하면서도 고여 있는 죽음이 아닌, 그런 의미일 것이다.

◇

남 앞에서의 부끄러움이란 어떤 악의를 품고 있다는 것이 아니다. 어떤 악행을 했다는 것이다.

'선량한 사람' 과 '죄를 범한 사람' 은 '제어할 수 있었느냐, 하지 못했느냐' 의 차이가 있을 뿐이다.

그러나 이 범인犯人에게 돌을 던지는 자 누구냐? 모두가 붉은 뺨을 가진 금수禽獸이면서.

◇

정직은 진격하고, 허위는 모함한다.

때문에 전자에겐 분노는 있으나 고뇌는 없을 것이고, 후자에게는 분노와 더불어 사악이 있다.

◇

모든 것은 향상되고 전진한다.

나아가는 자, 오르는 자에게 어찌 불일치의 요구가 없겠는가.

◇

미인美人을 해부해서 굳이 그 해골을 보일 필요가 어디 있습니까?

◇

사람이 어떤 조그만 고통과 가책을 느낄 만한 악을 행했을 때, 우선은 남에게 해명할 이유를 고찰하기 시작한다.

그러나 그것은 남에게는 변명이 될지 모르겠지만 자기 스스로에게는 변명이 될 수 없기 때문에 어떤 번민에 휩싸이고 만다.

어찌하여 사람은 이처럼 '인간이란 다 같다' 는 것을 모를까?

인간인 이상 벌써 다 아는 일을 그다지 숨기려 하는 것일까?

◇

구하고자 하는 마음은 행복하다.

거기에는 노력이 있고, 빛나는 침묵이 있다. 거기엔 정열이 있고, 냉철이 있고, 사념邪念에서 구제받을 수 있는 순일純一이 있다.

◇

자기를 알지 못하는 것은 가장 어려운 문제이다.

어린아이가 자기 이름을 모르는 것을 매우 이상해하듯이.

◇

여자를 유난히 미워하는 자는 실은 여자를 유난히 사랑하는 자다.

◇

사람은 지배욕을 가진 만큼의 봉사욕 또한 가진다.

모든 존재에 대해 최고의 권위자로 군림할 수 있는 세계를 원하는 동시에, 그 앞에 무릎 꿇을 수 있는 절대적인 어떤 대상을 찾는 열정과 희망 또한 인간은 지니고 있다.

◇

'새 것을 원하는 욕망' 과 '그 욕망이 행해지는 모습' 은 사람을 향상시키는 동시에 불행하게도 한다.

모든 진리의 탐구자, 그는 하나의 진리에 대한 결핍 때문만이 아니라 생활의 권태로부터 오는 '새것으로 향하는 충동의 힘' 때문으로도 욕망의 좌절을 느낀다.

◇

어떤 어둡고도 가난한 생에 있어서도 어떤 욕망은 있게 마련이고 또한 그에 따르는 쾌락이 있다.

다 같은 노예에게서도 주인이 되려는 의지가 있고, 보다 작은 자를 지배하는 즐거움이 있다.

어떤 형태의 욕망이든 사람은 그것을 버리기 싫어하고 혹은 그것으로 자만자족自慢自足 하기도 한다.

◇

인식은 이지의 추적자요, 추수자追隨者다.

나는 그 여자의 무심한 눈길에 사랑의 행복을 느끼는가 하면, 또 다른 같은 눈길에 실망의 비애를 느끼기도 하는 것이다.

◇

우리의 생활은 싸움이다.

그러나 남과의 싸움보다도 자신과의 싸움이 태반이다.

◇

많은 사람들이 그림자 속에 살고 있음을 우리는 본다. 자기의 행위의 그림자 속에 자기 자신을 숨기고 있음을.

그리하여 자기가 자기의 그림자를 이끌기보다 자기의 그림자에 끌려가고 있음을 보다 많이 발견한다.

언제나 인간은 자기 자신과 너무 유리된 행위의 그늘 속에 허덕이고 있음을.

◇

사람에게 호인이 있듯, 사회 또한 너무 호사회好社會인 듯이 보이는 때가 있다. 그럴 때, 그 속에서 우리는 많은 회피의 초월, 연약한 선善, 무골無骨의 관용, 극단의 철저, 자기를 방기하는 자만, 요설의 웅변을 보게 되는 것이다.

◇

현대인은 너무 현실을 존중하여 보는 경향이 있다. 그러나 그것은 현실에 충실한다기보다는 현실에 너무 집착, 고정되어 있어서 미래를 조소하고 신앙을 부인한다는 의미이다.

그러나 우리가 만일 미래에 대한 신앙을 가질 수 없다면 어떻게 현실을 견디며 유지해갈 수 있을까.

신앙이 없는 곳에 진정한 생산은 없다.

◇

시인으로서 감격의 노예가 된다는 것은 슬픈 일이다.

그러나 이성의 노예가 되는 것은 더욱 슬픈 일이다.

◇

물질생활이 궁핍할 때라도 정신생활의 풍요는 필요하다.

그러나 물질생활이 풍부할 때는 정신생활의 풍요가 더욱더 필요하다.

◇

한밤중에 세 번 가슴을 치고 맹세한 것이 밝은 날 아침이 왔을 때 생각해보면 우습기도 하고 슬프기도 한 것이다. 이처럼 인간이란 친하기 쉽고도 어려운 존재다.

◇

종용자약從容自若의 죽음, 주장낭패周章狼狽의 죽음—.

다 같은 죽음에 각기 다른 죽음의 태도.

◇

참신앙의 본뜻은 흔히 말하는 자기의 복지를 빌거나 보호를 의탁하는 데 있는 것이 아니다. 그것은 신앙의 대상이 되는 자의 정신과 그 신앙의 자세를 취한 자신의 심적 태도와의 일치에 있는 것이다.
이리저리로의 마음의 동요가 없는 경지.

◇

진실, 혹은 정직도 반드시 어떤 한계와 정도를 요구하는 것인가?
얼굴 검은 저 사람은 항상 고독하다.

◇

자율적인 도덕관념이 결핍된 틈 사이로 제도적인 법의 타율이 생겨났다 한다.
그 법률마저 무력해질 때는 또 무엇이 생겨날 것인가?

◇

우리들은 사실 여성의 실상實相을 모르는 것은 아니다.
단지 사랑이라는 정욕으로 말미암은 자기 기만을 끊임없이 행하고 있을 뿐이다.

◇

지구는 돌고 돈다. 사계절은 순환하고, 달은 찼다가 기울고, 사람은 나고 죽고 사랑하고…….
영원한 우울과 권태로운 우주의 운명, 이 얼마나 못 견딜 일인가.

◇

어떤 보다 큰 쾌락 때문에 보다 작은 불쾌는 매장되어버린다는 것은 필연적인 사실일 것이다.
아니, 매장된다기보다는 보다 큰 쾌락을 더욱 크게 만드는 데 봉사하게 될 것이다.
예수의 십자가는 육체적 불쾌가 정신적 쾌락을 보다 거대하게 만들고 있다.

◇

인간 누구에게나 완전한 낙천은 있을 수 없다.

사람은 누구나 자기의 희망과 행복에 완전히 절망할 수는 없는 것과도 같이.

◇

인간에겐 어째서 지유의지가 부여되었으며, 또 상호간에 그것을 어떻게 승인하게 되는 것인지 나는 모른다.

그러나 인간의 일생에 있어서 자유의지와 숙명(그들이 만일 구별될 수 있다면)이라면 저울질이나 그 양단의 상하가 그의 생에 대한 가치의 표준이 될 수 있는 것만은 어찌할 수 없는 진리인 듯싶다.

◇

행복은 범인凡人에 있다.

그러나 늙은 소와 같은 우울한 행복이다.

◇

어떠한 부정의 말 속에서도 긍정을 들을 수 있고, 어떠한 긍정의 말에서도 부정을 찾을 수 있는 우리는 서로서로의 앞에서 하등의 수치를 느낄 필요가 없지 않은가.

사람은 누구나 사람이게 마련이고, 또 사람임을 누구나 서로 간에 다 알기 때문에.

◇

우리들의 자유는 언제나 이중의 관문을 통과하지 않고서는 얻을 수 없다.

첫째로 정욕유혹情慾誘惑의 관문, 둘째로 무상명령無上命令의 관문.

무상명령의 문을 통과한다는 것은 그것에의 의식적인 복종으로 말미암은 저항력 없는 노예화의 의미가 아닐지도 모른다.

◇

남자의 손길을 기다리는 여자의 소극성이 때때로 엄숙하게 느껴질 때가 많다.

삶과 종교와 시와

'왜 사나……' 망설여지는 대답
장자와 무위자연의 사상
나의 인생, 나의 불교

'왜 사나……' 망설여지는 대답

서양 굴지의 사상가들, 예를 들면 니체, 키에르케고르, 폴 틸리히, 에리히 카아라, 데이비드 리스먼 등은 인간의 기계화, 불안, 우울, 세기말世紀末 병, 자연으로부터의 소외, 인간 소외, 심지어는 합리성을 추구하는 합리주의가 오늘에 와서는 비합리성으로 전락한 점 등을 들어 인간의 정신적 위기를 지적하고 있다. 이들이 말하는 위기의식은 물론 서양을 주로 한 것이기는 하지만, 오늘날 동양에 있어서도 그들이 말하는 정신적 위기가 없는 것은 아니다. 어느덧 우리에게 있어서도, 감정은 그 본성이 비합리적이라고 생각하게 되었다. 이런 생각은 서양에 있어서는 데카르트 이후이며, 동양에 있어서는 근대 이후의 서양문물이 급격히 범람한 데도 그 원인의 하나가 있는 것이다. 서양문화의 근원인 그리스나 히브리에 있어서 인생의 목적은 인간의 완성에 있었다. 이 점은 동양 사상과 다를 바 없다.

그러나 현대인은 그 지식을 총동원하는 제1의 목적이 필요(?)한 재화財貨의 생산과 그 효과적인 사용에 있는 것 같다. 기계문명이 고도로 발달하고, 그 기계가 우리의 일상생활을 편리하게 할수록 거기에 습관화되어 인간은 기계의 노예가 되어간다. 인간의 존재를 의식하는 생활이 아니라, 무엇을 얼마나 소유하는가 하는 생활이 삶 속에서 인간성을 쫓아

내고 만다. 삶이 소유물에 종속화한다. 가진 것을 잃지 않으려는 싸움, 더 가지려는 싸움은 인간 상호간의 대립을 심화하고 경쟁자와의 집단을 형성한다. 같은 목적을 가진 자들 사이의 협력은 일시적인 것이고, 집단은 곧 개인의 새로운 욕망과 이해利害에 따라 흩어진다. 그것은 인간 개개인의 삶 속에서 인간성이 쫓겨났기 때문에 이해理解를 기초로 할 집단이 될 수 없고 또 만남이 될 수 없기 때문이다. 일반적으로 현대인은 감정의 경험에 있어서 정신분열적이며, 자기 감정을 제어할 능력이 없는 상태에 있다. 때문에 더욱더 개인화되고 무슨 일에나 이니셔티브를 내세우고 자기 자신만은 합리적이기를 바란다. 합리적이기를 바라는 심리의 밑바닥에는 남의 침범을 받지 않으려는 경계심이 강하게 도사리고 있어, 어느 집단에 들어가더라도 그가 그러는 한은 고독, 우울, 불안을 떨어버릴 수 없다.

실존주의 철학자들이 말하는 것은 근원적인 고독과 불안이 아닌 말초적인 것이다. 남과 나 사이에 심연深淵이 가로놓인 폐쇄적인 감정 상태가 지속되면 인간은 절망을 느낀다. 아무리 근사한 삶의 목표를 밖으로 내세워도 실지로는 구두선口頭禪에 지나지 않는다.

진실한 목표는 없다. 무엇 때문에 살고 있는가. 온갖 노력을 기울이는 목적이 무엇인가. 이러한 물음 앞에서 우리는 대답을 망설인다. 누구는 가족을 위해서, 누구는 돈을 위해서, 누구는 학문, 누구는 쾌락…… 하지만 진실로 확신을 가진 삶의 목적을 갖기란 그리 쉽지 않은 것이다. 심리학자나 철학자들이 으레 지적하듯이 현대인은 불안과 고독으로부터 벗어나기 위하여 여러 가지 일에 몰두한다. 차라리 자기를 의식하지 않기를 바란다. 자기의 근본 문제에 부딪치기를 피한다. 진실을 멀리하려 한다. 그러므로 가식적이 된다.

대화는 거죽만이고, 남의 눈치만 살피고, 그러면서도 자기만은 옳은 처지에 있는 것으로 남에게 보이고 싶어 한다. 자신의 문제보다는 남의 일에 흥미가 있다. 그것은 책임을 지지 않아도 되는 일이라고 생각하기 때문이다. 때문에 공중公衆 속의 자기 한 사람이라는 자각은 금기이다. 존재자로서의 나의 처지는 생각하지 않고 나만이 제일이다. 그 밖의 모든 것은 관심 밖이다. 어떤 일, 예를 들면 필요악이라고 불려지는 사회악에 대해서는 불감증이다. '나만이, 나만이, 나만이' 하는 사이에 나도 남도 그 존재의 의미는 없어지고 만다.

인간을 사회적 동물이라고 규정한다. 오늘날과 같이 분업화된 사회에 살고 있는 인간은 그 분업화된 한 부문의 한 '나사못'에 불과하다고 말한다. 그러므로 현대인에게는 전全인격적인 인격을 기대할 수 없다고 말한다. 인간이 하나의 나사못으로 전락하여 사회라는 커다란 기계의 한낱 부품이 된 상태가 현대인이라고 한다.

그러나 그것은 우리들 스스로가 자기를 포기하기 때문이다. 진실을 피하고, 고독과 불안에서 벗어나기 위해서 자신과의 대결을 회피하기 때문이다. '나만이, 나만이' 하는 사이에 나도 남도 그 존재의 의미를 잃었기 때문이다. 하나의 나사못이 되고 한낱의 부품이라 할지라도 그것은 작은 나—소아小我—이며, 이 작은 수많은 나의 만남과 모임이 곧 큰 나—대아大我—를 형성한다는 것에 생각이 미치지 못했기 때문에 빚어진 잘못이다. 소아와 대아는 서로 피가 통하고 감정이 이어진다. 하나의 생명체이기 때문에 큰 것 속에 작은 것이 따로 갇혀 있는 것이 아니라 큰 나와 함께 작은 나도 살고 있는 것이다.

그것은 작은 나가 없는 곳에 큰 나가 살 수 없기 때문이다. 생명에는 크고 작은 구별이 없는 것이다. 크다 작다, 나다 너다 하는 분별심은 곧 집착을 낳는다. 이 집착이야말로 위에서 말한 온갖 과오, 즉 편견과 착각을 일으키는 근원이 되는 것이다. 이 집착을 떠날 때 아무리 작은 생명체일지라도 그 안에 무궁한 큰 생명과의 사귐과 합일이 있음을 알게 되고 그것과 함께 사는 길을 발견하는 것이다.

서양문화가 분석적인데 비해서 동양의 문화가 전체적인 것은 하나의 좋은 대조이다. 서양의 근대사상이 동양에 전해지면서 우리는 분석적이 되어 하나의 나사못으로서의 인간을 보았다. 이것은 경험으로서는 하나의 값진 것이라 하겠으나 전인적으로 살려는 우리는 여기에 만족할 수도 없고 만족해서도 안 된다. 서양의 눈길이 최근에 와서 동양으로 쏠리는 이유가 여기에 있지 않은가 한다.

중국 진晉 나라의 혜원慧遠 법사가 동림사東林寺에 있으면서 호계虎溪를 건넌 적이 있었는데, 어느 날 도연명陶淵明과 육수정陸修靜 두 사람이 찾아와 그들을 전송하러 나가 모르는 사이에 호계를 건너 호랑이의 으르렁거리는 소리를 듣고, 혜원의 안거금족安居禁足의 맹세를 깨뜨렸음을 깨닫고는 세 사람이 마주 보고 손뼉을 치며 크게크게 웃었다. 이것을 세상에서 호계삼소虎溪三笑라고 한다. 그러면 그들은 무엇을 웃었을까? 그 웃음을 다시 한번 생각해볼 필요가 있다.

—《조선일보》(1976. 4. 17)

장자와 무위자연의 사상

1. 장자의 사상적 배경

장자의 사상을 풀기 위해 먼저 알아야 할 것은 그때 중국의 사상계에서 어찌하여 장자와 같은 호탕무애豪宕無碍하고 방광자재放曠自在한 초현실적 사상가가 나타나게 되었는가 하는 문제이다.

중국의 전통사상은 천명사상天命思想이다. 그 사상은 이미 하夏 · 은殷 · 주周 삼대를 거슬러 올라가서 요순堯舜시대에 그 근원을 찾고 있다. 노장에 이르기까지 2천여 년의 전통을 지녀왔던 것이다.

천명사상은 주로 우리 인간계의 화복과 흥망이 천명에 근거한다는 것이다. 성제聖帝 · 명왕明王은 천명을 받들어 천하를 다스리고 용군庸君 · 암주暗主는 천명을 거슬렀으므로 패망한다. 개인의 화복도 그와 같다고 생각한 것이다.

천명은 정치 · 윤리 · 교육 · 형법의 원리가 되었다. 그 원리 밑에서 모든 인간생활과 문물이 전개되고 사회제도도 규정된다. 춘관春官은 농경을, 하관夏官은 예교禮敎를, 추관秋官은 형정刑政을 맡는 것도 일종의 천명의 질서에 의한 것이다. 그리하여 근면성실한 농경생활에 힘쓰고 인륜도의를 중시하며 사회질서를 잘 지키고 예속을 다듬어갔다.

그 전통이 착실히 이어져 천명사상은 더욱 구체화되고 천리天理 인사人

事의 원리로, 정치 · 교화의 이념으로 삼았다.

위로 천도天道를 밝히고 아래로 인사人事를 닦아 예의도덕을 실천하고 제도를 규범하여 수修 · 제齊 · 치治 · 평平의 실을 거두려 하는 것이 공자 사상의 대강이며 이것이 곧 이제삼왕二帝三王의 전통사상인 것이다.

그런데 노자는 공자와는 거리가 먼 새로운 사상을 제시했다.

천명 대신에 무위자연無爲自然을 그 최고 원리로 하여 이미 굳어진 전형적인 전통이나 형식적인 봉건체제의 사회제도와 예약문물, 도덕규범을 인위적인 조작에서 이루어진 거짓이라고 크게 배격하고 타기하였던 것이다.

이것은 고유 전통사상에 대한 일대 혁명이며 반동이었던 것이다. 전통적인 유교는 근면성실한 농경생활을 근본으로 한 현실주의의 사회풍토를 밑받침으로 한 세계관 · 인생관 · 사회관이었다. 반면 노자의 사상은 어떤 '유토피아'의 이상론을 그리면서 형식화된 제도와 예속을 사뭇 무시하고 새로운 세계관 · 인생관 · 사회관을 추구하는 데 몰두한 초현실주의적인 이상주의로 전개되었던 것이다.

장자는 이 노자사상에서 더욱 일보 전진하여 사회의 모든 예속과 제도 등을 전혀 무시할 뿐 아니라 정치적 현실, 인간의 생존까지도 초월하려는 초세간 · 초현실주의에로 치닫게 되었던 것이다.

그것은 당대가 바로 전국시대의 말기로서 주周의 왕권은 땅에 떨어져 제후를 통제할 위력을 잃게 되며 군웅이 쟁탈을 일삼게 되어 모든 질서가 무너지고 혼란이 극에 달했던 시대였기 때문이다.

이 틈을 타서 묵가墨家 · 명가名家 · 법가法家 · 병가兵家 · 문예가文藝家 · 농가農家 · 잡가雜家 등 제자백가諸子百家가 일대 사상 전람회를 벌였을 무렵이었던 것이다.

그 당시 장자는 묵가 · 명가 · 법가 · 병가 등의 제가와는 그 범주를 달리하여 현실문제보다 형이상학적인 우주관 · 인생관을 구축하는 데 매우 날카로웠다.

이는 그 시대적 반항이며 역류였다고 보겠다. 그러므로 전통적인 유가나 그 밖의 제자백가도 장자의 안중에는 하잘것없는 것이었다. 그 점에 있어서 노자는 매우 온건하였으나 장자는 과격한 혁명가였던 것이다.

대체로 그 당시의 시대적 배경에서 노자와 장자 같은 분이 출현하였다는 것은 백수百獸 중의 한 사자獅子요, 군계群鷄 가운데 한 봉鳳이었다고 보겠다. 중국 5천 년 역사 위에 장자와 같은 특이한 초인간적 사상가가 불교 전래 이전에 뛰어나왔다는 것은 경이적이 아닐 수 없다. 먼저 이러한 시대적 배경을 알아두는 것이 장자를 이해하는 지름길이 될 듯하다.

2. 장자의 전기와 저술

장자의 전기는『사기열전史記列傳』에 따르면 장莊은 성이고 이름은 주周이며 몽인蒙人이라고 하였다. 몽蒙은 송宋의 몽원蒙園으로서 하남성河南省의 한 지명이다. 그런데 장자가 일찍이 칠원리漆園吏가 되었다고 하는데, 칠원은 지금 산동성山東省 지방이니 그가 산동성에 가서 관리역을 하였다고 보기는 어렵다. 칠원리가 아니라 몽원리蒙園吏라고 보는 것이 옳다고 한다.

그의 태어난 때와 죽은 연대는 알 수 없으나 양혜왕梁惠王 · 제선왕齊宣王 시대로서 맹자孟子와 동시대(서기전 370~405) 사람으로 본다(도표 참조).

일찍이 칠원리가 되었다고 한다면, 그것은 관리 노릇을 하기 위함이 아니라 생계 때문이었을 것이다. 그는 세속적인 생계나 권리 · 지위 · 명예 등을 천하게 알고 영리의 길을 떠나 탈속한 생애를 보냈다. 초楚의 함왕이 그 현명을 듣고 불러 정승을 시키고자 사신을 보냈는데 장자는 고귀한 관위에 있는 것은 마치 제단의 제물 같은 것이니, 마치 자유와 생명이 없는 송장에 비하고 사양했다.

장자는 혜자惠子와 서로 교유했다는 이야기가 나온다. 그러나 혜자는 장자와 같은 사상형이 아니었고 하나의 속물로 취급되었다. 그는 평생

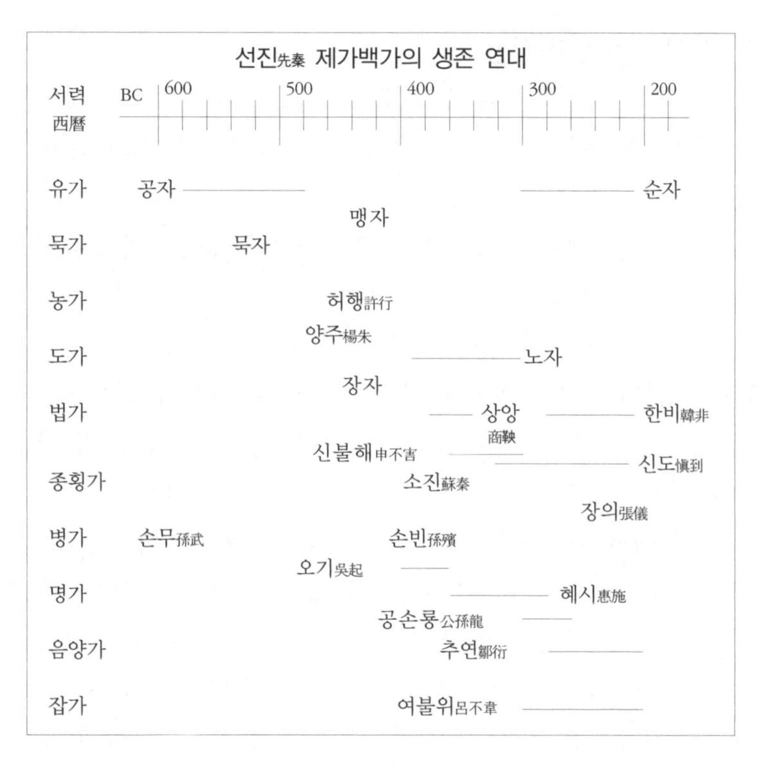

을 방랑하여 일정한 주거가 없었던 듯하며 도무지 아무 데나 구애됨이 없었다.

그의 학식은 해박하여 모르는 것이 없었던 듯했고 그의 심신心神은 물외物外를 소요했다. 그의 저서는 《사기본전史記本傳》에는 50여만 언言이 있다 하였고 《한서예문지漢書藝文志》에는 52편이 있다고 하였다.

육조 이래 곽상郭象 · 왕숙지王叔之 · 향수向秀 등 10여가의 주석서가 있었는데 모두 유실되고 곽상의 주註가 남았을 뿐이다. 곽상은 52편을 간추려 33편을 만들었는데 곧 내편 7, 외편 15, 잡편 11이다.

내편은 장자의 근본사상을 폈고 외편, 잡편은 뜻을 부연한 것인데 잡편은 후대의 의작擬作이라고도 한다.

당대唐代에는 《남화진경南華眞經》이라고 이름하였다.

3. 장자의 문장과 사상

장자의 저술로 전하는 내편은 〈소요유逍遙遊〉, 〈제물론齊物論〉, 〈양생주養生主〉, 〈인간세人間世〉, 〈덕충부德充符〉, 〈대종사大宗師〉, 〈응제왕應帝王〉의 7편이다.

첫째 그 문장구조는 우화와 비유, 또는 유머를 많이 섞어 썼는데 종횡무애하고 자유분방하며 그 착상이 사람의 의표意表를 찌르는 데에 뛰어났다. 수법이 기묘하여 타인이 모방할 수 없는 걸작으로서 중국 역사상 《장자》와 굴원屈原의 《이소경離騷經》, 사마천司馬遷의 《사기史記》를 3대 문장으로 손꼽는다. 그 가운데서도 《장자》는 웅위雄偉하고 기걸奇傑함의 극치로서 후세에 다시 《장자》와 같은 문장은 나올 수가 없다고 한다.

〈소요유〉에서는 도를 얻은 지인至人 성인(聖人) 이상을 지인이라 함을 대붕이라는 새에 비교하여 세간의 사물과 시비의 경지를 초월하여 무아경에서 노는 모습을 서술하였다. '북명北溟에 고기가 있는데 이름은 곤이다. 곤이 변화하여 붕조鵬鳥가 되었는데 그 크기가 몇 천 리나 되었다. 그 붕조의 날개는 하늘에 드리운 구름과 같으며 장차 남명南溟으로 옮겨가려 할 적에 한 번 날개 치면 삼천 리, 너풀거리면 천공으로 오르기 구만 리, 그렇게 육 개월 만에 쉰다' 라는 우화에서 시작하여 지인이 진세塵世를 초월하여 무한의 도락道樂에 소요하는 광경을 그렸다.

친구인 혜자가 말하기를, 산에 큰 나무가 있는데 큰 등걸은 울퉁불퉁하고 가지는 굽어서 재목으로 쓸 곳이 없다고 하였다. 장자는 그렇게 재목으로 쓸모없는 나무라야 장인의 도끼를 받지 않고 제 수명을 다하게 된다, 그러므로 지도至道를 아는 분은 그 무용의 나무와 같이 세인에게 버림을 받는 것이 그 천분이라고 하였다.

〈제물론〉에서는, 큰 바람이 불어오면 산숲 큰 나무 작은 나무 속에서 온갖 울음소리가 난다. 그러다가 바람이 그치면 나무 소리도 없다. 그와 같이 세인들도 풍조에 따라 유가니 묵가니 법가니 병가 등의 제자백가의 온갖 이론과 시비가 들끓는다. 그것이 다 일시의 풍동風動이다. 그 근본을 찾아보면 천지가 나와 근본이 같고 만물이 나와 일체라고 하였다. 그리고 지도의 본체는 무능무형하여 말로 형용할 수 없고 생각으로 추궁할 수 없다고 하였다.

그는 풍자문학에도 천재적이었다. 혜자가 양梁의 한 지방관이 되었다는 말을 듣고 장자가 찾아갔다.

혜자는 장자가 자기 관직을 빼앗으러 온다 하여 일곱 낮 일곱 밤을 숨어서 나타나지 않았다. 그 뒤에 장자는 "올빼미가 썩은 쥐를 얻어 물고 가다가 봉이 날아가는 것을 보고 놀라서 꽥꽥 소리를 치며 도망쳤다. 봉이 그 썩은 쥐를 빼앗을까 두려워서이다. 맑은 샘이 아니면 마시지 않고 대나무 열매가 아니면 먹지 않고 오동나무가 아니면 깃들이지 않는 것"이 자기라고 말했다는 것이다.

그 문장은 대체로 이런 형식으로 그 사상을 풀어나갔다. 그 문장도 만고의 걸작이고 그 사상도 초인간적임이 그의 특색이었다.

4. 우주관

장자는 노자의 사상을 조술祖述하여 우주의 본체를 도라고 하였다. 만유는 비롯한 데가 있고 그 비롯은 당초에 비롯한 데란 없다. 무시無始가 곧 도이며 유상有象은 무상無象에서 근거한 것인데 무상이 곧 도라고 하였다.

그 도에 대하여 말하기를 "도는 정情 실체(實體)의 뜻이 있고 신信 진(眞)의 뜻이 있으며 무위무형이어서 전하려 해도 볼 수가 없다. 스스로 만유의 근본이 되어 천지가 있기 전에 고유하였다. 태극太極보다 먼저 있었지만 높다 하지 않고 육극六極 상하 사방 아래에 있지만 길지 않으며 천지보다 먼저 있었지만 오래 다하지 않고 상고부터 있었지만 늙지도 않는다"고 하였다. 또 옛적 성인 · 철인들이 이 도를 얻어 그 할 바를 하게 되었다고 하였다. 그 도를 근거로 하여 무한한 우주관 · 인생관을 서술하였다.

장자는 유자劉子의 이야기를 여러 곳에 끌어냈다. 그는 유자 보다 뒤의 사람으로서 유자도 노자학계이다.

노 · 장을 도가라고 한 도의 정체는 바로 허 · 무 · 무명 · 무시이면서 그 존재적 성격은 무위자연이다. 이것이 바로 유가의 천명天命 · 천제天帝 · 천생만물天生萬物의 천사상天思想과 그 본질을 달리한 까닭이다.

유가에서 말한 도는 인사人事 당연의 도리이며 일상 실천의 길이다. 그런데 노장의 도는 천지 이전의 형이상학적 우주의 본체로서 무위자연의 대원칙을 가리킴이다. 우리가 노장사상을 말하면서 그 도의 성격을 바로 파악하지 못하면 이해할 수 없을 것이다.

5. 인생관

장자의 인생관은 중국사상사 위에 가장 특색 있는 그의 천재성의 발휘였다.

장자는 생사관에 있어서 여러 가지 우화로 풀이하고 있다. 그 예를 소개하면 자상호子桑戶라는 이가 죽었을 때에 공자가 제자 자공子貢을 시켜 문조問弔케 하였는데, 그 친구들이 시상尸床 앞에서 거문고를 타고 노래를 하는데 "상호桑戶여! 상호여! 그대는 이미 진원眞園에 돌아갔구료! 우리는 아직 진세塵世에 남아 있네!"라고 하였다. 자공이 시상 앞에서 노래하는 것이 예냐고 묻자 그 친구들은 서로 웃으며 "그대가 어찌 예의 뜻을 알겠느냐"고 하였다. 자공이 돌아와서 공자에게 고하자 공자는 "그들은 방외方外에서 노는 자이고 나는 방내方內에서 노는 자이다. 안팎이 다른데 내가 너로 조문하게 한 것이 잘못이다. 그들은 조물주와 함께 천지의 일기一氣에 노느니라. 저들은 생을 혹과 사마귀라 하고 죽음을 큰 헐미[腫脹]가 곪아터졌다고 하느니라"고 하였다. 이것이 장자의 생사관이다.

여희麗姬는 애봉국艾封國 사람인데 처음 진왕晉王에게 출가할 때에 울어서 옷깃이 젖었다. 왕에게 시집간 뒤 왕과 잠자리를 함께 하고 맛있는 음식을 먹은 뒤에야 처음 시집가서 울던 것을 후회하였다.

그와 같이 죽음을 미워하던 사람이 죽은 뒤에 비로소 살던 때를 후회한다고 말하여 죽음이 사는 것보다 즐겁다고 한 것이 장자이다.

또 장자가 말하기를 "꿈에 술을 마시게 되면 그날 아침에 울 일이 생기고 꿈에 울면 그날 사냥을 하게 된다. 꿈꿀 적엔 꿈인 줄 모르고 꿈속에서도 꿈을 점치다가 깬 뒤에 꿈인 줄을 안다. 또한 크게 깨친 뒤에 이것이 큰 꿈인 줄을 알 것이다"고 했다.

꿈속에선 꿈이 사실인 줄 알았는데 깨고 나선 꿈이 허위라고 한다. 세상 사람은 그 삶이 꿈인 줄 모른다. 그러므로 크게 한 번 깨닫고 보아야 인생살이가 하나의 큰 꿈인 줄 알게 된다는 뜻이다. 그러므로 "만세 뒤에 한번 대성大聖을 만나서 그 인생의 큰 꿈을 풀이하게 되면 내 말을 알게 되리라"고 하였다.

장자는 그 부인이 죽자 물동이에 바가지를 엎어놓고 두드리며 노래하기를 "그대는 이 괴로움의 굴레를 벗어버리고 아무것도 거리낄 것 없는 즐거운 고향으로 돌아갔다"고 축하했다.

이처럼 인생의 현실을 아주 뛰어넘어 생사일관보다 오히려 죽음의 세계를 예찬하였다. 이러한 인생관은 불교에서 생사이변生死二邊을 다 고苦라고 한 것과 달리 죽음의 세계를 무위無爲·무우無憂의 세계라고 본 것인데, 중국에서 이런 사상이 형성되었다는 것은 놀라운 일이 아닐 수 없다.

—《일요신문》(1975. 2. 2)

나의 인생, 나의 불교

내 나이 13세 때(1920) 고향(경남 창원군)의 계광啓光 보통학교를 졸업하고 서울에 상경, 중앙고교를 다녔으나 신병으로 중단하였다. 고향에서 휴양하다가 서울 경신儆新 중학에 진학하였으나 4학년 때 일본인 영어선생에 대한 추방운동을 주동한 연유로 퇴학당하고 말았다.

고향에 돌아온 나는 민족교육, 항일교육이란 이유로 조선 총독부에 의해 폐교될 때까지 모교이면서도 기독교 계통인 계광학교에서 7년 동안 교편을 잡고 있었다. 일본에서 고문高文에 합격한 형으로부터는 동경으로 유학 오라는 편지가 자주 있었지만 거기에는 별 뜻이 없었고, 일본 문학전집과 세계대사상전집 등을 섭렵하느라 바쁜 나날을 보내고 있었다.

그러던 어느 날 밤, 찢어진 벽지 사이의 초벌 신문지에서 뚜렷이 보이는 '佛' 자를 발견하는 순간 나는 섬광처럼 마음속의 무엇인가에 강렬한 자극을 받았다. 이것은 막연하나마 어떤 새로운 세계에 대한 무조건적인 절대絕對에의 귀의歸依 같은 황홀경이 아니었던가 하고 생각된다. 그 후부터 우리 배달민족에 대한 하나님의 가호만을 기원하던 예배당(교회)을 멀리하게 되었고, 드디어 1933년 늦가을 선친의 심부름 가서 받은 소작료를 여비로 삼아 부모 처자를 버리고 고향, 김해金海를 떠났다.

강릉을 거쳐 동해안을 따라 올라가다 눈을 만나 겨울을 지내고 이듬해

봄 금강산 유점사楡岾寺에 도착한 나는 석가탄일인 4월 초파일(음) 김운악金雲岳 주지스님을 은사恩師로 애지중지하던 머리를 깎아버렸다.

나는 원래 산을 좋아했다. 이것이 간접적인 입산入山 동기가 되었는지도 모르겠으나 삭도削刀는 구렁이같이 흉스러운 내 자신의 집착성執着性에 대한 반발이 아니었나 싶다.

장삼을 입고 합장을 하였을 때 내심內心의 정제整齊에서 느껴지는 화평한 심경—이것은 높고 아름다운 덕德인양 나를 황홀한 경지로 이끄는 듯하였다. 외양의 단정함이 나를 기쁜 마음으로 침잠시키고 무한한 가능성의 세계로 나를 유혹한 경지는 오랜 신信·해解·행行·증證을 겪은 뒤 환속한 지금의 나에게도 불가사의하게 느껴지곤 한다.

그해 유점사에서는 변설호邊雪醐 스님으로부터 《능엄경楞嚴經》에 대한 법문法文을 열심히 들었고, 다음해(1935)에는 백용성白龍城 스님이 창립한 항일 불교단체인 대각교大覺教가 운영하는 화과원華果院 함양 백운산에서 반선半禪반농半農의 수도생활을 하면서 용성 스님이 번역한 《화엄경華嚴經》의 윤문潤文에 전심전력하였다.

3·1독립선언 33인의 한 분인 용성 스님이 화과원華果院이라 이름한 것은 깊은 불교적 뜻이 있었다.

불화엄佛華嚴이란 말이 있다. 이에 앞서 대방광大方廣이란 무엇인가? 여기에는 열 가지 의문義問이 있는바 요는 일심법계一心法界와 체용體用법계가 광대무변하다는 뜻에서 대방광大方廣이라 이름한 것이고 불화엄의 불佛은 대방광의 무진無盡법계 이치를 증명하신 화엄경의 교주 비로자나불毘盧遮那佛을 가리키는 것이다. 또 만덕萬德의 과체果體를 성취한 인행因行을 꽃에 비유하면서 인위因位의 만행萬行을 고루 갖춘 불과佛果가 장엄莊嚴하다는 의미에서 불엄이라 일컫는 것이다.

"화華는 보살의 만행萬行을 꽃에 비유함으로써 열매를 맺는 작용이 있음을 뜻한다"는 글이 있다. 이것은 감과感果의 능력이 있는 행行이 안과 밖이 둘이면서 둘이 아닌 이치를 밝힌 것이며 아울러 법法으로서 사事에 의탁하는 것이므로 화華라 하는 것이다.

화華를 인행因行과 비유한 것은 참으로 광대무변의 깊은 진리가 있다 할 것이다. 꽃에는 피어나기 시작하는 화華, 화華와 열매實까지의 중간에 해당하는 생과生果의 화華, 그리고 화실華實의 때인 장과莊果의 화華 등 세 가지가 있다. 이렇게 볼 때 용성 스님이 화과원이라 이름하여 백운산에 선농禪農을 병행하는 항일 불교단체인 대각교를 창시하고 경제적 자립상태에서 장과莊果=화과華果의 참뜻인 인과상즉무애因果相卽無碍를 몸소 후진들에게 교시하신 것은 불교사뿐만 아니라 역사적으로도 높이 평가되어야 할 것이다. 용성 스님은 조국의 광복을 5년 앞둔 1940년 77세를 일기로 입적하셨는데, 《화엄경》 번역 외에도 《귀원정송歸源正宋》, 《각해일륜覺海日輪》, 《수심론修心論》 등 주옥 같은 저서를 남기셨다. 화과원에서 《화엄경》에 심취하여 윤문潤文에 정진하고 있을 때 문득 고향 소식이 궁금해지면서 아무리 참선參禪을 하여도 마음의 평정을 찾을 길이 없어 고향에 들렀다. 뜻밖에도 내가 고향에 돌아온 다음날 아내의 임종을 맞았다. 불가佛家의 무상관無常觀을 모르는 바 아니었으나 나에겐 크나큰 충격이 아닐 수 없었다.

고향에서 아내의 삼우제三虞祭를 맞은 나는 〈낙월落月〉이라는 시를 지었고 그 시는 《조선일보》(1936. 2)에 발표되었다.

낙월

눈섶 끝에 안갯발처럼 떨어지는 어둠
별이 하늘에 얼어붙은 밤 들길 우에

기울은 달 남은 빛마저 사라지는

하늘가를 바래기는 외로운 심사어니

돌이키매 그림자 문득 잃어졌네
눈앞 환상 넘어 어둠은 쌓여

고달픈 걸음 몇 걸음 걷고 서도
휘파람 멋적어 안 불리네

세細모래밭에 쏟은 물발처럼
슬픔에 폭 먹히지 않는 내 마음의 슬픔

찬바람 검은 주의周衣 자락을 날리는데
나는 그의 생일날을 외우지 못하고나!

화과원에 다시 돌아온 나는 유점사의 김운악金雲岳 스님으로부터 공비생公費生으로 불교전문학교에 입학하라는 전갈을 받았다. 나는 용성 스님의 허락을 쾌히 받고서 불전佛專에 입학하였다(1936. 4).

여기에서 서정주徐廷柱 · 김어수金魚水 등 친구를 만나게 되었고 서정주 · 김동리 · 오장환 등과 《시인부락詩人部落》 동인이 되었으며 그 창간호(1936. 11)에 〈황혼黃昏〉 등을 게재하였다.

황혼

고창古蒼한 작은 정원에 황혼이 내려
무심히 어루만지는 가슴이 끝끝내 여위다.

고림古林 속의 오후 그림자 허렁한 의욕이매
근심발은 회색 공기보다 가벼히 조밀稠密하다.

저 밑뿌리에 고달픈 머리칼은 어즈러히 길고
고독을 안은 애련의 한숨은 혼자 날카로워……

처마 끝에 거미 한 마리 어둔 찬비에 젖는데
아 어디어디 빨간 장미꽃 한 송이 없느냐!

3년간의 전문학교 시절은 나에게 정신적, 학문적으로뿐 아니라 문학적으로 많은 교우 관계를 갖게 하였다.

유점사에 돌아온 나는 법무法務로 있으면서 70여 사찰의 본사本寺, 말사末寺를 4년간 두루 다니면서 강론을 했다. 이 강론 때문인지 왜경의 요시찰要視察이 점점 강화되면서 나는 만주 북간도北間島에 있는 용성 스님이 세운 대각교 농장을 찾기로 하였다(1941). 북간도 용정龍井에서는 《싹》이라는 잡지를 발간하고 있던 소설가 안수길安壽吉씨를 만나 시를 게재하기로 하였다. 이때의 작품으로 〈용정龍井〉, 〈뜰〉, 〈향수〉 등 5편이 있다.

용정

차창 밖 두만강이 너무 빨러 섭섭했다.
흐린 하늘 낙엽이 날리는 늦가을 오후
마차 바퀴가 길을 내는 찔걱찔걱한 검은 진흙길
흰 조히쪽으로 네 귀에 어찔러 발라놓은
창경 창경
알 수 없는 말소리가 귓가로 지나가고

때묻은 검은 다부산즈 자락이 나부끼고
어디서 호떡 굽는 냄새가 난다.

시악시요 아 이국異國의 젊은 시악시요
아장아장 걸어오는 쪼막발 시악시요
흰 분粉이 고루 먹히지 않은 살찐 얼굴
당신은 저 넓은 들이 슬프지 않습니까
저 하늘 바람이 슬프지 않습니까

황혼 길거리로 허렁허렁 헤매이는 흰 옷자락 그림자는
서른 내 가슴에 허렁허렁 떠오르는 조상네의 그림자 —.

나는 강남 제비 새끼처럼
새론 옛 고향을 찾아왔거니

난생 처음으로 마차도 타보았다.
호궁胡弓 소리도 들어보았다.
어디 가서 나 혼자로도 빼-주酒 한잔 마시고 싶고나.

용정 스님이 입적하신 뒤, 북간도 대각교 농장은 운영상 어려움이 많았다. 1년간의 북간도 생활을 끝내고, 금강산에 돌아온 나는 유점사에서 꿈에 그리던 조국 해방을 맞았다.

다음은 광복을 맞아 지은 시로서 그 당시 광복의 기쁨을 나누기 위해 방송된 시이기도 하다.

아침

아, 어디서 오는 찬연한 저 빛이뇨?
동쪽 하늘 장밋빛에 물들었다.

천 길, 만 길 깊은 바다 밑에
긴 밤을 어둠 속에 몸부림치며
큰 열을 가슴속에 쌓고 달구었거니……

집집마다 추녀 끝에 태극기 나부낀다.
거리마다 지축을 울리는 함성
오늘 이 땅 산천은 크게 웃었다.

진흙 발 밑에서도 진리는 빛나고,
정의는 무덤 속에서도
그 향기 하늘을 꿰뚫는다거니.

이제 천상에는 신의 축복의 향연이 열리리,
지하의 혼령들도
하마 각기 제자리로 돌아가리.

좁아도 내 땅, 가난해도 내 살림……
괴롭고 병든 목숨
살아온 값이 오늘에 있었다.

아, 어디서 오는 찬연한 저 빛이뇨?
어둠 속에서 피어난 꽃송이다.

(해방을 맞이하는 날)

유점사에 있을 때 보았던 주련柱聯의 글귀 중에 아직도 잊혀지지 않는 것이 있다. 이것은 나의 좌우명과도 같은 것이다.

處所錄揚堪繫馬
家所門路透長安
간 곳마다 푸른 버들 말 맬 수 있고
집집 문앞 길은 서울로 통해 있다.

花欲開時方吐香
水成潭處便無聲
꽃은 피려 할 때 한창 향기 토하고
물은 못이 될 때 소리가 없다.

日用事重別
唯吾自偶偕
날마다 하는 일 별것이 없고
오직 내 자신만을 벗할 뿐이라
(인생의 마무리에 가서는 자기만이 자기의 벗이라는 뜻)

8 · 15광복 후 상경한 나는 춘원春園 선생을 찾았다. 이 우연한 방문이 인연이 되어 춘원 선생의 소개로 동아일보 주간이었던 설의식薛義植 선생을 알게 되어 편집부 기자로 근무하게 되었다. 그러나 해방 후의 정치적 와중에서 중 생활을 해온 나에겐 신문기자가 적소適所가 아니라고 판단되어, 그 뒤 낙향하여 16년간(1947~1962) 교육계에 봉직한 것이다.

교직 생활을 정년퇴직한 다음 나에게 결정적인 인생의 전기가 찾아왔다.

광릉에 있는 봉선사奉先寺에서 이운허李耘虛 스님을 만나뵙게 된 것이다.

나는 운허 스님을 법사로 모시고 동국역경원의 대장경 번역 사업에 남은 여생을 마치기로 작심하였다.

나는 오전 중에 불경을 암송할 때가 많았는데 하루 평균 20내지 30매 정도 번역하여 20여 년 계속하였으니, 이 사업이야말로 나의 삶의 전부가 되었다고 해도 과언이 아니다.

내 나름대로 정성과 심혈을 기울여온 것은 사실이지만 부처님의 본뜻을 얼마나 정확히 전하였는지 지금도 두려움이 앞서지 않을 수 없다.

다음은 최근의 시 한 편—.

등을 밀리며

오늘은 별나게도
지난 일이 자꾸 생각키운다—.
시도 써보았다.
언론인言論人도 접장질도 조금 해보았다.

저 금강산으로 멀리 도망쳐
제법 오래 중노릇도 해봤는데
그 어느 하나도 바로 된 것 없었다—.

가만히 집을 나와
오늘도 그 허름한 술집으로 가나니
어스름 첫봄 황혼
뒷산 찬바람에 등을 밀리며—.

나의 시작詩作 연도가 1929년이니까 거의 50년 전이 된다. 당시의 순수 문예지였던 《문예공론文藝公論》에 무애 양주동 無涯 梁柱東의 선고選考로 처음 작품이 발표되었고, 그 뒤 《동아일보》, 《조선일보》 등 일제 때의 민족지를 비롯하여 시 전문지인 《시원詩苑》, 동인지였던 《시인부락詩人部落》, 해방 후에는 《죽순竹筍》 등에 계속 발표되었다.

나에게 있어서 '시란 무엇인가?' 하고 자문자답할 때가 간혹 있다.

나의 시세계는 사상이나 관념과는 거리가 먼 것이 사실이다. 나는 대부분의 시적 발상을 자연경관에서 얻고 있다. 첫 시집 《청시青柿》(1941)에서 나는 나의 시를 다음과 같이 쓴 일이 있다.

비시扉詩

유월의 꿈이 빛나는 작은 뜰을
이제 미풍이 지나간 뒤
감나무 가지가 흔들리우고
살찐 암록색 잎새 속으로
보이는 열매는 아직 푸르다.

6월이 있고, 뜰이 있고, 미풍이 있고 감나무가 있고, 그리고 푸른 열매가 있으니 더 이상 무엇이 필요하랴. 여기에 어떤 관념이나 사상을 도입할 필요가 있을까. 어떤 것이 더 본연의 태도에 가까운지 생각해본다.

얼마 전에 김동리金東里님이 지적한 대로 명명命名 이전의 자연 그대로라고나 할지 모르겠다.

내 나이 이제 팔십 가까이 되었으니 때때로 '죽음'에 대하여 생각할 때가 있다. 애당초 우리 인생의 삶이 시작되었을 때부터 죽음도 공존해온 것이다. 삶의 연속 속에는 죽음도 동행해왔다고 볼 수 있기 때문이다.

그러기에 우리가 순간순간의 삶을 만나고 있듯이 어느 시점에 가서는 죽음과도 자연스럽게 만난다는 것은 극히 자연스런 순리가 아니겠는가?

'삶'과 '죽음'의 공존 속에서 살아온 우리 인간이 '죽음'이 왔을 때 조용히 마중하는 참선의 정신 자세가 필요하지 않을까 하고 생각해본다.

그리는 세계 있기에

그리는 세계 있기에
그 세계 위하여,

생生의 나무의
뿌리로 살자.

넓게 굳세게,
또 깊게,

어둠의 고뇌 속을
파고들어,

모든 재기才氣와 현명賢明 앞에
하나 어리석은 침묵으로—

그 어느 겁외劫外의 하늘 아래
찬란히 피어나는 꽃과,

익어가는 열매

멀리 바라보면서—

너무나도 너절한 말이 많았구나!
그러면서 남보고 말 많다고 떠들고 있으니— 돌咄!

—《불교사상》(1984. 6)

만물일여와 무위자연의 시학
— 김달진 시와 불교적 노장사상

1. 은둔과 익명성의 의미

월하月下 김달진金達鎭(1907~1989)은 경남 창원군 웅동면 소사리(현재 진해시)에서 출생하고, 1929년 11월 《문예공론文藝公論》에 첫 작품을 발표하였으며, 시전문지 《시원詩苑》(1935), 《시인부락詩人部落》(1936), 《죽순竹筍》(1946) 등의 동인으로 문단활동을 하였다. 그는 1920년 향리에서 계광보통학교를 졸업한 뒤 1923년 중앙고보를 다녔으나 신병으로 중단하고, 다시 경신고보 4학년 수학 중 일본인 영어교사 추방운동으로 퇴학당했다. 그 후 향리에서 교편생활을 하다가 1934년 금강산金剛山 유점사楡岾寺에 입산하여 승려가 되었으며, 1936년 중앙불교전문학교(현 동국대학교 전신)에 입학하여 1939년 졸업하였다. 이후 함양咸陽 백운산白雲山 화과원華果院 등에서 백용성 스님을 모시고 역경사업과 수도생활을 하기도 하였으며, 1941년에는 일경의 감시를 피해 북간도 용정에 머무르기도 했고, 1945년 8월 해방 후 하산하여 《동아일보》 문화부 기자를 거쳐 다시 교편생활을 하였다. 1960년대 이후 1989년 6월 타계하기까지 30여 년 가까이 《아함경阿含經》과 《한국고승시문집韓國高僧詩文集》을 비롯한 여러 불경佛經 번역 사업에 전력하였다.

그는 시인이자 승려이고 한학자이며 교사였다. 그러나 그는 세간에 나아가 세속의 일에 골몰하기보다는 세간에서 물러나 산간에서, 그리고 향리에 칩거하거나 은둔하였다. 향리에서 정년퇴직 후 서울에 다시 올라온 60년대 이후에도 그는 사회활동을 거의 하지 않고 은둔적 생활을 계속하였다. 너무 은자적 생활을 고집한 까닭에 해방 이후 그는 문단에서 사라진 익명의 이름이 되었고, 1970년대 이후에는 작고 시인으로 생각되기도 했으며, 《시인부락》 동인이었다는 문학사적 사실만으로 겨우 시인으로서의 명맥이 남아 있을 정도였다. 첫 시집 《청시靑柿》(청색지사, 1940)를 간행한 이후 오래도록 침묵하던 중 김달진시전집 《올빼미의 노래》(시인사,1983)를 출간하였으며, 시와 산문이 전집으로 엮어진 것은 그가 타계한 이후인 1997년과 1998년의 일이다.

그럼에도 불구하고 그는 자신의 작업을 지속적이며 일관되게 진행하였으며, 80년대 중반 이후에는 산발적이기는 하지만 다시 문예지에 신작시를 발표하기도 하였다. 돌이켜보면 60여 년의 문단생활을 통해 그처럼 시종여일하게 자기 세계를 지킨 시인은 우리 현대시사에서 다시 찾아보기 어려울 것이다.

그가 이처럼 급변하는 시대적 조류를 넘어서서 변함없이 자기를 지킬 수 있었던 힘은 무엇일까 하는 의문이 식민지 시대와 해방 이후의 온갖 격동을 체험한 우리에게 피할 수 없는 질문처럼 떠오른다. 시대 변화에 편승하여 명성을 휘날리거나 시대적 불의에 저항함으로써 사회적 명성을 얻은 것과는 달리 은둔적 생활을 통해 자신의 시심을 연마한 김달진의 시세계는 과연 무엇을 머금고 있었던 것일까. 이 글은 김달진이 구축한 독자적인 시세계의 형성과정을 밝히고, 여기서 나아가 우리 현대시에서 노장적이며 불교적인 정신적 전통이 가지는 현대적 중요성을 규명하고자 하는 의도에서 시도된 것이다. 이는 전통의 연속성이라는 점에서, 그리고 새로운 전통의 창조라는 두 가지 점에서 뜻있는 탐색이 될 것이다.

2. 만물일여의 〈청시青柿〉에서 〈벌레〉까지

현대시에서 김달진의 시가 문제되는 것은 그가 불교적이며 노장적 정신의 전통의 계승자이기 때문이다. 대부분의 20년대 또는 30년대 시인들이 서구시에 압도되던 시절에 문단에 등단한 그가 평생을 지켜온 것은 동양적 정신세계이며, 그 중에서도 노장적 무위자연無爲自然에 근거한 시심일 것이다. 그의 시가 세간에 잘 알려지지 않았던 것처럼 그의 시에 대한 연구도 별로 이루어진 바가 없었다. 그의 시가 정리되고 약간씩 논의되기 시작한 것은 《김달진시전집 1 올빼미의 노래》(시인사, 1983)와 《김달진시전집 2 큰 연꽃 한 송이 피기까지》(시인사, 1984)가 간행되면서부터이며, 1989년 그의 타계시 유작과 함께 발표된 두세 편의 논문에서일 것이다.*

이는 모두 그가 첫 시집 《청시》(1940)를 간행한 지 50여 년에 가까운 세월이 지난 다음의 일이다. 여기에는 두 가지 이유가 있다. 하나는 그 개인의 은둔적 기질 때문이고, 다른 하나는 그의 시가 지닌 특질 때문이다. 후자의 경우 서구적 방법론에 근거한 시적 해석방법으로 그의 시를 논리적으로 규명하는 것이 지극히 어렵다는 점에서 각별한 주의가 요청된다. 1920년대 이후 한국의 현대시 연구에서 거의 모든 방법은 서구식 관점과 서구식 논리였으며 이에 부합하지 못하는 작품들은 핵심적인 쟁점에서 제외되어 왔다는 사실을 돌이켜볼 필요가 있다. 한용운이나 김

* 정현기, 〈우주 속에 갇힌 수인囚人의 시적詩的 인생론人生論〉(《현대시학現代詩學》, 1989. 8), 158~166쪽 ; 김선학金善鶴, 〈열치매 나타난 달처럼〉(《문학사상文學思想》, 1989. 8), 148~152쪽. 종합적인 것으로는 신상철申尙澈, 〈김달진의 작품세계〉(《경남문학》, 1989년 여름), 134~150쪽.

소월의 시에 대한 본격적인 비평이나 연구가 활성화된 것도 70년대 이후였다는 사실을 상기해 보라.

더군다나 현대에서는 단절되었거나 전혀 불필요하다고 보는 노장적 세계*를 고수한 김달진의 시세계는 동양의 고전을 제대로 읽지 않은 많은 시론가들에게, 1920년대 논객들이 영시나 프랑스시를 보았을 때보다 더 큰 낯설음과 어려움을 주었을 것이다.

유월의 꿈이 빛나는 작은 뜰을
이제 미풍이 지나간 뒤
감나무 가지가 흔들리우고
살찐 암녹색暗綠色 잎새 속으로
보이는 열매는 아직 푸르다.

—〈청시〉** 전문

어떻게 보면 이와 같이 단순해 보이는 시에서 우리는 더 이상 무엇을 가감하여 말할 것이 없음을 느낀다. 인공의 손이 전혀 가해지지 않은 자연 그대로의 모습이다.*** 거기에는 뜰이 있고, 미풍이 지나가고, 흔들리는 가지와 짙푸른 잎새 속에 아직 익지 않은 감이 감추어져 있다.

---

* 김달진 시의 노장적 특성이 지적된 것은 김재홍金載弘, 〈무위자연無爲自然과 은자隱者의 정신〉(《서정시학》, 시민사, 1990. 6), 166~193쪽에 이르러서이다.

** 최초의 시집 《청시》의 서시로 발표된 이 작품은 '여는 시' 라는 의미에서 〈비시扉詩〉라는 제하에 전집에 실리게 된 작품이다. 최초의 지면인 시집 서두에 제목이 없이 발표된 시지만 대표작으로서 〈청시〉라는 제목으로도 알려지게 되었다. 시와 산문의 인용은 《김달진전집 1 김달진시전집》(문학동네, 1997)과 《김달진전집 2 산거일기》(문학동네, 1998)에 의거하였으며, 시의 경우 특별한 표기가 없는 한 모두 전문全文 인용이다.

*** 김동리, 〈월하시月下詩의 자연自然과 우주의식宇宙意識〉, 《올빼미의 노래》, 앞의 책, 192~193쪽에서 "이와 같이 보는 대로, 느끼는 대로의 자연정취自然情趣를 거기 어울리는 소박素朴한 언어言語로 표현表現하고 있는 그의 시세계詩世界에서 굳이 어떤 의미意味를 붙인다면 그것을 나는 우주의식宇宙意識이라고 부르겠다."고 언급하고 있다. 이는 노장적 의미의 자연에서 한 걸음 더 나아간 원초적 자연이라는 점에서 좀 더 깊은 천착이 필요하다.

그러나 다시 읽어보면 이 모든 풍경은 '유월의 꿈이 빛나는 뜰'에서 이루어지고 있다. 이 작은 뜰이야말로 삼라만상이 존재하는 세계의 중심이며, 화자는 이 작은 세계에서 빛나는 유월의 꿈을 포착하고 있는 것이다. 훼손되지 않은 자연 그대로의 세계는 훼손되지 않은 꿈을 머금고 있다. 아직 익지 않은 감이 있으므로, 그가 염원하는 세계는 충만된 것은 아니지만 그 자체로서 자연 그대로 생명력을 가진 완결된 세계이다. 그는 지나가는 작은 바람의 흔들림에서 존재 그 자체를 인식하며, 그와 동시에 존재자인 시인 자신의 꿈도 자연스럽게 그 세계 속에 존재하도록 만든다. 존재자인 나와 만물萬物은 하나이며, 나는 거기에 어떤 의도적인 작위도 가하지 않는다. 이 익지 않은 감을 매개물로 하여 현상적 움직임 속에서 존재의 본질을 통찰하고, 그 온전한 모습 속에 존재자로서 자신을 참여시켜 하나가 되게 하는 것이 〈청시〉가 머금고 있는 근본적인 세계이다.

이는 장자가 말한바 '물아일여物我一如' 혹은 '만물제동萬物齊同'의 사상을 그대로 시로 표현한 것이다.

> 천지는 나와 함께 오래 살고 만물은 나와 하나가 되어 있는 것이다. 이미 하나가 되었으니 거기 또 무슨 말이 있을 수 있겠는가?*

천지와 만물이 나와 함께 하나라는 장자의 사상은 관찰자와 관찰의 대상이 궁극적으로는 하나의 근원에 놓이며, 주체와 객체가 둘이 아니라는 깨달음을 보여준다. 인공의 힘을 가하지 않아도 있는 그대로 생성의 원리에 따라 성숙해 가는 것이 자연이라는 시각은 바로 김달진이 가지고 있었던 삶에 대한 기본적인 인식이기도 하다.

---

* 김달진 역, 《장자莊子》, 고려원, 1987, 42쪽.

그러므로 책에 이런 말이 있다. "명도明道는 어두운 듯하고, 진도進道는 물러가는 듯하고, 평탄平坦한 도는 굽은 듯하고, 상도上道는 계곡溪谷과 같고, 대백大白은 검은 것 같고, 경덕慶德은 부족한 것 같고, 건덕健德은 구차苟且한 것 같고, 질박質樸한 도道는 어리석은 것 같다"고 했다. 대방大方은 귀가 없는 것 같고, 대기大器는 늦되고, 대음大音은 소리가 들리지 않고, 대상大象은 무형無形하다. 도道는 은폐隱蔽되어 이름이 없다. 그 오직 도道만이 잘 가꾸어주고, 또 잘 양성養成한다.*

위의 인용에서 주목해야 될 구절은 '도는 은폐되어 이름이 없다'는 진술이다. 그 도가 모든 것을 잘 가꾸어주고, 잘 양성한다는 노자老子의 발언은 바로 〈청시〉의 배후에 깔려 있는 김달진의 시적 직관을 떠올려준다. 인공의 손이 가해지지 않은 자연물을 그 자체로서 포착함으로써 드러나는 김달진의 시적 직관은 짙푸른 잎새 속에 감추어진 열매가 머금고 있는 유월의 꿈으로 제시된다. '물아일여'의 시적 사고를 가진 자아가 품고 있는 완전한 하나에의 꿈이 바로 감추어진 열매가 품고 있는 꿈이다.

분명한 것은, 다사다변한 수사가 제거된 시적 진술만으로도 사물에 은폐된 자연의 도道를 표현할 수 있다는 점이다. 김달진의 물아일여적 상상력이 우주적 차원으로 확장된 시가 〈샘물〉이다.

숲 속의 샘물을 들여다본다
물 속에 하늘이 있고 흰 구름이 떠가고 바람이 지나가고
조그마한 샘물은 바다같이 넓어진다
나는 조그마한 샘물을 들여다보며

---

* 김경탁 역, 《노자老子》, 광문출판사, 1965, 231쪽.

동그란 지구地球의 섬 우에 앉았다.

—〈샘물〉

조그만 샘물을 응시하는 화자는 그 샘물이 바다같이 넓어지고, 이렇게 넓혀지는 상상을 밀고 나아가 '동그란 지구의 섬 우에' 앉은 자기 자신을 인식한다. 이러한 자기발견은 '동그란 지구의 섬' 이라는 매개를 빌려 우주적 차원으로 확대된 범아일여적梵我一如的 상상想像의 광대무변함을 드러낸다. 천지만물이 나와 하나라는 시적 상상이 우주와 나도 하나라는 시적 상상으로 확대된 것이 위의 시 〈샘물〉이다.

이 시는 〈청시〉에 비해 시인 자신의 사상을 밖으로 많이 드러내 보인다는 점에서 흥미로운 관심의 대상이 된다. 〈청시〉에 깊이 감추어진 본질에 대한 직관이 그만큼 사변적으로 진술된다는 것이다. 화자의 목소리가 전면에 부각되면서 모든 것이 나와 하나라는 사상이 논리적 진술로 드러날 수밖에 없다. 그 동안 김달진의 여러 시 중에서 〈샘물〉이 높이 평가된 이유*는 아마도 그 사변화 과정의 무리 없는 전개에 있을 것이다. 그러나 진정한 도는 은폐되어 있다는 노자적 발언을 상기해 본다면, 김달진의 시가 근본적으로 지향하고 있는 세계는 어쩌면 〈샘물〉보다는 〈청시〉의 세계가 아닐까 생각된다. 우리가 〈청시〉에 접근하기 어려운 이유는 현상 속에 감추어져 쉽게 밖으로 드러나지 않는 본질에 대한 직관이 그곳에 숨어 있기 때문일 것이다.

〈청시〉에서 맛볼 수 있는 시적 방법으로 직관과 감성이 적절히 어울리며 고고한 품격을 담고 있는 시가 〈추성秋聲〉이다.

처음으로 내어다 놓은 솜이불

---

* 오탁번, 〈과소평가된 시—김달진의 〈샘물〉〉(《문학사상》, 1978. 8), 《올빼미의 노래》에 재수록, 207~208쪽.

새로 바른 하얀 미닫이

얌전하게 타 나리는 황촛불 앞에
캐묵은 당판唐版 시집詩集을 대對해 앉는다.

—〈추성秋聲〉

이 시에는 가을에 대한 직접적인 묘사가 없다. 모든 것이 배면에 깔려 있다. 화자 자신의 목소리도 없다. 화자는 다만 오래된 당판 시집을 읽고 있을 뿐이다. 시의 문면 밖에서 화자가 말하고 있다. 그럼에도 우리는 깊은 가을 밤의 소리를 듣는다. 그 소리는 정갈하고 고고하다. 햇볕에 가득 부풀려놓은 솜이불의 풍성함과 새로 바른 하얀 미닫이문의 정결함, 그리고 밤늦도록 촛불을 켜고 당시를 읽고 있는 화자의 담담한 마음가짐 등등에서 우리는 가을의 소리를 들으면서 겨울을 준비하던 옛 선비들의 고담한 삶의 숨결을 느낄 수 있다.

이러한 삶의 인식은 시인 김달진이 평생 동안 지키고자 했던 고고한 정신의 세계를 하나로 집약시킨 단적인 표현일 것이다. 김달진이 지향하고자 했던 정신의 세계는 그의 시 〈그리는 세계 있기에〉를 통해 더욱 구체적으로 표현된다.

그리는 세계 있기에
그 세계 위하여,

생生의 나무의
뿌리로 살자.

넓게 굳세게,

또 깊게,

어둠의 고뇌 속을
파고들어,

모든 재기才氣와 현명賢明 앞에
하나의 어리석은 침묵으로—

그 어느 겁외劫外의 하늘 아래
찬란히 피어나는 꽃과,

익어가는 열매
멀리 바라보면서—

—〈그리는 세계 있기에〉

삶의 결의를 다지는 직설적인 표현들이 제1~5연까지 계속된다. 화자가 말하고자 하는 바는 제6~7연에 있다. 물론 제5연이 하나의 전환점이다. 모든 재기와 현명에는 어리석은 침묵으로 대하지만, 겁외劫外의 하늘 아래 피어나는 꽃과 익어가는 열매를 멀리 바라보면서 '생生의 나무의 뿌리' 로 살겠다는 화자의 결의는 그가 어떤 세계를 동경하고 있는가를 간명하게 보여준다. 진정한 것, 영원한 것, 절대적인 것에의 추구가 바로 그것이다. '겁외의 하늘' 이란 찰나적이며 일시적인 세계가 아니라 바로 영원한 세계, 절대적인 세계를 말하는 것이라 해석해도 결코 무리가 아닐 것이다. 세속의 명리를 탐하는 재기나 현명에는 어리석은 침묵으로 대처하겠다는 화자의 익명성에 대한 신념은 바로 이것에 근거한 것이다.

김달진이 세속에서 은둔의 길로 나아간 까닭이 바로 여기에 있으며, 그의 삶은 자신이 깨달은 바를 스스로 실천하고자 한 것에 불과하다는 사실을 우리는 간과해서는 안 될 것이다. 그것은 진정 구도자의 그것이며, 그의 삶과 일치시켜 볼 때 그는 그의 구도적 추구를 일상의 삶에서 실천하고자 했던 것이라고 보아야 될 것이다. 금강산에의 입산과 해방 이후의 하산과 은둔은 이런 일련의 과정에서 이해되어야 한다. 또한 이와 같은 삶의 방향성은 어떤 거창한 목표에 의한 것이라기보다 그의 기질적인 성향에 의해 형성된 것으로 보는 것이 온당할 것이다.

> 그의 입에서 무슨 대단한 진리의 소리가 우러나오는 것을 듣는 이는 없다. 그저 일상으로 듣고 보는 다반사들이 화제에 오를 뿐인데, 그와 나의 일인데도 눈을 뜨고 보면 그것은 이미 그와 나의 일이 아닌 것이다. 나는 그것을 연기緣起의 법으로 해독한다. 연기의 법이란 사실 인과의 이법이라기보다 차라리 무아의 불기의 법이랄 수 있다. ……김달진 선생에게서 사자후를 들은 적이 없는 대신 그도 나도 부재하는 편안함을 느껴 가지게 되는 연유도 바로 이런 데 있었던 것이 아닌가 생각하는 것이다. ……득도득시得道得詩한 분의 긴 주걱턱에서 흘러넘치는 때묻지 않은 웃음소리에 미역 감고 앉았노라면 나는 늘 그 이야기의 뒤편, 수원 너머의 신비에 가닿는 것이다.*

사자후를 토하지 않고 일상의 다반사 속에서 삶의 이야기를 후배 문인과 격의 없이 나누는 김달진은 인과의 이법에 구속된 불교인이 아니라 무아의 자유인이다. 30년 가까이 김달진 선생을 선배로 만나고 이야기를 나눈 장호 시인의 이러한 관찰은 생시의 김달진의 모습 그대로이다. 자신을 내세우지 않고 일상 속에서 일상 너머의 진리를 구하는 그의 삶

---

* 장호, 〈때묻지 않은 웃음소리에 미역 감고〉(《김달진전집 1》, 앞의 책, 491~493쪽.

의 자세는 소박한 언어로 표현된 그의 시에도 그대로 드러난다. 일상에서 일상을 넘어서는 진리를 추구하는 그의 자세는 세상을 놀라게 할 사자후가 없다는 점에서 평범하다면 평범해 보이는 것이기도 하다. 무아에서 우러나오는 평범한 진실의 보편적 공감에 김달진 시의 묘미가 있는 것이 아닐까.

여기서 새롭게 보아야 할 것은 〈청시〉에서의 푸른 '감'이 구도적 과정을 통해서 〈그리는 세계 있기에〉에서의 '익어가는 열매'로 변용되는 시적 진술을 지나쳐 가서는 안 된다는 점이다. 〈청시〉에서 〈샘물〉로, 다시 〈그리는 세계 있기에〉로 이어지는 시적 동선은 결코 우연한 일치가 아니다. 이는 김달진이 처음부터 일관된 어떤 자기추구의 세계를 분명히 가지고 있었다는 사실을 시사한다. 그 과정은 훼손되지 않은 현상의 세계, 샘물을 통해 지구를 응시하는 자아, 겁외의 하늘 아래 피어나는 꽃과 익어가는 열매를 바라보는 구도적 자기 인식 등으로 해석되며, 이러한 모든 것들이 시종일관 하나의 흐름으로 이어지고 있다.

그가 보았던 푸른 열매나 그가 앉았던 동그란 지구나 모두 크고 완전한 것, 절대적인 것을 지향하고 있다. 이런 지상적이며 현실적인 것을 떨쳐버리고자 겁외의 하늘 아래 피어나는 꽃과 열매를 바라보며 세속적인 재기나 현명에 침묵으로 응답하겠다는 것이 김달진의 시적 관점인 것이다. 이 점에서 진정한 도는 은폐되어 있다는 노자의 말을 떠올리는 것은 매우 적절한 일이라 하지 않을 수 없다. 현실에 얽매인 인간은 구더기와 벌레와 같은 미물과 다를 바 없다는 것이 김달진의 시적 사고였을 것이다. 그는 초기의 시 〈고독한 동무〉에서 다음과 같이 썼다.

목은 책장을 뒤지노라니
여기저기서 기어나오는 하얀 버레들
나는 가만히 그들에게 이야기해봅니다—

고독과 적막의 슬픈 사상思想을

그들은 햇빛 아래 빛나는 이 세상 인정世上人情의
더욱 쓰리다는 것을 잘 아는 나의 어린 동무들입니다.

—〈고독한 동무〉

묵은 책장에서 기어 나오는 벌레들과 이야기하고, 그들이 바로 햇빛 아래 빛나는 인간의 삶이 쓰리다는 것을 잘 아는 나의 어린 동무들이라는 그의 진술은, 그가 모든 것은 하나이며 더 나아가 그 모든 것들 속에는 그 나름의 깨달음이 담겨 있다는 개유불성皆有佛性이라는 불교적 관점에서 세상과 사물을 바라보고 있음을 보여준다.

그가 보았던 이 어린 동무들은 40여 년이 지난 다음 〈벌레〉라는 시에 다음과 같이 나타난다.

고인 물 밑
해금 속에
꼬물거리는 빨간
실낱 같은 벌레를 들여다보며
머리 위
등뒤의
나를 바라보는 어떤 큰 눈을 생각하다가
나는 그만
그 실낱 같은 빨간 벌레가 되다.

—〈벌레〉

조그만 샘물을 응시하며 바다같이 넓어지는 세계를 통해 자신의 상상을 우주적으로 확장하던 화자는 이제 고인 물 속을 바라보며 실낱같이 작은 벌레들을 발견한다. 그리고 이 작고 붉은 벌레가 자기 자신이라고 생각한다. 그것은 그 자신을 응시하는 어떤 절대자의 시선을 의식하였기 때문이다. '어떤 큰 눈' 이란 불교적 관점에서 보자면 깨달음을 성취한 석가모니일 것이며, 보다 보편적 관점에서 보자면 영원한 것을 깨달은 절대적 진리의 눈이라 할 수도 있을 것이다.

3. 무위자연의 신과 씬냉이꽃의 발견

절대 진리 앞에 인간은 작고 보잘것없는 존재이다. 인간은 아마도 고인 물 속에서 꼬물거리는 실낱 같은 존재에 불과할 것이다. 〈샘물〉이 극소에서 무한대로의 자기 확장에 근거하고 있다면, 〈벌레〉는 극도의 자기 축소에 근거하여 씌어졌다. 그러나 중요한 것은 〈벌레〉에서의 자기 축소가 무한대의 자기 확장에 대한 반향이며, 역설적으로 보자면 '나를 바라보는 큰 눈' 에 의해 극도로 축소된 자아 또한 그 크고 넓은 세계로 확장되어 간다는 점이다. 시의 문면에서는 실낱같이 작은 벌레로 축소되지만, 그의 시적 상상은 '어떤 큰 눈' 을 매개로 무한대로 확대된다는 것이다.

김달진의 시는 이 역설의 변증법을 구태여 표나게 과장하지 않는다. 〈청시〉에서 보았던 것처럼 그는 모든 것을 사물들 속에서 현상 그 자체로서 제시할 뿐이며, 그가 표현하는 단순 평명한 진술에서 그가 전하고자 하는 언술 이상의 것을 간파하기를 바라는 것이다. 그의 시적 발상의 근원에 자리잡고 있는 것은, 나와 만물은 하나이며 훼손되지 않은 원래의 자연 그대로의 모습이야말로 그가 추구하고자 하는 도의 원천이라는 인식이다. 이를 좀 더 구체적으로 말하자면 노장적 무위자연이야말로 그가 염두에 두고 있는 구경究境의 이상이라는 것이다.

> 나는 진정 무용無用의 인간, 무위無爲의 인간이 되고 싶다.
>
> 그리하여 나 혼자의 생활을 지키고 다듬고 향유하는 평화와 자연을 갖고 싶다.*

무용 · 무위 속에서의 진정한 자연을 찾고, 진정한 인간이 되며, 진정한 도를 얻고자 하는 열망은 김달진이 평생토록 일관한 시적 사고의 원천이라고 말할 수 있다. 왜 그러한가. 우리 모두 환幻의 세계에 살고 있기 때문이다. 이 환을 진정으로 깨닫는 것이 시인에게 무엇보다 중요한 과제였으며, 그는 자신의 시를 통해서도 이 환이 가져다주는 인간의 미혹을 깨달아야 함을 말하고 있었던 것이다.

> 희미한 달빛 돌아오는 골목길에
> 모든 것 환幻이요, 꿈이라 생각했다.
>
> 어디서나 또다시 환幻을 가질 수 있기에
> 나는 생生에 애달 것 없이 게으롭다.
>
> —〈권태倦怠〉

인간의 모든 삶이 환이요 꿈이라면 구태여 이 삶에 집착할 것이 없다. 환의 세계 또는 무명의 어둠을 깨칠 때, 삶에 집착하는 인간 존재는 벌레나 다름없다는 것이 김달진의 기본적 인식이었던 것이다.

모든 것이 진정 환이요 꿈이라면 구태여 집착하지 않더라도 우리는 또

---

* 김달진, 《산거일기山居日記—김달진전집 2》, 앞의 책, 168쪽.

다시 되풀이하여 그 환을 가질 것이며 거기에 집착할수록 그만큼 더 어리석을 뿐이다. 이 어리석은 집착을 알려주는 것이 〈고독한 동무〉나 〈벌레〉 등에 나타나는 벌레들인 것이다.

환의 유혹에 이끌림과 이 유혹을 뿌리치는 것이 김달진의 시에 은폐되어 있는 무위자연으로서의 도이다. 자연 그대로를 통찰하고 자연 그대로를 받아들이는 것이야말로 문자 이전의 세계, 순수한 자연의 이법을 통한 환 그 자체의 깨달음인 것이다. 물론 김달진이 은폐되어 있는 무위자연으로서 도의 세계를 추구한다 하더라도 그가 현실에 전혀 무관심했던 것은 아니다. 자신이 그리는 세계에 대한 확신이 아무리 크다고 하더라도 그 또한 인생의 황혼을 의식해야 했기 때문에 그가 나아가야 할 길에 대한 다짐과 결의가 요구되었을 것이다.

나는 어느새 오후를 걸어가고 있었다. 쓸쓸한 오후를 외로이 걸어가고 있었다. 등 뒤에 희미한 그림자 호젓이 따라오고, 화려한 아침 꿈처럼 멀고……

이제 얼마 아니면 눈앞에 다가설 석양, 그러나 나는 슬퍼하지 않으리라. 새가 날아가고, 구름이 돌아가고, 꽃은 시들고, 햇볕은 엷어가고…… 그러나 나는 그 슬픈 석양을 슬퍼하지 않으리라. 먼 산정山頂에 떨어지는 불타는 황금햇빛—바다 저쪽에 장엄히 열리는 보다 훌륭한 아침의 반영反映이리라.

나는 어둠을 두려워하지 않으리라. 어둠 속을 그대로 자라며 걸어가리라. 새로 내리는 이슬발 아래, 새로이 여무는 꽃봉오리처럼 가지가지 향훈香薰을 쌓으며 간직하며, 어둠을 가만히 껴안으리라, 어둠에 안기리라.

……모든 것 오직 나아감이 있을 뿐—신과 함께.
……모든 것 오직 뚜렷이 익어갈 뿐—영원과 함께.

—〈오후의 사상〉

이 시의 화자는 머지않아 눈앞에 석양이 다가올 것을 예감하지만 그 석양을 슬퍼하지 않으리라고 다짐하고 있다. '먼 산정山頂에 떨어지는 불타는 황금 햇빛—바다 저쪽에 장엄히 열리는 보다 훌륭한 아침의 반영反映이리라' 고 믿기 때문이다. 장엄히 열리는 아침바다는 바로 산정에 떨어지는 석양의 황금햇빛의 반영이라고 생각하기 때문이다. 석양이 있기 때문에 아침이 있고 아침이 있는 것은 석양이 있기 때문이라는 것은 순환론적인 사고이며 불교의 윤회사상을 바탕으로 한 사고이다. 석양을 슬퍼하지 않는 것은 더 큰 세계를 희구하기 때문일 것이다. 어둠을 두려워하지 않는다는 것 또한 하나의 중대한 결단의 선언이다. 어둠을 두려워하지 않고 앞으로 나아가면서 허무에 사로잡히지 않는 것은 불교적 윤회사상과 더불어 노장적 무위자연사상이 그를 떠받치고 있었기 때문이라고 생각된다. 다음 시에서 우리가 분명히 볼 수 있는 것은 바로 인간과 자연이 하나이고 일체라는 만물일여 사상이다.

내 살은 대지,
내 피는 태양,
그리하여 내 생명은

희뿌옇이 밝아오는 창 앞에
먼 여명의 장밋빛 치맛자락,
구슬처럼 영롱한 바람이 옷깃을 스민다.

경건한 정열, 한 대 선향線香을 사르노니
가는 연기는 나직한 이마에 어리고,

내 혼의 응시하는 곳은 사념思念의 저쪽.

더운 입김에 얼어붙는 창명蒼溟 속으로
다는 숨길을 따라 명멸明滅하는 뭇 별의 미소,
신神을 방석하고 앉아 가만히 이르노니

—빛이 있어라
—빛이 있어라

바른 힘은 샘처럼 솟고,
사랑은 꽃처럼 피는 동산에
이슬방울마다 은잔을 받들었다.

내 살은 대지.
내 피는 태양,
그리하여 내 생명은 바다의 대기.

—〈경건한 정열〉

이 시에 남달리 주목한 것은 김윤식이다. 특히 제11행의 '다는 숨길'이 '다른 숨길'로 시집 《올빼미의 노래》에 잘못 표기된 것을 육필 원고지 검토를 통해 밝혀내고 선적 사유를 통해 사념의 저쪽을 응시하는 화자의 시선에 의미를 부여하였다. 이 시를 일어로 번역한 오무라 마스오大村益夫가 '신을 방석하고'에서 '신'을 '신발'로 잘못 번역한 것도 김윤식은 지적하고 있다.*

* 김윤식, 〈월하의 시 〈경건한 정열〉 읽기〉, 《농경사회 상상력과 유랑민의 상상력》, 문학동네, 1999, 92~98쪽 참조.

모두 7연으로 구성되어 있는 이 시는 제1~3연과 4연, 그리고 제5~7연이라는 세 단락으로 나누어질 수 있을 것이다. 전반부와 후반부가 제4연을 매개로 하여 선정 이전과 선정 이후로 구분된다. 선정에 든 화자가 신을 방석하고 앉아서 세상을 향해 명하자 이에 화답이라도 하듯이 샘이 솟고 꽃이 피고 이슬이 방울방울 맺히는 신비로운 자연의 향연이 벌어진다는 시적 진술이 흥미롭다. 마지막 7연은 서두와 호응하여 이 시를 완결시키는 수미쌍관의 수사법으로서 이 시에서 보여주는 화자의 진술이 얼마나 절대적인 명제인가를 나타내 준다. 서두와 달라진 것이 있다면 '내 생명은 바다의 대기' 라는 것이다. 희부옇게 밝아오는 새벽녘 내 피와 살이 대지와 태양이 되어 생명의 바다에서 향기를 퍼뜨릴 때 자연과 인간은 분리될 수 없는 하나로서 서로의 호응은 한 치의 틈도 개입될 수 없을 만큼 놀라운 것이라고 할 수 있을 것이다. 제5연에서 '빛이 있어라' 하고 화자가 반복하여 명하는 부분에서 성경의 창세기적 어조가 느껴지는데, 그것은 새로운 생명의 탄생을 강조하기 위함이지 기독교적인 의미로 해석될 어법의 표현은 아니다. 왜냐하면 12행에서 '신을 방석하고 앉아서 가만히 이르노니' 라고 말하고 있는데, 이렇게 신을 깔고 앉는 행위나 어법은 기독교적인 것이라 하기 어렵기 때문이다.

신이란 여기서 기독교에서 말하는 신이 아니라 자신의 피와 살을 하나로 일체화시키는 정신을 말하는 것이라고 할 수 있을 것이다. 김윤식은 "월하가 말하는 신이란 이처럼 시간 진행의 끝을 가리킴에 지나지 않는다. 영원과 신이 동격일지라도 전자가 익어감의 가리킴이라면, 신이란 시간적 진행형에 다름 아니었다"*고 말하고 있다. 그렇다면 남는 것은 신과 혼의 문제일 것이다. 혼은 사념의 저쪽을 응시할 수 있는 정신을 만드는 힘이다. 이를 도식적으로 정리해 보면 다음과 같다. 피와 살과 혼이

---

* 김윤식, 위의 글, 97쪽.

하나의 삼각 구도를 그리고 있으며, 생명은 바다에 떠도는 대기와 같은 형태로 존재한다고 볼 수 있다. 이를 김달진의 산문에서 확인해 보자.

> 인간은 어떠한 때 어떠한 곳에서나 각기 그때, 그곳의 신을 보며 생활하는 것이다.
>
> 그러나 그 모든 신은 언제나 하나의 신…… '자기 자신' 이라는 일신의 환상에서 일어날 수 있는 어떤 것이다.*

여기서 말하는 신에 기독교의 신학적 개념이 내포된 것은 아니다. 오히려 인간을 인간이게 만드는 정신작용으로서 혼이 주체의 시각에서 대상을 바라보는 정신작용이라면, 신은 인간과 자연을 아우르는 포괄적 개념으로서 '자기 자신' 을 깨닫게 하는 정신작용으로서 존재자의 시간적 진행을 관장하는 것이다. 위의 시에서 이러한 정신을 빛으로 변모시키는 것이 김달진의 독특한 시적 상상력이라고 할 수 있을 것이다. 자신의 피와 살이 대지와 태양이 된 까닭에 자연의 순리를 따르는 것은 그에게는 자연스러운 일이고 여기서 더 나아가 이를 즐기는 것 또한 당연한 일이다. 김달진은 자신이 그리는 세계가 있다고 하더라도 지금 여기에서의 삶과 그것을 분리시키지 않는다. 그리는 세계와 현실의 삶에 단절이 없기 때문에 생을 부정하거나 허무주의에 결코 빠지지 않는다. "허무는 죽음이요 파멸이다"**라고 김달진은 분명히 언급하고 있다. 특히 "신은 죽은 자의 신이 아니라 산자의 신이다"라는 〈마태복음〉의 구절을 스스로 비판하고 이를 변형시켜 "신은 산 자의 신이 아니라 죽은 자의 신이다"라고 강조하고 있다. '영적인 의미' 에서라는 단서가 달려 있는 이 구절은 결과보다는 동기를 중시하는 해석이며 기독교의 인간주의적인

---

* 김달진, 〈삶을 위한 명상〉, 《김달진전집 2》, 앞의 책, 137~138쪽.
** 김달진, 위의 글, 95쪽.

해석과 다른 김달진의 시각을 드러낸다. 이는 죽음의 동기가 무엇인가, 진실한 삶은 무엇인가에 대한 김달진 나름대로의 천착에서 우러나온 결론일 것이다. 죽은 자와 산 자의 차이에서 사람과 신이 구분되는 것이라고 김달진은 생각하고 있다. 여기서 죽음의 동기는 생의 근거가 되며 신이 죽지 않는다고 파악될 때 영원의 진행형으로 신이 인식될 것이다. 그로 인해 허무에 빠지지 않고 생을 긍정하게 된다. 그러므로 그는 자연의 향연을 자연 그대로의 향연으로 즐길 줄 아는 깨달음을 가지고 있었다고 말할 수 있을 것이다.

사람들 모두
산으로 바다로
신록新綠철 놀이 간다 야단들인데
나는 혼자 뜰 앞을 거닐다가
그늘 밑의 조그만 씬냉이꽃 보았다.

이 우주
여기에
지금
씬냉이꽃이 피고
나비 날은다.

—〈씬냉이꽃〉 전문

김달진이 거의 팔순에 가까운 노년이라고 할 수 있는 1984년 11월 《현대문학》에 발표된 이 시의 제1연과 2연은 서로 다른 두 세계를 보여준다. 이를 분절시켜 버린다면 별달리 새로울 것이 없는 세계인식이다. 이 상반된 세계가 '그늘 밑의 씬냉이꽃'을 매개로 연결되면서 이 시는 지금 여기에서 살고 있는 존재자들에 대한 인식을 깊고 넓게 확장시킨다.

새 봄이 와 다른 사람들은 산으로, 바다로 놀러 간다고 야단스럽게 법석을 벌이고 있는데, 이 시의 화자는 혼자서 뜰을 거닐다가 다른 사람들이 미처 발견하지 못한, 아니 발견하였다 하더라도 지나쳐 가버렸을 그늘 밑의 씬냉이꽃을 본다. 그가 씬냉이꽃을 본다는 것은 단순한 바라봄이 아니다. 감추어진 자연의 섭리를, 은폐된 도의 원리를 표징하는 상징으로서의 꽃을 보는 것이다. 씬냉이꽃은 신록철 놀이로 야단스러운 사람들과 나와 나비가 지금 여기에 함께 존재하는 환의 세계에서 환이 아닌 세계를 깨우쳐주는 하나의 실체인 것이다. 긴 겨울을 보내고 그늘 밑에서 피어나는 씬냉이꽃이야말로 어느 누구도 거역할 수 없는 자연의 순리이자 자연의 보람일 것이다.

> 그대는 그대의 시에서 그대가 하고자 하는 말의 그림자와 냄새만을 그 문자文字들에 던지시오.
>
> 그리고 그 실체實體는 항상 단어와 단어 사이, 행과 행 사이의 넓은 공간에 감추어 두시오.*

김달진이 그의 산문에서 언명한 논리를 따르자면 씬냉이꽃과 나비 사이, 나와 사람들 사이, 그리고 이 모든 것들 사이에 그 자신이 표현하고자 하는 넓은 시적 공간이 있다는 것이다. 여백을 중시하는 이러한 시적 표현법이 화자의 시심 한가운데 자리잡고 있다면 시적 수사를 위하여 구태여 야단스럽게 집착할 필요가 없다. 말 밖의 말, 행간 밖의 여백이 주는 침묵의 의미가 중요한 것이다.

이렇게 본다면 씬냉이꽃 그 자체도 김달진이 표현하고자 한 실체의 그

---

* 김달진, 《산거일기山居日記—김달진전집 2》, 앞의 책, 202쪽.

림자일 수 있다. 우리는 씬냉이꽃이라는 사물을 통해서, 아니 그 사물의 그림자가 다른 것들과 맺는 관계를 통해서 자연 속에 은폐되어 있는 도의 실체를 볼 수 있어야 할 것이다. 움직이는 것에서 움직이지 않는 것을, 움직이지 않는 것에서 움직이는 것을 인식해야 한다. 동즉정動卽靜이요, 정즉동靜卽動이다. 변화하는 만물의 본질로서 자연의 원리를 통찰하느냐 못 하느냐가, 바꾸어 말하면 환을 깨닫느냐 깨닫지 못하느냐의 문제인 것이다.

그러나 여기서 꽃이 피고 나비가 난다는 사실은 누구나 다 볼 수 있는 일상적인 자연현상이지만, 그것은 노장적 의미에서, 그리고 자연 그대로 생성과 소멸을 지닌 원초적 자연으로서 보다 특별하게 해석될 수 있다.

> 지난 어느 날 장자는 꿈에 나비가 되었다. 펄펄 나는 것이 확실히 나비였다. 스스로 유쾌하여 자기가 장자인 것을 몰랐다. 그러나 조금 뒤에 문득 깨어보니 자기는 틀림없이 장자였다. 장자가 나비가 된 꿈을 꾼 것인가? 나비가 장자가 된 꿈을 꾼 것인가? 그러나 장자는 장자요, 나비는 나비로서 반드시 분간이 있을 것이니, 이를 일러 만물의 변화라고 하는 것이다.*

장자의 말대로 장자가 나비가 된 꿈을 꾼 것인가, 나비가 장자가 된 꿈을 꾼 것인가. 장자는 장자요, 나비는 나비일 것이다. 그것은 그것들대로의 분별이 있겠지만, 만물의 변화라는 시각에서 보자면 만물과 내가 하나이니 그 또한 별개의 것이 아닐 것이다.

꿈을 매개로 장자와 나비를 하나로 보았던 것이 장자의 자연사상의 원천이라면, 나비와 장자의 분별 속에서 또한 만물의 변화하는 근본인 도

---

* 김달진 역, 《장자莊子》, 앞의 책, 48쪽.

를 깨치고자 하는 것 역시 노장사상의 자유자재한 세계인식의 한 표현이다.

만물의 변화를 떠올릴 때 김달진의 시적 인식은 '신록新綠철 놀이 가는 사람들' 과 '씬냉이꽃을 바라보는 나' 로 대비되며, 이 우주의 지금 여기에서 나비가 되어 날고 있는 것이다. 봄이 오니 꽃이 피고, 꽃이 피니 나비가 난다는 것은 자연스러운 순리이다. 사람들은 봄이 와 산으로, 바다로 놀러간다고 야단들이지만, 구태여 산으로 바다로 놀러 가지 않더라도 그늘 밑에 핀 씬냉이꽃과 꽃을 찾아가는 나비만 보아도 김달진은 계절의 뒤바뀜을, 그리고 자연의 변화를 알아차릴 수 있다는 것이다. 김소월의 진달래꽃이 남녀간의 사랑을 전하는 매개체라면, 김달진의 씬냉이꽃은 자연 그대로의 씬냉이꽃일 뿐이다. 사랑을 위해 꽃을 꺾어 떠나는 님이 가시는 길에 뿌릴 필요가 없다. 봄에 핀 진달래꽃을 그 자체로 바라볼 뿐이다. 어떤 인위의 힘을 가하는 것을 거부하는 것이 김달진 시의 특징이다. 남녀의 사랑이란 불꽃과 같이 타오르지만 지나고 나면 얼마나 허망한 일이 되는 것인가. 사랑은 사람의 일이고, 씬냉이꽃이 피는 것은 자연의 일이다.

그러므로 〈씬냉이꽃〉에서 김달진이 본 것은 자연현상 속에 깊이 감추어진 자연의 이법이었다고 말할 수 있다. 그의 시적 계보에서 보자면 〈청시〉에서 〈샘물〉로, 다시 〈샘물〉에서 〈추성〉으로 나아가고, 여기서 〈그리는 세계〉로 이어지며, 〈벌레〉에서 〈오후의 사상〉을 거쳐 〈경건한 정열〉을 관통하여 〈씬냉이꽃〉으로 연결되는 시적 흐름이 그의 시에 하나의 연속으로 나타나고 있음을 여기서 우리는 확인하게 된다.

〈고독한 동무〉, 〈벌레〉 등에서 나타나는 벌레들이 〈씬냉이꽃〉에 이르러 나비로 변화되었다면 지나친 비약일까. 어쩌면 거기에는 〈청시〉의 익지 않은 '감' 이 〈그리는 세계〉에 이르러 '익어가는 열매' 가 되는 그 나름의 자기 성숙 과정이 내포되어 있을 것 같다. 그 어떤 것에도 인위人爲의 힘을 가하지 않지만 그 스스로 자연의 순리에 의해 생성, 변화하는 무위無爲의 도道가 바로 그러한 것이 아닌가 한다.

그 어떤 것도 꾸미지 않는 '무위자연'의 삶의 태도야말로 김달진 스스로 지켜온 은자적 삶의 표현이요, 그의 시세계를 일관되게 지켜준 사상적 기반이라고 생각된다.

> 노자는 공자와는 거리가 먼 새로운 사상을 제시했다.
>
> 천명天命 대신에 무위자연無爲自然을 최고 원리로 하여 이미 굳어진 전형적 전통이나 형식적인 봉건체제의 사회제도와 예악문물, 도덕규범을 인위적인 조작에서 이루어진 거짓이라고 크게 배격하고 타기하였던 것이다.
>
> ……(중략)……
>
> 장자는 이 노자사상에서 더욱 일보 전진하여 사회의 모든 예속과 제도 등을 전혀 무시할 뿐 아니라 정치적 현실, 인간의 생존까지도 초월하려는 초세간 · 초현실주의로 치닫게 되었던 것이다.*

현실 문제에 집착하는 유가나 제자백가들을 하잘것없는 존재로 보았다는 점에서 노자와 장자를 높이 평가한 김달진의 논리에는 아마도 그 스스로의 삶과 시가 품고 있는 깊은 뜻이 담겨 있는 것이라 하지 않을 수 없다. 그의 은둔주의는 이 점에서 명료하게 이해될 수 있을 것이며, 그의 '무위자연' 사상은 그의 시를 통해 일관되게 나타나고 있다고 할 것이다.

마지막으로 밝혀야 할 것은 불교와 노장철학과의 관계이다. 이 점에 대해 김달진은 다음과 같이 자신의 견해를 피력한 바 있다.

---

* 김달진, 〈장자莊子와 무위자연無爲自然의 사상思想〉, 《장자莊子》, 앞의 책, 12쪽.

장자는 그 부인이 죽자 물동이에 바가지를 엎어놓고 두드리며 노래하기를 "그대는 이 괴로움의 굴레를 벗어버리고 아무것도 거리낄 것이 없는 즐거운 고향으로 돌아갔다"고 축하했다.

이처럼 인생의 현실을 아주 뛰어넘어 생사일관보다 오히려 죽음의 세계를 예찬하였다. 이러한 인생관은 불교에서 생사이변生死二邊을 다 고苦라고 한 것과 달리 죽음의 세계를 무위無爲·무우無憂의 세계라고 본 것인데, 중국에서 이런 사상이 형성되었다는 것은 놀라운 일이 아닐 수 없다.*

위의 인용문은 불교가 중국에 들어오기 이전에 이미 형성된 노장사상이 갖는 의의를 밝힌 부분이다. 불교가 생사의 고뇌를 뛰어넘고자 한다면 장자는 무위·무우의 세계, 곧 죽음의 세계를 받아들이는 점에 차이가 있다는 것이다.

위에서 해명한 대로 김달진 시가 지닌 사상적 기반이 '무위자연'에 있다고 하지만, 바로 이러한 노장적 사상과 불교적 사상이 합류하는 지점에 김달진의 시가 놓여 있다는 것이 보다 정확한 지적일 것이다.

〈고독한 동무〉에서 보는 것처럼 세상의 인정이 더욱 쓰리고 괴롭다는 인식이 그의 시 전편에 걸쳐 나타난다. 뿐만 아니라 〈수인囚人〉에서 "나는 가만히 생각한다. 어딘가 내 가슴 속 한 편에 갇혀 있는 수인囚人을"이라고 노래한 것은 불교적 입장에서 삶의 속박을 떨쳐버리고자 하는 점을 표현한 것이라 하겠다.

감았던 눈을 가만히 뜨면
연기 자옥한 희부연 등불 아래,
아, 우리 모두

---

* 김달진 역, 위의 글, 18쪽.

환幻의 세계에 귀양살이 나그네.

—〈차중車中에서〉 부분

이 세상이 고해苦海이며, 우리 모두 이 환幻의 세계에 귀양살이하는 나그네라는 인식은 기본적으로 불교적인 것이라고 할 수 있을 것이다. 이는 특히 《금강경》에서 되풀이하여 강조하는 바이다. 그럼에도 불구하고 보다 엄밀히 말하자면 생사이변을 고라고 설파한 불교가 갖는 어떤 집착마저도 던져버리고 무위·무우의 세계로 나아가 죽음마저 껴안고자 한 노장적 사상이 그가 추구하던 삶의 근본적 지향점이 아니었을까 생각된다.

4. 변화의 시학과 지속의 시학

1929년 등단 이후 1989년 작고시까지 김달진의 시는 외적으로 보아 60여 년 동안 너무나 변화가 없었다고 볼 수 있다. 1920년대의 동인지 시인들은 물론 1930년대 이후에 등단한 무수한 시인들이 시대의 추이에 따라 얼마나 여러 가지 형태의 자기 변모를 보여주었던가.

한국의 현대사가 그러했던 것처럼 재빨리 세속의 명성으로 자신을 휘감는 시인들만이 평가를 받는 관례에 따라 많은 시인들이 변신해 갔으며, 비평가들 또한 여기에 가세했다. 많은 시인들이 때로는 시대적 힘에 굴종하거나 시류에 편승하기도 했으며, 때로는 시대의 불의에 저항하고 비판하거나 때로는 유행하는 옷을 서둘러 갈아입듯 새로운 유행의 물결위의 선두주자가 되기도 했던 것이다. 전폭적인 변화의 시학이 요구되는 시대에 변하지 않는 지속의 시학을 추구하는 시인은 일견 시대 변화에 둔감한 어리석은 시인으로 격하되기도 할 것이다 . 그러나 지속의 시학은 변화의 시학보다 더 강한 신념과 선택이 전제된 것이다. 거칠게 요동치는 시대의 격랑을 뚫고 이를 가로지르는 용기가 필요하기 때문이다. 시류에 편승하지 않으려는 선택을 한다는 것은 누구에게나 고독한 결단을 요구한다.

서구의 모더니즘 시나 현실 비판의 리얼리즘 시를 바라보는 시각과는 전혀 다른 관점에서 김달진의 시를 새롭게 평가해야 할 시점에 도달한 것이 오늘의 상황이 아닌가 한다. 근 · 현대시 일백 년 동안 과연 우리가 발굴하고 키워온 정신적인 전통이란 무엇인가를 새롭게 생각해 볼 시기에 도달했다는 것이다.

세속주의와 물신사상에 깊이 물든 오늘날, 실상 우리 시는 정신적 뿌리를 찾지 못하고 방황하고 있는 것은 아닌가 하는 의문이 자주 떠오른다. 물론 일백 년 전으로 돌아가자든가, 김달진 시 그 자체를 되풀이하자는 것은 아니다. 그것은 새로운 것의 창조가 아니라 과거로의 퇴행일 뿐이다. 김달진의 시사적 의의는 60여 년 전의 시작생활을 일관되게 지켜 준 그의 만물일여와 무위자연 사상이 불교사상의 터전 위에서 노장적인 동양철학의 진수를 그대로 간직하고 있다는 점에 있다. 그것은 단절되었던 현대시의 정신사적 흐름을 연결시켜 준다는 점에서 또한 현대적 의의를 갖는다. 전통적인 것에서 새로운 창조 방법을 배운다는 것이 옛 선현들의 가르침이 아니던가. 시대가 혼탁해지고, 사람들이 악착스러워져 정신사의 밑뿌리가 흔들릴 때, 김달진의 시가 지닌 맑고 순연한 서정적 정신주의적 세계는 더욱 새롭게 가치를 발휘할 것이다.

이렇게 본다면 한용운에서 조지훈으로 이어지는 불교시의 정신사적 흐름과 더불어 신석정辛夕汀, 김달진 등으로 이어지는 불교적 · 노장적 세계 또한 깊이 탐구되어야 할 것이다. 전통의 단절로부터 전통의 계승과 창조라는 정신사적 과제를 탐구하는 구체적 해결책의 하나가 바로 여기에 해당된다고 하겠다. 그 동안 서구 추수주의자들이 얼마나 재빨리 변신했고, 그리고 얼마나 깊은 허무주의에 빠져들었는가를 새삼 상기해야 할 것이다.

김달진은 1989년 6월 향년 82세를 일기로 이승을 하직하고 그가 그리던 세계로 돌아갔다. 1929년에 등단하였으니 60년의 문단 생활을 돌이켜보자면 그는 화려하고 적극적인 활동반경을 보여주었다고 말할 수는 없다. 그의 은둔적 자세는 그의 체질에 의한 것이기도 했고 그의 신념에 의한 것이기도 했다. 그러나 그가 보여준 삶의 자세는 인간 존재의 근원이 무엇인가를 생각하게 만들고 자신이 선택한 신념에 따라 살아가는 삶이 무엇인가를 생각하게 만든다. 언어적 기교에 의한 작시술을 추구한 것이 아니라 무위자연의 생사관을 실천한 것이 그의 삶이며 예술이었다는 것이다. 삶과 죽음이라는 생의 근원에서 보자면 수사적 기교에 의지한 작시술로 생의 근본 문제를 해결할 수 없다는 것은 자명한 일이다. 1980년대 후반 김달진 시인을 만나 깊은 인간적 공감과 시적 영향을 받아 그에 대한 연작시를 쓴 바 있는 조정권은 1989년 6월 김달진이 작고하자 다음과 같은 추모시를 썼다.

학은
천리千里를 날아도
노송老松이 아니면
내려와
깃을 접지
아니한다는데,

예가 그곳인가.
사시사철
소나무 부채바람

선선한
풍산묘지豊山墓地.

여기
투명한 여름 못물가에
화안히 웃고 계신
흰 구름송이들을

누가
두 손으로
따다
바쳤을까,

흐르는 냇물은
흐르고
흘러……

온 바다로 닿고

온 바다에 그윽한 얼굴
이뤘네.

뒷 숲 잔솔바람
저녁나절
산山그늘 타고 내려와
호수 되어 괴이듯

한가로운 마음……

온 산 고요한 얼굴 이루듯
이제야
모습 이뤘네.

—〈고 김달진 옹 영전에〉 부분

학이 깃들이는 곳 풍산공원묘원에 잠든 김달진 시인을 추모하면서 조정권은 환히 웃고 있는 생전의 얼굴을 떠올리며 '온 바다에 그윽한 얼굴' 이 이루어지고 '온 산 고요한 얼굴' 이 이루어졌다고 말하고 있다. 이 지점에 이르면 김달진은 단순히 시인이 아니라 깨달음을 얻은 도인의 모습으로 비쳐지기도 한다. 어떻게 보면 시인으로서 김달진의 오랜 침묵은 시인의 길을 버리고 도인의 길을 걸어간 느낌도 아울러 주는 것이 사실이다. 시에 골몰하는 사람들이 작은 기교에 집착할 때 그는 더 큰 생의 근본 문제를 해결하기 위해 어둠 속으로, 어둠 속으로 걸어나가 빛의 세계에 도달하려고 했다고 말할 수도 있을 것이다.

결론적으로 김달진의 만물일여와 무위자연을 하나로 꿰뚫어 어떻게 말할 수 있는가 하는 것이 남는다. 아마도 그것은 김동리가 설파한 대로 이법으로서의 자연이 아니라 자연 그대로의 원초적 자연사상을 토대로 한 무아에서 우러나온 우주의식이라고 할 수 있을 것이다. 무아의 우주의식은 의식의 지향성이라는 관점에서 극소에서 극대로, 그리고 극대에서 극소로 응축 · 확장되는 원초적 생명감을 지닌 자연관이다. 그의 피와 살은 대지와 태양이 되고 그의 생명은 바다의 대기가 되어 빛을 창조하는 경건한 정열을 통해 김달진은 있는 그대로의 자연을 통찰하고 있는 그대로의 삶을 향유하는 득의의 사상을 표현하였다는 것이다. 생사의 고를 환이라고 한 불교에서 무위 · 무우의 노장으로, 그리고 더 나아가 원초적 자연에 뿌리박고 있는 생의 뿌리에 도달한 것이 김달진의 독자적인 세계이며, 그가 한국 현대시에 새롭게 기여한 것이 바로 이 부분이다. 이 점에서 장호 시인이 김달진을 득도득시한 분이라고 한 지적은 타당성을 획득한다.

김달진이 세속의 명성을 버리고 진정한 정신의 자유를 향유하는 자기 성숙의 길을 걸었던 것처럼, 앞으로의 우리의 시 또한 스스로의 삶과 거기에 근거한 확고한 자기 세계를 가질 때 세계적 보편성도 획득하게 될 것이다. 현대시 일백 년을 맞이하는 우리 시단의 중심부에 뿌리 깊은 시들이 자리잡아 한국 현대시를 무성한 나무로 키워줄 수 있기를 간절히 고대한다.*

* 초고 〈김달진 시와 무위자연의 시학〉(1991)을 개작함(2007. 4).

1907년 2월 4일 경남 창원군(현재의 진해시 소사동)에서 태어남. 호 월하月下.
1920년 향리의 계광보통학교 졸업.
1920~1923년 서울로 올라가 중앙고보를 다녔으나 신병으로 중단.
1923~1926년 서울로 되올라가 경신중학을 다녔으나 4학년 때 일본인 영어교사 추방 활동으로 퇴학.
1926~1933년 향리의 모교에서 교편생활.
1929년 《문예공론文藝公論》에 양주동의 고선考選으로 〈잡영수곡雜詠數曲〉이 실리면서 문단에 나섬.
1930년 10월 계광보통학교가 폐교되고, 민족 현실의 절망과 좌절의 끝자락에서, 어느 날 밤 찢어진 벽지 사이에서 초벌 신문지에 뚜렷이 보이는 '불佛' 자를 발견, 입산을 결심.
1934년 금강산 유점사에서 김운악金雲岳 스님을 은사로 하여 득도. 〈유점사 찾는 길에〉를 《동아일보》에 발표. 《시원詩苑》 동인으로 참여.
1935년 〈나의 뜰〉 외 여러 작품을 《동아일보》에 발표. 백용성白龍城 스님을 모시고 함양 백운산 화과원華果院에서 반농반선半農半禪의 수도생활.
1936년 유점사 공비생公費生으로 중앙불교전문학교(혜화전문학교의 전신, 현 동국대학교) 입학. 서정주, 김동리, 오장환 등과 《시인부락詩人部落》에 참여.
1938년 〈샘물〉 등 여러 작품을 《동아일보》에 발표.
1939년 중앙불교전문학교 졸업.
1940년 9월 시집 《청시靑柹》(청색지사)를 출판. 유점사에서 법무法務를 지냄.
1941년 일경을 피하기 위해 유점사를 떠나 북간도 용정을 다녀옴. 용정에 머물면서 소설가 안수길이 발간하는 《싹》이라는 잡지에 시를 게재하기도 했는데, 이 작품들이 나중에 《재만조선시인집》에 수록됨.
1945년 광복되었다는 소식을 듣고 하산하여 서울로 돌아옴. 춘원 선생의 권유로 《동아일보》 기자가 됨.
1946년 청년문학가협회 부회장. 서울 생활을 청산하고 대구로 내려가 경북여자중학교(6년제)에서 교직생활 시작.
1947년 《죽순竹筍》 동인으로 참여.

1949년 진해중학교(6년제)로 자리를 옮김.
1951년 《자유민보自由民報》 논설위원.
1954년 《손오병서孫吳兵書》(청우출판사) 출간. 해군사관학교 출강. 대한군항지 편찬회 대표로 《대한군항지大韓軍港誌》(대한군항지편찬회) 발간.
1957년 《고문진보古文眞寶》(청우출판사) 출간. 창원군 남면중학교장 취임.
1962년 동양 불교문화연구원장. 《한산시寒山詩》(법보원) 출간.
1964년 불교설화집 《일곱 가지 아내》(법통사) 출간. 이운허李耘虛 스님을 법사法師로 모시고 동국대학교 동국역경원東國譯經院 심사위원이 되어 고려대장경高麗大藏經 역경 사업에 몰두함.
1965년 《장자壯子》(현암사) 출간. 《법구경法句經》(현암사) 출간.
1972년 경한景閑의 《백운화상어록白雲和尙語錄》, 보우普雨의 《태고집太古集》, 나옹懶翁의 《나옹집懶翁集》, 의천義天의 《대각국사문집大覺國師文集》, 지눌知訥의 《보조국사법어普照國師法語》, 혜심慧諶의 《진각국사어록眞覺國師語錄》, 각훈覺訓의 《해동고승전海東高僧傳》 등을 옮겨 《한국의 사상대전집思想大全集》(동화출판공사)에 수록.
1973년 《불교설화佛敎說話》(국민서관) 출간.
1974년 《삼보찬三寶讚》(불교사상대전 1, 불교사상사) 출간. 부처님 일대기를 그린 장편 서사시집 《큰 연꽃 한 송이 피기까지》(동국역경원) 출간.
1977년 보우普雨의 《허응당집虛應堂集》(동화출판공사) 출간.
1979년 동인지 《죽순》의 복간호가 발간될 때 〈벌레〉, 〈속삭임〉, 〈낙엽〉, 〈포만〉 등을 발표.
1983년 불교정신문화원에서 한국 고승 석덕碩德으로 추대. 서산대사 선시집禪詩集 《큰 소나무는 변하지 않는 마음》(시인사) 출간. 시전집 1 《올빼미의 노래》(시인사) 출간.
1984년 시전집 2 《큰 연꽃 한 송이 피기까지》(시인사) 출간.
1985년 《한국선시韓國禪詩》(열화당) 출간.
1986년 《금강삼매경론金剛三昧經論》(열음사) 출간.
1987년 《당시전서唐詩全書》(민음사) 출간. 《현대한국선시現代韓國禪詩》(열화당) 출간. 《선시禪詩와 함께 엮은 장자莊子》(고려원) 출간.
1988년 《보조국사전서》(고려원) 출간. 《붓다 차리타》(고려원) 출간.
1989년 6월 7일 오전 11시 10분 서울 강남구 일원동 643 자택에서 숙환으로 별세. 향년 82세. 《한국한시韓國漢詩》 1, 2, 3권(민음사) 출간. 《한산시寒山詩》(세계사) 출간.

1990년 6월 제1회 김달진문학상金達鎭文學賞 시상(수상자 박태일). 기념《서정시학 1990》(시민사) 출간. 수상집《산거일기山居日記》(세계사) 출간. 선시집禪詩集《한 벌 옷에 바리때 하나》(민음사) 출간.

1991년 운서雲栖의《태고집太古集》(세계사) 출간. 시선집《청시》(미래사) 출간. 제2회 김달진문학상 시상(수상자 이준관). 10월 20일 '은관문화훈장' 추서.

1992년 나옹懶翁 법어집法語集《한가로운 도인道人의 길》(세계사) 출간.《한글 세대를 위한 법구경法句經》(세계사) 출간. 6월 제3회 김달진문학상 시상(수상자 김명인).《서정시학 1992》출간.

1993년《진각국사어록眞覺國師語錄》(세계사) 출간. 6월 제4회 김달진문학상 시상(수상자 이하석).《서정시학 1993》(깊은샘) 출간.

1994년 6월 제5회 김달진문학상 시상(수상자 송재학).

1995년 4월 5일 월하 김달진 시인비詩人碑 제막(진해 장복산 시민회관 앞). 6월 제6회 김달진문학상 시상(수상자 이문재).《서정시학 1995》(깊은샘) 출간.

1996년 4월 김달진문학제金達鎭文學祭 운영위원회 결성. 6월 제7회 김달진문학상 시상(수상자 송수권).《서정시학 1996》(깊은샘) 출간. 8월 제1회 김달진문학제전위원회 결성. 10월 제1회 김달진문학제.

1997년 6월 김달진전집 간행(문학동네). 제8회 김달진문학상 시상(수상자 고진하). 10월 제2회 김달진문학제.

1998년 6월 제9회 김달진문학상 시상(수상자 남진우, 신덕룡). 10월 제3회 김달진문학제.

1999년 6월 제10회 김달진문학상 시상(수상자 최정례, 이승원). 10월 제4회 김달진문학제.

2000년 6월 제11회 김달진문학상 시상(수상자 문인수, 전정구). 10월 제5회 김달진문학제.

2001년 6월 제12회 김달진문학상 시상(수상자 나희덕, 고형진). 10월 제6회 김달진문학제.

2002년 6월 제13회 김달진문학상 시상(수상자 이정록, 유성호). 10월 제7회 김달진문학제.

2003년 6월 제14회 김달진문학상 시상(수상자 박정대, 이혜원). 10월 제8회 김달진문학제.

2004년 6월 제15회 김달진문학상 시상(수상자 장옥관, 김용희). 10월 제9회 김달진문학제.

2005년 6월 第16회 김달진문학상 시상(수상자 조용미, 강웅식). 제1회 월하지역 문학상 시상(수상자 김륭). 10월 제10회 김달진문학제 및 김달진문학관 개관.

2006년 6월 제17회 김달진문학상 시상(수상자 조정권, 문흥술). 제2회 월하지역 문학상 시상(수상자 노춘기). 제1회 김달진문학상 젊은 시인상(수상자 김참), 젊은 평론가상(수상자 박수연) 시상. 10월 제11회 김달진문학제.

2007년 6월 제18회 김달진문학상 시상(수상자 엄원태, 방민호).

시

〈상여 한 채〉, 〈단장일수短章一首〉, 《조선시단》 제5호 특대호, 황석우 편 《청년시인 백인집》, 1929.
〈잡영수곡雜詠數曲〉, 《문예공론》, 1929. 7.
〈단시수제短詩數題〉, 《동아일보》, 1929. 10. 12.
〈추야단음편편秋夜短吟片片〉, 《동아일보》, 1929. 10. 29.
〈단시삼편短詩三篇〉, 《동아일보》, 1929. 11. 13.
〈어선漁船 한 척隻〉, 《조선일보》, 1929. 11. 15.
〈근영수장近咏數章〉, 《조선일보》, 1929. 12. 25.
〈차상잡음車上雜吟〉, 《동아일보》, 1930. 2. 11.
〈근수영장近數詠章〉, 《동아일보》, 1933. 4. 10.
〈유점사楡岾寺를 찾는 길에〉(上), 《동아일보》, 1934. 9. 23.
〈유점사楡岾寺를 찾는 길에〉(中), 《동아일보》, 1934. 9. 24.
〈유점사楡岾寺를 찾는 길에〉(下), 《동아일보》, 1934. 9. 26.
〈화과원시華果院詩〉, 《동아일보》, 1935. 1. 20.
〈마조천변磨造川邊에서〉, 《시원》 제2호, 1935. 4. 1.
〈춘일지지春日遲遲〉(上), 《동아일보》, 1935. 4. 12.
〈춘일지지春日遲遲〉(下), 《동아일보》, 1935. 4. 13.
〈배나무〉, 〈조춘早春〉, 〈연모戀慕에 지쳐〉, 《시원》 제3호, 1935. 5. 3.
〈나의 뜰〉, 《동아일보》, 1935. 5. 18.
〈유점사楡岾寺추억追憶〉, 《동아일보》, 1935. 5. 28.
〈불의 세례洗禮를 받자〉, 《동아일보》, 1935. 7. 9(작성일 1935. 6. 3).
〈번롱飜弄〉, 〈비바람은 저리도 사나운데〉, 〈목단牧丹〉, 《시원》 제4호, 1935. 8. 3.
〈회한悔恨〉, 《동아일보》, 1935. 8. 27.
〈어느 밤의 노래〉, 《동아일보》, 1935. 10. 26.
〈가을은 간다 하노니〉, 《동아일보》, 1935. 11. 10.
〈소시집小詩集—추장야秋長夜 1〉, 《동아일보》, 1935. 11. 19.
〈소시집小詩集—추장야秋長夜 2〉, 《동아일보》, 1935. 11. 22.
〈소시집小詩集—추장야秋長夜 3〉, 《동아일보》, 1935. 11. 28.

〈나는 孤獨을 껴안고 있다〉, 〈바다의 침실寢室〉, 〈순간瞬間의 감상感傷〉, 《시원》 제5호, 1935. 12. 3.
〈낙월落月〉, 《조선일보》, 1936. 2. 7.
〈어둔 밤의 사상思想〉, 《동아일보》, 1936. 3. 11.
〈황혼黃昏〉, 〈밤〉, 〈월광月光〉, 《시인부락》 제1호, 1936. 3. 11.
〈산보로散步路〉(上), 《조선일보》, 1937. 6. 10.
〈산보로散步路〉(下), 《조선일보》, 1937. 6. 11.
〈유월六月〉, 《조선일보》, 1937. 6. 20.
〈샘물〉, 〈등광燈光〉, 〈열熱〉, 《동아일보》, 1938. 2. 23.
〈고향시초故鄕詩抄〉(上), 《동아일보》, 1938. 3. 4.
〈고향시초故鄕詩抄〉(下), 《동아일보》, 1938. 3. 4.
〈만춘 이제 晩春二題〉, 《동아일보》, 1938. 5. 10.
〈산협의 달〉, 《조선일보》, 1938. 12. 5.
〈치원痴願〉, 《동아일보》, 1940. 1. 16.
〈동양東洋〉, 《동아일보》, 1940. 3. 30.
《청시靑柿》(청색지사靑色紙社), 1940. 9. 간행된 시집의 시 85편 중 절반 가량은 이미 발표한 시들임.
〈용정龍井〉 외 4편, 《재만조선시인집在滿朝鮮詩人集》, 예문당禮文堂, 1942. 10.
〈孤獨에 돌아와서〉, 《죽순竹筍》 제6집, 1947. 10.
〈나의 청춘은〉, 《죽순》 제8집, 1948. 3.
〈오로지 당신의〉, 《죽순》 제8집, 1948. 3.
〈임의 모습(抄)〉, 《죽순》 제11집, 1949. 7.
〈임의 모습—토막글〉, 《죽순》 제7집, 1948. 12.
《올빼미의 노래》, 1950. 봄 미간행. 내용은 〈달밤〉 외 51편.
〈님의 모습〉, 《현대문학》, 1967. 12.
〈벌레〉, 〈속삭임〉, 《죽순》, 1979. 봄.
〈낙엽落葉〉, 〈포만飽滿〉, 《죽순》, 1980년.
《김달진시전집 올빼미의 노래》, 시인사, 1983. 11. 20 — 《청시》의 85수, 《올빼미의 노래》의 52수, 《재만조선시인집》의 5수, 《죽순》의 4수를 합한 총 146수 수록.
〈한숨을 쉬며〉, 〈새소리〉, 〈어느 날 밤에〉, 《현대문학》, 1984. 8.
〈불암산〉, 〈여름 밤〉, 〈씬냉이송頌〉, 《현대문학》, 1984. 11.
〈지팡이를 든 노인〉, 〈바람소리 · 물소리〉, 〈가을비〉, 《문예중앙》, 1984. 겨울.

〈80에서〉,《한국문학》, 1986. 4.
〈당시唐詩를 읽으며〉,《문학사상》, 1987. 3.
《김달진시전집—김달진전집 1권》, 1997, 문학동네 간행.

산문

〈잡감雜感—독경讀經의 틈틈이〉,《동아일보》, 1935. 3. 23~24.
〈독경讀經의 틈틈이〉,《동아일보》, 1935. 5. 13~14, 16.
〈독경讀經의 틈틈이〉,《동아일보》, 1935. 7. 7~9.
〈백일몽白日夢—경탑経榻의 그늘에서〉,《동아일보》, 1935. 7. 23~26.
〈산암山庵의 하루〉,《동아일보》, 1937. 10. 24, 26~27.
〈산거기山居記〉,《동아일보》, 1940. 2. 16.
〈속산거기續山居記〉,《동아일보》, 1940. 3. 7~9.
〈산거기山居記〉,《동아일보》, 1940. 7. 3~7.
〈정경情景—구름을 바라보는 사람들〉,《동아일보》 1946. 11. 12.
〈'왜 사나……' 망설여지는 대답〉,《조선일보》. 1976. 4. 17.
〈장자와 무위자연의 사상〉,《일요신문》, 1975. 2. 2.
〈나의 인생, 나의 불교〉,《불교사상》, 1984. 6.
《산거일기—김달진전집 2권》, 1997. 문학동네 간행.

학위논문

김성모, 〈김달진 시 연구 : 1930년대 시 중심으로〉, 영남대학교 대학원 석사학위논문, 1992.

김은임, 〈김달진 시 연구 : 삶에 대한 자기성찰과 '황혼'의 의미〉, 경남대학교 교육대학원 석사학위논문, 1998.

김지은, 〈김달진 시의 기호학적 연구 : 시집 《올빼미의 노래》를 중심으로〉, 명지대학교 대학원 석사학위논문, 2003.

서춘자, 〈김달진 시의 불교문학적 특성 연구〉, 아주대 교육대학원 석사학위논문, 2000.

신소영, 〈해방기 전통서정시 연구 : 김영랑金永郎 · 김달진金達鎭 · 조지훈趙芝薰을 중심으로〉, 수원대 대학원 석사학위논문, 1993.

안화수, 〈김달진 시 연구〉, 국민대학교 교육대학원 석사학위논문, 2006.

유남중, 〈김달진 시문학 연구〉, 동국대 교육대학원 석사학위논문, 2003.

이건청, 〈한국전원시연구〉, 단국대 대학원 박사학위논문, 1986.

장수현, 〈김달진 시 연구 : 불교적 상상력과 노장적 세계를 중심으로〉, 광주대 산업대학원 석사학위논문, 2003.

정한용, 〈한국 현대시의 초월지향성 연구 : 김종삼 · 박용래 · 천상병을 중심으로〉, 경희대 대학원 박사학위논문, 1996.

현광석, 〈한국현대선시연구 : 한용운, 김달진, 조지훈, 고은의 시를 중심으로〉, 경희대학교 대학원 석사학위논문, 2000.2.

황경숙, 〈김달진 시 연구 : 무아사상의 성숙과정을 중심으로〉, 경남대학교 교육대학원 석사학위논문, 1992.

논문 및 평론

김규동, 〈명동의 중국시파들〉, 《서정시학》 2005 여름.

김동리, 〈월하 시의 자연과 우주의식〉, 《김달진시전집》, 문학동네, 1997.

김선학, 〈열치매 나타난 달처럼 : 김달진의 문학과 삶〉, 《문학사상》, 1989. 8.

김옥성, 〈김달진 시의 선적 미의식과 불교적 세계관〉, 《한국언어문화》, 한국언어문화학회 제28집, 2005. 12.

김용직, 〈김달진, 〈청시〉의 세계〉, 《한국현대시사 2》, 한국문연, 1996.
김용직, 〈《시인부락》과 김달진의 시〉, 《김달진시전집》, 문학동네, 1997.
김윤식, 〈시와 종교의 길목 : 월하 김달진의 경우〉, 《문학동네》, 1997. 겨울.
———, 〈월하의 시 〈경건한 정열〉 읽기〉, 《농경사회 상상력과 유랑민의 상상력》, 문학동네, 1999.
김인환, 〈청결하고 맑은 곳〉, 《올빼미의 노래》, 시인사, 1983.
김재홍, 〈6월, 포성砲聲과 들꽃의 아이러니〉, 《현대시학》 255, 현대시학사, 1990. 6.
———, 〈김달진, 무위자연과 은자의 정신〉, 《김달진시전집》, 문학동네, 1997.
김진영, 〈한시에 대한 통찰 : 김달진의 《한국 한시漢詩》〉, 《현대시학》 246, 현대시학사, 1989.9.
송영순, 〈현대시와 노장사상 : 김달진 시를 중심으로〉, 《국어국문학》 제126호, 국어국문학회, 2000. 5.
———, 〈김달진 시 연구〉, 《돈암 어문학語文學》 13, 돈암어문학회, 2000. 9.
신덕룡, 〈김달진론—존재탐색의 여정을 중심으로〉, 김달진 외, 《경남의 시인들》, 박이정, 2005.
신상철, 〈김달진의 작품세계〉, 《경남문학》, 제9집, 1989 여름.
———, 〈내가 아는 월하 김달진 선생〉, 《서정시학》 2005 여름.
신소영, 〈해방기 전통서정시 연구—김영랑金永郎 · 김달진金達鎭 · 조지훈趙芝薰을 중심으로〉, 《기전어문학》 7, 수원대학교 국어국문학회, 1992. 12.
신현락, 〈김달진 시에 나타난 자연과 생명〉, 《한국어문교육》 제7집, 한국교원대학교, 1998. 5.
오세영, 〈생명파와 그 시세계〉, 《20세기 한국시 연구》, 새문사, 1989.
오세은, 〈고독과 자기성찰의 철학적 사유 : 김달진 시의 통시론적 연구를 중심으로〉, 《시학과 언어학》 제5호, 시학과 언어학회, 2003. 6.
오탁번, 〈과소평가된 시—김달진의 〈샘물〉〉, 《올빼미의 노래》, 시인사, 1983.
유임하, 〈〈청시靑柿〉와 월하 김달진의 시세계 : 마음의 풍경과 우주적 상상력〉, 《금강金剛》 제224호, 월간 금강사, 2003. 9.
윤재근, 〈현대시와 노장사상 : 김달진의 시를 중심으로〉, 《서정시학》 제2호, 1992. 6.
이성우, 〈무위의 세계와 무한의 상상력—김달진 시와 노장사상〉, 《어문학》 제78집, 한국어문학회, 2002. 12.
이윤수, 〈《죽순》과 월하 김달진의 내면세계〉, 《김달진시전집》, 문학동네, 1997.

인권환, 〈서사시로 개화된 불타의 일대기〉, 김달진, 《큰 연꽃 한 송이 피기까지》, 시인사, 1984.
———, 〈인간애 넘치는 선사의 시심 : 서산대사 선시집 · 김달진 편역 《큰 소나무는 변하지 않는 마음》〉, 《경향신문》, 1983. 8. 9
———, 〈한산시, 그 신선한 충격 : 김달진 역주 · 최동호 해설 《한산시》〉, 《현대시학》, 1989.12.
전문수, 〈시의 구조에 관한 연구 : 경남시인 김달진, 김용호, 천상병을 중심으로〉, 《인문논총人文論叢》 제10집, 창원대학교 인문과학연구소, 2003.
정현기, 〈우주 속에 갇힌 수인囚人의 시적 인생론人生論 : 김달진의 시세계〉, 《현대시학》, 1989. 8.
조남현, 〈평범에서 달관으로 : 《올빼미의 노래》론〉, 《김달진시전집》, 문학동네, 1997.
조영서, 〈 '속俗' 을 모르는 '정情' 〉, 《서정시학》 2005 여름.
조정권, 〈욕망의 극소화와 자기무화의 세계〉, 《김달진시전집》, 문학동네, 1997.
———, 〈찬 기운이 있는 산은 갈수록 짙푸르고〉, 《서정시학》 2005 여름.
최동호, 〈김달진 시와 무위자연〉, 《현대문학》, 1991. 3.
———, 〈김달진 시와 무위자연의 시학〉, 《김달진시전집》, 문학동네, 1997.
———, 〈무명으로 꽃피운 역경譯經과 불교문학 : 월하 김달진〉, 《불교와 문화》, 제37호, 2000. 11 · 12.
———, 〈존재인식의 우주적 확장 : 김달진의 시세계〉, 《경남문학》, 제9집, 1989. 여름.

단행본

송영순, 《현대시와 노장사상》, 푸른사상사, 2005.
김종길 외, 《당신의 마당 : 시詩로 다시 태어나는 월하 김달진의 고향, 진해》, 김달진문학제 운영위원회 편, 문학동네 1999.
최동호, 《하나의 도道에 이르는 시학詩學》, 고려대학교 출판부, 1997.

책임편집 최동호

고려대 및 동대학원 졸업(문학박사)
《중앙일보》신춘문예 당선,《현대문학》추천(시인, 문학평론가)
와세다대학, UCLA 방문 · 초빙교수
사단법인 시사랑문화인협의회 회장
현재 고려대학교 문과대학 교수

입력 · 교정 이현승

고려대학교 박사과정 수료
《전남일보》신춘문예 당선,《문예중앙》신인문학상 수상(시인)
현재 총신대학교 출강

범우비평판 한국문학·41-❶

씬냉이꽃(외)

초판 1쇄 발행 2007년 6월 10일

지은이 김달진
책임편집 최동호
펴낸이 윤형두
펴낸데 **종합출판 범우(주)**
기 획 임헌영 · 오창은
편 집 박광순
등 록 2004. 1. 6. 제406-2004-000012호
주 소 413-756 경기도 파주시 교하읍 문발리 출판도시 525-2
전 화 (031) 955-6900~4
팩 스 (031) 955-6905
홈페이지 http://www.bumwoosa.co.kr
이메일 bumwoosa@chol.com
ISBN 978-89-91167-31-5
978-89-954861-0-8 (세트)

* 책값은 뒤 표지에 있습니다.
* 잘못된 책은 바꾸어 드립니다.